Casa Gula
Tempestade de Pecados
Casa Preguiça
Casa Soberba
Túmulos Ardentes
Casa Inveja
Casa Avareza
Floresta Sanguínea

DARKLOVE.

Publicado mediante acordo com a autora,
aos cuidados de Baror International, Inc.,
Armonk, New York, U.S.A.

Design da capa © Hachette Book Group, Inc.
Design do mapa © Virginia Allyn
Imagens do miolo © Adobe Stock, © Freepik,
© Shutterstock e © Bon Orthwick

Tradução para a língua portuguesa
© Flávia Souto Maior, 2023

Diretor Editorial
Christiano Menezes

Diretor de Novos Negócios
Chico de Assis

Diretor de Planejamento
Marcel Souto Maior

Diretor Comercial
Gilberto Capelo

Diretora de Estratégia Editorial
Raquel Moritz

Gerente de Marca
Arthur Moraes

Gerente Editorial
Marcia Heloisa

Editora
Nilsen Silva

Adap. de Capa e Projeto Gráfico
Retina 78

Coordenador de Diagramação
Sergio Chaves

Designer Assistente
Aline Martins / Sem Serifa

Preparação
Fernanda Marão

Revisão
Laís Curvão
Monique D'Orazio
Victoria Amorim

Finalização
Sandro Tagliamento

Marketing Estratégico
Ag. Mandíbula

Impressão e Acabamento
Ipsis Gráfica

DADOS INTERNACIONAIS DE CATALOGAÇÃO NA PUBLICAÇÃO (CIP)
Jéssica de Oliveira Molinari - CRB-8/9852

Maniscalco, Kerri
Reino das bruxas : natureza sombria / Kerri Maniscalco ; tradução de Flavia Souto Maior. — Rio de Janeiro : DarkSide Books, 2023.
384 p.

ISBN 978-65-5598-248-0
Título original: Kingdom of the Cursed

1. Ficção norte-americana 2. Bruxas 3. Ficção fantástica
I. Título II. Maior, Flavia Souto

23-1387 CDD 813

Índice para catálogo sistemático:
1. Ficção norte-americana

[2023, 2025]

Rua General Roca, 935/504 — Tijuca
20521-071 — Rio de Janeiro — RJ — Brasil
www.darksidebooks.com

JAMES PATTERSON *apresenta*

KERRI MANISCALCO

REINO DAS BRUXAS

NATUREZA SOMBRIA

DARKSIDE

TRADUÇÃO
FLÁVIA SOUTO MAIOR

Para vocês, leitoras e leitores
do meu coração. Sempre.

"[...] vim levar-vos, para lá desta corrente,
à treva sempiterna, ao fogo e ao gelo."

— *Inferno*, Dante Alighieri* —

* Tradução de Italo Eugenio Mauro, publicada em 1998 pela Editora 34. (Nota da tradutora.)

REINO DAS BRUXAS

NATUREZA SOMBRIA

As gêmeas nasceram em uma noite de verão excepcionalmente fria, em meio a uma imensa tempestade. O acontecimento, no entanto, não foi o início de um conto de fadas encantado. Quem estava prestando atenção, esperando, reconheceu que aqueles nascimentos eram um presságio. Uma das crianças perderia a vida mortal; a outra venderia a alma. Anciãs do coven discutiram como e por quais motivos, mas todas concordaram com um fato: as gêmeas marcavam o início de dias sombrios. Tempos depois, enquanto uma recorria à fúria e encarava o trono do diabo e a outra jazia sem coração, cercada pela morte, surgiram rumores de uma nova profecia — um presságio que amaldiçoaria bruxas e demônios.

– Notas do grimório di Carlo –

REINO DAS BRUXAS
NATUREZA SOMBRIA

ALGUM TEMPO ANTES

Em uma madrugada amaldiçoada, um rei andava por seu castelo batendo os pés com força pelo corredor, fazendo até as sombras se esconderem para não serem notadas. Estava de péssimo humor, e esse estado de espírito piorava à medida que ele se aproximava *dela*. O rei sentiu a vingança bem antes de entrar naquela ala do castelo. Pululava como uma multidão enfurecida diante da sala do trono, mas ele não deu muita importância. A bruxa era uma praga em sua terra.

Uma praga que, certa vez, ele já havia erradicado.

Enquanto ele empurrava as portas duplas, asas de fogo brancas com pontas prateadas surgiram entre suas escápulas. Bateram com força na parede, quase partindo a madeira ao meio, mas a intrusa não levantou os olhos de sua posição indolente, esparramada no trono. O trono *dele*.

Recusando-se a olhar na direção do rei, ela acariciava a própria perna como um amante atencioso poderia fazer com uma parceira ávida. O vestido tinha uma fenda lateral, do tornozelo ao quadril, que revelava a pele macia do tornozelo ao quadril. Ela traçava círculos suaves na panturrilha, arqueando o corpo para trás quando os dedos chegavam mais para cima. A presença dele não a dissuadiu de subir as mãos pela parte externa das coxas.

"Saia."

A bruxa dirigiu a atenção a ele.

"Conversar não adiantou. Nem usar lógica e argumentação. Agora tenho uma nova oferta para você. É bastante tentadora." Por cima do material fino do vestido, ela deslizou lentamente as mãos sobre os seios, intensificando o olhar enquanto o encarava com ousadia. "Tire a calça."

Ele cruzou os braços, mantendo a expressão austera. Nem mesmo seu criador poderia fazê-lo ceder a seus caprichos. E ela estava longe de ser seu criador.

"Saia", repetiu ele. "Saia antes que eu a *obrigue*."

"*Tente*." Em um movimento inumanamente gracioso, ela se levantou. O vestido prateado brilhava como uma espada atravessando o céu. Era impossível fazer uma nova tentativa de sedução. "Toque em mim e vou destruir tudo aquilo pelo que tem apreço. *Vossa majestade*."

O tom dela era irônico, como se ele não fosse digno do título ou de respeito.

Ele então riu, uma risada tão ameaçadora quanto a adaga pressionada contra o pescoço esguio da mulher. Ela não era a única dotada de velocidade imortal.

"Você está equivocada", praticamente rugiu. "Não tenho apreço por nada. Quero você fora deste mundo antes do anoitecer. Se não for embora, vou soltar meus cães do Inferno. Depois que eles acabarem com você, o que restar será jogado no Lago de Fogo.

Ele esperou para sentir o cheiro do medo dela. Em vez de se intimidar, ela se inclinou para a frente e cortou a própria garganta na lâmina em um único e brutal movimento. O sangue escorreu por todo o vestido cintilante, respingando no chão de mármore e sujando os punhos da camisa dele. Com o maxilar tenso, ele limpou a adaga.

Sem se deixar abater pelo horrível colar novo, ela se afastou, com um sorriso ainda mais perverso do que o pior dos irmãos dele. O ferimento se fechou sozinho.

"Tem certeza? Não tem *mesmo* apreço por nada?" Ele não respondeu e o aborrecimento dela se ampliou. "Talvez os rumores sejam mesmo verdadeiros. Você não tem um coração em seu peito blindado." Ela o rodeou, e o vestido foi espalhando um rastro de sangue pelo chão imaculado. "Talvez devêssemos te abrir e dar uma olhada."

Ela olhou para as incomuns asas de fogo brancas e prateadas e deu um sorriso selvagem. As asas eram as armas preferidas dele, que apreciava o calor incandescente, quente e cruel que fazia seus inimigos se encolherem de terror ou caírem de joelhos, chorando lágrimas de sangue.

Em um estalar de dedos, as asas se acinzentaram e desapareceram.

O pânico tomou conta dele enquanto tentava, em vão, conjurá-las.

"Esse truque é mais sórdido que o próprio diabo."

A voz dela ficou ao mesmo tempo jovem e velha enquanto recitava o feitiço. Ele praguejou. Era óbvio. Por isso ela havia derramado sangue; era uma oferenda para uma de suas deusas implacáveis.

"Deste dia em diante, uma maldição vai assolar esta terra. Você se esquecerá de tudo, exceto do ódio. Amor, bondade, todas as coisas boas deste mundo deixarão de existir. Um dia, isso vai mudar. E quando, por fim, conhecer a verdadeira felicidade, juro que também vou tirar de você o que quer que você ame."

Ele mal ouviu uma palavra dita pela bruxa de cabelos escuros, pois estava se esforçando para conjurar as asas, sem êxito. Independentemente do que a mulher havia feito com elas, suas adoradas armas tinham realmente desaparecido.

Sua visão quase se avermelhou pela sede de sangue, mas conseguiu conter o humor com muita força de vontade. A bruxa não teria serventia para ele se estivesse morta, principalmente se houvesse alguma esperança de retomar o que havia sido roubado.

Ela estalou a língua uma vez, como se estivesse decepcionada por ele não ter libertado seu monstro interior para revidar, e começou a virar as costas. Ele não se deu ao trabalho de ir atrás dela. Quando falou, sua voz era obscura e silenciosa como a noite.

"Você está errada."

Ela parou e olhou de relance para trás.

"Ah, é?"

"O diabo pode ser sórdido, mas não faz truques." O sorriso dele era a tentação encarnada. "Ele faz acordos."

Pela primeira vez, a bruxa pareceu vacilar. Achava que era a mais sagaz e letal. Tinha esquecido a quem pertencia a sala do trono em que estava e como ele tinha usado as garras para subir àquela coisa maldita e desprezível. Ele teria o imenso prazer de lembrá-la.

Aquele era o Reino dos Perversos, e ele mandava ali.

"Gostaria de fazer um acordo?"

REINO DAS BRUXAS
NATUREZA SOMBRIA

I

O Inferno não era o que eu esperava.

Ignorando o traiçoeiro Príncipe da Ira ao meu lado, respirei profunda e tremulamente em meio à fumaça da magia demoníaca que ele havia usado para nos transportar àquele lugar. Aos Sete Círculos.

Nos breves momentos que levamos para viajar da caverna em Palermo até aquele mundo, criei várias imagens fantasiando nossa chegada, uma mais terrível que a outra. Em todos os pesadelos, imaginei uma cascata de fogo e enxofre. Labaredas quentes o bastante para chamuscar minha alma ou derreter a carne até os ossos. Em vez disso, precisei conter um tremor repentino.

Através da fumaça persistente e da névoa, só consegui distinguir paredes de uma pedra preciosa estranha e opaca que se erguiam a uma altura maior do que eu podia enxergar. Eram de um azul muito escuro ou pretas, como se a parte mais entenebrecida do mar tivesse subido a uma altura impossível e congelado.

Senti arrepios na espinha. Resisti ao ímpeto de soprar nas mãos para esquentá-las ou de recorrer a Ira para me confortar. Ele não era meu amigo e, com certeza, não era meu protetor. Era exatamente o que seu irmão Inveja tinha afirmado: o pior dos sete príncipes demoníacos.

Um monstro entre feras.

Eu jamais poderia me permitir esquecer o que ele era. Um dos Perversos. Os seres imortais que roubavam almas para o diabo, e as criaturas das trevas de quem minha irmã e eu deveríamos nos esconder, conforme minha avó nos alertara a vida toda. Eu havia prometido que me casaria de livre e espontânea vontade com o rei de todos eles, o Príncipe da Soberba, para acabar com uma maldição. Ou pelo menos era o que me haviam feito acreditar.

O espartilho de metal que meu futuro marido havia me dado no início da noite estava insuportavelmente gelado naquele ar frio. As camadas de saias escuras e cintilantes eram leves demais para dar qualquer tipo de proteção real ou aquecimento, e as sandálias não passavam de uma sola de couro fina com tiras de seda.

Gelo fluía por minhas veias. Não conseguia deixar de pensar que se tratava de mais um artifício de meu inimigo para me desestabilizar.

Nuvens do ar que saía de meus pulmões flutuavam como fantasmas diante de meu rosto. Inquietantes, etéreas. Perturbadoras. Deusa do céu. Eu estava mesmo *no* Inferno. Se os príncipes demoníacos não me pegassem primeiro, *nonna* Maria com certeza me mataria. Principalmente quando descobrisse que eu cedera minha alma a Soberba. *Sangue e ossos.* O diabo.

Uma imagem do pergaminho que me ligava à Casa Soberba piscou em minha mente. Mal acreditava que eu tinha mesmo assinado o contrato com sangue. Apesar da confiança inicial em meu plano para me infiltrar naquele mundo e vingar o assassinato de minha irmã, eu me sentia despreparada depois de estar lá.

Onde quer que "lá" fosse, exatamente. Não parecia que tínhamos conseguido entrar em nenhuma das sete Casas reais demoníacas. Não sei por que achei que Ira facilitaria essa jornada para mim.

"Estamos esperando meu noivo chegar?"

Silêncio.

Movi o corpo, sentindo certo desconforto.

A fumaça ainda pairava perto o bastante para obscurecer minha visão total e, como meu acompanhante demoníaco se recusava a falar, minha cabeça começou a me provocar com uma ampla gama de medos inventivos. Até onde eu sabia, Soberba estava diante de nós, esperando para reivindicar sua noiva em pessoa.

Prestei muita atenção, esforçando-me para ouvir o som de alguém se aproximando através da fumaça. Ou de qualquer coisa. Não havia nada além dos batimentos frenéticos de meu coração.

Nada de gritos dos eternamente torturados e amaldiçoados. Estávamos cercados por um silêncio absoluto, desconcertante. Parecia pesado, como se toda esperança tivesse sido abandonada um milênio antes e só restasse a quietude excruciante do desespero. Seria tão fácil desistir, deitar e deixar a escuridão entrar... O reino era inverno em toda sua inóspita e implacável glória.

E ainda nem tínhamos passado pelos portões...

O pânico tomou conta de mim, de modo tão terrível que meu peito doía. Mas eu tinha feito minha escolha e a manteria até o fim, independentemente do que acontecesse. O verdadeiro assassino de Vittoria ainda estava à solta. E eu passaria pelos portões do Inferno mil vezes para encontrá-lo. Minha localização havia mudado; meu objetivo, não.

Respirei fundo, e minhas emoções foram se estabilizando.

A fumaça finalmente se dissipou, revelando um primeiro vislumbre desobstruído do submundo.

Estávamos sozinhos em uma caverna, similar àquela de onde havíamos partido, sobre o mar em Palermo, o lugar onde eu havia feito o círculo de ossos e invocado Ira pela primeira vez, cerca de dois meses antes, mas ao mesmo tempo tão diferente que meu estômago doía só de olhar para aquela paisagem estranha.

De algum lugar transpassavam uns poucos feixes de luar. Não era muito, mas iluminava o suficiente para revelar o solo desértico, repleto de pedras, brilhando refletido no gelo.

Vários metros adiante havia um portão imponente, alto e ameaçador, não muito diferente do príncipe silencioso parado ao meu lado. Colunas esculpidas em obsidiana que retratavam pessoas sendo brutalmente torturadas e assassinadas flanqueavam duas portas feitas totalmente de crânios. De humanos. De animais. De demônios. Alguns com chifres, outros com presas. Todos perturbadores. Minha atenção recaiu sobre o que imaginei ser a maçaneta: um crânio de alce com uma enorme galhada recoberta de gelo.

Ira, o poderoso demônio da guerra e traidor de minha alma, mudou de posição. Uma fagulha de irritação me fez olhar na direção dele. Seu olhar penetrante já estava voltado para mim. Aquele mesmo olhar frio no rosto.

Eu queria arrancar seu coração e pisar nele para conseguir qualquer *indício* de emoção. Qualquer coisa seria melhor do que a indiferença gélida que ele agora incorporava tão bem.

Ele havia se voltado contra mim no segundo em que lhe foi conveniente. Assim como a *nonna* havia alertado. Eu tinha sido tola de acreditar que seria diferente.

Ficamos nos encarando por um longo instante.

Ali, nas sombras do submundo, seus olhos dourados brilhavam como a coroa revestida de rubis em sua cabeça. Meu pulso acelerava a cada minuto que nossos olhares permaneciam travados em batalha. Seu domínio sobre mim intensificou-se um pouco mais, e só então me dei conta de que estava segurando a mão dele com muita força. Soltei-a e me afastei.

Não dava para saber se ele estava irritado, entretido ou furioso. A expressão no rosto ainda era a mesma; tão distante quanto estava quando ofereceu o contrato que assinei com Soberba, alguns minutos antes. Se era assim que ele queria que as coisas fossem entre nós dali para a frente, tudo bem. Eu não precisava dele, nem o desejava. Na verdade, diria que ele poderia ir diretamente para o Inferno, mas nós dois já tínhamos feito isso.

Ele observou minha tentativa de refrear os pensamentos. Eu estava me obrigando a manter uma calma fria que não sentia nem de longe. Sabendo como ele era hábil em pressentir emoções, aquilo provavelmente era inútil. Olhei para ele.

Fazendo um esforço enorme para emular o príncipe demoníaco, evoquei meu tom mais arrogante.

“Então esses são os infames portões do Inferno.”

Ele arqueou uma sobrancelha como se perguntasse se *aquilo* era o melhor que eu tinha a dizer.

A raiva substituiu o medo persistente. Pelo menos o demônio ainda servia para alguma coisa.

“O diabo é arrogante demais para vir encontrar sua futura rainha? Ou ele tem medo de cavernas úmidas?”

Ira respondeu com um sorriso malicioso, cheio de um fascínio perverso.

“Não estamos em uma caverna. Estamos no vazio que antecede os Sete Círculos.”

Ele colocou a mão nas minhas costas, perto da cintura, e me conduziu para a frente. Fiquei tão chocada com a sensação agradável daquele toque, da intimidade carinhosa de sua ação, que não me afastei. Havia pedrinhas soltas sob nossos pés, mas elas não faziam barulho. Além de nossas vozes, a falta de ruído era tão perturbadora que quase perdi o equilíbrio. Ira me estabilizou antes de desencostar a mão de mim.

"Este é o lugar em que as estrelas temem entrar", sussurrou no meu ouvido. Seu hálito quente era um contraste severo ao ar gélido. Estremeci. "Mas *nunca* o diabo. Ele seduz a escuridão. Assim como o medo."

Ele passou os nós dos dedos por minhas costas, provocando mais arrepios. Minha respiração acelerou. Eu me virei e afastei sua mão.

"Leve-me até Soberba. Cansei da sua companhia."

O chão tremeu debaixo de nós.

"Sua soberba não apareceu naquele círculo de ossos na noite em que derramou sangue e me invocou. Foi sua ira. Sua fúria."

"Pode até ser verdade, *vossa alteza*, mas o pergaminho que assinei dizia 'Casa Soberba', não dizia?"

Cheguei mais perto e meu coração batia cada vez mais forte conforme eu invadia seu espaço. O calor do corpo de Ira irradiava ao meu redor como a luz do sol, quente e sedutor. Trazia lembranças de casa. A nova dor em meu peito era aguda, intensa. Afiei a língua como uma lâmina e mirei diretamente em seu coração de gelo, esperando penetrar a parede que ele havia erguido com habilidade entre nós. Errado ou não, eu queria feri-lo da mesma forma que sua farsa tinha me decepcionado.

"Assim sendo, escolhi o diabo, não você. Como se sente? Sabendo que prefiro me deitar com um monstro por toda a eternidade a me sujeitar a *você* de novo, Príncipe Ira."

Sua atenção desceu para os meus lábios e ali permaneceu. Um brilho sedutor surgiu em seus olhos e eu retribuí o favor. Ele podia não admitir, mas queria me beijar. Meus lábios se curvaram, formando um sorriso cruel. Enfim ele havia perdido aquela indiferença fria. Era uma pena, para ele, que eu passara a ser proibida.

Ele me encarou por mais um instante, depois disse com uma calma letal:

"Você escolheu o diabo?".

"Escolhi."

Ele estava perto o bastante para compartilharmos o mesmo ar. Mantive a posição, sem recuar. E ele fez o mesmo.

"Se esta é a sua vontade, declare a esse mundo." Ele tirou a adaga da parte interna do paletó. "Aliás, se tem tanta certeza em relação ao diabo, faça um juramento de sangue. Se a soberba é seu pecado preferido, imagino que não se recusaria a fazê-lo."

O desafio ardia em seu olhar. Ele me entregou a adaga, com o cabo virado para mim. Apanhei a adaga de sua Casa e pressionei o metal afiado na ponta do dedo. Ira cruzou os braços e me olhou com desinteresse. Não achava que eu prosseguiria com aquilo. Talvez *fosse* minha soberba amaldiçoada: mas, ao furar o dedo e devolver a adaga de serpente, pareceu-me um pouco que eu estava começando a ficar enfurecida. Já tinha assinado o contrato de Soberba. Não havia mais motivos para hesitar. Estava feito.

"Eu, Emilia Maria di Carlo, escolho livremente o diabo."

Uma única gota de sangue respingou no chão, selando o voto. Voltei minha atenção a Ira. Algo se inflamou nas profundezas de seus olhos, mas ele se virou antes que eu conseguisse decifrar. Ele guardou a adaga no paletó e seguiu na direção dos portões, me deixando sozinha à beira do nada.

Pensei em fugir, mas não havia para onde ir.

Olhei ao redor mais uma vez e corri para perto do demônio, acompanhando seu ritmo. Envolvi o corpo com os braços, tentando desesperadamente cessar os crescentes tremores, mas só consegui aumentá-los. Ira tinha levado seu calor consigo, e o espartilho de metal entrava em minha pele com um vigor renovado. Se ficássemos ali fora por muito mais tempo, eu morreria congelada. Conjurei lembranças de calor e paz.

Apenas uma vez havia sentido um frio como aquele. Foi no norte da Itália. Eu era mais nova e ficara empolgada com a neve. Na época achei que o frio era romântico, mas naquele momento enxergava a verdade: era uma beleza perigosa.

Assim como acontecia com meu companheiro de viagem.

Meus dentes tiritavam como pequenos martelos. Eram o único ruído em meio ao vazio.

"Como podemos ouvir um ao outro?", perguntei.

"Porque eu quero."

Fera arrogante. Bufei de raiva, tremendo. Era para parecer irritada, mas receio que revelasse apenas o quanto eu estava com frio. Um pesado manto de veludo apareceu do nada, caindo sobre meus ombros. Não sei que magia Ira fez para ele aparecer nem queria saber.

Puxei o manto para mais perto do corpo, grata por seu calor. Abri a boca para agradecer ao demônio, mas interrompi a mim mesma com uma rápida negativa interna. Ira não havia agido por bondade, nem mesmo por cavalheirismo. Imaginei que fosse, em grande medida, para garantir que eu não morresse tão perto de ele completar sua missão.

Se eu me lembrava corretamente, entregar minha alma a Soberba lhe renderia liberdade do submundo. Algo que ele já dissera que prezava acima de todas as coisas.

Que coisa mais maravilhosa para ele. Sua estadia tinha terminado, e a minha estava apenas começando. E tudo que ele precisara fazer tinha sido me trair para garantir o maior desejo de seu coração.

Acho que compreendia aquilo bem o bastante.

Ira continuou caminhando em direção ao portão e não olhou mais para mim. Pressionou a mão na coluna mais próxima de nós e sussurrou uma palavra em uma língua estrangeira, baixo demais para eu ouvir. Uma luz dourada pulsou da palma de sua mão e fluiu para a pedra preta.

Um instante depois, os portões se abriram lentamente. Não dava para ver o que havia mais à frente, e minha cabeça logo criou todo tipo de imagens terríveis. O príncipe demoníaco não fez um convite formal, apenas caminhou para a abertura que havia feito, sem se preocupar em verificar se eu o acompanhava.

Respirei fundo e me preparei. Independentemente do que estivesse esperando por nós, eu faria o necessário para conquistar meus objetivos. Abriguei-me no manto e segui em frente.

Ira parou no limite para o submundo e se dignou a olhar para mim mais uma vez. Sua expressão era mais dura que o tom de voz, o que me fez parar de repente.

"Só um conselho."

"Estamos prestes a entrar no Inferno", falei logo, com cinismo. "Pode ser um pouco tarde demais para conselhos."

Ele não achou graça.

"Nos Sete Círculos você precisa obedecer a três regras. A primeira é: jamais revele seus verdadeiros medos."

Uma coisa que eu não pretendia fazer de jeito nenhum.

"Por quê?"

"Este mundo vai se virar do avesso para te torturar." Abri a boca, mas ele ergueu a mão. "Segunda regra: controle seus desejos ou eles vão te provocar com ilusões que você vai confundir facilmente com a realidade. Quando conheceu Luxúria, você teve uma amostra de como é. Aqui, cada desejo seu será ampliado em dez vezes, principalmente quando entrarmos no Corredor dos Pecados."

"Corredor dos Pecados." Não foi uma pergunta, mas Ira respondeu mesmo assim.

"Novos súditos do reino são testados para ver a qual Casa seu pecado dominante se alinha melhor. Você vai vivenciar certo... impulso... de emoções quando passar por ele."

"Cedi minha alma a Soberba. Por que preciso ver onde me encaixo melhor?"

"Viva tempo o bastante para descobrir a resposta sozinha."

Engoli meu crescente desconforto. A *nonna* sempre falava que as más notícias vinham de três em três, o que significava que o pior ainda estava por vir.

"Agora a terceira regra..."

Seu olhar deslizou para o dedo que eu havia furado.

"Tenha cuidado ao fazer acordos de sangue com um príncipe do Inferno. E sob nenhuma circunstância faça um acordo que envolva o diabo. O que é dele, é dele. Apenas um tolo brigaria com ele ou o desafiaria."

Rangi os dentes. Os verdadeiros jogos de ilusão haviam claramente começado. Os alertas me lembravam vagamente uma nota do grimório de nossa família, e eu fiquei me perguntando como havíamos conseguido acesso àquele conhecimento. Guardei aqueles pensamentos e me concentrei em minha raiva crescente.

Sem dúvida ele estava abastecendo minhas emoções com o poder que lhe dava nome. Aquilo me deixava com mais raiva ainda.

"Ceder minha alma não foi bom o bastante. Então você recorreu à trapaça. Pelo menos é consistente em seus atos."

"Um dia você vai enxergar tudo isso como um favor."

Era improvável. Cerrei a mão ferida. Ira olhou em meus olhos novamente e um sorriso se formou nos cantos de sua boca sensual. Com certeza ele sentia a fúria que aumentava dentro de mim.

Um dia, em breve, eu o faria pagar por tudo aquilo.

Abri um sorriso deslumbrante enquanto imaginava como seria bom quando finalmente o destruísse. Ele fechou a cara e inclinou a cabeça, como se lesse todos os meus pensamentos e emoções e jurasse em silêncio fazer o mesmo. Nesse ódio, estávamos unidos.

Sem desviar o rosto de seu olhar intenso, também inclinei a cabeça, grata por sua traição. Era a última vez que eu cairia nas mentiras de Ira. Com sorte, no entanto, ele e seus irmãos perversos começariam a cair nas minhas. Eu teria que desempenhar bem meu papel, ou acabaria morta como as outras noivas.

Passei por ele e atravessei os portões do Inferno como se os dominasse.

“Leve-me para minha nova casa. Estou pronta para saudar meu querido marido.”

REINO DAS BRUXAS

NATUREZA SOMBRIA

2

Da escuridão da caverna, saímos para uma tundra reluzente no alto de uma montanha.

Pisquei para amenizar a ardência repentina nos olhos e contemplar aquele mundo cruel e implacável. Pela deusa! Era o mais longe de casa que eu poderia chegar. Não havia mar, nem calor, nem sol brilhando. Ficamos na parte côncava de uma trilha íngreme e coberta de neve, que mal tinha largura suficiente para duas pessoas caminharem lado a lado.

Um vento cortante rugiu pela passagem escarpada da montanha e invadiu meu manto. Atrás de nós, os portões se fecharam com um clangor que ecoou alto entre as montanhas cobertas de neve. Fiquei tensa com o barulho inesperado. Era o primeiro ruído que eu ouvia fora do vazio, e não poderia ser mais sinistro.

Virei, com o coração acelerado, e vi magia demoníaca brotar das entranhas da terra e deslizar portões acima. As mesmas vinhas em tom violeta-azulado cobertas de espinhos que haviam envolvido o diário de Vittoria enrolavam-se por órbitas oculares e mandíbulas, contorcendo-se até que os crânios quase brancos brilhassem em um matiz gélido e etéreo.

O ar frio deixou minha respiração mais curta. Eu estava presa no submundo, cercada pelos Malvagi, sozinha. Tinha agido por medo e desespero — dois ingredientes essenciais para criar um desastre. Um vislumbre do corpo profanado de minha irmã gêmea imprimiu aquela sensação no chão congelado.

"Você me disse que os portões estavam quebrados." Havia uma agressividade impressionante em meu tom de voz. "Disse que demônios estavam escapando por ele, prontos para travar uma guerra na Terra."

"O Chifre de Hades voltou ao seu lugar."

"É claro."

Os chifres do diabo eram necessários para trancar os portões. E, pelo jeito, qualquer príncipe demoníaco poderia utilizá-los, e eu não havia pensado em pedir para Ira me explicar como funcionavam. Era assim que ele contornava a impossibilidade de mentir diretamente para mim, uma regra decorrente da minha invocação.

Se é que essa parte era mesmo verdade.

Respirei fundo e olhei para a paisagem ao meu redor. À nossa direita, havia um declive acentuado no terreno coberto de gelo. Ao longe se elevavam as torres de um castelo, pouco visíveis, encobertas por neblina ou por uma tempestade distante, apontando dedos estreitos de acusação para os céus.

"É ali..." Engoli em seco. "É ali que Soberba mora?"

"Não está mais tão ansiosa para encontrar-se com ele?" Um ar de presunção se esboçou sobre os traços de Ira, mas ele logo disciplinou o rosto até assumir um semblante indiferente. "O primeiro círculo é território de Luxúria. Pense na estrutura como as Sete Colinas de Roma. Cada príncipe controla sua própria região ou cúpula. Não é possível ver o círculo de Soberba daqui. Ele fica mais para o centro, perto da minha Casa."

Estar tão perto da fortaleza de Luxúria não era reconfortante. Eu não havia esquecido como me sentira sob sua influência demoníaca. Como eu tinha desejado Ira, exagerado no vinho de maçã com mel e dançado sem me preocupar com mais nada no universo enquanto um assassino caçava bruxas.

Também jamais esqueceria como tinha sido difícil voltar à realidade depois de Luxúria arrebatar seus poderes de volta, deixando-me como um casco vazio. Se não fosse pela interferência de Ira, eu ainda poderia estar naquele lugar devastador e escuro.

Quase dava para sentir o desespero raspando a unha afiada em minha garganta, suplicando, seduzindo... então fingi que o medo crescente era sujeira sob meus sapatos e o esmaguei.

Ira me observava atentamente, com o olhar iluminado por um interesse aguçado. Talvez estivesse esperando que eu caísse de joelhos e implorasse que ele me conduzisse de volta para casa. Seria necessário muito mais do que estar nos confins mais gelados do Inferno para eu me rebaixar diante dele.

"Achei que seria mais quente", admiti, recebendo um olhar entretido do demônio. "Fogo e enxofre. O serviço completo."

"Mortais têm fábulas peculiares sobre deuses, monstros e seu suposto criador, mas a verdade, como pode constatar, é bem diferente do que você ouviu dizer."

Um leve estalo me distraiu da conversa. No alto de um aclive vertiginoso, algumas árvores com os galhos secos chamaram minha atenção. Balançando ao vento polar, os galhos batiam de leve uns nos outros. Algo naquela imagem me fez lembrar um grupo de senhorinhas, sentadas e usando ossos como agulhas de tricô. Se estreitasse os olhos, quase poderia ver o contorno das figuras na sombra. Pisquei e a cena se desfez. Praticamente de imediato, um murmúrio baixo veio flutuando pelo vento.

Olhei de soslaio para Ira, mas ele não pareceu notar a visão peculiar nem ouvir nada digno de nota. O dia havia sido muito longo, muito carregado de emoções, e minha imaginação começava a triunfar sobre mim. Afastei a sensação desconcertante.

"Este é o Corredor dos Pecados", continuou Ira, sem saber que estava interrompendo minhas preocupações. "Magia *transvenio* é proibida nesse pedaço de terra para quem atravessa para este mundo pela primeira vez, então você vai ter que fazer o percurso a pé."

"Vou ter que ir sozinha?"

Ira voltou a atenção para mim. "Não."

Soltei um suspiro lento e baixo. Agradeci às deusas pela pequena graça.

"Por que é necessário que as pessoas passem por aqui?"

"É uma das formas de os recém-chegados formarem alianças com quem compartilha o mesmo pecado dominante."

Fiquei pensando sobre aquilo. "Se pendo para a raiva, estaria mais alinhada à Casa Ira." O príncipe confirmou balançando a cabeça. "E quem é mais compatível com outros pecados... seria repelido por outras casas demoníacas? Digamos que um membro da Casa Ira se associe à Casa Preguiça... Seria algum tipo de ofensa?"

"Não seria uma ofensa, mas chegaria perto disso. Mortais se aliam a causas e partidos políticos. Não é diferente do que acontece aqui, mas lidamos com perversões."

"Demônios e humanos são testados da mesma forma?"

Ira pareceu escolher as palavras com cuidado.

"A maioria dos mortais nem chega ao Corredor dos Pecados ou aos Sete Círculos. Tendem a se aprisionar em uma ilha própria, separada, antes dos portões, perto da margem oeste. É uma espécie de punição autoinfligida."

"Vocês não trancafiam todos eles na Prisão dos Condenados?"

"A ilha é a prisão. Eles vivem em uma realidade criada por eles mesmos. Podem sair a qualquer momento. A maioria nunca sai. Eles vivem e morrem na ilha, e começam tudo de novo."

Era uma espécie de inferno.

"A *nonna* disse que Bruxas Estrela eram as guardiãs entre mundos. Por que mortais e os Perversos precisariam de guardas se nunca saem?"

"Talvez almas mortais, assim como meus irmãos, não sejam tudo que elas guardam", disse ele, vago e frustrante, como sempre.

"Ainda não compreendo por que *eu* preciso ser testada."

"Então sugiro que se atenha a meu alerta anterior e se concentre em sobreviver."

Ele disse isso de um jeito que pareceu ser ao mesmo tempo uma provocação e uma ordem arrogante para eu parar de fazer perguntas. Eu estava preocupada demais para disputas verbais. A ameaça de morte pairava sobre mim, baixa e sombria como nuvens de tempestade. O idiota do príncipe passou os olhos sobre mim novamente, demorando-se em minhas leves curvas.

Eu não usava meu amuleto — ele ainda estava com Ira —, então não havia como confundir onde seus olhos estacionaram. Mesmo coberta pelo manto, jurei que podia sentir o calor de sua atenção como uma carícia física sobre a pele.

Os pensamentos de morte desapareceram.

"Algum problema com meu corpete?"

"Pelo jeito, seu teste já começou. Só estava verificando seu manto."

Soltei o ar devagar e contive a série de piores xingamentos que surgiram em minha mente.

Ele abriu um sorrisinho malicioso, como se meu aborrecimento o satisfizesse ao extremo. Ainda sorrindo, Ira começou a descer a passagem íngreme na montanha com passos firmes e seguros, apesar da neve e do gelo.

Eu não podia acreditar... Ele estava compactando a neve para que eu pudesse caminhar por ela com meus sapatos delicados? Ele não parava de usar aquele impecável código de conduta demoníaca.

Ele faria mesmo de tudo para que eu fosse entregue em segurança para Soberba.

Falando daquele pecado em particular... Elevei o queixo, o tom e a atitude com mais arrogância do que qualquer rei ou rainha mortal nascidos para governar. E por que não deveria me sentir superior? Estava prestes a governar o submundo. Era hora de Ira demonstrar algum respeito diante de sua rainha.

"Posso muito bem trilhar meu próprio caminho. Pode ir embora."

"Não achei que você fosse do tipo que dá um tiro no próprio pé."

"Se eu não conseguir andar sem ajuda, é melhor cortar minha garganta agora e acabar logo com isso. Não preciso que você nem qualquer outra pessoa segure minha mão. Na verdade, seria ótimo se você me deixasse em paz. Vou chegar mais rápido sozinha."

Ele parou de andar e olhou para trás. Não havia ternura nem provocação em sua expressão.

"Resista ao Corredor dos Pecados ou vou te largar aqui com esse seu egocentrismo arrogante. Você está mais suscetível à influência de um pecado específico quando já demonstra características dele. É meu último aviso e toda a ajuda que vou dar. Aceite as coisas como são ou apenas deixe para lá."

Rangi os dentes e fiz o possível para seguir seu rastro. A cada passo que dava submundo adentro, parecia que os pedaços que restavam de mim iam se soltando lentamente. Não conseguia deixar de me perguntar se sobraria algo familiar de mim quando eu voltasse para casa.

Como se respondesse às preocupações que giravam em minha mente, senti uma raiva fervente começar a borbulhar no meu interior enquanto viajávamos em silêncio. Sem dúvida, o teste da vez era a ira. Era familiar, providencial. Mesmo precisando garantir que me alinhasse mais à soberba, cultivei a raiva por quilômetros, enquanto descíamos a trilha e cruzávamos um riacho congelado, até pararmos perto de um espaço um pouco mais largo e plano que dava para uma cadeia menor de montanhas.

Grupos de coníferas que se pareciam com os desenhos de zimbro e cedro no grimório da *nonna* espalhavam-se em um semicírculo ao redor do canto mais para o leste, onde paramos.

Sobre eles, nuvens carregadas corriam pelo céu. Um raio caiu como a língua de uma enorme fera, e o rugido do trovão ecoou um segundo depois. Sem piscar, observei a massa escura cada vez mais perto. Já havia testemunhado diversas tempestades, mas nenhuma que se movesse mais depressa do que as deusas em busca de vingança. Era como se a própria atmosfera estivesse possuída.

Ou talvez aquele mundo se ressentisse de sua mais nova habitante e estivesse deixando transparecer seu desprazer. Ele tinha isso em comum com Ira.

Alguns minutos depois, interrompemos nossa marcha implacável.

"Isso vai ter que servir."

Ira tirou o paletó e o pendurou com cuidado em um galho baixo. Eu tinha me enganado: sua adaga não estava guardada na parte interna da roupa; ele estava usando uma bainha de ombro feita de couro sobre a camisa preta, e o cabo dourado cintilava conforme ele se movimentava. Ele abriu os botões dos punhos, dobrou as mangas e começou a recolher galhos cobertos de gelo.

"O que você está fazendo?"

"Construindo um abrigo. A menos que você queira dormir no meio da tempestade, sugiro que comece a recolher alguns galhos e a retirar o gelo deles. Assim teremos galhos secos em que poderemos nos deitar."

"Não vou dormir com você." E os motivos eram muitos, sendo o mais gritante o fato de eu estar prometida ao irmão dele. E, independentemente da questão da sobrevivência, supunha que o diabo não ficaria contente se eu me deitasse com outro príncipe demoníaco.

Ira quebrou um galho do cedro mais próximo e me olhou de relance.

"Você é quem sabe." Ele fez um gesto com o braço estendido. "Mas não vou cuidar de você se ficar doente." Ele olhou feio para mim. "Se não quiser morrer congelada, sugiro que comece a se mexer."

Sem querer passar pelo teste da ira ou da soberba — ou de qualquer outro pecado — de novo, engoli minhas outras oposições e comecei a procurar por galhos. Encontrei alguns a poucos metros de onde Ira trabalhava e tirei pedaços de neve e gelo deles o mais depressa que pude. Surpreendentemente, eu era tão ligeira quanto o príncipe demoníaco. Em instantes, havia recolhido quase mais do que conseguia carregar, o que era bom, já que meus dedos estavam ficando vermelhos e rígidos por causa do frio e da umidade.

Depois de juntar uma pilha grande, levei tudo para o local de nosso acampamento. Nuvens torvelinhavam com muita fúria, e um raio fez o chão tremer. Com sorte, tínhamos poucos minutos antes de as primeiras gotas pesadas começarem a cair. Ira já havia criado um pequeno abrigo circular sob uma das árvores mais cerradas e estava concentrando e apertando a neve para preencher os espaços entre os galhos que ele tinha fincado no chão. As paredes externas eram neve sólida, o telhado era feito de galhos secos, e nós dois provavelmente teríamos que deitar encolhidos de lado para caber lá dentro. Eu não conseguia imaginar sobreviver à noite em uma câmara feita de coisas ofertadas pelo inverno, mas Ira parecia achar que ficaríamos em segurança.

Olhei para cima. A conífera que se agigantava sobre nós também forneceria uma barreira a mais de proteção. O local havia sido escolhido com sagacidade.

Sem se virar, Ira estendeu o braço.

"Me dê isso aqui."

Fiz o que ele não tão gentilmente pediu, entregando um galho de cada vez, o tempo todo sonhando em bater em sua cabeça com eles. Ele os dispôs em uma fileira, cuidando para que todo o chão fosse coberto com duas camadas de galhos verdes.

Ele se movia com rapidez e eficiência, como se já tivesse feito aquilo mil vezes, o que era provável. Eu não era a primeira alma que ele havia roubado para o diabo. Mas seria a última.

Assim que posicionou o último galho, ele começou a desabotoar a camisa, tomando cuidado para não tocar na bainha de couro, que manteve no ombro. O gesto o fazia contrair os músculos fortes, e eu não consegui evitar olhar para a tatuagem de serpente que subia por seu braço direito e continuava pelo ombro. Naquele momento ela me pareceu mais grandiosa, mais detalhada e impressionante.

Talvez fosse por sua pele parecer mais escura em contraste com o pano de fundo pálido daquele lugar, o que fazia o dourado metálico das linhas se destacar com mais nitidez.

Pigarreei.

"Por que está se despindo? Foi afetado pela magia daqui também?"

Ele levantou os olhos. O suor umedecia os cabelos escuros em sua testa, fazendo-o parecer mortal, para variar.

"Tire o espartilho."

"Prefiro não tirar." Olhei para ele, sem acreditar. "Pelos sete infernos, o que você pensa que está fazendo?"

"Estou te dando uma roupa para não congelar com esse traje de metal." Ele estendeu o braço com a camisa, mas a puxou de volta antes que eu conseguisse pegá-la, com um brilho de regozijo nos olhos. "Mas talvez você prefira dormir nua. Você que sabe."

Meu rosto esquentou.

"Por que simplesmente não faz mais roupas aparecerem?"

"Qualquer uso de magia durante sua primeira passagem pelo Corredor dos Pecados é considerado interferência."

"Você fez aparecer um manto."

"Antes de atravessarmos para o verdadeiro submundo."

"E você vai usar o que para dormir?"

Ele ergueu a sobrancelha e ficou com uma expressão perversa.

Ah.

Amaldiçoei aquele mundo e o diabo. Entrei em nosso abrigo feito de neve e gelo e peguei a camisa que ele oferecia. Removi depressa o manto e o estendi no chão. Como o perfeito cavalheiro que era, Ira saiu do abrigo, mas somente pelo tempo suficiente para pegar o paletó, e voltou para o pequeno espaço já me examinando inteira. Acabaram aí as boas maneiras.

Seus lábios se contraíam enquanto eu me contorcia e tentava virar aquela peça idiota sem tocar nele. Não recuaria. E nem ele. Olhei feio para o demônio, como se a situação em que me encontrava fosse culpa dele. Ele parecia extremamente satisfeito com minha raiva, aquele selvagem.

"Preciso de ajuda", pedi, por fim. "Não consigo abrir sozinha."

O príncipe infernal inspecionou meu espartilho com o nível de entusiasmo equivalente a se eu tivesse lhe pedido para recitar um soneto sob a luz da lua cheia, mas não se negou a ajudar.

"Vire-se."

"Tente não ficar muito animado, ou posso achar que gosta de mim."

"Não brinque com isso. Gostar de você seria perigoso."

Soltei uma risada. "Por quê? Você me arruinaria para todos os outros príncipes demoníacos?"

"Mais ou menos isso."

Ele sorriu e fez sinal para eu me virar. Seus dedos se moveram com habilidade pelas fitas entrecruzadas em minhas costas, puxando e soltando com precisão militar.

Fiquei segurando a parte da frente do corpete para impedir que caísse com tudo quando as costas se abrissem, o que aconteceu um instante depois, expondo minha pele. O ar congelado bailou sobre mim.

Nunca tinha me livrado de um espartilho tão rápido. Ou seus sentidos sobrenaturais tinham ajudado, ou ele tinha *muita* prática em despir mulheres.

Do nada, um vislumbre de Ira na cama com alguém cruzou minha mente em detalhes um tanto quanto nítidos. Vi unhas lixadas à perfeição afundando em suas costas, pernas bronzeadas envolvendo seu quadril, gemidos leves de prazer escapando conforme ele investia de maneira ritmada.

Uma sensação obscura deslizou por todo meu corpo ao pensar naquilo. Rangi os dentes, logo contendo uma série de acusações enquanto me virava. Se eu fosse ingênua, acharia que estava sentindo...

"Inveja". Ira detectou depressa minha mudança de humor.

"Pare de ler minhas emoções."

Voltei minha atenção para ele. Sua expressão era neutra. Não havia nenhum indício de aborrecimento ou maldade. Ele estava rígido, como se obrigando-se a virar um bloco de gelo imóvel. Pelo jeito, a ideia de me tocar daquela forma lhe causava repulsa.

"O corredor vai continuar testando você." Ele observou minhas bochechas corando em um tom de vermelho intenso, mas não fez nenhum tipo de comentário. Olhou para o meu pescoço e voltou a olhar em meus olhos. "Bloqueie todas as emoções que puder. Elas vão ficar mais intensas daqui para a frente. Além do medo, esse mundo se alimenta de pecado e desejo em igual medida.

"Desejo não é o mesmo que luxúria?"

"Não. Você pode desejar riquezas, poder ou status. Amizade ou vingança. Desejos são vontades mais complexas que meros pecados. Às vezes são bons. Outras vezes, refletem inseguranças. Este mundo é influenciado por aqueles que o governam. Com o tempo, passa a brincar com todos nós."

Evitando fazer mais contato visual, ele se afastou, removeu a coroa e deitou na beirada dos galhos, virando para o lado oposto do meu. Ainda assim, dormiríamos muito próximos. Mal havia o espaço de um palmo entre nós.

Inveja. Dele como um porco no cio com outra pessoa.

A ideia era ridícula, principalmente depois da traição, mas a sensação persistente de ciúmes não desapareceu de imediato. Resmunguei em voz baixa e me concentrei mais em manter as emoções sob controle. A última coisa de que eu precisava era que aquele mundo me atraísse mais a fundo para os sete pecados dominantes que se alimentavam de meus sentimentos.

Larguei o espartilho de metal/instrumento de tortura e vesti a camisa dele. Ficou enorme em meu corpo, mas não importava. Era quente e tinha o perfume do príncipe. Hortelã e verão. E algo distinta e nitidamente masculino.

Olhei para Ira. Ele ainda estava sem camisa, a despeito do ar gelado. Além das calças justas, usava apenas a bainha de ombro e a adaga. Seria uma noite longa e sofrida.

"Não vai vestir o paletó?"

"Pare de pensar coisas obscenas comigo e descanse um pouco."

"Eu devia ter te matado quando tive a oportunidade."

Ele se virou para me analisar com o olhar lento e sinuoso, passando dos meus olhos para a curva de meu rosto até se fixar em meus lábios.

"Durma", disse ele, depois de um longo intervalo.

Suspirei, então afundei no chão e puxei o manto para usá-lo como um cobertor. O pequeno espaço logo foi preenchido por um aroma de cedro e pinho. Do lado de fora, o vento uivava. Pouco tempo depois, bolinhas de gelo começaram a cair. Mas nada se infiltrou em nosso abrigo.

Fiquei ali, deitada, ouvindo a respiração do demônio se tornar lenta e uniforme. Quando tive certeza de que ele estava dormindo, voltei a observá-lo com atenção. Ele dormia como se não tivesse nada com que se preocupar: o sono profundo de um superpredador. Fiquei olhando para a tatuagem cintilante em seus ombros, as frases em latim ainda fracas e distantes demais para se distinguir.

Mesmo sabendo que não seria prudente, me permiti sentir curiosidade a respeito do que teria valor ou importância suficiente para ser marcado de forma permanente em seu corpo. Queria desvendar sua alma e o ler como um livro, descobrindo os mais profundos segredos e histórias de seu ser.

O que era tolice.

Tentei não notar como a tatuagem que compartilhávamos havia se espalhado com elegância e passado de seu cotovelo. As duas luas crescentes, as flores do campo e as serpentes me fizeram lembrar de uma cena de conto de fadas capturada em um afresco em meu mundo. Algo sobre deuses e monstros.

Tentei desesperadamente não pensar no quanto eu queria encostar naquelas tatuagens, primeiro a ponta dos dedos, depois a boca. Experimentando, explorando.

Eu me esforcei para não pensar que *eu* era a pessoa com quem ele estava deitado, fazendo amor. Seu corpo rígido e poderoso em movimento sobre o meu, entrando profundamente...

Interrompi aquele pensamento de puro escândalo carnal, chocada com a intensidade.

O Corredor dos Pecados era sorrateiro. Era nítido que eu estava sendo testada para luxúria e, considerando-se meu companheiro de cama, aquilo era mais perigoso do que qualquer fera do inferno rondando do lado de fora, cobiçando meu sangue. Não sei quanto tempo se passou, mas o sono acabou me encontrando.

Um tempo depois, despertei. A tempestade estava furiosa, mas não foi isso que me acordou. Um hálito quente fazia cócegas em meu pescoço, como carícias uniformes e ritmadas. Em algum momento, enquanto dormia, eu devia ter me aproximado do demônio. E, surpreendentemente, nenhum de nós havia se afastado.

Ira estava atrás de mim, com um braço pesado posicionado de maneira possessiva sobre minha cintura, como se desafiasse qualquer intruso a roubar o que ele alegava ser dele. O certo, naquele momento, era sair de perto. E não só por questão de decoro. Estar tão próxima era brincar com fogo, e eu já tinha sentido sua queimadura. Mas não *queria* me afastar. Era bom sentir o braço sobre meu corpo, o peso, a sensação e o perfume dele enroscado em mim como uma píton. Queria que ele se apropriasse de mim, quase tanto quanto queria que fosse *meu*.

No instante em que esse pensamento surgiu, a respiração dele deixou de ser uniforme.

Deslizei um pouco mais para trás, pressionando meu corpo contra seu peito, ainda ansiando por mais contato.

O braço sobre mim se contraiu um pouco.

"Emilia..."

"Sim?"

Ficamos imóveis por conta do tom sensual de minha voz, o desejo que eu não conseguia esconder. Mal reconheci essa minha versão abertamente cheia de desejos. Em meu mundo, as mulheres aprendiam que tais desejos eram nocivos, errados. Os homens podiam se entregar a seus desejos básicos e ninguém os chamava de profanos. Eram libertinos, canalhas, infames, mas não eram marginalizados por seu comportamento.

Um homem com apetite sexual saudável era considerado cheio de vitalidade, um ótimo partido. Ele seria experiente para a parceira, caso resolvesse se casar. Já as mulheres aprendiam a permanecer castas, puras. Como se o desejo que sentiam fosse sujo e vergonhoso.

Eu não era humana nem era da nobreza — as nobres sofriam mais restrições do que jamais sofri —, mas havia sido criada com aquelas mesmas noções.

Porém, eu não estava mais no mundo mortal. Não era mais obrigada a jogar por suas regras.

Um arrepio de surpresa percorreu meu corpo. Não sabia ao certo se era de empolgação ou medo de me permitir tirar aquelas algemas. Ou talvez eu soubesse, e essa fosse a parte que me assustava. Eu desejava uma coisa que haviam me alertado a não fazer. E eu só precisava me abrir e deixar acontecer. Era hora de ser corajosa, ousada.

Em vez de ser governada pelo medo, eu poderia me tornar destemida. A partir daquele momento. Aninhei-me junto a Ira novamente, já com minha escolha decidida. Ele passou a mão devagar pela frente da minha camisa, brincando com os botões. Mordi o lábio para não deixar escapar um suspiro.

"Seu coração está batendo muito forte."

Ele roçou a boca pelo lóbulo da minha orelha e — pelo amor da deusa — arqueei na direção daquele toque, sentindo o quanto ele estava gostando da posição em que estávamos.

A excitação de Ira lançou um arrepio que desceu até os dedos de meus pés. Eu *não* deveria desejar aquilo. Não deveria desejar *ele*. Mas não conseguia apagar da mente a imagem de Ira na cama com outra pessoa, ou a forma como isso fazia eu me sentir. Queria ser a pessoa que ele levava para a cama. Queria que ele me desejasse daquela forma. E *só* eu. Era um sentimento primitivo e arcaico.

Um sentimento que meu futuro marido poderia não aprovar, mas eu não me importava. Talvez a única aprovação que buscaria dali em diante seria a minha própria. Que todo o resto fosse para o inferno, literalmente. Se eu seria a rainha daquele mundo, aceitaria cada parte dele — e do meu verdadeiro eu — por completo.

"Me diga uma coisa", ele sussurrou. Sua voz escorregava como seda sobre minha pele corada.

"O quê?" Minha voz saiu ofegante.

"Sou seu pecado preferido?"

Naquele momento, eu não sabia se conseguiria proferiu frases inteiras. Ira já tinha me provocado antes, até já havia me beijado furiosa e apaixonadamente, mas nunca tinha tentado me seduzir.

Ele abriu o primeiro botão da minha camisa — *sua* camisa — com cuidado e lentidão, levando um tempo infinito para chegar ao botão seguinte. Todos os pensamentos racionais se foram. Seu toque me reduziu a apenas uma necessidade primitiva: desejo. Bruto, selvagem e infinito. Eu não sentia vergonha, preocupação ou receio.

Meu peito subia e descia com cada batida acelerada do coração. Ele abriu mais um botão. Seguido de mais um. O domínio sobre minhas emoções se extinguiu. Um fogo intenso me consumia lentamente a partir dos dedos dos pés. Era de se admirar que a neve sob nós não estivesse derretendo.

Se ele não me tocasse, pele com pele, eu entraria em combustão. O quinto botão se abriu e restavam poucos. Eu estava prestes a rasgar a maldita camisa. Sentindo minha ânsia, ou talvez finalmente cedendo à dele, ele abriu os botões que faltavam com rapidez, expondo meu corpo.

Por sobre meu ombro, ele me encarou, e seu olhar foi escurecendo conforme suas mãos calejadas deslizavam por minha pele macia.

Ele acariciou a curva do meu pescoço em direção ao ombro com carinho e atenção. Depois, quando deslizou a mão e a pressionou sobre meu coração, sentindo os batimentos como se fossem a fonte mais mágica em seu mundo, me senti capaz de jogá-lo no chão e possuí-lo ali mesmo. Seu toque leve divergia do imenso e aterrorizante poder que emanava dele.

"Está nervosa?"

Nem um pouco. Eu estava extasiada. Completamente à mercê dele. Embora um olhar para a expressão de seu rosto indicasse que o oposto podia ser verdade. Consegui sacudir a cabeça.

Seus dedos foram descendo mais, conhecendo a curva sob meu seio, explorando minha barriga e parando para brincar com o cinto de serpente que esqueci que estava usando. Se eu me virasse um pouco, se me inclinasse um pouco mais, ele poderia abrir o cinto com facilidade. E era por isso que ele havia parado. Estava aguardando minha decisão. Achei que era óbvio o que eu queria.

"Me diga."

Eu preferia *mostrar*. Cheia de coragem, eu me virei, enroscando o braço em seu pescoço, e afundei os dedos em seus cabelos pretos. Podíamos estar no Inferno, mas ele me parecia o Paraíso.

Suas mãos obstinadas subiram para deslizar sobre meus seios novamente. Ele os apertou com cuidado, e a aspereza de sua pele criou uma fricção agradável.

Seu toque era tão bom quanto eu me lembrava. Melhor, até. Não consegui conter um suspiro quando sua outra mão finalmente obedeceu aos meus desejos não verbalizados e deslizou na direção oposta. Pairou sobre minhas costelas, passou pela barriga e se demorou logo abaixo, onde eu queria que ele explorasse.

Um calor adocicado concentrou-se na parte de baixo de minha barriga.

Ira finalmente escorregou os dedos sob o cós de minha saia, roçando a pele macia entre os quadris. Seu toque era leve como pena. *Pelo amor da deusa*. Não me importavam sua traição e suas mentiras. Nada importava, exceto a sensação de suas mãos em meu corpo.

"Por favor." Eu o puxei para mais perto. Lábios macios tocaram os meus. "Me beije."

"Diga de uma vez." Ele puxou com cuidado minhas costas para mais perto, oferecendo-me uma amostra perversa do que estava por vir. Sua excitação pulsante inflamava as chamas de minhas paixões. Desejei que ele fizesse aquilo *sem* estar vestido. Deslizei o corpo sobre sua dimensão rígida, e todo o controle que ele ainda mantinha desapareceu. Ele capturou minha boca com a sua e me beijou com avidez e possessão.

Uma de suas mãos permaneceu travada sobre meu quadril e a outra foi por baixo da saia, subindo desde o tornozelo, passando pela panturrilha e vagando entre minhas coxas conforme o beijo se aprofundava e sua língua exigia a minha. Seus dedos estavam quase chegando ao centro escorregadio e sôfrego.

Eu precisava dele ali. Gemi seu nome e ele finalmente...

"Embora sua ilusão atual pareça *extremamente* interessante", disse Ira, a voz sedosa veio do outro lado do pequeno abrigo, "talvez você queira vestir suas roupas. A temperatura está mais do que congelante."

Eu me sentei, assustada, piscando no escuro. *Mas que porr...*

Precisei de um momento para estabilizar a respiração e mais um tanto para me orientar. A camisa que ele havia me emprestado tinha sido descartada junto com o manto, e minha pele nua estava enrugada por causa do ar gélido. As saias estavam enroladas em volta da minha cintura como se eu tivesse tentado tirá-las, sem conseguir.

Olhei para o espaço frio e vazio ao meu lado, confusa.

"Tem algo errado?" Talvez minha nova associação à Casa Soberba nos impedisse de ter qualquer contato íntimo um com o outro. "Quebramos alguma regra?"

"Tentei te avisar." Não conseguia ver o rosto dele, mas dava para perceber o sorriso satisfeito, muito masculino e presunçoso no tom de sua voz, e alarmes começaram a soar dentro da minha cabeça. "Você vai se perder em seus desejos se não conseguir controlá-los. Este é um mundo de pecado *e* desejo. Ele depende de seus vícios para sobreviver, do mesmo modo que o mundo humano necessita de oxigênio e água. Se você perder o controle por um segundo, ele vai atacar. E nem sempre vai ser do jeito que você acha que vai acontecer. Por exemplo, se estivesse pensando em ódio, ele poderia testá-la para ver se o oposto seria verdade."

"Eu..." *Deusa do céu*. Meu cérebro ludibriado pela luxúria finalmente entendeu o que havia acontecido. Ele disse que tinha sido uma ilusão. Mas estava mais para um pesadelo. Cobri o rosto envergonhado com as mãos, perguntando-me se havia algum feitiço que eu pudesse usar para desaparecer. "Então nada disso era real... Nenhuma parte?"

"Uma coisa que posso prometer." A voz dele soava intensa e sensual no escuro. "Você *jamais* vai se perguntar se o que está acontecendo é real ou não quando eu tocar em você."

Frustrada, constrangida e furiosa por ter me submetido ao desejo, mesmo que tivesse sido por apenas um segundo, peguei a camisa dele e a vesti de qualquer jeito antes de me virar para o meu lado.

"Alguém aqui é muito bocudo."

"Disse a pessoa que estava caindo de boca no meu..."

"Termine essa frase e eu te sufoco quando estiver dormindo, demônio maldito."

A risadinha de Ira fez os dedos dos meus pés se dobrarem e minha imaginação voar de volta para as profundezas ardentes do Inferno. Mas minha mente traiçoeira ficava repassando uma pequena escolha de palavras repetidas vezes. Ele dissera *quando* ele me tocasse, e não *se*. Como se, em algum momento no futuro, pretendesse transformar aquela fantasia erótica em realidade.

Demorou um bom tempo até eu conseguir pegar no sono de novo. Só que dessa vez não sonhei que estava sendo seduzida pelo príncipe proibido.

Sonhei com um assassinato cruel e violento. E com uma bela mulher de olhos estrelados que gritava uma maldição de vingança na mais escura das noites.

O mais perturbador de tudo é que eu tinha a impressão de que a conhecia. E que a maldição era para mim.

REINO DAS BRUXAS

NATUREZA SOMBRIA

3

O amanhecer abriu caminho até nosso pequeno abrigo. Não que desse para ter certeza de que horas eram. Aquele mundo parecia estar parado em um estado permanente de crepúsculo. Talvez fosse por causa da aproximação rápida da próxima tempestade. Até então, "nublado" era o estado preferido da atmosfera. Como se confirmasse minha teoria, o vento chiava ao longe, arrepiando os pelinhos do meu braço.

A única diferença era uma leve mudança no ângulo da luz e a rispidez com que Ira dissera que era hora de sairmos para indicar que, de fato, havia amanhecido. Fiquei esperando o príncipe arrogante zombar do que havia acontecido, mas ele não deu indício nenhum de que algumas horas antes eu tinha me esfregado nele seminua, provocada por uma ilusão pecaminosa de nossos corpos enroscados.

Talvez *tivesse sido* apenas um sonho dentro de um sonho.

Aquela esperança me fez levantar da cama improvisada. Retorci o corpo todo, alongando os músculos doloridos. Não havia sido a pior noite de sono de minha vida, mas também não fora nada confortável. Eu precisava de um banho quente, uma muda de roupas e uma boa refeição.

Só de pensar em comida, meu estômago roncou tão alto que Ira se virou para olhar, franzindo a testa de leve.

"O trajeto que temos que percorrer não é tão longo, mas, por causa das condições do terreno, é provável que cheguemos ao nosso destino só ao anoitecer."

"Eu vou sobreviver."

Ira parecia cético a esse respeito, mas manteve sua boca importuna fechada.

Olhei com tristeza para o espartilho de metal e comecei a desabotoar a camisa do demônio. Seria bom vestir aquela peça horrível logo, para podermos partir. Por mais que eu certamente pudesse viver sem comida por um tempo, se demorasse demais para comer acabaria ficando com dor de cabeça.

Vittoria também era assim. Nosso pai costumava nos provocar, dizendo que nossa magia consumia um fluxo constante de energia que precisava ser reposta, e que era ótimo nossa família ter um restaurante. A *nonna* sacudia a cabeça e o expulsava, para em seguida discretamente nos dar alguns doces.

Um tipo diferente de dor se alojou perto de meu coração. Independentemente do quanto tentasse bloqueá-la, pensar em comida logo se transformou em lembranças do Mar & Vinha, *trattoria* da minha família.

Foi um golpe emocional que quase me derrubou. Eu estava sentindo uma falta terrível da minha família e só tinha passado uma noite no submundo. O tempo transcorria de forma diferente ali, então era possível que só tivesse se passado uma hora em meu mundo, talvez menos.

Minha esperança era de que a *nonna* tivesse encontrado um esconderijo seguro para todos. Perder minha irmã gêmea tinha me deixado arrasada, e meu luto ainda era poderoso o bastante para me afundar se eu o deixasse emergir sobre a fúria por muito tempo. Se eu perdesse mais alguém... Enfiei aquelas preocupações em um pequeno baú perto do coração e me concentrei em chegar ao fim do dia. Mas um novo pensamento surgiu.

"Onde está Antonio?" Observei Ira com atenção, embora não fosse fácil decifrá-lo se ele optasse por ocultar suas emoções. "Você nunca me disse para onde o mandou."

"Eu o mandei para um lugar seguro."

Ele não se aprofundou, e provavelmente seria melhor deixar assim por ora. Tínhamos coisas mais importantes em que nos concentrar no momento. Como sair do Corredor dos Pecados sem mais *estímulos* de meus desejos e depois me apresentar formalmente a Soberba e sua corte real.

Haveria bastante tempo no futuro para falar com Antonio, a arma humana que um dos príncipes demoníacos tinha influenciado para matar minha irmã gêmea. Antes de saber que ele odiava bruxas, eu sonhava em me casar com ele.

Na pressa de ficar pronta logo, arranquei um botão da camisa emprestada e me encolhi ao ver a linha rompida. Sabendo como meu companheiro de viagem era chato em relação a roupas, me preparei para um sermão. Levantei os olhos com um pedido de desculpas na ponta da língua e fiquei surpresa quando Ira balançou a cabeça, interrompendo minhas palavras antes de eu dar voz a elas.

"Pode ficar com a camisa." Ele vestiu o paletó. Juntei as sobrancelhas e ele logo notou a desconfiança que nem tentei esconder. "Está amassada e estragada. Eu me recuso a ser visto assim."

"Sua consideração comigo é surpreendente. Acho que vou desmaiar."

Analisei seu paletó. O tecido sofisticado cobria os ombros largos, acentuando os músculos firmes e as linhas definidas do tórax. É claro que ele preferiria se apresentar seminu a usar uma camisa amassada na frente de qualquer um de seus súditos demoníacos. Quase revirei os olhos para aquela vaidade, mas consegui manter a expressão neutra.

Percebi algo que não havia notado na noite anterior: ele estava usando os dois amuletos. Os primeiros indícios de raiva borbulharam, mas enterrei os sentimentos. Já tinha sido testada o suficiente nas últimas horas.

Ele fechou o botão da calça, deixando o torso esculpido e um leve indício da bainha de ombro de couro à mostra. A adaga forjada pelo demônio não era sua melhor arma. Era só dar uma olhada para *ele* e ninguém hesitaria em levantar a mão.

Os olhos de Ira cintilaram em um prazer libertino quando ele percebeu o que havia chamado minha atenção.

"Quer que eu desabotoe? Ou você mesma prefere fazer isso?"

"Pare de delirar. Eu estava pensando em como você é convencido, e não te desejando."

"Você desejou ficar sob meu corpo ontem à noite. Na verdade, foi bem insistente."

Ergui o queixo. Ele conseguia perceber mentiras, então nem apelei para elas.

"Luxúria não tem a ver com gostar de alguém, nem mesmo amar. É uma reação física, apenas isso."

"Eu achava que você não tinha interesse em beijar alguém que odiasse", disse ele com frieza. "Devo acreditar agora que você não teria problemas em ir para a cama com pessoas por quem tem esse tipo de sentimento?"

"Quem sabe? Talvez seja esse mundo e suas armações perversas."

"Mentira."

"Está bem. Talvez eu estivesse me sentindo sozinha e solitária e você era uma distração."

Coloquei a camisa para dentro da saia. Era muito mais quente, e eu estava feliz por deixar o corpete de metal para trás. Abaixei para pegar meu cinto de serpente e o apertei na cintura.

Ira acompanhava todos os meus movimentos, me analisando com os olhos dourados. Estranhamente, ele parecia estar mesmo intrigado com minha resposta.

"E por que se importa com isso?", perguntei. "Até parece que *você* vai compartilhar a cama comigo."

"Estou me perguntando o que mudou."

"Para começar, estou no submundo." Ele estreitou os olhos, detectando o menor indício de inverdade. Interessante. "Vou esclarecer qualquer confusão. Você é muito agradável aos olhos. E em algumas ocasiões em que me falta a lógica, posso desejá-lo, mas nunca vou *amar*. Aproveite a ilusão de ontem à noite. Uma fantasia é tudo que isso foi, e tudo que sempre será."

Ele abriu um sorriso insolente enquanto colocava a coroa.

"É o que veremos."

"Seria tentador fazer uma aposta, mas me recuso a descer ao seu nível."

Seu olhar ardia, me fazendo lembrar de um fogo contido prestes a se reacender.

"Ah, acredito que você desfrutaria de cada segundo se descesse ao meu nível. Cada deslize e declínio de sua queda vai fazer seu pulso acelerar e seus joelhos tremerem. Quer saber por quê?"

"Não mesmo."

Ele esboçou um meio-sorriso e aproximou o rosto.

"Amor e ódio estão arraigados na paixão", disse em um tom de voz impossivelmente baixo, enquanto seus lábios percorriam desde meu queixo até o ouvido. Perdi o fôlego com tanta proximidade e calor. Ele se afastou o bastante para olhar em meus olhos, fixando a atenção em minha boca. Por um instante, achei que ele fosse inclinar o rosto até o meu, passar a língua na borda de meus lábios e sentir o sabor de minhas mentiras. "É estranho como essa linha fica indistinta com o tempo."

Meus lábios traiçoeiros se abriram em um suspiro. Antes que eu percebesse os mínimos movimentos, Ira saiu do pequeno abrigo. Um arrepio desceu por minhas costas. Não era o frio que me perturbava; era a determinação que seus olhos mostravam. Como se eu tivesse declarado guerra e ele fizesse questão de ficar, atraído pela sedução da batalha. Não estava claro se ele se referia ao fato de eu nunca o amar, ou nunca ir para a cama com ele, mas provocar o general da guerra significava problema em todos os casos.

Enquanto vestia o manto, lembrei dos alertas da *nonna* sobre os Perversos. Ela dizia que se alguém chamasse a atenção de um príncipe demoníaco, ele não sossegaria até ter essa pessoa.

A forma como Ira olhava para mim me fazia achar que aquelas crenças eram verdadeiras. E, apesar de ter declarado que eu era a última criatura em todos os mundos que ele desejaria e do fato de eu estar prometida ao seu irmão, era inegável que alguma coisa havia mudado.

Que a deusa nos ajudasse.

A manhã forçou sua chegada até meio-dia como se fosse uma criança mimada fazendo birra. Rajadas de neve, ferozes e sibilantes, surgiram e partiram com a mesma rapidez. Quando achei que o clima havia finalmente moderado, o gelo nos atingiu.

Fios congelados de cabelo escuro acertavam meu rosto e o manto se colou ao meu corpo como uma segunda pele. Estava com frio e desolada de uma forma nunca sentida em minha casa, em minha ilha quente.

Várias partes do corpo queimavam ou doíam por causa do gelo, e já tinha um tempo que eu havia perdido a sensibilidade nos pés. Esperava não perder nenhum dedo por congelamento.

Sempre que sentia os primeiros toques de desesperança se aproximando, eu cerrava os dentes e seguia em frente, de cabeça baixa, enquanto as rajadas de vento continuavam a me fustigar. Estava determinada a cumprir minha missão e não sucumbiria ao mau tempo. Minha irmã nunca desistiria de mim.

Seria preciso algo muito pior que gelo para me impedir.

Talvez o corredor fizesse mais do que apenas testar os pecados. Talvez combater aquele clima tão cruel fosse um teste de coragem. De determinação. Um teste para descobrir até onde uma pessoa estava disposta a ir por aqueles que amava. Tanto os demônios quanto esse mundo logo descobririam a resposta.

Ou Ira fingia estar incólume ou o mau tempo não ousava importunar sua nobre figura. O cabelo estava intacto e as roupas permaneciam secas. A atitude indiferente no que dizia respeito à jornada já era suficiente para me incomodar, mas a forma como o clima se rendia à vontade dele bastava para me matar de irritação. Era extremamente injusto que ele estivesse com uma aparência tão boa enquanto eu parecia os restos de um naufrágio encharcado que foi parar na praia depois de meses longos e difíceis no mar.

Nos poucos momentos em que não estava nevando, chovendo granizo, ou uma terrível combinação das duas coisas, uma névoa densa e fria pairava sobre nós como um presságio de um detestável deus invernal. Eu começava a achar que havia um poder superior por lá que gostava de brincar com os viajantes.

O tempo continuava se estendendo, embora o sol nunca aparecesse. Apenas vários tons de cinza coloriam o céu. Ira e eu mal nos falamos depois de nossa conversa pela manhã e, para mim, estava tudo bem desse jeito. Logo eu estaria na Casa Soberba.

Depois do que estimei ser mais uma ou duas horas de viagem, comecei a tremer descontroladamente. Quanto mais tentava forçar meus músculos a ficarem parados, mais eles se rebelavam.

A *nonna* sempre nos dizia para encontrar o lado positivo de cada situação, e naquele momento em que eu estava tão emocional e fisicamente exaurida pelo frio e todas aquelas terríveis condições climáticas, o Corredor dos Pecados me poupou de seus testes.

Meus tremores logo se tornaram ruidosos o bastante para chamar a atenção de Ira. Ele me avaliou com os olhos, os lábios apertados, e começou a andar mais rápido. Gritou para que eu continuasse em movimento. Que me apressasse. Que levantasse os pés. Mais alto, mais rápido, *mexa-se, vamos, agora*. Ele era o poderoso general da guerra, e dava para imaginar com facilidade quanto seus soldados o odiavam por conta do treinamento a que os submetia.

Quando um formigamento doloroso começou a percorrer todo o meu corpo, eu me distraí com um novo jogo. Talvez fosse o Corredor dos Pecados me encorajando, mas visualizei todas as formas com que Ira poderia escorregar de um penhasco e se espatifar nas rochas ásperas. Via tudo com tanta nitidez...

Eu correria para encontrá-lo, seguindo de pulso acelerado a destruição e os galhos quebrados deixados por seu rastro, o grande corpo batendo com violência em tudo que havia no caminho de sua descida. Quando o alcançasse, cairia de joelhos, procurando loucamente por um sinal de vida. Então passaria os dedos em seu sangue morno, desenhando pequenos corações e estrelas no sangue derramado.

Ele olhou para trás, franzindo a testa.

"Por que está com esse sorrisinho no rosto?"

"Estou imaginando como seria pintar o mundo com seu sangue."

"Isso explica o olhar de extrema satisfação." O pagão perturbado sorriu, e o Corredor dos Pecados parou de jogar com minha voracidade e ira. "Já te disse que sua raiva é meu afrodisíaco pessoal?", completou, todo despreocupado, e antes que eu me livrasse de vez da influência do pecado.

Não, ele nunca dissera. Mas era de se esperar que o demônio que governava a guerra ficasse excitado com conflito. Respirei fundo, tentando me acalmar e apaziguar a ira para a qual ainda estava sendo empurrada.

"Se quiser manter seu membro preferido intacto, sugiro que não fale."

"Quando parar de pensar em meu membro impressionante, *sugiro* que ande mais rápido. Ainda temos um longo caminho pela frente. E você parece já estar quase morta."

"Seu talento para fazer uma mulher desmaiar só perde para o seu charme, Príncipe Ira."

Suas narinas dilataram, e eu fiz um péssimo trabalho tentando esconder minha expressão de divertimento, o que só fez sua carranca aumentar. Ira passou mais algumas horas sem me provocar, mas não foi por estar remoendo o que eu dissera. Ele parecia coagido, tenso. Eu tinha uma forte suspeita de que ele estava mais preocupado do que deixava transparecer. Fiz o possível para acompanhar seu ritmo, tentando me concentrar no objetivo final e não no presente miserável. Descemos pelo desfiladeiro traiçoeiro. O tempo passava cada vez mais devagar. Comecei a escorregar, mas me equilibrei pouco antes de cair pela beirada.

Ira olhou feio para mim, provocando minha raiva o suficiente para prosseguir, nem que fosse apenas para irritá-lo. Não sei ao certo quanto tempo levei para notar, mas a percepção latejava no fundo dos meus sentidos confusos. Ira já estava a uma boa distância à frente, garantindo que o terreno fosse seguro, quando senti a leve pontada de desconforto se transformar em um estímulo constante que não podia mais ignorar.

Parei de andar, e o som de passos na neve continuou por um tempo, até tudo ficar assustadoramente silencioso. Olhei ao redor devagar. Coníferas contornavam aquela parte do desfiladeiro, com galhos dobrados pelo peso da neve densa, impossibilitando a visão de qualquer coisa atrás delas, na parte mais escura do bosque. Os galhos sobrecarregados rangiam e gemiam. Mais passos na neve.

Suspirei, e o ar condensado se misturou à névoa. A atmosfera assustadora tinha sido causada pelo som da queda de galhos quebrados. Olhei para trás e fiquei paralisada.

Uma criatura gigantesca, semelhante a um cachorro com três cabeças, olhava para mim. As cabeças estavam inclinadas com os três pares de orelhas de pé. O pelo era branco como a neve que caía, e os olhos tinham um tom de azul glacial. Aqueles olhos estranhos me encaravam com as pupilas se dilatando e se contraindo.

Nem respirei muito fundo por medo de provocar um ataque. Suas presas tinham o dobro do tamanho de facas de cozinha, e pareciam ser igualmente afiadas. A criatura farejou o ar, e o focinho úmido da cabeça do meio quase tocou minha garganta quando se aproximou.

Segurei um grito quando a criatura deu um passo para a frente, os olhos gélidos iluminando-se com...

Antes que eu tivesse tempo de gritar por ajuda, cada uma das três mandíbulas se abriu e fechou, como se quisessem me morder, mas mudaram de ideia, surpreendendo-me e surpreendendo à própria criatura.

Ela balançou as cabeças, com os olhos vidrados, e se afastou. Um predador reconhecendo uma ameaça maior. Perplexa, caí no chão e fiquei olhando aquele ser recuar para o bosque, sem deixar de me encarar, rosnando baixinho.

Não voltei a respirar até ele sumir de vista. E eu que queria passar uma imagem de destemida no submundo.

"Sangue e ossos! O que era *aquilo*?"

"Se já terminou de brincar com o cachorrinho, gostaria de seguir viagem."

"Cachorrinho?"

Virei a cabeça na direção do demônio. Ira estava a alguns passos de distância, com os braços fortes cruzados e um sorrisinho irritante no rosto. Nada de ajudar, nada de oferecer ajuda. Apenas chacota em uma situação que poderia ter ficado feia muito rapidamente. Um demônio típico.

"Aquilo tinha o tamanho de um potro!"

"Nem pense em colocar uma sela nele. Diferentemente de meus irmãos, essa criatura não gosta de ser montada."

"Hilário." Levantei-me e limpei a neve do manto. Como se antes ele já não estivesse frio e úmido o suficiente. "Ele poderia ter me matado."

"Existem inúmeros demônios menores solitários que chamam o bosque e as terras remotas de lar. Cães do Inferno são a menor de suas preocupações. Se já acabou de fazer drama, vamos andando. Já perdemos tempo demais."

É claro que o demônio chamaria um cão do Inferno de três cabeças de cachorrinho e diria que *eu* estava sendo dramática. Passei com dificuldade por ele, resmungando todo tipo de obscenidades que me vinham à cabeça. Sua risadinha macabra fez com que eu andasse mais rápido, para que o Corredor dos Pecados não tivesse mais nenhuma ideia perversa.

Seguimos viagem, felizmente sem mais nenhum encontro com a fauna selvagem. O maior desafio era a tempestade implacável. Jurei em silêncio que nunca mais fantasiaria que neve produzia um clima romântico.

Quando achei que nosso tormento tempestuoso estava chegando ao fim, outra enorme montanha surgiu na névoa. Tive que me inclinar para trás e, mesmo assim, não consegui ver o topo dela.

Contive um pequeno lamento. Não havia chance nenhuma de eu conseguir arrastar meu corpo congelado por cima daquele colosso. Senti uma sensação estranha na cabeça, uma combinação de tontura e exaustão. Ou vertigem. Pensei em me deitar ali mesmo. Talvez alguns minutos de descanso ajudassem.

Ira continuou andando e me deixou ali, contemplando meu fim quase certo. Exatamente como fez nos portões do Inferno, ele posicionou a palma da mão junto à encosta de pedra. Uma luz dourada brilhou assim que ele ordenou em voz baixa que a montanha o obedecesse.

Ou talvez ele estivesse sussurrando uma ameaça a um deus do Inferno que lhe devia um favor.

Eu estava muito distante para ouvi-lo e dei uma risadinha baixa imaginando quais seriam suas possíveis exigências. Gargalhei quando uma parte da montanha recuou, como se fosse uma porta particular. Uma montanha obedeceu a seus desejos. E por que não obedeceria?

Que pena que ele não domou a tempestade, assim como *deveria* ter feito com o cão do Inferno. O animal teria colocado o rabo entre as pernas e corrido na direção oposta.

Por algum motivo, a cena me fez curvar o corpo para a frente, rindo tanto que lágrimas escorreram de meus olhos. Um segundo depois, esqueci o que era tão engraçado. A neve caía em flocos mais pesados. Meu pulso desacelerou, e senti o coração apertar. Parecia que estava morrendo. Ou viajando para uma ilha de...

Ira surgiu diante de mim em um instante, envolvendo meus braços com as mãos fortes. Só percebi que estava cambaleando quando ele me estabilizou. Mesmo com sua ajuda, tudo começou a girar loucamente e eu fechei bem os olhos, o que só piorou as coisas.

Abri os olhos e tentei me concentrar em um ponto para atenuar aquela sensação.

O rosto austero de Ira apareceu em meu campo de visão.

Ele olhou para mim e franziu a testa. Se tivesse em condições para tals, reviraria os olhos para a avaliação crítica do que ele podia estar achando de errado na minha cara. Nem todo mundo tinha a sorte de ter a aparência de uma divindade maliciosamente bela enquanto vagava pelo Inferno. Ele retorceu os lábios.

Talvez eu tenha falado a última parte em voz alta.

"Acho que é melhor eu te carregar pelo resto do caminho. Se está fazendo comentários sobre minha aparência divina, deve estar extremamente doente."

"Não. De jeito *nenhum*."

Cambaleei na direção da abertura que ele tinha feito na montanha, desesperada para sair da neve. Consegui dar dois passos no túnel escuro até minhas pernas serem elevadas e um braço quente e musculoso envolver meus ombros, me segurando.

Eu me contorci, humilhada por ser carregada como uma boneca de pano ou uma criança. Ira nem se abalou com minhas tentativas de me soltar. Como futura Rainha dos Perversos, essa *não* era a primeira impressão que eu queria passar. Meio delirante, meio congelada e totalmente dependente de um demônio.

Ira já dissera que poder era tudo naquele lugar, e, mesmo durante um momento de delírio, eu sabia que abdicar do meu poder por um instante faria com que eu fosse vista como um alvo fácil.

"Me. Coloque. No. Chão."

"Vou colocar."

Minha cabeça rolou para trás, indo parar no vão entre seu ombro e pescoço. Ele era deliciosamente quente.

"Eu quis dizer *agora*."

"Já sei, pode deixar."

O mundo oscilava e ficava mais escuro a cada passo que ele dava. De repente passou a ser um grande esforço permanecer acordada. Senti uma tensão estranha na pele. Tudo estava frio demais. Dormir faria tudo aquilo desaparecer. E então eu poderia sonhar. Com minha irmã. Com a vida que tinha antes de invocar um demônio. E com o tempo em que eu havia sido tola em acreditar que amor e ódio estavam muito longe de ser a mesma emoção.

"Eu te odeio." Minhas palavras saíram mais lentas do que deveriam. "Eu te odeio da forma mais obscura possível."

"Já sei disso também."

"Meu futuro marido não pode me ver desse jeito."

Mesmo sem ver, senti seu sorriso.

"Conhecendo você, tenho certeza de que ele vai ver coisa muito pior."

"*Grazie*." Cretino. Eu me aninhei junto ao calor de seu corpo e suspirei, abdicando de minha própria exigência de ser colocada no chão. Só descansaria por um minuto. "Acha que vou gostar dele?"

Os passos de Ira não vacilaram, mas ele me segurou um pouco mais forte. "O tempo dirá."

Peguei no sono e acordei achando que poucos minutos tinham se passado. Entre a escuridão do túnel e o caminhar firme e ritmado de Ira, era difícil permanecer alerta. Pensamentos absurdos e lembranças se acumularam em minha cabeça e escaparam de meus lábios.

"Você disse que não faria isso."

"Não faria o quê?"

A vibração na minha voz retumbou no peito. Era estranhamente reconfortante. Pressionei o rosto junto ao coração dele, e ouvi como batia mais rápido. Ou talvez eu estivesse apenas me iludindo. Sua pele desnuda ardia em contato com a minha. Era quase doloroso.

"Cuidar de mim. Você disse que não cuidaria..."

Ele não respondeu. E eu nem esperava que respondesse. Ele não era delicado nem gentil; era severo e rude, movido a fúria e fogo. Entendia de batalha, guerra e estratégia. Amizade não estava entre as especialidades, principalmente envolvendo uma bruxa. Eu era uma missão, uma promessa que ele tinha feito ao irmão, nada além disso. Eu compreendia, por mais doloroso que fosse. Eu tinha meus próprios objetivos, minha própria meta e não hesitaria em destruir quem interferisse nos meus planos.

Nem mesmo ele.

O sono finalmente me venceu e eu relaxei nos braços de Ira. Talvez ele me surpreendesse acessando a Casa Soberba por uma entrada secreta para evitar os demônios enxeridos. Eu só queria que ele demonstrasse alguma compaixão.

De algum lugar bem distante, ouvi um sussurro.

"Eu menti."

REINO DAS BRUXAS

NATUREZA SOMBRIA

4

"Ela está morta?" Demorei um minuto para me situar, mas reconheci a voz. Anir. O humano que era o braço direito de Ira. O demônio respondeu com uma grosseria que pareceu muito com *É claro que não, seu idiota de merda.* "Pode me culpar por achar isso? Ela parece bem morta. Talvez você devesse ter deixado o destino seguir seu curso. Ninguém vai te culpar se o coração dela parar. Nem mesmo..."

"Cuidado. Não me lembro de ter pedido sua opinião."

Dedos calejados cutucaram meu pescoço, pegaram no meu pulso. Eu me esforcei para tentar me sentar, mas estava amarrada a algo imóvel e duro como uma rocha.

"Vossa majestade, é melhor alertarmos a matrona. Acho que isso não é..."

"Pegue uma caneca de água morna e cobertores. Agora."

A sensação que eu tinha na pele era de alguém ter me jogado no fogo e deixado lá. Beber algo morno ou me cobrir com cobertores era a última coisa que eu queria fazer. Me debati sob as correntes e uma delas se soltou e alisou meus cabelos para trás. Eram braços, não correntes. Ira ainda me estava me segurando junto ao seu corpo. Tentei abrir os olhos, mas não consegui. Ele deu alguns passos e me colocou com cuidado em um colchão. Pelo menos eu esperava que fosse isso.

O que significava... Meu coração disparou. Já devíamos estar no castelo do diabo. O pânico me fez agarrar os braços de Ira quando ele tentou se afastar. Apesar do discurso corajoso de antes, eu não queria ficar sozinha com o rei dos demônios. Pelo menos não daquele jeito.

"N-não... Não..."

"Não se mexa tanto ou seu coração pode parar."

Minha respiração era difícil e irregular.

"Se-seu jeito para lidar com doentes é..."

"Detestável? Por isso não sou médico. Reclame depois. Você está com uma leve hipotermia." Ele se desvencilhou com cuidado de minhas mãos apertadas e se afastou. Eu tinha quase certeza de que ele havia tocado minha testa ardente com os lábios antes de afastar o corpo todo da cama. Quando falou, seu tom foi duro o bastante para me fazer questionar se o beijo tinha sido real. "Fique parada."

Tecido rasgado. Meus olhos se abriram enquanto o choque tomava conta de mim. Ira estava debruçado sobre meu corpo, rasgando minhas roupas congeladas ao meio, como se não fossem nada além de um pedaço de pergaminho. Saias, camisas, cinto. Mais alguns puxões e o ar frio soprava por minha pele ardente.

Quase gemi de prazer quando ele puxou as roupas molhadas sob meu corpo e as descartou. Nem me importei de estar nua diante do demônio. Mais uma vez.

Queria arrancar a pele e afundar o corpo em uma banheira de gelo. O que era estranho, considerando que estava congelando pouco tempo antes. Meus olhos se fecharam e, independentemente do quanto eu tentasse, não consegui reabri-los. Imagens estranhas corriam em minha mente. Lembranças indistintas e fragmentadas passavam velozes em meio a uma névoa densa, possível resultado de um cérebro moribundo. Ou talvez fossem visões de um futuro que eu nunca conheceria, zombando de mim. Estátuas e flores. Fogo. Corações dentro de vidros, uma parede repleta de crânios.

Nada fazia sentido.

"Emilia... fique comigo."

Ira pegou minha mão e massageou com cuidado cada um dos dedos para esquentá-los. Se estava tentando me manter acordada, não estava funcionando. Uma paz soporífera recaiu sobre mim, e eu relaxei com seu toque. As lembranças e imagens estranhas foram desaparecendo. A massagem cuidadosa passou dos dedos para o pulso, subiu devagar por meu braço até o cotovelo, e depois ele fez o mesmo com minha outra mão.

Assim que terminou de devolver a vida aos meus dedos, foi para a outra ponta da cama. Levantou uma de minhas pernas pelo tornozelo com uma das mãos e usou a outra para devolver a sensibilidade aos dedos do pé, mais ou menos como havia feito antes. Seus polegares escorregaram para o arco de meu pé e eu gemi de leve quando ele usou a pressão *exata* para curar a dor que eu sentia ali.

Alguém bateu na porta e Ira ordenou a quem quer que fosse que deixasse tudo do lado de fora. Passos firmes atravessaram o quarto, uma porta se abriu e se fechou, e então ele voltou e cobriu meu corpo gentilmente com o tecido mais macio que já senti.

Abafei um grito. Parecia que ele tinha jogado querosene sobre mim e acendido um fósforo. Chutei a coberta e recebi um resmungo frustrado do demônio.

"Pare." Ele me segurou e me enrolou de novo na coberta. Um peso se acomodou ao meu lado um instante depois. Dois braços grandes envolveram meu corpo e, me puxando para mais perto, ele apoiou o queixo em minha cabeça. Em seguida, passou a perna sobre meu quadril, reforçando nossa conexão.

Ele parecia estar pegando fogo. E eu já estava queimando. Tentei me desvencilhar, desejando ir para o chão. Queria entrar debaixo das tábuas do piso e me enterrar como um animal em profunda hibernação. Ira continuava me segurando com firmeza; eu estava presa junto ao corpo dele. E, com sua força sobrenatural, não havia como vencê-lo se ele decidisse se manter firme. O instinto de sobrevivência se manifestou. Eu me transformei em um gato selvagem arranhando aquele que tentava me aprisionar.

Os braços de Ira eram duas faixas de aço.

"*Saia* de cima de mim."

"Não."

"Seu criador não te ensinou como tratar bem uma mulher?"

"Fique viva até amanhã de manhã e eu passarei a respeitar seus desejos", retrucou ele.

"Você não compreende..." Eu estava enfurecida e com uma necessidade incontrolável de sair dali. Ele me segurou com mais força, mas sempre sem me machucar. "Preciso estar na terra. Tenho que entrar embaixo do solo."

"Esse é um sintoma comum da hipotermia. A sensação vai passar quando você se estabilizar." Ele deslizou o braço atrás dos meus ombros e me levantou. "Tome isso. *Agora*."

Seu tom indicava que ele fecharia meu nariz e forçaria o líquido garganta abaixo se eu não lhe obedecesse. Ele estava longe de ser uma ama gentil. Hesitante, tomei um gole do líquido morno e contive um grito. Tudo estava quente demais. Ira voltou a me posicionar sobre o travesseiro e, com cuidado, colocou outro cobertor sobre mim. Era leve como uma pena, mas provocava uma dor tremenda. A dor se intensificou até se tornar a única sensação que eu conhecia.

Travei os dentes, tentando obrigá-los a parar de ranger. Felizmente, poucos instantes após beber o líquido, comecei a entrar e sair de vários estados de consciência. Fiquei me perguntando o que ele teria colocado na bebida para me deixar tão sonolenta, mas não consegui juntar energia suficiente para me sentir ameaçada. Se ele me queria morta, teria que deixar a natureza cuidar dessa questão.

Mais tarde, um movimento me tirou daquela batalha febril com a lucidez. Esqueci onde estava. Quem eu era. Uma luz quente iluminava em dourado uma grande silhueta.

Estreitei os olhos e me perguntei quem havia enviado aquele anjo. Depois me lembrei. Se o ser celestial que olhava para mim algum dia tinha sido um anjo, agora era *outra* coisa. Uma coisa a ser temida e evitada. Uma coisa que fazia corações acelerarem e joelhos tremerem.

Ele era tão proibido quanto o fruto oferecido a Eva, mas, de certo modo, ainda mais tentador.

Delirando, observei Ira executar as tarefas mais peculiares. Repor o líquido morno da caneca. Me ajudar a beber até um calor doce lentamente se espalhar por meu corpo. De forma pacífica e calmante, contrastando com o inferno que eu havia sentido antes. Ele providenciava mais cobertas. Adicionava lenha a uma enorme lareira em frente a uma cama toda feita de meia-noite. Os lençóis tinham o branco e prateado de estrelas cadentes. Eram estranhamente familiares, embora eu nunca os tivesse visto.

Em determinado momento, olhei para ele e encontrei uma camada de suor brilhando em sua pele exposta. Durante a noite, ele havia retirado os dois amuletos. Estava comigo debaixo das cobertas e me envolvia em um abraço confortável, transferindo calor de seu corpo para o meu. Ele era extraordinário. E isso não tinha nada a ver com sua aparência física.

Direcionei minha atenção para os olhos dele. Manchas pretas salpicavam as íris douradas, como se estrelinhas circundassem suas pupilas. Ele me observava inspecionar suas feições, passando os olhos por meu rosto com a mesma atenção. Fiquei imaginando o que ele via quando olhava para mim, como se sentia.

"Às vezes", disse, e minha voz saiu estridente e baixa, "às vezes eu acho que quero ser sua amiga. Apesar do passado. Talvez nos aliarmos, fazer uma aliança entre nossas Casas, seja algo a se considerar."

Ele ficou tenso, como se a mera ideia de amizade ou aliança fosse algo terrível. "Descanse."

O fogo tinha aquecido o quarto, e minhas pálpebras se fecharam como se obedecessem a ordem de Ira. O mundo ficou enevoado. "Ira..." Eu queria agradecer, mas minhas palavras foram roubadas pelo sono.

Ele falava em tom sussurrado. Afastou o cabelo de meu rosto com a mão grande e tatuada. Parecia estar compartilhando um segredo... Algo vital. Importante a ponto de mudar minha realidade para sempre. Cheguei mais perto, em um esforço para escutar. Sua voz retumbava por mim como uma tempestade distante, tentando reacender alguma coisa antes que voltasse a adormecer.

Não consegui reter nada do que ele disse e dormi mais uma vez.

Quando por fim acordei, o lado de Ira na cama estava vazio. Sem seu corpo enorme e a constante cara feia ou a preocupação não muito gentil, o quarto parecia grande demais.

Um quarto.

Respirei fundo e instantaneamente fiquei alerta. A pior parte do delírio tinha passado, e a realidade parecia uma montanha desmoronando sobre mim. Ira tinha me levado para... Eu não sabia muito bem para onde. Não consegui ver direito onde estava no dia anterior. Afastei o que restava do sono e fiquei olhando para uma superfície de constelações. Era algo extremamente inesperado.

Pisquei algumas vezes. O teto tinha sido pintado para parecer um céu repleto de estrelas. Mas não parecia ser bem isso. Olhando melhor, as constelações eram, na verdade, luzes diminutas brilhando de leve em um teto pintado com um tom degradê de azul-escuro.

Observei o restante do cômodo. Era enorme. Elegante.

As paredes eram de um branco puro como neve, com painéis com molduras decorativas e frisos, e a lareira gigantesca em frente à cama tinha bordas prateadas que refletiam as chamas em sua superfície brilhante. Um espelho enorme, todo ornamentado, erguia-se sobre ela. Castiçais de prata ocupavam cada um dos lados da cornija. Outro conjunto idêntico paramentava a parede atrás da cama. Fiquei surpresa ao ver prata, e não o ouro característico de Ira, embora suspeitasse que o metal fosse, na verdade, ouro-branco.

Um carpete azul-escuro combinava com o tom do teto, e a cama parecia ter sido esculpida da mesma pedra preciosa que cercava os portões do Inferno. Sobreposto ao carpete escuro havia um tapete amarelo tecido com fios de ouro.

Todos os tecidos pareciam macios, luxuosos e tinham um leve perfume de ar invernal e almíscar.

No extremo do quarto, havia um conjunto de cadeiras e uma mesa de muito bom gosto posicionadas em um canto. Não fosse pelas beiradas cintilando por causa da luz do fogo ardente, poderiam ter passado despercebidas. Ao lado da lareira, havia um guarda-roupa imenso, alto e majestoso, feito de madeira escura. Suas portas exibiam entalhes de pequenas flores, estrelas e serpentes. Os puxadores tinham a forma de luas crescentes. Lembravam um símbolo incompleto da Deusa Tríplice. Ao lado do guarda-roupa ficava uma porta que podia levar a outro cômodo ou a um corredor.

Era bem diferente do palácio abandonado de que Ira havia se apossado em minha cidade.

Eu me virei. À minha esquerda, outra porta levava a uma casa de banho, a julgar pelo barulho de água. Ao lado estava pendurado um grande quadro. A moldura era prateada, ornamentada como o espelho que ficava sobre a lareira, e deve ter custado uma pequena fortuna.

A pintura em si parecia uma floresta encantada proveniente das páginas de um conto de fadas. O verde intenso e o marrom suntuoso davam vida à paisagem. Flores em meio a uma profusão de cores escuras pontuavam o primeiro plano. Heras enrolavam-se em volumosos troncos de árvores.

Árvores frutíferas ofereciam guloseimas maduras, de maçãs e romãs polpudas repletas de sementes a variados tipos de frutas cítricas. O solo próximo ao centro era coberto de névoa, e a geada revestia as pétalas de flores à direita. A paleta do artista era escura, porém branda. A cena era viva, porém congelada. O verão habitava um lado, mas havia o beijo gelado do inverno do outro.

Era um jardim sazonal diferente de tudo que eu já tinha visto na vida real. Tive um desejo repentino de encontrar o artista que havia pintado aquilo, curiosa a respeito da inspiração por trás de uma peça tão singular. Se fosse baseada em um lugar real, gostaria de visitá-lo. Mas antes...

Olhei para baixo. As únicas roupas que eu tinha haviam sido arrancadas de meu corpo na tentativa frenética de Ira de me aquecer e descartadas só a deusa sabia onde. Suspirei e puxei os lençóis para cima, tentando amarrá-los como um vestido improvisado.

Alguém pigarreou.

A pequena aceleração no meu pulso indicou quem era antes de eu me voltar para a pessoa. Meus batimentos cardíacos ficaram extremamente acelerados no instante em que nossos olhares se cruzaram e se fixaram.

Ira estava encostado no batente da porta, cabelos escuros desgrenhados e úmidos, terno novo perfeitamente passado, expressão beirando de contemplação. Ele passou os olhos sobre mim devagar, um olhar agudo e clínico. Um robe cor de ébano, bordado com flores do campo, pendia da ponta de seus dedos.

"Você acordou."

"Você é muito observador."

"Seja boazinha. Estou segurando a sua roupa."

Minha atenção se voltou à peça de roupa em questão. Eu estava em clara desvantagem, mas pretendia remediar isso logo.

"Onde estamos?"

"Em um quarto, ao que parece."

Ele não se cansava de ser cretino.

"É o seu quarto?"

Ele fez que não com a cabeça, sem esclarecer mais nada. Contei até dez em silêncio. Ira aguardou com um meio-sorriso, como se me irritar fosse sua mais estimada diversão.

Se ele quisesse discutir, eu ficaria mais do que feliz em fazer sua vontade. Mas me lembrei de que ele tinha falado que a raiva para ele era um afrodisíaco, por isso mordi a língua.

"Estamos na Casa real de Soberba?"

"Não. Aqui é a Casa Ira."

"O contrato..."

"Você quer ir para lá?" Seu tom de voz era cuidadosamente neutro.

Algo naquela pergunta me parecia uma armadilha, e eu não queria me meter em nenhuma cilada demoníaca tão cedo, de preferência nunca mais. Engoli em seco.

"Fiz um voto de sangue."

"Isso não responde à minha pergunta."

Como se ele respondesse direito quando quem perguntava era eu. Usei uma de suas táticas e respondi com uma pergunta.

"E o que importa? Eu assinei. Está feito."

"Você *quer* ir para lá?", repetiu. É claro que eu não queria ir. Nem ficar ali na Casa dele, por sinal. Eu queria fazer o que tinha que fazer e voltar para casa. Quanto antes, melhor. Pressionei os lábios, sem querer responder em voz alta, e me obriguei a pensar em algo agradável. Ele sentia emoções e mentiras. E eu tinha uma teoria que precisava ser testada. Ele estreitou os olhos ao analisar meu rosto, procurando a verdade oculta nele. "Isso é um sim?"

Confirmei com a cabeça.

Um raro acesso de emoção surgiu em seu rosto, mas ele se recuperou na mesma hora e atravessou o quarto em poucos e longos passos. Se eu não estivesse atenta à sua expressão, teria perdido aquela brevíssima reação. Agora a raiva brilhava em seus olhos. Uma máscara para encobrir sua mágoa.

"Não se preocupe. Quando meu irmão deixar as quase constantes festas e libertinagens, e quando sua maldita soberba finalmente ceder o suficiente para me permitir entrar em seu odioso domínio, vou cumprir minha parte do acordo."

Eu tinha quase certeza de que cada um dos domínios era odioso à sua própria maneira, mas não me dei ao trabalho de apontar.

"Precisamos de um convite?"

"A menos que você queira iniciar uma rixa entre nossas Casas, sim."

Arquivei mentalmente a informação. Rivalidade entre príncipes decerto criaria uma distração de buscas, ao que parecia, mais inofensivas, como uma fofoca.

"Entrar no território dele sem permissão é considerado uma ameaça? Mesmo se estiver fazendo o que ele pediu?"

Ira confirmou.

"Não faz muito sentido. É por ele ser rei e querer deixar claro qual é o seu lugar?"

"Exibir a realeza é o passatempo preferido de alguns por aqui."

O que não respondia exatamente às *minhas* perguntas. Príncipe Ira, um dos Sete Temidos e Poderosos, General da Guerra e Mestre dos Subterfúgios. Uma ideia maliciosa me veio à mente, mas mantive as feições neutras e escondi o sorriso. Ira tinha uma porção de máscaras em seu arsenal. Era hora de acrescentar algumas à minha coleção.

"Na condição de sua noiva, e se eu resolver ir sozinha até ele? Tecnicamente, não faço parte da Casa Soberba? Se isso é verdade, não vejo como essa regra pode se aplicar a mim. A menos que ele ainda esteja comprometido com a primeira esposa, o que não pode ser verdade, se ele for tão degenerado quanto você diz. Tenho certeza de que ele me receberia bem em nosso leito conjugal."

Não sei se Ira percebeu, mas o quarto ficou um pouco mais gelado. Eu havia atingido um ponto delicado.

"Soberba receberia em sua cama com prazer tanto você quanto qualquer outra pessoa por quem estivesse fascinado. Todos ao mesmo tempo, se assim desejasse. E se você permitir, até nas noites em que estiver com ele. Mas sugiro fingir que ele é o amante supremo, senão vai ofender o pecado que lhe dá nome e vai acabar ficando sozinha."

Fiquei tão aturdida que esqueci as sementes da discórdia que estava tentando plantar.

"Você não pode estar falando sério. Soberba desejaria outra pessoa em nossa cama? Comigo? Não compreendo."

Ira hesitou um minuto.

"De vez em quando, meu irmão gosta de ter múltiplas amantes."

"Ao mesmo tempo?" Senti meu rosto arder enquanto ele confirmava lentamente com a cabeça.

"Sexo não é visto como um assunto vergonhoso ou pecaminoso aqui, Emilia. Atração e desejo fazem parte da ordem natural da vida. Mortais impõem restrições a essas coisas. Príncipes do Inferno, não."

"Mas Luxúria... sua influência. É considerada um pecado, mesmo aqui."

"Meu irmão brincou principalmente com sua felicidade, coisas que suscitam todo tipo de prazer e alegria, não apenas desejos carnais. Ser testada ou induzida a uma emoção em particular significa que se trata de algo com que este mundo sente que você tem alguma dificuldade." Ele inclinou a cabeça. "Se estiver interessada em sexo, mas tiver medo de paixão ou de intimidade, pode vivenciar um nível mais elevado de desejo sexual até superar suas questões pessoais a esse respeito. Qual dessas coisas te intimida?"

Engoli em seco, desconfortável de estar falando sobre prazer ali, sozinha com Ira e nua sob os lençóis de seda.

"Nenhuma. E não é da sua conta. Discutir o que posso ou não fazer com meu marido não é de bom tom. Ainda mais com você."

Ira jogou o robe perto de mim sobre o colchão com expressão de frieza. "*De nada* por te manter viva. Pelas minhas contas, é a segunda vez. E não recebi um pingo de gratidão em nenhuma delas."

O tom que ele usou fez meu sangue ferver. Fiquei me perguntando se ele sabia que sua magia estava vazando e me afetando de forma tão potente. Talvez estar dentro de sua Casa de Pecado exacerbasse minha fúria e a percepção da minha inexperiência em certas áreas. Eu não tinha pensado que teria que ir para a cama com Soberba, nem considerado nenhuma outra obrigação conjugal para cumprir. Senti-me encurralada. Minha raiva fervente precisava de uma válvula de escape, e Ira parecia estar ali para ser essa válvula.

"Você sempre exige profusas manifestações de gratidão por fazer a coisa certa? Estou começando a achar que seu pecado é, na verdade, a soberba, e não a ira. Seu ego certamente é bastante frágil. Talvez eu devesse rastejar aos seus pés, ou fazer um discurso em praça pública enaltecendo suas qualidades. Isso te deixaria satisfeito?"

"Cuidado, bruxa."

"Ou o quê? Vai vender minha alma a quem pagar mais?", zombei. "Já é tarde para isso. Não vamos esquecer que, se não fosse por você e seu engodo, eu nem estaria aqui, quase morrendo congelada, nem teria que me preocupar em ir para a cama com seu irmão e sei lá mais quem ele convidasse para compartilhar nossos lençóis!"

"*Você* escolheu a Casa Soberba."

"Por que você ainda está aqui? Achei que iria embora no instante em que conquistasse a liberdade. Já não me atormentou o bastante? Ou sua tarefa não está concluída até meu casamento ser consumado? Se é isso que está esperando, tenho certeza de que Soberba vai te convidar para ficar de testemunha dentro do quarto, para garantir que eu me deite e aguente o tranco como uma boa rainhazinha."

Se o ódio pudesse ser capturado com um olhar, ele o teria dominado. "Você vai ver que tem algumas roupas no armário. Vista o que quiser. Faça o que quiser. Vá aonde quiser dentro deste castelo. Se decidir sair da Casa Ira, boa sorte. Volto quando Soberba enviar uma convocação. Até lá, boa noite, *milady.*"

Ele saiu furioso do quarto. Seus passos ecoaram até um outro cômodo, onde uma porta se abriu e se fechou, e eu o escutei esbravejar pelo corredor. Soltei um suspiro frustrado.

Aquele demônio incitava meu ódio como nenhum outro.

Fera miserável. Como ousava exigir a verdade quando não me oferecia a mesma coisa em troca. Esperei minha pulsação se acalmar. Eu *era* grata por tudo que ele havia feito na noite anterior. E se ele tivesse me dado uma oportunidade, eu teria dito que estava grata por seu empenho. Ele não precisava ter massageado meus pés. Aquilo não tinha nada a ver com congelamento e tudo a ver com delicadeza.

"Que a deusa amaldiçoe a nós dois", murmurei. Não pretendia ficar tão furiosa nem explodir falando da caverna, mas meus sentimentos estavam supurando. Era melhor abrir aquela ferida e acabar com aquilo.

Apesar da escalada tensa de nossa discussão, meu pequeno experimento foi um sucesso parcial. Ira só tinha conseguido detectar *uma* das minhas mentiras. Era um truque a acrescentar às minhas notas mentais.

Olhei para a porta e considerei ir atrás dele para torcer seu pescoço ou insensatamente beijá-lo, mas contive esses desejos. Para descobrir o que de fato havia acontecido com Vittoria, em algum momento eu teria que me desvincular dele. E poderia muito bem começar naquele momento. Não conhecia toda a etiqueta e as regras do mundo dos demônios, mas já sabia que os príncipes não violavam os domínios reais uns dos outros. Assim que eu partisse para a Casa Soberba, Ira e eu não nos veríamos mais. Pelo menos por um bom tempo.

Milady.

Que tolice era aquela.

Minha atenção se fixou no robe e uma sensação estranha fez meu coração acelerar. Eu não tinha notado enquanto o demônio o segurava do outro lado do quarto, mas as flores bordadas eram iguais às de nossas tatuagens.

A tatuagem lilás simbolizava um noivado que eu havia forçado acidentalmente entre nós quando o invocara pela primeira vez. Ele soube de imediato o que eu tinha feito, mas não me contou a verdade. Fiquei sabendo semanas depois por Anir, na noite em que encontramos outra bruxa assassinada em um beco. Ira jurou que me contaria, que estava esperando cultivar uma relação de confiança para revelar nosso iminente casamento, mas eu não acreditava.

Tudo que ele fazia era calculado. Cada movimento era estratégico. Ainda estava fazendo alguns jogos e tinha objetivos secretos dos quais eu nem fazia ideia. Talvez estivessem relacionados ao assassinato de minha irmã, talvez não. Independentemente do quanto protegesse seus segredos, de um modo ou de outro eu descobriria o que ele estava, de fato, procurando. Se havia aprendido alguma coisa sobre ele, era que estava disposto a viajar distâncias intermináveis para conseguir o que desejava.

Olhei para a tatuagem no meu braço. Era de se supor que as tatuagens iguais desaparecessem depois que eu lançasse o feitiço para encerrar o noivado. Não desapareceram.

Apesar da magia rompida, elas continuavam crescendo como sementes que haviam sido semeadas e cultivadas. Partes de cada um de nós alimentavam o desenho: as serpentes dele, minhas flores, as luas crescentes gêmeas dentro de um anel de estrelas. Eram um lembrete constante de minha inexperiência e das mentiras e omissões dele.

Passei o dedo sobre os caules e pétalas delicados replicados no tecido sedoso e frio da peça de roupa. Era lindo, exatamente o que eu escolheria se tivesse recursos suficientes para mandar fazer uma peça tão fina. Ele sabia disso. Ele me conhecia.

Talvez me conhecesse mais do que eu imaginava. Ainda assim, *ele* continuava sendo um mistério para mim.

Peguei o robe, pulei da cama e fiquei nua diante do fogo crepitante. Horas antes, eu estava perto da morte, com a pele queimando por causa do gelo, não do fogo. Ele tinha passado a noite toda me acalentando junto ao seu corpo. Um corpo que não era gélido como a *nonna* costumava contar em suas histórias sobre os Perversos. Ele poderia ter convocado um médico de sua corte para executar a tarefa.

Também poderia ter deixado que eu morresse, como sugeriu Anir. Mas não deixou.

Aproximei o tecido do rosto, sentindo os resquícios do perfume de Ira, e depois joguei o robe bem no meio das chamas.

O REINO DAS BRUXAS
NATUREZA SOMBRIA

5

"Vitimada por um guarda-roupa" estava destinado a ser o epitáfio em minha lápide, graças à obsessão de Ira por roupas finas e tecidos requintados. Havia tantos vestidos, saias, corpetes, espartilhos, túnicas, meias-calças, roupas íntimas delicadas e rendadas, camisolas de seda e robes, que tive que fechar as portas entalhadas e me afastar. Era demais.

Em casa, eu tinha uns poucos vestidos simples, sem espartilho e túnicas feitas de musselina. Dois pares de sapato. Sandálias e botas com cadarços. Algumas blusas e saias feitas em casa. Vittoria e eu compartilhávamos peças para fazer nosso armário escasso parecer maior do que era.

Já os itens que compunham aquele guarda-roupa eram diferentes de tudo que eu já tinha visto no mundo mortal. E não era apenas o estilo ousado e a quantidade escandalosa de pele que eu deixaria à mostra. Eram as cores vibrantes, os bordados elaborados e a natureza extravagante de todas as peças.

Respirei fundo e voltei a abrir o armário. Calçados que iam de sapatilhas a sapatos de salto baixo e botas em um arco-íris de cores escuras ocupavam a parte de baixo do armário. Pretos, cor de carvão, marrom-escuros, dourados, e até mesmo alguns roxos e prateados.

Laços, rendas, couro. Vestidos com estampas exóticas e fantásticas, com espinhos e serpentes, flores e frutas. Tecidos cintilantes que podiam competir com o céu da noite. Sedas, tules, veludos e algo que era tão macio e felpudo que encostei na bochecha.

Cashmere. Uma lembrança meio esquecida voltou a ganhar vida. Uma pequena cabana no meio de um bosque congelado. Uma nuvem de fumaça prateada serpenteando na direção do céu. Sussurros, caldeirões e... *Nonna* tinha dado para mim e para Vittoria luvas de cashmere quando visitamos uma amiga dela no norte da Itália. Gostei do material na época e amei senti-lo novamente. Peguei o vestido lilás-acinzentado e engoli em seco.

"Ah."

A moda dos Sete Círculos era muito mais ajustada e reveladora do que as roupas de meu mundo. Aquele vestido ficaria justo como uma luva, mas era curto e só chegaria no meio da coxa. Se eu tivesse sorte.

Era a peça de roupa mais obscena que já tinha visto, mais curta que qualquer camisola feita para aquelas que tinham como ofício trabalhar em casas de prazer. Fiquei me perguntando como seria reconhecer meu corpo com confiança e sensualidade, sem ficar pedindo desculpas nem sorrindo com timidez.

De repente, me imaginei usando o vestido enquanto discutia com o demônio que o havia escolhido...

... seu olhar escureceria ao pairar sobre mim com uma lentidão furiosa, fazendo meu sangue ferver. Eu o empurraria contra a superfície dura mais próxima, sem fôlego enquanto ele apertaria os dedos sobre o tecido macio cobrindo minhas coxas, considerando com atenção seu próximo movimento.

Talvez sua boca importuna me provocasse enquanto estivesse elaborando formas de arrancar prazer de mim. Ele sussurraria todo tipo de promessas sujas, e isso me aqueceria até as profundezas. Eu me aproximaria e mordiscaria seu lábio inferior, um alerta e uma súplica.

Ficaria feliz em dizer que não tinha mais medo de minhas paixões nem estava disposta a renunciar a mim mesma. Vergonha seria a última coisa que eu sentiria com ele em meus braços.

Ele então me beijaria, lenta e intensamente. Uma exploração imponente de minha boca, meu corpo. Prova de que estaria honrando suas promessas perversas. Eu sentiria seu desejo pressionado contra mim, rígido, quente e excitante. Minha satisfação de provocar essa reação se transformaria em desejo com mais rapidez do que eu conseguiria respirar. Eu pressionaria o corpo ao dele, querendo sentir *mais*.

Não demoraria para ele puxar meu vestido acima dos quadris, se ajoelhar e beijar até...

"Sangue e ossos."

Desvencilhei-me da ilusão induzida por magia. Eu demoraria *muito* para me acostumar àquele mundo e suas persuasões. Não tinha sido tão forte quanto no Corredor dos Pecados, mas a mesma magia obscura e sedutora estava presente, persistindo, testando, provocando.

Outra complicação infeliz. Eu teria que ser extremamente cuidadosa com meus pensamentos e sentimentos. Coloquei o vestido de volta no armário e peguei um robe, forçando-me a não pensar em Ira.

Pensar no príncipe daquela casa ao lado de minha cama sem nenhuma peça de roupa era flertar com o problema. Depois que vesti o robe, amarrei a faixa de seda na cintura e fui dar mais uma olhada nas roupas.

Separei outro vestido, um pouco mais próximo do estilo das roupas do meu mundo. Na verdade, trajes que seriam usados por uma princesa ou uma nobre. Esse tinha um corpete assemelhado a um espartilho preto fosco. A saia reta abraçava os quadris e se abria na metade da coxa, descendo em cascata até o chão. Cada linha do corpete tinha o contorno de um acabamento acetinado que dava a volta na cintura. Era bem diferente das blusas e saias simples que eu estava acostumada a usar para trabalhar.

Comecei a sentir pontadas de saudade de casa. Nem as roupas mais finas do mundo poderiam substituir o conforto que sentia ao lado de minha família. Desejava estar na cozinha do Mar & Vinha ouvindo a sinfonia de sons que minha mãe, a *nonna* e minha irmã faziam enquanto preparávamos os pratos. Facas picando, frigideiras esquentando, colheres batendo, e todas nós cantarolando com alegria enquanto compartilhávamos as fofocas do mercado. Meu pai e o tio Nino conversando jovialmente com os clientes.

O aroma de comida apetitosa no ar... Aquela vida simples e feliz tinha terminado.

Pronta ou não, eu precisava entrar em meu novo papel e assumi-lo. E era isso mesmo que faria. Tanto literal quanto figurativamente. Começando naquele instante.

Peguei o vestido e entrei no cômodo em que o príncipe havia se lavado. Por um momento, fiquei sem ação.

"Divina deusa do céu."

Todas as superfícies refletiam minha expressão chocada. Piso, teto, banheira, penteadeira, tudo era feito de cristal, vidro fosco ou ouro-branco. Velas tremeluziam em um lustre circular. O cômodo tinha um brilho suave, como se eu estivesse saindo do submundo e pisando diretamente na superfície da lua.

Os únicos pontos de cor eram de uma seleção de maquiagens organizada em pilhas na penteadeira. Pincéis para os olhos e para o rosto e escova de cabelos. Presilhas, tiaras e grampos enfeitados com pedras preciosas. Botões de flores para os meus cachos. Potinhos multicoloridos para os lábios. Ouro em pó que poderia ser aplicado no rosto ou no corpo, delicados frascos de perfume cor-de-rosa, roxos e em tons que eu nem sabia definir.

Deixei o vestido ali e peguei um perfume para cheirar. Flor de lilás e talvez amêndoas com um toque de bergamota. Vittoria teria amado a variedade e riqueza de aromas. Engoli o nó que se formava na garganta. Apliquei um pouco do perfume em cada pulso e esfreguei um no outro. Era divino. Cheirei o conteúdo de outro frasco, que me lembrou madressilva, bétula e chantili. Talvez com um pouquinho de gardênia. Outro tinha o perfume quase exatamente igual ao de jacinto, e me fez lembrar de exuberantes manhãs de primavera.

Sorri de leve. A paixão de Vittoria por criar perfumes me ajudou a diferenciar várias notas. Por um instante, senti que poderia fechar os olhos e fingir que ela estava comigo. O momento se extinguiu, como uma sombra passageira criada por uma nuvem que atravessava rápido na frente do sol.

Inspecionei cada frasco e todos os itens que Ira havia deixado ali. Nada me surpreendeu mais que as flores frescas. Havia um vaso de cristal sobre a penteadeira, ao lado da maquiagem.

Botões perfumados de flores brancas, azul-pálido e ouro-rosê caíam em cascata ao redor de folhagens e eucaliptos agrupados em um arranjo. Todas as flores eram adoráveis, bem parecidas com o que seria encontrado no mundo humano, exceto por estarem cobertas de gelo.

Cheirei-as, surpresa ao notar que o perfume atravessava o gelo. Passei os dedos sobre as pétalas congeladas. Fiquei me perguntando se as flores tinham sido ideia de Ira ou se outra pessoa as havia mandado.

Outra pessoa como meu futuro marido. Parei de questionar. Não importava.

Minha atenção se voltou para a banheira de vidro, que ocupava quase todo o centro do cômodo. Dava para nadar de um lado para o outro e dar voltas. Era uma das coisas mais majestosas que eu já tinha visto. Antes de dormir, certamente nadaria ali. Naquele momento tinha coisas para fazer, segredos para descobrir. E cortes de sete demônios onde me infiltrar aos poucos, começando pela Casa Ira.

Até então, o submundo era bem diferente do que eu tinha ouvido falar a partir das religiões mortais. Se esperava separar verdade de ficção enquanto estivesse por lá, eu tinha muito a aprender.

Eu só tinha tempo para um banho rápido. Tirei o robe e entrei na banheira, lavando a pele e os cabelos com uma barra de sabonete que pegara sobre um tecido de linho dobrado. A temperatura da água era perfeita. Nem muito quente, nem muito fria. Parte de mim reconsiderou o plano de tomar um banho rápido e pensou em passar o restante da noite flutuando no paraíso.

Com um suspiro, me enxaguei e saí da banheira. O tecido de linho que encontrei na beirada da banheira era grande o suficiente para envolver meu corpo todo.

Depois que me sequei, peguei o vestido. Graças à Deusa e ao demônio que havia encomendado aquele guarda-roupa, a peça era feita para ser vestida sem assistência. Puxei o vestido pelo quadril e o peito. Os fechos eram ganchinhos laterais, que prendi com facilidade.

Voltei para o quarto e explorei um pouco até encontrar um par de sapatos de salto alto, pretos e cobertos com um pó de carvão brilhante, e os calcei. Serviram perfeitamente, assim como o vestido. Ira era extremamente perfeccionista.

Voltei para a casa de banho, pronta para lidar com meus cabelos. Mas minha atenção foi parar na maquiagem. Nossa família não tinha dinheiro para tanta variedade de itens luxuosos.

Sentei no banquinho de cristal e apliquei kajal na linha dos cílios superiores. Para os cabelos, meus dedos pairaram sobre um lindo conjunto de grampos com flores de laranjeira costuradas com cuidado. Em casa, sem dúvida eu os escolheria para enfeitar os cabelos. Mas ali...

Escolhi um tom violento de vermelho-sangue e pintei os lábios da cor do assassinato.

O guarda-roupa e os itens dentro dele não foram as únicas extravagâncias que descobri.

Ira havia me instalado em uma suíte feita para uma rainha. Não só eu tinha uma casa de banho quase do tamanho da casa da minha família, como também havia uma sala de estar, um quarto de dormir e outra sala que poderia servir para relaxar, receber convidados, ou qualquer outra atividade de lazer que eu desejasse. Um divã convidativo parecia perfeito para aproveitar um bom livro. Eu não sabia muito bem o que fazer com tanto espaço.

Uma prateleira com garrafas de bebidas que pareciam ser caras ocupava uma parede da sala de lazer. Passei o dedo sobre o vidro frio, olhando dentro de cada recipiente. Havia diferentes pétalas e ervas maceradas em infusão na bebida alcoólica. Suborno, sem dúvida. Deixei-as destampadas e continuei minha inspeção. Cada sala era muito bem equipada com móveis confortáveis e convidativos, além de muito elegantes. Parecia que o príncipe demoníaco estava tentando me impressionar.

Ou talvez estivesse tentando se desculpar por todas as questões desagradáveis envolvendo roubo de almas que existiam entre nós. A traição descia fácil se fosse servida com uma bebida demoníaca fina, suítes exclusivas em palácios luxuosos e presentes caros. Pelo menos segundo *ele*.

No entanto, imaginei que também podia estar demonstrando respeito por sua futura rainha. Aparentemente, estar noiva de Soberba tinha alguns benefícios, mesmo em uma casa demoníaca rival.

Andei pelo quarto em direção à saída que encontrei em uma antessala. Seria necessário mais do que mobília luxuosa e vestidos bonitos para consertar nossa situação. Por exemplo, o príncipe poderia começar pedindo desculpas. Depois, até poderíamos ter uma conversa sincera.

Eu queria resolver o que quer que estivesse fermentando entre nós antes de partir para o castelo de meu marido. Não precisava de mais animosidade entre mim e a Casa Ira.

Já tinha muito com que me preocupar.

Ouvi alguém bater na porta justamente quando coloquei a mão na maçaneta. Abri, pronta para infernizar Ira por ser tão idiota.

"Ah." Pisquei para Anir. "Não estava esperando por você."

"É um prazer ver você de novo também."

Anir segurava uma bandeja coberta e uma garrafa do que parecia ser vinho. Os longos cabelos escuros estavam presos na base da nuca, e a cicatriz tinha um brilho prateado junto à pele escura. O terno que usava era muito mais elegante do que o da primeira vez em que o vi, em Palermo. Não vi sua adaga demoníaca fatal, mas sabia que ele provavelmente estava armado.

"Eu não quis dizer..."

"Você quis. E eu não me importo." Ele piscou. "Achei que pudesse estar com fome. Ou quisesse se embriagar."

Meu olhar correu para o elegante corredor de pedra com arcos que se comparavam aos de grandes catedrais. Vazio.

"Seu príncipe te mandou para me espionar?"

"Coma alguma coisa, tome um vinho e descubra. Viro um fofoqueiro terrível quando bebo demais."

Fiquei em dúvida se Anir se alteraria o bastante para soltar a língua. Ira nunca confiaria nele se deixasse segredos escaparem depois de algumas taças de vinho ou outra bebida alcoólica. Torci o nariz para a garrafa.

"Não está um pouco cedo para beber?"

"Já é noite. Você dormiu quase o dia todo."

Fiz sinal para que ele entrasse e fechei a porta. Anir colocou a bandeja e a garrafa sobre a mesa de vidro no canto e tirou a tampa com muitos floreios. Havia frutas, frios, queijos, azeitonas marinadas e *crostini*, tudo disposto à perfeição.

Fiquei olhando para aquela seleção, impassível.

"Ira agia como se não tivesse sido exposto a alimentos humanos. Outra mentira?"

"Não." Anir pegou duas taças de um armário espelhado perto da mesa e nos serviu uma quantidade generosa de vinho. "Faço estoque de suprimentos do mundo humano sempre que posso. Principalmente queijos e frios, castanhas variadas, trigo e arroz. Produtos que podem ser facilmente armazenadas ou desidratadas." Ele me entregou uma taça de vinho. "Sua alteza pediu para eu trazer esses itens. Ele achou que você pudesse querer alguma coisa que evocasse lembranças de casa. Agora que você não está à beira da morte e pode desfrutar."

Aceitei a taça e senti o aroma.

"Vinho tinto, ou vinho demoníaco?"

"Tinto normal, humano." Ele tocou a taça na minha. "Você vai saber a diferença quando der de cara com um vinho demoníaco. É inconfundível."

Deixando de lado aquela informação sinistra, tomei um gole. Tinha um toque suave, doce. Bebi mais.

"Então... Comida e vinho humanos. Você veio aqui para fazer eu me soltar e ganhar minha confiança? Imagino que vai fingir que está embriagado, soltar alguma informação inofensiva predeterminada por seu príncipe e ver que segredos eu revelo em troca."

"Você é sempre tão cética?"

"Se tem uma coisa que aprendi recentemente, é questionar qualquer um relacionado ao mundo dos demônios. Todos têm seus objetivos. Seu próprio jogo. Se eu fizer as perguntas certas, em algum momento vou desmascarar a mentira bem-construída de alguém. De qualquer modo, segundo os príncipes, eles não conseguem dizer diretamente uma inverdade. Mais uma invenção, disso tenho certeza. Ou talvez seja por isso que você está aqui. *Você* pode mentir por Ira."

Peguei uma azeitona de um pratinho e coloquei na boca. O sabor salgado era um contraponto interessante ao vinho. Experimentei um pouco do queijo, dos frios e do pão. Anir me observava com uma expressão contemplativa, talvez um pouco triste.

"Ainda não entendi direito o que mais ele pode querer de mim. Ele já ganhou."

Anir girou o vinho na taça.

"O que, exatamente, você acha que ele ganhou?"

"A liberdade. Sua grande farsa. Ele me fez de boba, eu confiei nele quando disse que trabalharíamos juntos." Terminei o vinho e servi uma segunda taça. Antes de tomar um gole, comi mais uma azeitona. "Por que você não me explica a política dos demônios para que eu possa entender o que mais ele ganhou entregando minha alma ao diabo?"

"Foi isso que ele te disse?"

"Eu..." Relembrei a noite em que nos beijamos, quando repeti o que tinha ouvido de Inveja. Não conseguia lembrar o que exatamente Ira dissera, mas... "Ele não negou a acusação. Se não estava preocupado em ser pego mentindo, por que não me diria que não era nada do que eu estava pensando?"

"*Acta non verba*". Anir sorriu. "Ele vive segundo esse princípio."

Ações, não palavras. Fechei a boca. Ira havia me levado para o submundo e tinha com ele o contrato que fiz com Soberba. Era uma ação um tanto quanto inegável. Ele não precisava dizer nada. Entendi a mensagem, clara como um céu de verão sem nuvens. Ira não tinha escrúpulos para me usar para benefício próprio. Ele já dissera que mentiria, trapacearia, roubaria ou mataria para reconquistar a liberdade. Tive sorte de ele ter apenas me enganado, por mais que não me servisse muito de consolo.

"O que sabe sobre a consorte de Soberba? Como ela morreu?"

"Essa foi uma mudança de assunto interessante, para não dizer um tanto agressiva." Anir colocou um pouco de queijo sobre uma fatia de *crostini* e completou com *prosciutto*. "Você não pediu, mas vou te dar um conselho mesmo assim. Use uma abordagem mais sutil para obter informações por aqui. As Casas reais são antigas e antiquadas a seu modo. Não vão te dar nada se você exigir ou perguntar abertamente. É considerado arrogante e grosseiro. Além disso, eles não acreditam em dar sem receber. Se você pedir alguma coisa, é melhor estar preparada para pagar um preço."

Mordi o lábio inferior, pensativa. Anir oferecia verdade e conselhos livremente. Se eu tivesse que arriscar alguma amizade, talvez devesse apostar nele, independentemente de suas relações próximas com Ira. Coloquei a taça sobre a mesa.

"Não sei como tocar nesse assunto de forma mais casual ou inofensiva. Para ser sincera, estou um pouco atordoada."

"É compreensível. Muita coisa está mudando, e com rapidez. Imagino que seja difícil... processar tantas emoções."

Achei estranha a escolha das palavras.

"Você também deve ter passado pelo Corredor dos Pecados. Acho que não precisa forçar muito a imaginação para entender como é."

"Verdade." Ele tomou um gole de vinho e me encarou com um olhar penetrante. "Você vai precisar conquistar a confiança dos príncipes, ficar amiga deles. Deixar que conspirem com você, que te procurem. Se entrar no jogo de seus egos e dos pecados que representam, eles vão te oferecer uma ou outra informação útil. Sempre esteja preparada para revelar um segredo ou fazer um acordo. Escolha coisas que não se importa em compartilhar, mesmo que depois sejam usadas contra você. Defina os termos antes de concordar, ou vão manipular as coisas a favor deles."

Suspirei.

"Eu esperava uma solução mais rápida."

"Você está envolvida em uma história que atravessa décadas e mundos. Não tem como ser rápido ou fácil. Vai além dos massacres em sua ilha, mas, se começar por isso, talvez encontre mais respostas. Encurte a lista. Concentre-se em quem você acha que tem as respostas que procura. De que informações precisa mais? O que é melhor para alcançar seu objetivo?"

"Não tenho nada planejado. Sou apenas curiosa. Se a esposa de Soberba foi assassinada, e cada uma de suas possíveis noivas também foi, quero evitar ter o mesmo destino."

"Se isso fosse verdade, você não teria nem vindo para cá."

"Estou aqui para garantir que demônios não escapem pelos portões. Estou aqui para proteger minha família."

Anir não respondeu. Ambos sabíamos que aquilo era apenas parcialmente verdade. Se eu quisesse respostas sobre a consorte de Soberba e detalhes de sua vida e morte, precisaria recorrer ao próprio Soberba. Só que eu estava presa em uma guerra infantil de ego masculino com Ira e precisava de um convite.

Não havia chegado a lugar nenhum com Inveja, e seu papel no assassinato de minha irmã ainda era obscuro. Descobrir quem matou a primeira consorte poderia ser a rota mais útil para resolver *meu* mistério. E eu não tinha mentido completamente; saber o que havia acontecido com ela *me ajudaria*. Parecia que Anir sabia mais, mas a forma como tinha me respondido não deixava espaço para seguir essa linha de questionamento. Pelo menos era uma pista sutil.

"Por que optou por se tornar membro da Casa Ira?"

Anir não respondeu de imediato, e eu logo me arrependi de ter perguntado algo provavelmente pessoal. Ele soltou um suspiro.

"Depois que meus pais foram assassinados, raiva e ira foram meus maiores consolos. Ele sentiu isso, viu o caminho que eu estava seguindo e me ofereceu uma válvula de escape produtiva para aquela fúria."

Não éramos muito diferentes.

"Há quanto tempo está aqui?"

"Huum. O tempo aqui é peculiar. Uma hora mortal pode ser uma semana. Um mês, uma década. Só sei que já faz tempo." Anir tomou um gole generoso de vinho, estreitando os olhos. "Sua vez. O que você fez para ele?"

"Não sei se entendi o que está perguntando. O que aconteceu?"

"Ele saiu e derrubou uma montanha inteira no extremo oeste das Terras Imortais. Já recebemos cartas da Casa Luxúria e da Casa Gula. Eles acreditam que o fim dos tempos chegou e querem saber se estamos nos preparando para uma guerra."

"Por que sempre que um homem tem uma explosão de raivam uma mulher é culpada por seu comportamento? Se Ira agiu como um idiota, fez isso por conta própria. Não entendo por que o temperamento dele choca tanto. Ele *é* a personificação da ira. Tenho certeza de que todos já o viram com raiva."

Anir sorriu por sobre a taça.

"Tem certeza de que ele estava zangado?"

"E o que mais poderia ser?"

"Escolha outra emoção."

"Ser um cretino arrogante conta?"

"Seu quarto, suas regras. Mas não acho que tenha sido raiva ou arrogância." Seus olhos escuros brilharam. "Sabe, em todos esses anos em que o conheço, ele nunca escoltou pessoalmente ninguém até a Cidade de Gelo." Vendo minha expressão de questionamento, ele esclareceu. "É assim que a Casa Ira é conhecida dentro dos Sete Círculos. Quanto mais poderosa a Casa, mais gelado o círculo."

Isso explicava toda a decoração com vidro fosco e cristal na casa de banho.

"Eu não tiraria muitas conclusões dessa suposta boa ação. Ele teve que me acompanhar por causa do contrato. Precisava de minha alma para quitar sua dívida."

"A parte dele terminou no instante em que você atravessou para o submundo. Ele poderia ter te deixado sozinha no Corredor dos Pecados. Ele *deveria* ter feito isso." Anir se levantou abruptamente e seguiu para a porta da antessala. Tamborilou os dedos sobre o batente e voltou a olhar para mim. "Ele está na sacada do sétimo andar, caso você queira brigar um pouco mais. Acho que isso é bom para ele. Ser desafiado. Você certamente mexe com ele."

Como uma farpa envenenada no coração, sem dúvida. Era tentador, e eu poderia ter ido ao encontro dele se não tivesse notado um objeto posicionado na beirada da cama.

Era algo que não pertencia ao quarto e que não estava ali alguns minutos antes. Desejei uma boa-noite a Anir e me encostei na porta fechada, contando em silêncio meus batimentos cardíacos acelerados enquanto olhava fixamente para o cômodo ao lado.

Medo. Aquele mundo se alimentava dele. E eu me recusaria a colaborar com isso de todas as formas possíveis.

Soltei o ar devagar, contei até dez.

Então me aprumei, endireitei os ombros e fui até onde estava o crânio humano.

REINO DAS BRUXAS
NATUREZA SOMBRIA

6

"*Angelus mortis vive*", sussurrou o crânio no instante em que cheguei a poucos centímetros de distância. Sua voz era assustadoramente similar à de minha irmã gêmea. Meus braços se arrepiaram. Era como se Vittoria tivesse cruzado a barreira entre a vida e a morte para enviar uma mensagem, só que estava um pouco estranha, errada. "*Fúria. Quase livre. Donzela, Mãe, Anciã. Passado, presente, futuro, encontrar.*"

"Vittoria?" A mandíbula desencarnada ficou frouxa, e a magia obscura que abastecia o crânio desapareceu. Engoli em seco, incapaz de tirar os olhos do mensageiro amaldiçoado. "Deusa do céu."

O fato de alguém ter entrado com um crânio encantado sem Anir e eu notarmos era quase tão perturbador quanto a magia usada para alimentá-lo. Eu nunca tinha ouvido falar de um feitiço que controlava os ossos dos mortos. Sim, havia a necromancia, mas o crânio *não* tinha se movido com ela. Também não era *il Proibito*. Era alguma outra coisa, algo mais aterrorizante que o Proibido.

Deixei o crânio onde estava e, com a mente acelerada, sentei-me na cadeira de vidro e tomei um belo gole de vinho. Pensei nos ensinamentos da *nonna* sobre magia obscura, especificamente sobre feitiços utilizando objetos tocados pela morte — como todos eles deveriam ser evitados a todo custo. Nunca, nem uma única vez, ela nos contou histórias sobre uma bruxa capaz de manipular vida dentro de algo morto há tempos. Se é que foi isso que aconteceu. Só podia ser magia demoníaca. O que significava que era provável que o remetente fosse um príncipe do Inferno.

A questão era: qual? E por quê?

Repassei a mensagem na cabeça, O anjo da morte vive. *Fúria. Quase livre. Donzela, Mãe, Anciã. Passado, presente, futuro, encontrar.*

Para simplificar, e para tentar não entrar em pânico pensando no mensageiro macabro, resolvi separar linha por linha, a começar pelo anjo da morte.

Claudia, minha melhor amiga e uma bruxa cuja família praticava abertamente as artes obscuras, havia usado um espelho preto e ossos humanos em sua última sessão de divinação, e sua mente tinha sido invadida pelas vozes dos mortos. Ela também havia mencionado alguma coisa sobre o anjo da morte.

Eu não acreditava em coincidências.

Levantei e fiquei andando de um lado para o outro no quarto, tentando lembrar mais sobre a divinação de Claudia. Aquela noite tinha sido repleta de terror, e os detalhes estavam indistintos. Eu a havia encontrado ajoelhada no pátio em frente ao mosteiro, com as unhas quebradas até a carne, recitando mensagens sem sentido dos amaldiçoados e condenados. Ela disse que eu deveria fugir, mas eu não podia deixá-la com a irmandade sagrada. Falou também alguma coisa sobre um ladrão sagaz que roubara as estrelas e as bebera a seco. Que ele estava indo e vindo.

Que isso deveria ser impossível de acontecer...

Eu conhecia pelo menos quatro príncipes demoníacos que estavam vagando pela Sicília naquela época. Ira, Inveja, Avareza e Luxúria. Um deles tinha que ser o anjo da morte. Talvez não no sentido literal, mas certamente poderia ser um codinome. Congelei e meu coração disparou.

Só um demônio correspondia àquela descrição. Eu já tinha até o chamado de Samael — o anjo da morte e príncipe de Roma — achando que seria uma forma inteligente de descrevê-lo. Ele me lançou um olhar perplexo, pouco antes de me alertar para que nunca mais o chamasse daquele jeito. Ira.

Ele não escondia que era o general da guerra. Seu ponto forte era violência. Se ele era a Morte, talvez não tivesse sido *escolhido* para solucionar os assassinatos; talvez estivesse furioso por alguém ter manchado seu título e o envolvido sem o consentimento do diabo. Isso explicaria por que Soberba não queria convidá-lo para seu círculo. O diabo estava punindo Ira por desobediência.

Mas, se isso fosse verdade, colocaria em dúvida todas as informações que eu havia tirado dele. Se Ira tinha omitido verdades básicas sobre seu envolvimento, eu não havia como calcular o tamanho de seu ardil.

Massageei as têmporas. Ira era meu principal suspeito — tanto como anjo da morte quanto como a parte do enigma que dizia *Fúria*. Depois vinha a sequência de palavras *Donzela, Mãe, Anciã.* Essa parte era mais difícil de relacionar aos assassinatos. Segundo nossa história, a Donzela, a Mãe e a Anciã eram três deusas que governavam o céu, a terra e o submundo.

As velhas histórias das bruxas contavam que delas tinha nascido a deusa para quem rezávamos, e que uma delas — a deusa do céu e do sol — era a mãe de La Prima Strega. Donzela, Mãe e Anciã eram para nossas deusas o que os Titãs eram para os deuses das mitologias mortais.

Se ela fosse real, e não apenas uma fábula, a deusa do submundo — ou qualquer deusa nascida em seu mundo — provavelmente possuía o tipo de magia que animava ossos. Agora, *por que* uma deusa me enviaria uma mensagem cifrada? Isso permanecia sendo um mistério. Deusas nunca tinham demonstrado interesse em se envolver com bruxas. Não parecia que começariam em um momento como aquele.

No entanto, a Deusa Tríplice se encaixava no mundo em que eu estava, não era só uma lenda que eu havia aprendido. Fazia sentido achar que os demônios tinham histórias sobre elas.

Não teria respostas se eu permanecesse trancada no quarto.

Encontrei uma echarpe no guarda-roupa e peguei o crânio, cuidando para não tocar nele sem o tecido. Se Vittoria estivesse comigo, ela o teria segurado e dançado com ele pelo quarto sem hesitar, alimentando a preocupação da *nonna* quanto à afinidade da neta com os mortos. Senti um sorriso quase se formando em meus lábios, mas logo o expulsei. Olhei ao redor, procurando um esconderijo, então me ajoelhei e enfiei o crânio bem no fundo do guarda-roupa e fechei as portas.

Situação resolvida, limpei as mãos e fui sondar a Casa Ira.

Parei de contar quantos lances de escadas de pedra eu havia descido quando cheguei perto dos doze. Cada patamar suntuoso terminava em um andar que se estendia pelo que pareciam milhares de metros. Aquilo devia ser algum tipo de magia de ilusão, pois o castelo de Ira não podia ser tão grande assim.

No patamar seguinte, parei para observar um trio de janelas arqueadas. Havia um grande corpo de água cor de merlot no fundo de um vale, com espirais de fumaça elevando-se preguiçosamente de sua superfície. Um galho de árvore caiu na água e pegou fogo de imediato.

Fiz a anotação mental de nunca me aproximar daquele lago amaldiçoado a menos que quisesse ter a carne separada dos ossos. Saí de perto das janelas e andei até o fim do corredor.

O castelo era construído principalmente de pedra clara, similar ao calcário, e algumas alas haviam sido generosamente decoradas com tapeçarias grandes e coloridas. A ala em que estava, em particular, tinha um painel de anjos em batalha com criaturas monstruosas.

Remetia à arte renascentista: cores vibrantes e escuras em contraste com paredes e colunas claras. Portas entalhadas em ossos abriam-se para salões de baile, quartos vazios e salas de estar. Parei diante de portas duplas e passei a mão no entalhe delicado. Um emaranhado de vinhas, flores e estrelas subiam pelas laterais e ocupavam a parte de cima, enquanto na parte de baixo das portas as mesmas vinhas se transformavam em raízes que se fincavam nas profundezas.

Esqueletos, crânios, podridão e ruínas adornavam a porção inferior.

Abri a porta e perdi o fôlego. Era uma biblioteca diferente de tudo que eu já havia sonhado. A empolgação tomou conta de meu corpo quando entrei e encarei fileiras e mais fileiras de estantes de vidro. Parecia não ter fim.

Abri um grande sorriso. As deusas deviam estar sorrindo para mim. Era o lugar *perfeito* para pesquisar sobre magia e mitos. Fiquei maravilhada com as lombadas de velino em tons de pedras preciosas dos milhares de livros. Alguém havia organizado tudo por cor, dos amarelos mais vivos aos mais claros tons de creme, chegando ao branco-neve. Livros vermelhos, roxos, azuis, verdes e alaranjados: um arco-íris de beleza em contraste com um fundo de gelo.

Era impossível para mim imaginar Ira sereno o bastante para uma noite tranquila de leitura. E se isso acontecia, eu jamais teria imaginado que ele faria isso cercado por uma profusão de cores. Talvez ébano e dourado, madeira escura envernizada e couro. O ápice da elegância masculina. Aquilo era um...

"Refúgio. Quase Paraíso, mas nada tedioso."

Eu me virei, levando a mão ao coração acelerado.

"Não é educado assustar as pessoas. Achei que príncipes demoníacos tinham modos impecáveis."

"E temos. Na maior parte do tempo." Sem se preocupar em disfarçar, Ira passou os olhos sobre meu vestido sem alças e eu comecei a tomar consciência de todos os pontos em que o tecido de seda tocava em minha pele. Suspeitei que a análise tinha mais a ver com garantir que eu estivesse vestida para o papel de futura rainha e não fosse passar vergonha diante dos integrantes de sua corte, e nada além disso. "Minha biblioteca pessoal fica no andar de baixo."

"Então vamos ver se eu adivinho... Inferno? Preto, couro, dourado?"

"Muito fogo, correntes e ferramentas de tortura também." Seu sorriso foi um rápido mostrar de dentes. Perigoso, irresistível. Um tipo diferente de arma, aprimorada à perfeição. Possivelmente a mais perigosa de seu arsenal. Em especial em sua própria Casa. "Quando se sentir corajosa o bastante, posso te mostrar."

Senti um leve frio na barriga ao pensar em correntes e locais escuros com Ira.

"Chamar suas bibliotecas de Refúgio e Inferno me parece o tipo de toque dramático bem do seu feitio." Percorri um corredor repleto de livros em vários tons de azul. O demônio me acompanhou. Eu precisava parar de olhar para o sorriso dele ou aquele mundo ficaria abalado. "Teve notícias de algum de seus irmãos?"

"Inveja, Luxúria e Avareza demonstraram interesse em recebê-la. Chegaram cartões de suas Casas." Seu tom permanecia leve, de modo quase suspeito. "Solicitaram especificamente sua presença nas comemorações do Banquete do Lobo. Imagino que, mais cedo ou mais tarde, Preguiça e Gula vão parar de se entregar em demasia a seus desejos e mandar convites também."

A Lupercália, ou "Banquete do Lobo", era uma celebração pré-romana em que humanos sacrificavam cabras e depois ungiam a testa dos ricos com o sangue derramado. Alguns cortavam partes das criaturas e corriam nus pelas ruas, batendo nos espectadores com os pedaços de carne. Se a celebração dos demônios fosse parecida, eu preferiria evitar.

Sem me virar, perguntei:

"Você vai oferecer um banquete?".

Ele apareceu diante de mim, apoiando-se casualmente em uma estante. Uma demonstração de sua velocidade sobrenatural. Não consegui me segurar e acabei olhando para ele. Seu terno era cor de carvão, escuro como as sombras. Lembrava a noite, lençóis de seda, um encontro secreto e coisas em que era melhor não pensar.

"Não. Estou esperando para saber o que Soberba vai fazer."

"Ele já mandou alguma convocação?"

"Não."

"Por que está esperando para ver o que ele faz?"

"É uma das poucas vezes em que todos os sete príncipes são convidados para o mesmo domínio real. Depois são três dias de pompa e circunstância — jantares, caçadas, um baile de máscaras, e então o banquete. Decidimos o local com base em dois fatores. Onde o convidado de honra escolhe ir, e qual príncipe com hierarquia mais alta decide ser o anfitrião."

"Os poderes de vocês não são de igual valor?" Ira fez que não com a cabeça, mas não se aprofundou no assunto. Guardei minha frustração para mim mesma. "E se o convidado de honra não escolher o príncipe com hierarquia mais alta?"

"Eles sempre escolhem. E se não escolherem, são fortemente encorajados a mudar de ideia pela Casa à qual pertencem. Recusar-se a fazer isso é um insulto grave e já causou uns tantos massacres no decorrer dos séculos." Por um breve momento, ele parecia ávido por uma batalha. Depois assumiu uma expressão contemplativa. "Todos os príncipes têm rompantes de outros pecados, ao que parece."

Trocamos olhares. Entendi o que ele queria dizer. Ira estava se desculpando por nossa discussão anterior. Essa informação era um gesto de boa-vontade que ele me oferecia. Eu poderia jogá-la longe e continuar com a briga, ou aceitá-la e deixar a briga de lado.

Retomei minha lenta caminhada pelo corredor, procurando um assunto em particular, mas projetando indiferença para evitar desconfiança.

"Por que vocês comemoram uma tradição pré-romana?"

"Uma atitude mortal de sua parte acreditar que não foram *eles* que se inspiraram em *nossos* ritos e rituais", respondeu com desdém. "Eles nem tiveram a decência de manter as datas e práticas corretas."

Interrompi a leitura dos títulos dos livros e o observei com atenção.

"Por que está me dizendo isso? Cada príncipe do Inferno se transforma em um lobo gigante e uiva para a lua cheia? Devo me preocupar que antes do banquete você vá até a porta do meu quarto e comece a arfar?"

"Nós usamos máscaras de lobo, mas não vou arfar. A menos que você peça com educação."

Engoli em seco, obrigando meus pensamentos a não se deixarem levar para onde aquele mundo e o príncipe importuno os puxavam.

"Você não respondeu minha primeira pergunta. Por que começou a me falar sobre o banquete?"

"Você foi indicada para convidada de honra." O que restava de humor deixou seu rosto. "A votação será no mês que vem. Acho que você será escolhida. Sua chegada é o assunto dos Sete Círculos. Duvido que alguém será tão intrigante nessa Temporada de Sangue."

Que maravilha.

"Vou ser obrigada a matar a cabra?"

Ira olhou nos meus olhos.

"Não tem cabra nenhuma, Emilia."

A maneira como ele disse fez meus joelhos cederem.

"*Eu* vou ser o sacrifício?"

"Não." O alívio tomou conta de mim ao ouvir aquela linda palavrinha. "Seu maior medo, ou um segredo que guarda no coração, vai ser tirado de você como sacrifício."

"Não." Minha voz soou suave como um sussurro, trêmula. Detestei aquilo.

"*Sim*." A voz dele era dura, cortante. Detestei aquilo também. "E isso vai acontecer na frente de todos os príncipes do Inferno e de todos os súditos que estiverem presentes. Aqui, medo é poder. Quanto maior for seu medo, maior será o poder que receberemos. Seria muito melhor se pudesse sacrificar a própria vida. Se souberem seu maior medo, juro que vai desejar algo rápido e definitivo como a morte de um mortal."

7

“Não. Eu me recuso.” Minha voz endureceu. “Você disse que eu *sempre* tenho escolha.”

Sua expressão ficou congelada.

“Por suas últimas ações. Eu estava começando a achar que você tinha esquecido essa conversa.”

“Quer discutir o que aconteceu na caverna *agora*?”

“Não exatamente. Não.”

“Vamos ter que falar sobre isso mais cedo ou mais tarde. Pode muito bem ser agora.”

“Está bem.” Ele cruzou os braços diante do peito. “Você pode começar explicando sua decisão.”

Ele falava como se eu realmente tivesse escolha, com um quê de raiva reprimida na voz. Fiquei tão surpresa que recuei, examinando-o com cuidado. Um músculo de seu maxilar se contraiu, e seu olhar era duro o bastante para dar inveja em diamantes. Ira não estava apenas zangado; estava furioso. Dava quase para sentir a fúria irradiando no espaço que havia entre nós.

Fui tomada por um momento de clareza.

“Você queria que eu recusasse Soberba.”

“Eu não disse isso.”

"Nem precisou dizer." Pela primeira vez, suas emoções estavam escritas em seu rosto. Meu choque logo se transformou em irritação. Se ele tivesse confiado em mim naquela noite, as coisas teriam sido muito diferentes. Poderíamos ter pensado em outro plano. Juntos. A raiva soltou minha língua. "Me diga por quê. Exijo saber por que você queria que eu o recusasse."

"Pare de pressionar, Emilia. Esta conversa está encerrada."

"Não, não está. Ele vai me machucar?"

As estantes próximas de nós vibraram.

"Acredita que eu permitiria isso?"

"Não sei", respondi com sinceridade. "Não sei o que é real, fantasia ou parte de seu mais novo plano. Você me trouxe até este mundo para me casar com seu irmão."

"Não confunda suas escolhas com minhas ações."

Como se eu tivesse alguma boa opção.

"E eu tinha que ficar em casa vendo os demônios acabarem com meu mundo? Vendo minha família e amigos serem torturados e mortos, e monstros arrancando o coração de bruxas? Você fica dizendo que eu tive escolha, mas eu não tive."

"Você *sempre* tem escolha."

"Não com o tempo passando e os portões rachando. Assinar o contrato com Soberba foi minha melhor opção para impedir a carnificina. Tomei uma decisão com as informações que eu tinha. Se cometi um erro, ou se você não está satisfeito, seja lá por que motivo, talvez você devesse ter conversado comigo. Em vez disso, ficou ali parado, frio e furioso, e não disse uma palavra!"

Seus olhos dourados se estreitaram.

"Por acaso te ocorreu que eu *não podia*?"

"Não podia o quê? Falar comigo?"

"Interferir."

"Impedido por magia ou um decreto demoníaco?" Analisei seu rosto, mas ele havia substituído a irritação por aquela máscara desprovida de emoções que vestia tão bem. Controlei meu temperamento, pois não queria brigar. "Achei que o diabo era o único amaldiçoado. Está dando a entender que isso não é verdade? Há alguma coisa que preciso saber sobre você?"

Suas mãos arquearam-se ao lado do corpo. Parecia que queria fugir para uma arena de luta e descarregar a frustração.

"Talvez essa seja uma pergunta que você deveria ter feito à sua família mortal. As histórias que te contaram certamente parecem ter lacunas seletivas. Já se perguntou o motivo, *bruxa*?"

"Como ousa falar de minha família..."

Ele se transformou em uma nuvem de fumaça, me deixando confusa a ponto de cambalear. Minha família não guardava nenhum segredo. Durante toda nossa vida, a *nonna* tinha contado histórias sobre os Perversos, suas mentiras e manipulações. Ela alertara sobre as artes obscuras e o pagamento exigido por aquele tipo de magia. Tudo aquilo era verdade.

Fiquei andando de um lado para o outro no corredor entre as estantes. Ira estava errado, estava mentindo ou omitindo mais verdades. A *nonna* havia nos contado sobre a dívida de sangue entre a Primeira Bruxa — La Prima Strega — e o diabo, e que ele exigia um sacrifício de sangue por algo que tinha sido roubado dele.

Por fim, descobrimos que o Chifre de Hades, os amuletos que minha irmã e eu havíamos recebido ao nascer, eram os objetos roubados. Os chifres dele. Ira os recolheu na noite em que levou o contrato de Soberba para mim. Com o Chifre de Hades, ele trancou os portões do Inferno, conforme prometido, depois os escondeu de mim.

Fiquei furiosa, mas a fúria logo deu lugar à confusão. A *nonna* sabia sobre Bruxas Estrela e sobre os chifres do diabo e *não* tinha nos contado.

Eu descobrira sobre os chifres por meio do diário de minha irmã, e sobre Bruxas Estrela por meio de Ira e Inveja, embora eles não tivessem usado esse nome. Inveja havia me chamado de Bruxa Sombra.

A *nonna* não admitiu de imediato saber do que se tratava quando a confrontei, o que fez com que eu pensasse em quantas outras coisas ela não havia me contado. Aprendemos o mínimo sobre magia da terra; como lançar feitiços simples auxiliados por ervas e objetos de intenção. Encantos de proteção. Feitiços do sono e outros feitiços inofensivos que manipulavam a umidade por fora de um copo para fazê-lo deslizar sobre uma superfície. Coisas que não exigiam muita habilidade.

Uma frase ou palavra em latim aqui, uma pitada disso ali, e um feitiço estava lançado, com a ajuda do sangue mágico que corria em nossas veias. O que mais eu não sabia sobre a maldição?

Ou sobre nossa magia, diga-se de passagem.

Fiquei andando em círculos, agitada. Agora que estava questionando as coisas, não conseguia parar de encontrar mais lacunas em nossa vida. A *nonna* havia passado tanto tempo nos ensinando sobre os demônios, mas tinha reduzido os ensinamentos sobre nossa própria habilidade. Era impossível não questionar se haveria um motivo para isso. A *nonna* era esperta demais para ter esquecido lições valiosas.

Com certeza, magia de ataque era tão importante quanto nossos feitiços de proteção. Mas ela nunca nos ensinou esses feitiços mais ousados. Na verdade, parecia determinada a nos manter afastadas desse tipo de magia a qualquer custo. Havia algum perigo em usá-los?

Vittoria e eu éramos orientadas a ouvi-la, obedecê-la e seguir as ordens — ou sofreríamos as consequências. Eu nunca quis irritar a *nonna* nem prejudicar ninguém.

Mas Vittoria sempre forçava os limites, sem medo do que pudesse acontecer.

O comentário afiado de Ira pegou fundo e me contaminou, cumprindo seu objetivo. O armamento dele não se limitava a aço, balas ou sorrisos travessos. Suas palavras eram igualmente fatais quando miravam e disparavam em um alvo. Não conseguia me livrar da sensação persistente de que talvez ele estivesse certo.

Havia lacunas em minha educação que não podiam ser ignoradas.

Alguns feitiços chegavam facilmente, como se fizessem parte da minha memória corporal. Outros, tive que aprender e quase sempre os esquecia. Não conseguia me lembrar de onde e como eu havia descoberto o feitiço da verdade, apenas que um dia quis saber a verdade e fiz um feitiço que roubava o livre-arbítrio. A *nonna* ficou furiosa quando contei a ela. Em vez de ser recompensada por utilizar aquele nível de poder, fui castigada.

Andei até o fim das estantes e encontrei uma cadeira enorme e macia para sentar. Um pensamento de que não conseguia fugir me acompanhava. Talvez Ira não estivesse se referindo apenas à *nonna*.

Minha irmã tinha encontrado o primeiro livro de feitiços, usado magia demoníaca para trancar seu diário e reunido Avareza e os transmorfos por razões que eu não conseguia entender completamente, dado que transmorfos e demônios eram inimigos naturais.

Olhei para meu dedo, surpresa ao ver que ainda estava usando o anel de ramos de oliveira que Ira havia me dado. Girei o círculo de ouro no dedo sem prestar atenção. Fiquei me perguntando o que mais Vittoria tinha descoberto antes de morrer. Teria sido toda a verdade sobre a maldição do diabo e a dívida de sangue? Talvez esse conhecimento, mais do que qualquer outra coisa, tenha sido o motivo de sua morte.

Algo enterrado no fundo da minha memória se agitou, mas logo se perdeu. Como uma nuvem de fumaça impossível de reter. Tive a estranha impressão de que talvez o diabo nem tivesse sido amaldiçoado. Se fosse verdade... talvez os assassinatos de bruxas não tivessem nada a ver com a busca por uma noiva, e tudo que eu achava que sabia tinha sido inventado para me enganar. *Nonna*. Vittoria. Os sete príncipes do Inferno. Alguém estava mentindo.

E eu estava mais determinada do que nunca a descobrir a razão.

Demorou algumas horas, o que foi frustrante, mas por fim encontrei o que estava procurando. Peguei um grimório sobre magia para principiantes e me sentei em uma cadeira perto de um canto escurecido. Passei os olhos pelo espaço; sem sons ou indicações de que havia mais alguém na biblioteca. Não que fosse parecer estranho ver uma bruxa estudando magia. Mas, ao mesmo tempo, eu não queria que ninguém percebesse o quanto minha educação era insuficiente. Abri o livro com capa de couro desgastado e comecei a ler.

Segundo a bruxa autora do livro, nossa magia era similar a um músculo que precisava ser exercitado. Se ignorada por muito tempo, ela atrofiava. A autora também a descrevia como "Fonte": um lugar dentro de nós prontamente disponível, como um poço sem fundo em nosso interior.

As sábias Fiandeiras do Destino dizem que nosso poder é um dom concedido pelas deusas e, portanto, tem uma tendência de imitar suas habilidades até certo ponto. Algumas linhagens vão notar afinidades com certos feitiços, principalmente aqueles que utilizam os quatro elementos. Isso é uma indicação de para qual deusa a bruxa deve rezar a fim aprimorar aquela magia. O quinto elemento, o menos mencionado, éter, é considerado o mais raro, mas isso pode não ser verdadeiro neste contexto.

Parei de ler e me permiti absorver aquela informação. Com ela surgiu uma emoção que eu preferia não analisar tão de perto. Não era bem desconfiança, nem raiva, mas algo relacionado a esses dois sentimentos. A *nonna* nunca tinha explicado de onde vinha nosso poder, ou como ele funcionava. Era possível que minha avó realmente não soubesse, mas era difícil acreditar nisso.

Também era a primeira vez que eu ouvia falar das Fiandeiras do Destino e que poderia rezar para uma deusa específica. Sempre nos ensinaram a rezar para todas elas. Procurei na memória altares que a *nonna* pudesse ter feito para uma das deusas, mas não me lembrei de nenhum. Talvez nossa magia não estivesse intimamente aliada a nenhum dos elementos.

Folheei o grimório, procurando mais informações sobre as Fiandeiras do Destino, mas não havia mais nenhuma menção. Voltei ao início do livro, concentrando-me na Fonte.

A raiva que estava sentindo da *nonna* e de minha própria falta de questionamento em relação a nossa educação me distraiu.

"*Concentre-se*", pensei

Cética em relação a minha habilidade, fechei os olhos, limpei meus pensamentos e tentei sentir aquela fonte interna de poder. A princípio, não percebi nada incomum, então o mundo desbotou ao meu redor. Minha mente escureceu. Não sabia nada, não era nada. Tornei-me nada.

Era quase um vazio dentro de mim, escancarando-se em uma escuridão infinita. Tive a estranha impressão de que aquele espaço estava esperando que eu me conectasse a ele, e, assim que reconheci sua existência, fui imediatamente tragada para dentro. Então eu senti *tudo*. Desci bem, bem, bem para o centro de meu ser, perto do coração acelerado, e parei. Minha magia estava adormecida ali. Eu não tinha certeza de como sabia, mas sabia. Envolvi a magia com minha consciência, tentando entendê-la melhor. Algo ancestral, poderoso e extremamente irado abriu um olho, furioso por ter sido despertado.

Retirei-me daquele espaço, sem fôlego.

"Deusa do céu... O que era *aquilo*?"

Folheei as páginas do grimório, mas não havia menção a um poder como o que eu havia acabado de vivenciar. Certamente não tinha a ver com terra, ar, fogo, água ou éter. Era grandioso, onisciente e poderoso de um modo que me preocupou. Sua raiva queimava com uma intensidade que destruía a razão. Se eu pudesse invocar aquela força quando desejasse... poderia destruir aquele mundo.

Não que eu quisesse fazer isso. Só desejava me vingar do assassino de minha irmã. Respirei fundo e fechei os olhos, pronta para tentar de novo.

"Ah, me desculpe."

Levantei os olhos do feitiço, abandonando minha educação, e fechei o grimório. Uma jovem — com cabelos pretos e encaracolados, olhos profundos cor de sépia e pele negra — fez uma reverência educada. Pequenos crânios de animais enfeitavam seus cabelos longos, mais ou menos do modo como eu prendia flores no meu. Um tecido marrom-acobreado abraçava suas curvas generosas. Em mãos havia um livro sobre arboricultura, uma escolha surpreendente, porém interessante.

"Você deve ser Emilia. Toda a corte está muito intrigada a seu respeito. Eu sou a Fauna."

Abri um sorriso hesitante. Estava contando com o fato de que a fofoca seria tão amplamente usada naqueles reinos quanto era no mercado em meu mundo.

"Que tipo de rumores desagradáveis estão circulando?"

"Os de sempre. Que seu cabelo é feito de serpentes, sua língua é de fogo, e que, quando você está zangada, cospe chamas como os poderosos dragões de gelo do Topo Impiedoso." Ela riu de meu olhar de surpresa. "Estou só brincando. São todos espertos demais para alimentar rumores enquanto o Príncipe Ira está na residência. Como convidada pessoal dele, você é assunto proibido. Ele deixou isso bem claro. Seja lorde ou lady da Corte real Demoníaca, se seu nome estiver na língua de alguém, ele vai cortá-la fora."

"É mais provável que ele fique olhando feio para a pessoa até ela definhar e morrer, se estiver impedindo sua missão."

Ela me lançou um olhar curioso.

"Na verdade, a ameaça foi bem literal. Lorde Makaden teve sorte de escapar com a língua intacta. O príncipe prometeu que da próxima vez que ele falar qualquer coisa de você, a língua dele será exposta em frente à sala do trono e ficará ali até apodrecer. A posição proeminente de Makaden na corte deve ser o único motivo para ele não estar mutilado a uma hora dessas."

Tive que me lembrar mentalmente de continuar respirando enquanto aquela imagem se formava.

"É verdade? Ira ameaçou cortar fora a língua de alguém?"

"Não foi uma ameaça sem propósito. Foi um alerta a ser levado em consideração. Sua alteza não é compassivo com quem o desafia. Hoje de manhã ele derrubou uma montanha em cima de Domitius, seu tenente-general." O sorriso de Fauna desapareceu. "Ainda o estão procurando nos escombros."

Eu estava sem palavras. Anir só disse que ele tinha derrubado uma montanha. Não mencionou que alguém havia sido esmagado por ela. Ira era um príncipe do Inferno. Um general de guerra. Um dos Sete Temidos e Poderosos. Essa notícia não deveria ser surpreendente. Eu já tinha visto sua violência.

Ainda assim, servia para me lembrar onde eu estava e com quem estava lidando. Eu precisaria fazer meu jogo com destreza quando fosse para qualquer outra corte.

O fato de Ira ter ferido um oficial de alta patente não deveria ser um choque. Ele provavelmente havia descontado no outro seu mau humor depois de nossa briga pela manhã. Se era isso que fazia após uma pequena discussão, comecei a me preocupar com quem seria vítima de sua ira lendária depois de nosso mais recente desentendimento. A culpa fincou as garras em mim, por mais que, logicamente, eu soubesse que não tinha nada de que me sentir culpada. Ele era o único responsável por suas ações.

"Sabe por que Ira o atacou?"

"Acredito que Domitius sugeriu servir seu coração ainda pulsante aos soldados. Mas outros dizem que ele fez comentários libertinos sobre seus atributos físicos. Algo sobre experimentá-la para ver se era tão doce quanto seus 'seios fartos' sugeriam."

"E o outro? O que ele disse?"

"Lorde Makaden questionou se sua alteza tinha outras regras relacionadas a línguas e como elas se aplicavam a você." Ela hesitou. "Nenhuma delas é considerada muito... divertida. Sua majestade fez bem em agir depressa. Uma fruta-das-trevas podre estraga todo um alqueire."

Encantador. Era um modo delicado de dizer que os demônios faziam mais do que apenas falar. Ou pelo menos tentavam. Eu podia não ser tão versada em armas ou combate, mas tinha alguma habilidade com lâminas, graças ao tempo que havia passado na cozinha, cortando carcaças. Sabia em que áreas vitais deveria mirar e não hesitaria em ferir alguém que quisesse me fazer mal.

Pediria uma arma da próxima vez que encontrasse Ira. Certamente ele me concederia um meio de proteção. E eu não queria ter que depender dele ou de qualquer outra pessoa para minha segurança.

"Algum deles é seu amante?"

"O diabo me livre. Não." Fauna riu. "Você vai conhecer meu objeto de desejo em breve. Amanhã à noite, na verdade."

Fiquei cheia de desconfiança e temor.

"O que vai acontecer amanhã?"

"Nada muito escandaloso ou aterrorizante. Só um jantar com a elite da Casa Ira." Seu sorriso era amplo e radiante. "Não se preocupe. O príncipe Ira proibiu 'eviscerações em eventos sociais' há pelo menos um século. Agora as únicas armas que carregamos são olhares afiados. Fitamos como adagas sobre as taças de vinho e sonhamos em perfurar a carne do inimigo. Considere isso uma prática para o banquete que está para acontecer."

"Ouvi dizer que arrancam um medo do convidado de honra. Alguém pode se oferecer para ir no lugar dele?" Nesse caso, eu faria um acordo com Ira ou com o próprio diabo se fosse preciso. "Alguém da alta nobreza, talvez?"

"Mesmo que seja permitido, o que pode até ser, ninguém seria voluntário." Fauna me olhou com pena. "Certamente nenhum príncipe deste mundo. Daria muito poder aos outros membros da realeza." Ela segurou o livro com força. "Você está na Ala Cristal, certo?"

"Talvez?" Dei de ombros. "Tem muito cristal no meu quarto."

"Maravilha. Amanhã vou te encontrar antes do jantar e te acompanho até o salão."

Antes que eu pudesse concordar ou fazer perguntas, ela saiu às pressas da biblioteca.

Balancei a cabeça. Meu primeiro dia na Casa Ira tinha sido um desastre: hipotermia, um crânio encantado, discussões com o príncipe, segredos que minha família poderia estar guardando sobre minha magia, um membro do exército de Ira ferido e a ameaça do Banquete do Lobo pairando sobre tudo isso.

A última coisa que eu queria era oferecer meu pior medo a um mundo que me torturaria com ele. Mas, talvez, se eu aprendesse a utilizar meu poder, poderia solucionar o assassinato de Vittoria e voltar para casa no mundo mortal bem antes daquilo acontecer.

Peguei o grimório e me levantei para voltar aos meus aposentos, já que precisava me preparar para o dia seguinte. Depois dos detalhes sobre a montanha derrubada, eu não tinha dúvida de que o jantar seria uma espécie de batalha ferina. Uma batalha de que eu teria sorte de escapar ilesa.

Acabei não voltando para a Ala Cristal. A curiosidade venceu e resolvi investigar a versão de Ira do Inferno. Conheça teu inimigo... e seus hábitos de leitura.

Encontrei uma escada circular perto dos fundos da biblioteca arco-íris e desci com cuidado para a escuridão que se ampliava abaixo. O ébano, dourado e couro que eu havia imaginado inicialmente não estava tão longe da realidade da biblioteca pessoal de Ira. Cadeiras de couro escuras e macias como manteiga dispostas na frente de uma lareira que ocupava toda uma parede feita de pedra. Era tão alta que se eu ficasse de pé na abertura, com os braços esticados, não alcançaria toda sua extensão. Vários tapetes em diversos tons de carvão e preto, com detalhes em fios de ouro, estavam dispostos com muito bom gosto pelo espaço.

As prateleiras eram de obsidiana, e os livros tinham capas de couro em tons escuros. Um lustre circular com braços de ferro pendia de vigas expostas e lançava um brilho sedutor sobre o cômodo. Era o local perfeito para se acomodar e ler diante do fogo crepitante. Havia até uma coberta macia jogada casualmente sobre o encosto de uma poltrona.

Na alcova ao lado do espaço de leitura principal, correntes com algemas pendiam da parede. Ira não estava brincando. Minha boca ficou seca e desviei o olhar.

Tortura não foi a primeira palavra que me veio à mente. E eu *não* queria aquele mundo aplicando sua magia sorrateira sobre minhas emoções efêmeras. Avancei pelo restante do espaço, absorvendo o máximo que podia.

Livros e periódicos sobre estratégias de guerra, história — tanto dos demônios quanto dos humanos —, rituais de bruxas, grimórios e até algumas anotações escritas à mão estavam organizados em pilhas sobre uma mesa grande e imponente. Em latim e mais uma língua que eu não entendia. Nada incriminador ou útil. Nada sobre deusas ou a magia delas, ou fábulas demoníacas sobre Donzela, Mãe ou Anciã. Nenhum feitiço sobre como reanimar crânios ou outros ossos.

Só penas e potes de tinta. E uma pedra áspera que imaginei ser usada para afiar lâminas.

Sobre uma prateleira atrás da mesa havia sete volumes de diários, cada um dedicado a uma casa demoníaca. Oito diários, na verdade, se a marca na poeira servisse de indicativo. Talvez uma Casa fosse tão prolífica que havia sido necessário mais de um volume para reunir todas as informações. Independentemente de qual fosse o caso, o livro não estava ali naquele momento.

Ao que parecia, os títulos eram a única coisa escrita em latim. Folheei alguns, mas não consegui ler o que estava escrito. A frustração cresceu em meu peito quando devolvi os diários para o lugar. As coisas nunca eram fáceis.

Um decantador parcialmente preenchido com líquido lilás, acompanhado de um copo de cristal, chamou minha atenção. Curiosa para saber do que Ira gostava, coloquei um pouco de líquido no copo e senti o cheiro. Notas cítricas e botânicas misturadas. Tomei um gole com cuidado e senti a garganta queimar. Era forte. Parecido com conhaque humano, mas com notas mais doces, de baunilha. Se eu o suavizasse com um pouco de creme e gelo, ficaria divino.

E poderia me ajudar a passar pela noite do dia seguinte. Eu pediria um copo daquilo antes do jantar.

Coloquei a bebida de lado e me sentei à mesa, tentando abrir as gavetas. Trancadas, é claro. Sob uma escultura em forma de serpente, que supus ser usada como peso de papel, havia um envelope com caligrafia elegante. Sem sentir um pingo de culpa, li a mensagem.

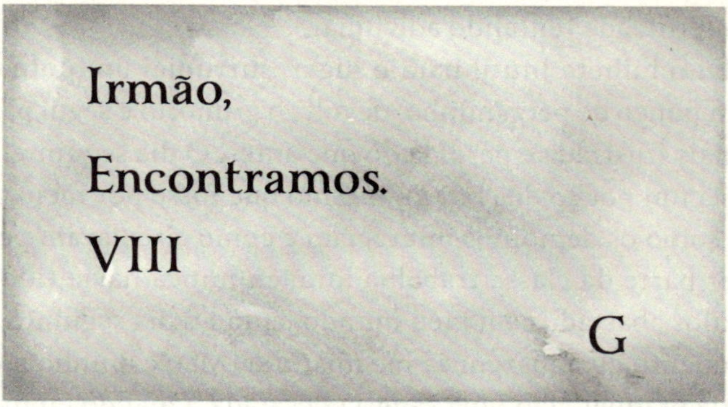

Irmão,

Encontramos.

VIII

G

Li o bilhete várias vezes, embora isso não ajudasse a decifrar uma única linha. *G* poderia ser de Gula.

Encontramos. VIII. Tanto Inveja quanto Avareza estavam atrás do Chifre de Hades, mas Ira nunca demonstrara muito interesse nos amuletos. Isso para não mencionar que ele agora estava de posse deles, até Soberba nos deixar entrar em seu território.

"Então o que estava procurando, meu caro e misterioso Ira?"

Peguei o peso de papel de serpente e o passei entre as mãos.

"Ai!"

Virei o objeto; pequenas pontas afiadas em um desenho geométrico projetavam-se na parte de baixo. Era um sinete de lacre, não um peso de papel. Ou talvez fosse ambos. Coloquei-o de lado e olhei o bilhete de novo. Algo me chamou a atenção. Não se dirigia a ninguém pelo nome. O que significava que não havia como saber se Ira era mesmo o destinatário ou se havia interceptado a mensagem.

Talvez a mensagem fosse para o diabo — para que ele soubesse que seus chifres tinham sido recuperados. Talvez o *G* simbolizasse o verdadeiro nome de Ira e ele estivesse mandando a correspondência. Ou talvez nem fosse nada importante e eu estivesse tão desesperada para encontrar pistas que estava começando a inventar coisas.

Também não tinha data, então não havia como saber se era uma notícia recente ou história passada. A menos que o VIII significasse isso. Eu não fazia ideia de como os demônios marcavam o tempo. Estávamos no fim do século XIX na minha terra, mas podia ser a era oito aqui. Ou talvez estivesse indicando o oitavo diário que faltava. Eu poderia passar uma eternidade tentando adivinhar.

Devolvi o bilhete inútil para o lugar, surrupiei um pote de tinta, pena e um pouco de pergaminho, devolvi o grimório e segui para o meu quarto, mais frustrada e perdida do que antes. O dia seguinte, eu esperava, traria um pouco de clareza, mesmo que fosse por meio da observação de como os demônios interagiam e como circulavam pela corte.

Por ser parte da classe trabalhadora, eu nunca havia tido contato com círculos abastados em meu mundo, então o dia seguinte seria um teste do quanto eu conseguiria me misturar. Meu caminho para a vingança seria gradual, não uma sangria desatada. Quando eu invadisse a Casa Soberba, já estaria adequadamente versada na arte da enganação.

Quando o demônio responsável pela morte de Vittoria finalmente sentisse as chamas da minha fúria, eu esperava já ter transformado sua Casa de Pecado em cinzas.

REINO DAS BRUXAS

NATUREZA SOMBRIA

8

Sangue seco ou merlot envelhecido, reduzido em uma frigideira e derramado sobre um corte de carne com crosta de pimenta. Eu virava de um lado para o outro na frente do espelho folheado a ouro que ia até o chão. Não conseguia decidir qual descrição capturava melhor a cor singular do vestido que estava vestindo. A *nonna* diria que aquilo era um presságio banhado de sangue e faria orações às deusas.

Gostei bastante.

É óbvio que nunca havia participado de um jantar real demoníaco, e o bilhete que chegara pela manhã com a caligrafia elegante de Ira indicava que eu deveria usar algo poderoso e formal. Aquele vestido tinha essas duas qualidades. Um corpete rígido mergulhava entre meus seios formando um V e revelando minha pele bronzeada. Uma fina pele de cobra preta bordada complementava a ousada parte de cima, enquanto a saia permanecia naquele tom sólido de vinho tinto. A sofisticação demoníaca em toda sua glória gótica.

Como o vestido não tinha alças, minha tatuagem cintilante estava toda à mostra. Decidi deixar as luvas de lado para exibi-la. Não usava joias, exceto pelo anel que Ira havia me dado de presente. Seria um interessante tópico de conversa, sem dúvida.

E, com sorte, serviria bem ao seu propósito.

Sentia falta do *cornicello* prateado que eu havia usado a vida inteira, mas precisava aceitar que meu amuleto tinha se perdido para sempre. Entrei na casa de banho e testei usar o cabelo solto. Tinha visto o cabelo de Fauna em um estilo solto, selvagem e adorável, e então arrumei os meus de maneira similar para evitar qualquer erro no visual. Longas ondas escuras escorriam por minhas costas, e as mechas mais curtas que emolduravam meu rosto caíam para a frente enquanto eu fingia conversar com os comensais dos dois lados.

O que eu não faria. Não queria me esconder atrás de nada. Os lordes e ladies do Inferno olhariam para mim sem qualquer barreira.

Não importava o quanto estivesse assustada ou nervosa, eu não demonstraria.

Em uma gaveta da penteadeira, encontrei pequenos grampos em forma de crânio de pássaro e prendi a parte de cima do meu cabelo. Coloquei os ossos lindamente ao redor da cabeça, como um diadema da morte, e acrescentei flores em meio ao arranjo macabro. Pronto. Estava parecida com uma princesa do Inferno, se não sua futura rainha.

Mas com aqueles ossos no cabelo e o familiar brilho da raiva que mal conseguia conter nos olhos, achei que eu também poderia me passar por uma deusa da morte e da fúria.

Voltei para o quarto e parei no meio do caminho. Sobre a mesa de vidro — ao lado da garrafa de vinho que tinha sobrado da visita de Anir na noite anterior — havia outro crânio.

"Sangue e ossos." Quase literalmente.

Respirei fundo e me aproximei o suficiente para que entregasse sua mensagem. Quase de imediato, ele falou com aquela mesma voz parecida com a de Vittoria que me causava arrepios no corpo todo. "*Sete estrelas, sete pecados. Assim como é em cima, é embaixo.*"

"Deusa do céu. Afinal, o que *isso* quer dizer?"

Não esperava uma resposta e não fiquei muito decepcionada quando não recebi nenhuma. Soltei um suspiro. Detestava enigmas. Coisinhas confusas e inúteis. Apanhei o tinteiro, uma pena e o pergaminho que havia pegado na biblioteca de Ira e rabisquei algumas anotações.

Se um dos irmãos de Ira se dava ao trabalho de enviar mensagens por meio de crânios possuídos, isso com certeza tinha algum significado. A não ser que um dos sete príncipes estivesse simplesmente brincando comigo por tédio. O que eu duvidava, mas não descartaria. Talvez fossem desprezíveis o bastante para fazer algo assim.

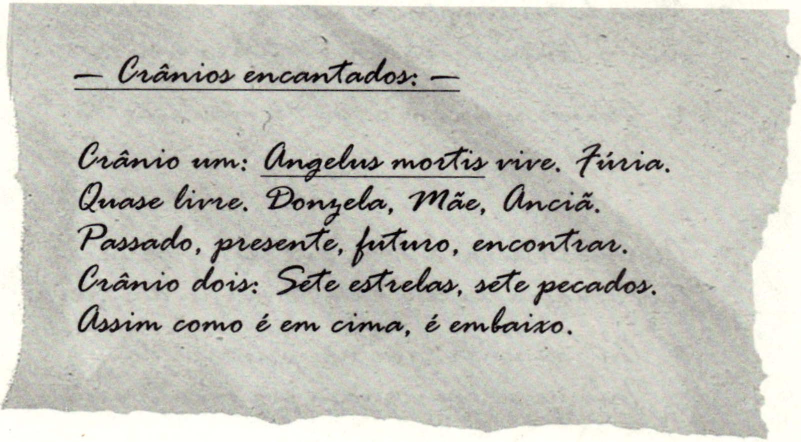

— Crânios encantados: —

Crânio um: Angelus mortis vive. Fúria.
Quase livre. Donzela, Mãe, Anciã.
Passado, presente, futuro, encontrar.
Crânio dois: Sete estrelas, sete pecados.
Assim como é em cima, é embaixo.

Os sete pecados eram o mais fácil de decifrar; é claro que eram os príncipes do Inferno. *Assim como é em cima, é embaixo* era parte da profecia — o que em si não era tão claro. Ninguém parecia saber ao certo o que significava. A *nonna* já tinha dito que estava relacionado a Vittoria e a mim, que deveríamos trazer paz a ambos os mundos por meio de um grande sacrifício. Mas nem ela tinha todas as respostas. Pelo menos era o que alegava. Quem mais saberia da verdade? O restante... o restante exigiria alguma pesquisa.

Comecei uma nova linha de anotações, determinada a definir com clareza cada teoria para que pudesse riscá-las ou acrescentar algo conforme fosse investigando. Ter algo escrito sempre me ajudou a realmente *enxergar*.

Além disso, era o que os detetives dos romances faziam, e eles sempre solucionavam o mistério ao final do livro. Eu não era nenhuma especialista, mas daria o meu melhor. Em seguida, listei o máximo de informações que consegui lembrar sobre a profecia.

— Profecia: —

Assim como é em cima, é embaixo.

- Quando bruxas gêmeas nascem, elas devem usar o Chifre de Hades (Vittoria e eu).
    - Gêmeas indicam o fim da maldição do diabo.

- Algumas bruxas acham que significa usar tanto magia da luz quanto magia das trevas.
    - Outras acham que um príncipe do Inferno se apaixonará por uma bruxa.

- Uma gêmea governará o Inferno e a outra, o Céu. (Ambas forçadas a se sacrificar).

Prendi a respiração relendo o segundo item: *Gêmeas indicam o fim da maldição do diabo.*

"Deusa do céu. Não pode ser..."

Como não tinha percebido isso antes? Minha cabeça foi inundada mais uma vez por lembranças da sessão de divinação de Claudia. Sobre como "ele" vagava livre e a impossibilidade de isso acontecer. Ela não se referia ao anjo da morte; vinha nos avisando a respeito do diabo. Se minha gêmea e eu pudéssemos acabar com sua maldição, era provável que nosso nascimento tivesse rompido a magia que o prendia, e não uma atitude que tivéssemos tomado.

O que significava que ele não estava acorrentado no Inferno, como acreditávamos.

E já não estava preso havia quase duas décadas. Enquanto eu investigava o assassinato de Vittoria, ele estava livre, fazendo a deusa sabia o quê.

Por que, então, Soberba havia possuído o corpo de Antonio e enviado Ira para me buscar em seu lugar? Se não fosse forçado a governar o Inferno, poderia ter vindo ele mesmo. Poderia ter ido buscar todas as suas noivas em potencial. Por que delegar essa tarefa a Ira?

A menos que minha suspeita inicial estivesse correta e ele nunca tivesse precisado verdadeiramente de uma noiva. E que os assassinatos houvessem sido cometidos por outra razão.

O medo percorreu minha espinha. Olhei para o relógio sobre a mesa de cabeceira.

Eu havia desejado uma mesa de cabeceira e um relógio antes de me deitar, e ambos apareceram magicamente enquanto eu dormia. Não sabia se o quarto tinha magia para atender minhas necessidades ou se Ira simplesmente imaginou que eu precisaria deles. Provavelmente, a segunda opção. A atenção dele aos detalhes era espantosa. Como se não tivesse nada melhor para fazer além de mandar buscar mesas de cabeceira.

O jantar seria à meia-noite e ainda faltava uma hora, o que me dava tempo suficiente para voltar correndo para a biblioteca pessoal do príncipe demoníaco. Tinha planejado passar o tempo praticando formas de controlar minha fonte de magia, mas isso podia esperar. Eu precisava recuperar o diário sobre a Casa Soberba e escondê-lo em meu quarto. Imediatamente. Em língua demoníaca ou não, descobriria alguma forma de lê-lo, mesmo que tivesse que ceder mais uma parte da minha alma para isso.

Consegui esconder tanto o crânio quanto o diário roubado perto do primeiro crânio, enfiando tudo atrás de um vestido volumoso, e fechei o guarda-roupa bem quando ouvi uma batida na porta. Soltando o ar em silêncio, fiz uma oração rápida para a deusa das mentiras e dos ardis e torci não somente para sobreviver àquela noite como para terminá-la mais vitoriosa do que sonhava.

Alisei a frente do corpete e atravessei o quarto até a sala de estar, que também funcionava como antessala.

Com alguma sorte, meu coração disparado seria confundido com nervosismo por causa do jantar.

Abri a porta, e Fauna abriu um enorme sorriso. A felicidade dela não parecia forçada. Um nó desatou no meu peito. Talvez pudesse fazer um acordo com ela para ler o diário — ela era um demônio e, sem dúvida, teria as habilidades necessárias para ler na linguagem demoníaca.

Mas eu ainda não estava pronta para entregar minha confiança.

Sem consciência de minhas conjecturas silenciosas e pensamentos errantes, o olhar dela rapidamente viajou por meu corpo.

"Você está linda, Emilia."

"Você também." Um eufemismo. Ela estava deslumbrante com um vestido prateado que parecia feito de metal líquido. A imagem da armadura peitoral de centuriões romanos passou por minha cabeça; só faltava uma saia ou uma capa escarlate para completar o visual.

"Seu vestido parece uma armadura."

"É melhor para me proteger dos olhares assassinos." Ela piscou e voltou para o corredor, assumindo uma expressão séria. "Está pronta? Devemos sair em breve. Espera-se que os convidados cheguem elegantemente atrasados, mas não o bastante para provocar a fúria real."

Meu coração disparou. Não ouvi — nem vi — nada relacionado a Ira, a não ser o bilhete que enviara mais cedo informando sobre o que vestir. Não fazia ideia do que poderia esperar dele naquela noite: como agiria na frente de seus súditos, se ignoraria minha presença, zombaria de mim ou me colocaria sentada em um lugar de honra.

Talvez ele nem se desse ao trabalho de aparecer. Talvez ele me jogasse aos lobos para ver se eu era feroz o bastante para criar presas e sair da armadilha sozinha. Depois de nosso encontro na biblioteca, ele havia deixado transparecer que guardava rancor da minha família. Que melhor maneira de se vingar deles do que me deixar sozinha em uma sala cheia de demônios com sede de sangue?

"Ira vai estar lá?"

"Sim."

A voz grave e suave conquistou minha atenção com apenas uma palavra. Meu olhar correu para o dele. Ira estava no corredor, usando o tradicional terno preto, e seus olhos escureceram ao me ver. Em sua cabeça, uma coroa com duas serpentes de obsidiana salpicadas de ouro. Se uma sombra alta e ameaçadora ganhasse vida — parecendo perigosa e tentadora ao mesmo tempo, como um pecado — seria exatamente assim.

Disse a mim mesma que aquela visita inesperada na porta da minha suíte havia agitado meu coração, e que isso não tinha *nada* a ver com o lindo príncipe nem com o brilho predatório em seu olhar. O olhar que estava todo voltado para mim, como se o resto do mundo pudesse pegar fogo e ele não se importasse. Havia algo no jeito como me olhava que...

Fauna se virou para ver quem havia chamado minha atenção e imediatamente fez uma reverência.

"Vossa alteza."

"Deixe-nos a sós."

Com um rápido olhar de compaixão em minha direção, Fauna seguiu pelo corredor e sumiu de vista. Assim que o som dos saltos altos dela desapareceu, Ira se aproximou, com seu olhar pesado deslizando da minha coroa de ossos de animais para o anel no meu dedo, avançando aos poucos até os pés e voltando de uma vez para cima. Dei o meu melhor para respirar em intervalos regulares.

Não consegui identificar se o que brilhava nos olhos dele era ganância voraz, ira ou luxúria. Talvez fosse uma combinação de todos os três. Parecia que o submundo não estava mais testando e sondando apenas os *meus* desejos; que aquela era uma batalha que, de repente, ele também travava.

Quando ele por fim terminou a inspeção rigorosa de meu traje, fixou a atenção em meus olhos. Uma pequena faísca nasceu em mim quando nossos olhares se cruzaram e nos encaramos. Foi quase nada, e parecia com a eletricidade estática que se sentia depois de arrastar os pés e encostar em metal em um dia seco. Só que... não parecia não ser *nada*, de verdade.

Parecia ser o primeiro indício de que uma tempestade violenta estava se aproximando. Do tipo que fazia você se manter firme ou correr em busca de abrigo. Era como se o ar entre nós tivesse ficado pesado e sinistro com o presságio da fúria da natureza. Se fechasse os olhos, conseguiria visualizar o trovão fazendo meus dentes tremerem enquanto ventos chicoteavam, ameaçando me arrastar para o vórtice e me engolir por completo. Era o tipo de tempestade que poderia arrasar cidades e destruir mundos.

E Ira controlava tudo aquilo com um único e poderoso olhar.

"Você parece um lindo cataclisma."

Eu ri, tentando aliviar a estranha tensão que pairava entre nós. Sua escolha de palavras fez com que eu me perguntasse o quanto ele era capaz de ler minhas emoções. Talvez nenhum dos meus segredos tivesse estado a salvo do conhecimento dele.

"É o sonho de toda mulher ser comparada a um desastre natural."

"Uma revolta violenta. Diria que é adequado."

Um sorriso quase apareceu no lindo rosto dele. Em vez disso, fez um gesto para que eu desse uma volta. Girei lentamente para que ele pudesse me ver por inteiro.

O decote das costas do vestido era tão escandaloso quanto o da frente. Um *V* profundo descia até embaixo, quase expondo meus quadris. Uma fina corrente dourada que se prendia aos ombros e caía como um pêndulo junto às minhas costas nuas era o único outro adorno que eu usava.

Foi só porque me esforçava para escutar, mas ouvi um ruído mínimo em sua voz quando respirou de forma brusca. Algo que lembrava satisfação tomou meu corpo.

Estava preocupada em me sentir constrangida com as grandes faixas de pele à mostra, somando a frente e as costas, e a maneira como o vestido marcava de forma sensual cada curva, mas era o contrário. Eu me sentia poderosa. Por fim entendia por que Ira escolhia suas roupas com tanto cuidado. Era possível controlar a atenção das pessoas sem precisar abrir a boca.

Foi uma aposta que fiz ao me vestir e, a julgar pelos pontos de calor em minhas costas e pelo que imaginava ser uma incapacidade de Ira de evitar ficar olhando para mim, acho que funcionou. No jantar, queria que todos os olhares se fixassem em mim quando entrasse, que todas as conversas cessassem. Eu não me esconderia atrás de colunas nem entraria furtivamente sem ser notada. Se os súditos de Ira fossem minimamente parecidos com ele, essa atitude faria com que eles me vissem como fraca. Eles sentiriam o cheiro do meu medo como um cardume de tubarões encontrando uma gota de sangue no mar e atacariam com a mesma violência predatória.

Pretendia dar mais uma volta, mas Ira me impediu com um leve toque no ombro. O toque de sua pele nua ardeu na minha.

"Espere."

Não sei se foi por causa da maneira suave com que falou, ou a sensação de intimidade em sua voz, mas obedeci ao seu desejo. Ele juntou meu cabelo com cuidado e o colocou todo de um lado só, deixando que as mechas fizessem cócegas e me provocassem ao escorrer pelos ombros. Mordi os lábios. Os ombros eram mais erógenos do que eu imaginava. Ou talvez fosse apenas o modo como Ira se aproximara até que eu sentisse seu calor em minha pele. E uma minúscula, fascinada parte de mim, queria sentir mais.

O príncipe passou um colar sobre minha cabeça. O peso da peça se apoiou logo acima do meu decote, e Ira o fechou mais devagar do que o necessário. Mas não reclamei nem me afastei.

Quando terminou, passou o dedo ao longo da minha coluna, seguindo o caminho da correntinha, provocando inadvertidamente um pequeno arrepio. Precisei de cada gota de teimosia que consegui juntar para não me dobrar àquela carícia. Para me lembrar do ódio. Porque, com certeza, aquele sentimento era isso: o fogo ardente e arrebatador do ódio.

Eu me virei devagar, até ficarmos frente a frente. Ele olhou para o colar e eu baixei os olhos para ver o que ele tinha colocado em mim. Respirei fundo quando meu *cornicello* de prata brilhou na luz.

"O diabo sabe que você está me dando isso?"

Ira não tirou os olhos do amuleto.

"Considere emprestado, não dado."

"Você pode fazer isso? Ele não virá atrás de você?"

Ele fez uma cena olhando para os dois lados do corredor vazio e depois voltou o olhar para mim.

"Vê alguém tentando impedir?" Fiz que não com a cabeça. "Então pare de se preocupar."

"É óbvio que não estou..." Ele retorceu a boca, formando um sorriso irritante quando parei de falar, deixando de contar a mentira. Bufei baixinho. "Não estou dizendo o que você acha que quero dizer. Pare com esse sorrisinho."

"O que, exatamente, *você* pensa que eu acho que quer dizer?"

"Não me importa o que você acha. Apenas decidi ser cordial. E estou apenas tolerando nossa situação atual até partir para a Casa Soberba."

"Tem certeza?"

"Tenho."

"Então diga que me odeia, que sou seu pior inimigo. Melhor ainda, diga que não quer me beijar."

"Não estou interessada em fazer esse jogo." Ele levantou uma sobrancelha, esperando, e eu contive o ímpeto de revirar os olhos diante de toda aquela presunção. "Certo. Não quero beijar você. Satisfeito?"

Uma centelha de compreensão brilhou no olhar dele. Percebi um segundo depois o que havia feito; o que ele havia percebido no instante em que as palavras deixaram meus lábios traiçoeiros. Ele deu um passo adiante, e eu imediatamente dei outro para trás, encostando na parede.

Ele se inclinou, apoiando-se dos dois lados do meu corpo, e sua expressão ardia o suficiente para começar um incêndio.

"Mentirosa."

Antes que eu me complicasse mais ainda, sua boca foi encostando na minha, tirando meu fôlego e afastando qualquer negativa com tanta facilidade quanto ele havia roubado minha alma.

REINO DAS BRUXAS
NATUREZA SOMBRIA

9

Aquele beijo me consumiu e seduziu. Exatamente como ele pretendia. Não foi rápido nem violento, tampouco alimentado por ódio ou fúria. Foi uma brasa, a promessa de um fogo intenso que estaria por vir se fosse atiçado com um pouco de cuidado. Quase o considerei doce — o tipo de abraço inocente que um casal de pretensos namorados rouba quando o adulto responsável não está olhando —, até ele lentamente levantar meus braços e me prender contra a parede me segurando pelos pulsos. Ele puxou meu lábio inferior com os dentes e mordeu com delicadeza. Então lembrei: ele não era um anjo. E de repente eu estava muito disposta a ser condenada.

Maldito fosse aquele mundo e suas maquinações diabólicas. Seu desejo pelo pecado. Meu inegável desejo por *ele*. Naquele instante não havia pacto de sangue com o diabo. Nem noivado ou deveres com minha família. Havia apenas o momento, um príncipe perverso, e o calor aumentando entre nós.

O corpo de Ira encaixado no meu, duro como pedra e firme em todos os lugares certos. Qualquer fome que eu tivesse seria saciada por ele. Queria odiar. Queria não ter passado a língua por seus lábios, ou suspirado quando obedeceu à minha exigência silenciosa e deixou nosso beijo mais intenso.

Aquele novo beijo devorava, pilhava, roubava. Era um pedido de desculpas, era desejo, era uma rejeição feroz de submeter-se a sentimentos verdadeiros: era tudo isso de uma só vez. Necessidade primitiva em seu nível mais básico. Não sabia dizer se me permitir ceder àquele sentimento selvagem me assustava ou me empolgava.

Eu me afastei, ofegante.

"Isso é real?"

"É."

Como se para provar a verdade daquela afirmação, seus quadris se aproximaram mais, e eu teve quase certeza de que o castelo todo tremeu no segundo em que nossos corpos se conectaram. Não havia dúvida de quanto aquele príncipe sombrio me desejava. Agarrei as lapelas de sua casaca e puxei seus lábios de novo para os meus.

Por um momento de disparar o coração, quis que ele levantasse meu vestido ali mesmo, mergulhasse fundo dentro de mim e libertasse cada um dos meus desejos reprimidos. Ansiava por esquecer onde estava e o que teria que fazer. Queria renunciar a toda mágoa, dor e sofrimento que sempre estavam por perto. Tudo que desejava era o doce esquecimento que aquele toque trazia. Ira podia facilmente oferecer isso com facilidade. E mais.

Ele se soltou, interrompendo o beijo, e começou a acariciar com languidez o topo de meu corpete. O desejo queimava dentro de mim e parecia se refletir nele. Ele desceu as mãos pelas laterais do meu corpo e me puxou mais para perto de si.

"Você vai acabar me destruindo."

"E vou fazer isso mais cedo do que você imagina, se não parar logo de falar e voltar a me beijar."

"Criatura exigente e angelical."

Ele sorriu, indulgente, e então me atendeu. *O beijo*. Foi lento, intoxicante e fez com que eu percebesse que ele não era o único que corria o risco de ser destruído. Ele levantou meu rosto, contornou meu queixo, e deslizou os dedos pelo meu pescoço abaixo, roçando suavemente em meu peito.

Pequenas faíscas de eletricidade brilharam sob a carícia. Tinha quase me esquecido de que ele havia me Marcado, me dando uma forma de convocá-lo sem usar a adaga de sua Casa. A pequena marca, quase invisível, em forma de *S* formigou. A *nonna* dissera que a Marca era uma grande honra, raramente dada a alguém.

Ela não tinha gostado nada daquilo.

Imediatamente voltei a mim e me desvencilhei do poder viciante dos beijos dele. Quase senti a magia do mundo recuar, como se fosse a maré baixando, a decepção quebrando em ondas relutantes ao nosso redor.

Ira me soltou com delicadeza, sentindo a mudança emocional.

"Por quê?", consegui dizer, com a voz ainda carregada de desejo.

"Achei que você não ia querer uma plateia."

A imagem obscena daquele homem me possuindo sobre a mesa de jantar passou por minha cabeça. Foi tão vívida, que era como seu eu ouvisse os murmúrios espantados dos convidados à medida que o príncipe me mostrava o quanto podia ser pecaminoso; as taças quebrando e os garfos batendo na mais fina porcelana demoníaca enquanto Ira nos levava ao limite, alheio a quem estivesse olhando.

Contive uma risadinha nervosa. Uma entrada daquele tipo certamente causaria uma impressão que a Casa Ira não esqueceria tão cedo. Afastei aqueles pensamentos escandalosos.

"Não foi o que eu quis dizer, e você sabe disso."

Mas eu *realmente* estava me perguntando por que ele tinha resolvido me beijar.

Seus dentes se revelaram em algo que parecia um sorriso, e um brilho de perspicácia surgiu em seu olhar. Subterfúgio admitido. Não consegui deixar de balançar a cabeça e evitar que os cantos dos meus lábios se curvassem para cima. Era um progresso, por menor que fosse. Ou talvez eu finalmente estivesse aprendendo a entendê-lo melhor. Embora suspeitasse — naquele momento em particular — de que ele não estava tentando se esconder de mim. Tentei não deixar a cautela estragar o momento.

"Eu falava sobre você ter me Marcado. Não disto aqui." Apontei para nós dois com a cabeça. "O que quer que isto seja."

Ele inspecionou meu rosto por um minuto de tensão, e os últimos vestígios de calor deixaram sua expressão. Seus olhos ficaram quase totalmente pretos. Desta vez, não restavam dúvidas de que um estrondo tinha feito o castelo tremer. Ele girou os ombros, como se liberasse a tensão que havia neles e entre nós.

Ira estendeu a mão para mim; todos os traços de paixão haviam sumido de seu rosto.

Ali estava o frio e insensível príncipe do Inferno.

"Não podemos demorar mais. É hora de conhecer minha corte."

Nossa chegada às gigantescas portas entalhadas em osso do salão de jantar real foi um borrão. Não consigo me lembrar se Ira conversou comigo durante nossa caminhada aparentemente infinita até lá, ou se havia me acompanhado em completo, estoico silêncio. Provavelmente a segunda opção; eu não conseguia imaginá-lo de forma alguma se ocupando com algo tão prosaico quanto conversar sobre o meu dia ou sobre o tempo.

Não que eu tivesse notado, de qualquer maneira.

Havia uma sensação estranha em meu peito; algo puxando ou roendo de leve, ou uma combinação peculiar das duas coisas. Primeiro pensei ser o pânico batucando em minhas costelas, o medo do que havia acabado de acontecer entre nós, mas não era bem isso. A sensação transbordava lentamente, saindo do coração em uma corrente sinuosa que descia pela parte de baixo do meu braço.

Ira virou a cabeça para mim, franzindo a sobrancelha.

Olhei de relance para ver o que chamava sua atenção. Meu *cornicello* brilhava naquele roxo-pálido, sobrenatural, de um *luccicare* humano. Aquilo já tinha acontecido duas vezes. A primeira foi quando encontrei Ira ao lado do corpo de minha irmã gêmea. Depois, quando achei meu amuleto meio enterrado em um túnel, após ele ter sido roubado. Pouco antes dos quase imateriais demônios Umbra atacarem e de Inveja enterrar a adaga de sua Casa na barriga de Ira.

Meus punhos se cerraram quando me lembrei da maneira como o sangue de Ira havia secado em minhas mãos, debaixo das unhas. A completa sensação de...

"Respire." Sua voz era grave e tranquilizadora. "Será apresentada a todos, depois vamos embora se não quiser ficar para jantar com eles."

"Não estou nervosa."

E fiquei surpresa ao descobrir que aquilo era verdade. Soltei o braço de Ira e passei os dedos pelo frio metal do amuleto para me confortar, um velho hábito que provavelmente nunca perderia. Os chifres do diabo, me lembrei com um leve arrepio. Não era um amuleto para afastar o mal. Aquele colar não era mais o talismã inocente que eu acreditara ser por toda minha vida.

Ao contato, uma pequena corrente percorreu a minha pele, e o susto foi o bastante para que tirasse a mão dele de imediato. Aquilo era novidade. Voltei minha atenção para Ira.

"Você viu isso?"

Ele confirmou com a cabeça, sem tirar os olhos do chifre encolhido do diabo. A preocupação ainda era visível em suas feições.

"Vai conseguir usá-lo durante a refeição?"

"Claro que sim", respondi. "Tenho usado por quase duas décadas."

"Se sentir qualquer desconforto, me avise imediatamente."

Ira parecia prestes a dizer mais alguma coisa, mas mudou de ideia no último instante. Meu coração disparou.

"Que tipo de desconforto?"

"Qualquer coisa incomum. Não importa o quanto seja pequena ou aparentemente inofensiva."

Ia contar a ele sobre a sensação de formigamento, mas o ímpeto desapareceu antes que as palavras se formassem na minha boca. Talvez *fosse* apenas o nervosismo tomando conta de mim. Eu tinha viajado para o submundo com um dos Perversos, feito um pacto de sangue com o diabo e estava a segundos de conhecer a ardilosa corte de demônios do Príncipe da Ira.

Além disso, eu tinha acabado de ser arrebatada por alguém que não era meu prometido, e meus lábios deviam estar inchados como prova. Embora as emoções que sentia por Ira fossem muito mais complexas, o beijo não me desagradou. Ele revelou uma verdade que eu não queria examinar de perto. Ira tinha perguntado se eu conseguiria ir para a cama com alguém que odiava, e apesar de minha cabeça ainda ferver de raiva por sua traição, meu corpo reagiu ao toque dele.

Não conseguia imaginar Soberba recebendo bem a notícia de meu encontro secreto com o irmão. Quem sabe se não tinha espiões em sua corte, ávidos e prontos para relatar qualquer acontecimento indecente? Embora não me importasse de plantar as sementes da discórdia entre as duas Casas, não queria me indispor com meu noivo e arruinar a chance de solucionar o assassinato de Vittoria. Tinha todo o direito de estar nervosa. Seria estranho se não estivesse.

Ira se inclinou e deslizou os dedos por meu pescoço, com a voz tão suave quanto seu toque. Qualquer que fosse a magia que alimentava sua Marca de invocação, ela me acalmou de imediato.

"Está pronta?"

Confirmei com a cabeça. Ele analisou meu rosto e deve ter notado que eu estava mesmo preparada para ser apresentada à Casa Ira. Sem prévio aviso, ele tirou o calcanhar do chão e meteu o pé nas portas.

Ira irrompeu no salão bem quando elas bateram contra a parede, dando passos que eram como trovoadas em meio ao silêncio repentino. Prendi a respiração. Não foi *nada* como imaginei que seria nossa grande entrada. Dada sua predileção por roupas finas e conduta impecável, pensei que seria mais... elegante ou refinada. Eu devia saber que não se deveria presumir nada em se tratando dele.

Uma onda de demônios bem-vestidos se ajoelhou, cabeças abaixadas, olhando para o chão enquanto ele caminhava pelo ambiente. Ira parou depois de dar vários passos para dentro do enorme salão de jantar e esperou que eu me aproximasse. Meus passos eram lentos e regulares, diferente de meu pulso.

Tive a sensação de levar uma eternidade e, ao mesmo tempo, apenas um mero segundo para cruzar o salão, com meu vestido sussurrando ao se arrastar pela pedra, até parar ao lado do Príncipe da Ira.

Quando ele falou, sua voz estava revestida de autoridade real.

"Levantem-se. E deem boas-vindas a Sua Alteza Emilia Maria di Carlo, sua futura rainha."

As deusas deviam estar me protegendo, porque consegui engolir o espanto sem demonstrá-lo. Eu me voltei sutilmente para Ira, com interrogação no olhar. Não haviam me dito nada sobre a parte do "sua alteza". Imaginei que isso fosse acontecer depois da coroação, ou o que quer que fosse seu equivalente demoníaco. O canto de sua boca se contraiu antes de sua expressão voltar a ficar séria, e ele se dirigiu ao mar de demônios curiosos naquele tom frio e implacável.

"Lembrem-se do que eu disse sobre respeito. Como pretendente de um príncipe do Inferno, o *status* de Lady Emilia foi elevado. Apenas se dirigirão a ela como 'vossa alteza' ou '*milady*'. Qualquer insulto que fizerem terão de responder diretamente a *mim*."

Ira olhou para um lorde em particular, e presumi ser o homem que Fauna dissera que já tinha sido ameaçado por ele. Não queria ser eu a receber aquele olhar — era frio o bastante para causar um arrepio nos aristocratas ao redor. E eles não pareciam o tipo de sujeitos que se intimidavam facilmente.

"Considerem esse o meu aviso final."

Ira então se dirigiu a mim, oferecendo o braço. Coloquei a mão na dobra do braço dele e empinei o queixo. Caminhamos lado a lado até uma mesa enorme no fundo do salão, e deixei meu olhar sutilmente passear pelo recinto, assimilando o nosso entorno. A tapeçaria pendurada na parede oposta representava um anjo guerreiro em batalha contra demônios. Cabeças decapitadas rolavam a seus pés, respingadas de sangue e com olhos leitosos. Escolha interessante para um salão de jantar.

Desviei a atenção daquela imagem radiante. A mesa para a qual nos dirigíamos era feita de uma peça sólida e deslumbrante de madeira envelhecida. Uma guirlanda de flores secas enfeitava o centro por toda sua extensão, junto de um candelabro de ferro de braços finos posicionado bem acima da folhagem. Velas esguias douradas e creme adornavam o arranjo de ponta a ponta, emitindo um agradável brilho tremeluzente. Pratos de cerâmica preta estavam postos diante das cadeiras douradas. E os talheres também eram feitos do mesmo ouro reluzente. Era pura elegância rústica. Ângulos masculinos com inesperados toques de delicadeza. Perfeito para um príncipe guerreiro. Gostei bastante.

Ira nos desviou na direção do centro da mesa, onde estavam os dois assentos maiores e mais decorados. Não exatamente tronos, mas quase. Diferente do que me disseram que acontecia nas cortes reais humanas, não nos sentaríamos em extremidades opostas da mesa. Estaríamos no centro dela e todos os demais se distribuiriam ao nosso redor. Havia duas fileiras de mesas de madeira similares, ainda que menores, de cada um dos lados do salão, criando um corredor para atravessarmos.

Essas mesas não tinham assentos dourados; tinham bancos, também de madeira. Em todas elas havia uma profusão de velas cobrindo todo o comprimento, um centro de mesa flamejante para o círculo mais frio do Inferno.

Criados que eu não tinha notado, perfilados na parede, deram um passo adiante e puxaram graciosamente nossas cadeiras enquanto contornávamos a mesa. Ira esperou que eu me sentasse e depois tomou seu lugar. Taças de vinho tinto foram servidas com presteza e colocadas diante de nós.

Frutinhas congeladas subiram à superfície do copo, encantadoras e tentadoras. Voltei meu olhar para o príncipe. Estava prestes a perguntar por que mais ninguém havia se mexido para se sentar, mas fiquei quieta. A atenção de Ira já estava fixada em mim, e seus olhos quase brilhavam sob a luz das velas.

Todo o restante desapareceu nas sombras. Era como se ele e eu fôssemos as únicas pessoas no salão, no mundo inteiro, e não consegui evitar que meus pensamentos voltassem para a visão escandalosa em que ele fazia amor comigo até que eu visse estrelas. Do mesmo jeito que os heróis libertinos de meus romances favoritos prometiam fazer com os objetos de seu desejo e afeto.

Aquele mundo ridículo e suas inclinações pecaminosas... De todos os momentos em que poderia usar sua pérfida magia, aquele era o pior. Embora eu não estivesse tão surpresa assim. Ira mencionou que era um mundo que sentia os pontos de conflito e os trazia para o primeiro plano. Eu certamente sofria com a luta entre emoções internas e desejo físico.

Até que resolvesse minha guerra interior, provavelmente seria atormentada por esses anseios.

Desviei meu foco de Ira e me mexi com desconforto na cadeira, olhando para o vinho. Ou ele ajudaria a me distrair ou me transformaria em uma criatura selvagem rasgando as roupas do príncipe com as garras. Pensar na roupa dele foi um erro terrível, pois rapidamente me fez pensar nele *sem* camisa. *Sangue e ossos*, aquela atração proibida piorava a cada minuto.

Talvez eu devesse pedir licença e ir respirar um pouco de ar fresco. Olhei ao redor, procurando por uma varanda ou alpendre. Eu precisava me acalmar imediatamente. Depois da minha apresentação real, não havia dúvida de que todos ali sabiam que eu estava prometida ao irmão dele. Não poderia parecer apropriado que eu cobiçasse abertamente aquele príncipe quando estava prestes a me casar com o rei dos demônios.

Ira se inclinou com os lábios quase roçando em minha orelha, a ponto de dar para sentir seu sorriso. A voz foi baixa para que somente eu a escutasse.

"É só avisar que mando todos embora."

Explodi de tentação.

"Pareço tão nervosa assim?"

"Estou bastante confiante de que o que estou notando não tem nada a ver com nervos."

Um rubor subiu pelo meu pescoço. Não fazia ideia de que ele podia sentir... excitação. Que a Deusa olhasse por mim. Aquele mundo ainda causaria minha morte. Forcei meus pensamentos a voltarem à razão pela qual tinha ido para lá. Não tinha sido a sedução ou o desejo que me levaram a negociar minha alma. Tinha sido a vingança. A fúria. E aquelas emoções eram mais poderosas do que qualquer magia profana.

Ou que qualquer príncipe pecaminosamente atraente.

Encostei os lábios no seu ouvido.

"Está sentindo a faca com a qual considero apunhalar você neste instante, alteza?"

"Se essa é uma tentativa de mudar de assunto, está fracassando." A mão dele desceu para baixo da mesa, pousando gentilmente sobre meu joelho. Não havia dúvida de que era um reconhecimento não verbal de minha mentira mais recente. "Estou ainda mais interessado em saber aonde isso vai nos levar, *milady*. Você se esquece de qual pecado eu comando. Eu gosto bastante de brincar com facas."

"Seus súditos estão olhando para nós."

Com a mão livre, ele pegou a taça de vinho e tomou um gole longo e cuidadoso. Agia como se estivéssemos tomando uma bebida sozinhos, quando estávamos sendo observados pelos lordes e ladies do Inferno.

Ele pôs a taça na mesa e encarou a multidão silenciosa e atenta.

"Podem se sentar."

Eu relutava em admitir, ainda que em silêncio, mas seu toque mantinha meus nervos sob controle enquanto a corte real ocupava os assentos. Era difícil me concentrar no medo quando seus longos dedos roçavam o tecido fino do vestido, direcionando toda minha atenção para aquele ponto de contato. Imaginei que ele estivesse tentando me acalmar, mas seu toque tinha o efeito oposto. Meu coração disparou.

O maldito príncipe não parecia nem um pouco afetado. Voltei a atenção para seu colo.

"É um prazer finalmente conhecê-la, Lady Emilia. Você parece uma deusa esta noite. Um encanto que será lembrado por muito tempo."

A mão de Ira em minha perna ficou tensa antes que ele continuasse a lentamente arrastar aquele dedo pela costura de meu vestido. Desviei os olhos do príncipe. Bem à minha frente, de pé atrás de sua cadeira, um demônio de cabelos loiros sorria. Era o nobre que Ira havia encarado quando chegamos. Não retribuí o sorriso.

"Desculpe, acredito que não fomos apresentados. Você é?"

"Lorde Baylor Makaden, *milady*."

Era de fato o demônio que fizera comentários grosseiros. Ele se sentou e imediatamente começou a conversar com os lordes e ladies ao redor. Nobres mais agradáveis se juntaram a nós, e bandejas de comida foram prontamente servidas.

Carne assada em massa folhada. Raízes assadas temperadas com ervas. Pães de casca crocante que cheiravam a especiarias intrigantes. Tigelas cheias de molhos de cor escura. Nada daquela comida era familiar ou me lembrava a de casa, mas não era tão diferente quanto eu temia. Eu vinha cultivando em segredo a preocupação de encontrar animais estranhos cheios de olhos e miúdos crus e fumegantes. Aquilo era realmente um deleite.

Ira tirou a mão de meu joelho e me surpreendeu, cortando a carne para me servir e enchendo meu prato com um pedaço de cada coisa que estava na mesa. Outros lordes e ladies espiavam de canto de olho, alguns ousados o bastante para cochichar. Eu tinha a sensação de que aquele não era um comportamento típico do príncipe. Ele os ignorou, apesar de, sem dúvida, ter notado a atenção e especulação silenciosa.

"Aceitaria um pouco mais de molho, *milady*?", perguntou ele.

Voltei a atenção para ele, com o coração acelerado. Era óbvio que ele estava encenando um espetáculo, mas eu não fazia ideia de para quem. Participando de sua trama, balancei a cabeça.

"Não, obrigada, alteza."

O fato de ter usado seu título pareceu agradá-lo, embora eu duvidasse de que a quase imperceptível curva formada em seus lábios houvesse sido notada por mais alguém. Depois de servir meu prato, ele empilhou porções generosas no dele e começou a conversar com o lorde à sua esquerda.

Aquela era a versão que eu esperava encontrar, o príncipe com modos exemplares. Não o bárbaro que abria portas aos chutes. Embora ambos os aspectos fossem intrigantes. *Pelo amor da Deusa*. Eu não tinha nada que achá-lo intrigante ou atraente.

Escutei com educação as reclamações da nobre ao meu lado sobre a camareira, a dor de estômago que sentia e a tapeçaria carcomida por insetos em seu salão principal.

Deixei que ela falasse livremente sobre todas as coisas que a irritavam enquanto eu comia. Seu olhar passou por minha tatuagem, pelo amuleto e parou no anel em meu dedo, mas ela não fez uma única pergunta sobre eles. Até aquele momento, a conversa de todos os presentes não tinha chegado a assuntos interessantes, e eu comecei a achar que não descobriria muita coisa além de fofocas inúteis. Naquela noite, a corte teria um comportamento exemplar.

Não tinha certeza se aquilo me agradava, mas pelo menos a comida valia a pena. A carne estava macia como manteiga e muito suculenta. Dei o meu melhor para me concentrar nas conversas e não me perder nos sabores. Quem quer que tenha cozinhado aquela refeição tinha muito talento. Adoraria ver o trabalho na cozinha e tomar notas. Talvez pudesse testar minhas próprias variações de molhos. Acrescentar um pouco de sal marinho e ervas à massa folhada para complementar os sabores com que a carne tinha sido marinada.

Diversas vezes senti um olhar intrusivo e levantei os olhos para dar de cara com Lorde Makaden com a atenção fixa em meu peito. Sua expressão voraz indicava que não estava olhando para o amuleto. Ignorei a presença dele, como Ira havia feito. Vermes como ele não mereciam ser notados, embora essa comparação não fosse nada justa com os pobres vermes.

A mulher ao meu lado, Lady Arcaline, como finalmente dissera que se chamava, parou de tagarelar suas reclamações cheias de raiva e perguntou: "Você conhecia alguém da corte antes do jantar de hoje?".

"Sim, conheci Lady Fauna na biblioteca."

Lady Arcaline fez um muxoxo de desprezo e se virou para o demônio do outro lado.

Com tudo que havia acontecido, eu tinha me esquecido de Fauna. Dei um gole no vinho e olhei ao redor do salão, me surpreendendo ao vê-la conversando com Anir e outro jovem demônio na ponta da nossa mesa. Era uma pena não estarem sentados mais perto; teria sido muito mais divertido.

Antes que desse tempo de refletir sobre aquele sentimento de camaradagem com alguém da corte de Ira, Lorde Makaden se inclinou sobre a mesa, olhando com ousadia para meus lábios. Foi um progresso se comparado ao olhar cravado em meu decote de forma não tão sutil. Ele teve sorte por Ira ainda estar envolvido em uma discussão com o lorde à esquerda e não ter notado aquele olhar grosseiro. Eu estava disposta a ignorar a idiotice dele para manter a paz daquela noite. Mas depois seria outra história.

Comi mais um pedaço de carne e um pouco dos legumes com ervas. Realmente estavam divinos.

"Permita-me, Lady Emilia." A voz áspera de Makaden tirou minha atenção da refeição. "Já tinha experimentado algo tão prazeroso quanto uma refeição demoníaca? A cada garfada, você parece estar no auge do êxtase. Devo admitir, é cativante. Estou com inveja do seu garfo."

Os nobres sentados mais perto de mim continuaram a conversar educadamente, mas senti a atenção deles se voltar para nós. Era uma pergunta capciosa, quase beirava a indecência. Um detalhe que eu vinha notando durante o jantar era que certos temas eram tão escandalosos para eles quanto no mundo mortal. Só que o escândalo parecia envolver uma referência aberta aos outros pecados.

Não hesitei em responder à pergunta.

"Diga-me, Lorde Makaden, sempre se preocupa tanto com a boca alheia? Talvez devesse reconsiderar com qual Casa de Pecado se alinha melhor."

Ele bebericou o vinho e passou um dedo pela borda da taça, sem desviar a atenção de meus lábios. A raiva que eu lutava para manter em fogo brando começou a ferver aos poucos, quanto mais ele me olhava.

Eu me perguntei que tipo de impressão causaria na Casa Ira se o mutilasse antes do próximo prato. Dado que Ira bania "eviscerações em eventos sociais", imaginava que isso já tinha sido uma ocorrência bastante comum. Como futura rainha, eu poderia escapar de qualquer punição verdadeira. Enfrentar a fúria de Ira poderia valer a pena, mesmo que só para tirar aquele olhar repulsivo do rosto de Makaden.

"Fui advertido a não falar sobre sua língua, *milady*, então não comentarei o quanto é afiada. Entretanto, já que trouxe bocas ao assunto, não posso deixar de perguntar. Parece estar gostando bastante da carne, mas essa sua boquinha perfeita já provou um bom *penne*?"

Travei a mandíbula com tanta força que fiquei surpresa por Ira não ouvir meus dentes rangendo. Lorde Makaden não se referia à massa, embora o jogo de palavras pudesse fazer parecer o contrário. Soltei o ar devagar. Ele estava tentando me provocar.

Não permitiria que ele saísse vencedor.

"Se não, teremos que remediar isso o quanto antes. Esta noite, talvez?" Ele mergulhou o dedo no vinho, então sorveu lentamente o líquido. Seu sorriso arreganhado não alcançou seus olhos cheios de ódio. Por um instante, fantasiei em arrancar aquelas coisas redondas da cabeça dele. "Eu mesmo posso prepará-lo para você. Já me disseram várias vezes que o meu é bom."

Apertei a faca com força. Só queria enfiá-la no coração dele. Sem pensar muito nas consequências, peguei a adaga e me levantei, fazendo minha linda cadeira arranhar a pedra em um aviso estridente.

O salão soltou um suspiro coletivo. Foi o último som produzido antes que os gritos gorgolejantes de Lorde Makaden começassem. Um líquido quente espirrou em meu peito e em meu rosto. Fiquei tão chocada que deixei a faca cair e limpei as bochechas. Meus dedos estavam cobertos de um líquido vermelho.

Um segundo depois, o aroma metálico atingiu minha garganta. Sangue. Havia sangue respingado no arranjo de sempre-vivas sobre a mesa e por todo o meu corpo. Voltei minha atenção para a fonte do sangue.

Na mesa, diante do vil lorde, estava uma língua decepada e empalada.

Olhei para minha faca, sem piscar, sem ter certeza de que eu o havia atacado. Então notei a adaga da Casa de Ira. Ela ainda vibrava com a força que ele usara para fazê-la atravessar o prato e fincar tão fundo na mesa. Suspirei sem conseguir desviar o olhar. As gemas lilás nos olhos da serpente brilhavam com fúria. Ou talvez com sede de sangue.

Tinha me esquecido de como a adaga se orgulhava de suas conquistas.

"O jantar acabou", declarou o príncipe demoníaco, com a voz assustadoramente grave. Ele puxou a adaga ensanguentada. "Saiam."

10

Cadeiras e bancos rangeram em uníssono enquanto eram arrastados pelo chão de pedra. Um instante depois, Anir estava ao meu lado, segurando firme meu braço, mas com gentileza, enquanto me acompanhava para fora do salão de jantar real e degraus acima pela escada escondida atrás de uma vistosa tapeçaria com motivos florais.

Tão chocada, nem reclamei. Nem olhei para ver se Ira nos seguia. Talvez estivesse massacrando o que restava de Makaden. Espetando vários órgãos com lanças para exibir do lado de fora do castelo, uma oferta generosa a qualquer pássaro carniceiro que circulasse por aquele céu amaldiçoado. Deusa do céu. Ainda ouvia o eco abafado dos berros do pobre lorde. Dava arrepios na espinha.

"Como?" Os últimos sessenta segundos tinham sido incompreensíveis. Ira se moveu tão rápido que só percebi o ataque quando já havia terminado. E depois ele ficou ali, parado, mandando calmamente que todos saíssem como se não tivesse acabado de arrancar uma parte do corpo de alguém...

Passei as mãos sobre os braços; de repente a escada parecia insuportavelmente fria.

"Cuidado para não tropeçar. As pedras estão desniveladas neste corredor."

Levantei as saias e me concentrei em subir os degraus tão rápido quanto meus sapatos e minha roupa permitissem. O choque aos poucos dava lugar a uma emoção bem diferente. Surpreendeu-me tanto quanto a súbita explosão de violência. Agarrei o vestido com tanta força que quase chegou a doer, como se estivesse estrangulando o tecido.

Anir me conduzia, subindo lance após lance de escadas e, de tempos em tempos, olhando para trás, a mão descansando sobre o punho de sua adaga. Não conseguia imaginar que existisse alguém corajoso ou estúpido o bastante para nos seguir, principalmente depois do banho de sangue do qual havíamos escapado.

Ira explodira por causa de uma *insinuação*. Se alguém tentasse feri-lo ou agredi-lo, uma morte rápida seria benevolente. E não havia sinal de benevolência no rosto do príncipe demoníaco.

Apenas uma fúria congelante.

E aquilo era muito pior. Um temperamento quente acabaria arrefecendo, mas a frieza que revestia as feições do príncipe era glacial. Séculos se passariam e sua raiva continuaria fresca.

Saímos por um painel secreto no topo da escada, e uma leve sensação de formigamento me percorreu. Anir não voltou a falar até chegarmos à porta de minha suíte.

Mesmo ali, seu olhar atento percorreu o corredor vazio como se esperasse que um problema surgisse do nada. Eu não compartilhava daquela preocupação. Meus aposentos ficavam perto do final daquela ala, e havia apenas mais uma porta. Mesmo que Makaden tivesse aliados, demônios furiosos enlouquecidos com o pecado de sua Casa de escolha, Ira os eliminaria sem pestanejar.

Se minha raiva era um afrodisíaco para ele, a raiva de sua corte provavelmente alimentava e sustentava seu poder aos montes. Ira prosperava em meio à fúria, em todos os sentidos.

Olhei de relance para a ponta oposta do corredor; um portão de ferro ornamentado havia baixado do teto, impedindo a passagem de qualquer um que tentasse entrar naquela seção. Rangi os dentes com tanta força que minha mandíbula doeu. Ficar presa ali dentro não era nada animador, mas pelo menos havia a passagem no painel secreto, se quisesse sair. Uma passagem guardada por magia, se a sensação de formigamento fosse alguma indicação. Ira havia usado a mesma magia no meu mundo, para me proteger de seus irmãos.

O fato de ele ter tomado precauções em sua própria Casa real não era reconfortante, mas eu confiava que ninguém passaria pela proteção.

"Faz décadas que Makaden merecia aquilo."

Voltei minha atenção para Anir.

"Imagino que sim."

"Então por que..." A voz dele falhou enquanto ele me examinava com cuidado. "Você está com raiva."

Errado. Eu estava furiosa. Era um milagre não estar saindo fumaça pelas minhas orelhas.

Se eu não conseguisse dar conta de criaturas repugnantes como Lorde Makaden sozinha, jamais ganharia o respeito daquela corte, nem de nenhuma outra.

Ira deveria agradecer a seus demônios por não ser ele ali comigo naquele momento. Eu levaria a preciosa adaga à sua garganta, rasgaria minhas roupas e me banharia em seu sangue quente ao cortá-lo de orelha a orelha.

O prazer inesperado que senti ao pensar em uma coisa tão sombria e perversa me fez recobrar a razão. Embora as chamas de minha fúria tivessem se abrandado, as brasas da raiva permaneciam. Eu não estava tão horrorizada quanto deveria por causa de minha quase literal sede de sangue.

Um dos lados da boca de Anir fez um arco para cima. Ele devia ter lido a promessa de assassinato brilhando em meus olhos e achado divertido. Era sábio o bastante para não rir.

"Os aposentos dele ficam no final deste corredor. Mais uns dez minutos e ele já estará por aqui."

Estava com raiva demais para demonstrar minha surpresa. É claro que Ira tinha me colocado perto dele. Vigiava atentamente a noiva de seu irmão. Sempre o soldado obediente. Exceto quando havia me beijado antes do jantar. Imagino que *aquilo* não fosse parte de seus deveres. Se bem que, conhecendo Ira, talvez tivesse sido outro esquema pervertido inventado para me manter preocupada e sem causar problemas.

Dei meia-volta e bati a porta da suíte depois de entrar.

Passei o tempo removendo o sangue de Makaden do corpo. Sentei-me ao toucador da casa de banho e mergulhei a toalha branca no lavatório de cristal, tingindo a água de um tom rosa-avermelhado. Sequei a umidade que restava encarando a taciturna mulher no espelho. Não consegui encontrar nenhum traço da garota que eu era antes do assassinato da minha irmã.

Aquela Emilia tinha morrido no quarto com minha gêmea. Também tivera seu coração arrancado, e não parecia que algum dia voltaria. Não importava com quanta força eu havia lutado, quem havia enganado, ou quanto de minha alma, barganhado; nada nunca traria minha irmã de volta. Mesmo que tivesse êxito em destruir aqueles que tinham machucado Vittoria, não via nenhum jeito de voltar feliz para a vida simples e calma de antes. A vida em que o que mais me fazia feliz eram meus livros e receitas.

Essa nova realidade era estranha, mas adequada. Era uma vida em que eu não evitava a violência, apenas me irritava porque a punição não havia sido infligida por minhas mãos, ávidas por vingança. Pensei na morte, nas pessoas que perdíamos e em como as perdas nos roubavam algo essencial.

Uma lágrima escorreu por meu rosto enquanto colocava de lado a toalha manchada de sangue.

"Basta", disse a mim mesma, em voz baixa, mas firme, ao me levantar. Apoiei as mãos no tampo do toucador e me inclinei para a frente, encarando meu reflexo. "*Basta.*"

Não havia mais espaço para tristeza nem para luto em meu mundo. Em meu coração.

Prestei muita atenção naquela raiva, aquela faísca no cerne de meu ser, perto da fonte de minha magia. Era como se um poço de lava borbulhasse dentro de mim, quase em erupção. Nunca havia sentido meu poder tão forte e percebi que não precisaria de muito para usá-lo. Só tinha que estender a mão e pegá-lo.

Eu me concentrei na magia, imaginei que a puxava de onde quer que se originasse e a transformava em uma bola de fogo. Em vez de lutar comigo mesma e forçá-la a sair, limpei a mente.

Dos pensamentos, dos medos. Das preocupações.

Liberei tudo, exceto minha ira. Nela, eu me agarrei como se fosse a essência mais vital de meu universo. Porque *era* a coisa mais vital naquele círculo do Inferno. Se a raiva do Príncipe da Ira era uma geleira, a minha era um incêndio furioso. E que não se apagaria rápido.

Inspirei e expirei, imaginando dar nova vida ao fogo. Se eu conseguisse dominar minha raiva, me concentrar nela sem emoção, ela poderia queimar com tanta força e por tanto tempo que seria capaz até de derreter o gelo impenetrável de Ira.

Estendi a palma da mão e sussurrei: "*Fiat lux*".

Que haja luz.

Blasfêmia para alguns mortais, talvez. Mas não para uma bruxa que estava morando no submundo e era noiva do diabo. Uma pequena bola de chamas rosa-dourado pairava sobre minha mão. Crepitava como fogo de verdade, mas não me queimava. Esperei que a dor começasse, que bolhas e vergões se formassem na minha pele. Ou que minha mão torrasse. E o anel de Ira derretesse em meu dedo.

O fogo apenas queimou com mais força, pulsando suavemente como se dissesse "olá".

Observei, insensível, ela se transformar em uma flor flamejante. Por uma fração de segundo, considerei jogá-la na parede e assistir à incineração do meu quarto — e de toda sua bela mobília. Pequenos botões de brasa se espalhando e florescendo para se tornar um jardim de cinzas e chamas.

Fechei lentamente a mão ao redor da flor flamejante, apagando-a, como *eu* deveria ter apagado a luz nos olhos de Makaden. Ainda estava com muita raiva para me alegrar com o que acabara de fazer. A magia que não sabia que era capaz de conjurar. Mais tarde haveria tempo para celebrar.

Havia outras coisas a fazer. Como confrontar o mestre demoníaco daquela casa.

Aquela mesma fúria pôs minhas pernas em movimento exatamente dez minutos depois de Anir ter partido. Ela me impeliu a sair do quarto e andar pelo corredor, e fez ser fácil invadir a suíte pessoal de Ira como se fosse a minha.

A porta bateu contra a parede, fazendo as chamas da lareira tremularem loucamente. Ira não se assustou nem se incomodou. Ficou de costas para mim, despindo-se. Como se soubesse que eu iria procurá-lo cheia de fúria, em vez de assustada.

Cruzei os braços.

"Então?"

O príncipe demoníaco me ignorou solenemente. Tirou a camisa e a jogou em uma cadeira. As calças estavam na altura dos quadris, e com o fogo queimando na lareira eu tinha uma boa visão das linhas da tatuagem que faziam curvas sobre cada músculo perfeitamente esculpido de suas costas.

Sem falar nem olhar para mim, ele continuou andando por seu espaço pessoal. Fui atrás, zangada demais para prestar atenção em qualquer detalhe do quarto, a não ser nas paredes cor de vinho e nos móveis e tecidos pretos. Era escuro e sensual, como as outras partes do castelo onde o príncipe passava a maior parte do tempo.

"Olhe para mim." Minha voz era baixa, delicada. Soava como uma carícia, embora fosse intencional. A suavidade ajudava a disfarçar o peso implícito naquela ordem.

Ira se virou com determinação. Havia algo de sedutor no modo como se movia; poderoso e forte, e ainda assim fluido de todas as formas necessárias em uma batalha. Tudo em seus movimentos indicava que era um predador. Mas eu não tinha medo. Nem mesmo depois de sua demonstração de violência. Ira nunca me machucaria. E eu tinha quase certeza de que não era por causa de seu dever.

Olhando para ele, vendo a promessa de uma punição sem fim e nenhuma gota de arrependimento em seu olhar, entendi o que ele tinha feito e *por que* o fizera, mesmo que ele ainda não tivesse entendido.

Ira parou na frente da cama enorme; os lençóis de seda pareciam um pacífico lago atrás dele. Uma manta preta de pele animal se estendia a partir da metade de baixo dela. Pensei em tirar a roupa e me jogar na cama, causando mais uma agitação na suave perfeição de seu mundo. Por uma fração de segundo, quase imaginei que já havia feito isso. Interrompi esse pensamento antes que qualquer magia pecaminosa se estabelecesse.

A expressão de Ira se tornou insondável.

"Está tarde. É melhor ir embora."

"Precisamos conversar sobre o que acabou de acontecer."

"Dei uma ordem, Makaden a ignorou. Duas vezes. As consequências de uma desobediência eram claras."

Estreitei os olhos; a resposta tinha sido um tanto seca e ensaiada demais. Cheguei mais perto.

"Só isso? Você o atacou por que ele o desobedeceu?"

"Ele preferiu insinuar que você deveria ir para a cama com ele. Na frente da minha corte." Movia os ombros com o mesmo esforço que fazia para controlar a respiração, para manter a calma. Não deveria ter nem tentado. Não havia como acalmar a tempestade que se agitava em seus olhos. "Se deixasse essa desobediência passar em branco, eu seria considerado fraco."

"Aquela luta era *minha*. Se interferir sempre que alguém disser algo desagradável, ninguém nunca vai *me* respeitar ou temer. Não vou parecer fraca para que você mantenha sua força." Andei até ficar bem na frente dele, e o calor de nossa raiva combinada fazia minha pele formigar. Fiquei imaginando se ele estaria sentindo aquilo também. E se isso o acalmava. "Foi uma questão de orgulho masculino? Duvido muito que seu domínio sobre sua corte seja tão tênue que um só aristocrata vulgar seja capaz de diminuí-lo."

"Você sabe que o orgulho não é o meu pecado."

Não foi a primeira vez que me perguntei se aquela era toda a verdade, mas deixei passar.

"Quero minha própria adaga. Se estiver armada e puder estripar alguém sozinha, talvez você não haja de forma tão arrogante na frente de seus súditos novamente. Porque se fizer isso." Coloquei só o pouco necessário de doçura no tom de voz, fazendo-o estreitar os olhos com desconfiança. "Da próxima vez enfiarei minha faca de jantar em *você*. Considere isso uma promessa de sua futura rainha."

Ira cruzou os braços e olhou em meus olhos. Em seu olhar havia uma centelha de alguma emoção que não consegui identificar muito bem; ele sem dúvida listava uns cem motivos pelos quais me dar uma arma seria má ideia. Principalmente depois da minha última declaração. Esperei pelo argumento que estava ansioso para dar.

"Vou providenciar para que tenha sua própria arma. E aulas."

"Eu não preciso..."

"Essa é minha proposta. Não adianta nada te dar uma arma para que se machuque em uma luta por não saber manejá-la. Temos um acordo?"

"Apenas uma demanda razoável... e você está concordando comigo? Fácil assim?"

"Parece que sim."

Olhei bem para ele.

"Você já tinha considerado me armar."

"Sou o general da guerra; é claro que considerei. Discutiremos outras opções de treinamento pela manhã. Se formos praticar aulas físicas, adicionaremos também bloqueios à influência de magia. Aceita os termos de nosso acordo?"

"Aceito."

"Ótimo. Volte para o seu quarto. Estou cansado."

Deixei a postura desagradável dele passar sem comentários. Ele ainda estava tenso, sua raiva ainda não muito controlada. Considerei deixá-lo a sós com seu próprio mau humor; mas, em vez disso, dei um meio-sorriso de provocação.

"Imagino. Mutilação é um trabalho exaustivo."

Ele quase retribuiu meu sorriso, mas nunca chegou de fato a seus lábios.

"Boa noite, Emilia."

"Boa noite, meu ciumento e poderoso arrancador de línguas."

"Você diz cada coisa horrível!"

Mas o lampejo de interesse indicava que ele não se importava. Muito pelo contrário. Achei que ele me daria as costas e sairia dali, mas parecia pregado no lugar. A indecisão marcava suas feições.

Demorei para perceber que eu também não havia saído do quarto.

Fiquei parada enquanto ele inclinava meu rosto para cima, dedos longos acariciando a lateral de meu pescoço com a maior leveza. Eu deveria pensar na adaga que ele acabara de empunhar, no sangue que manchara suas mãos instantes antes. Na forma impiedosa como agiu. Essas mãos poderiam remover uma língua sem muito esforço, mas também eram capazes de oferecer ternura. Proteção.

E, certamente, prazer.

Umedeci os lábios, lembrando de nosso beijo.

"Eu só disse a verdade."

Ira olhou em meus olhos e depois desviou o olhar, com óbvio esforço. Ele não havia negado ficar com ciúme. Nem pareceu surpreso por essa emoção. Eu me perguntei se ele já não a havia identificado e não sabia o que fazer com a informação. Se nós dois refletíssemos a respeito, *daria* para fazer muita coisa. E seu dever de cumprir aquela missão sempre estaria em primeiro lugar. O que acontecera entre nós não se repetiria.

Ele afastou a mão, e minha pele imediatamente sentiu falta de seu calor, enquanto minha cabeça girava, confusa por meus sentimentos conflitantes.

"Providenciarei sua adaga e a primeira aula amanhã mesmo. Boa noite."

Dessa vez, não houve hesitação por parte dele. Desapareceu por uma passagem coberta por cortinas transparentes e, me sentindo dispensada, por fim dei a volta e saí pelo caminho por onde havia entrado. Parei bem na entrada da antessala, mas meus pés não queriam me levar para fora dali. Eu sabia que deveria sair; tinha conseguido o que queria, mas algo me segurava.

Caminhei devagar pelo quarto, até chegar mais perto daquelas cortinas ondulantes e espiei através delas.

A saída dava para uma sacada. Ira estava de costas para mim, olhando fixamente para as colinas cobertas de neve e para as montanhas que despontavam ao longe, com uma garrafa de vinho ao lado dele na grade. A temperatura nunca parecia afetá-lo. Certamente não tinha impedido que dormisse ao relento durante a tempestade. Talvez fosse outra vantagem da imortalidade.

Ou talvez eu tivesse entendido tudo um pouco errado; talvez ele não fosse sempre apenas fúria glacial. Talvez também tivesse fogo, e sua habilidade de suportar o frio fosse apenas o calor de sua ira constante fervendo, ardendo e o aquecendo de tal forma que os elementos congelantes não o afetassem.

Minha atenção se voltou para a taça com a bebida. Cristais de gelo subiam pelas laterais, formando pequenas teias congeladas. O líquido dentro da garrafa não se parecia com nada que eu já havia visto; talvez fosse semelhante a um Merlot ou Chianti, mas não tinha cor de vinho. Era um roxo tão escuro que quase parecia preto; porém essa não era a característica mais incomum ou bonita. Partículas prateadas flutuavam como bolhas brilhantes por toda a bebida. Ira encheu a taça e a girou, levando os pontos prateados a um frenesi.

Parecia que havia criado uma galáxia. Ele colocou a taça na grade ao seu lado e inclinou a cabeça.

"Se for continuar de tocaia no meu quarto, melhor beber isso aqui. Vai te ajudar a dormir."

Pensei em voltar para o quarto, mas a curiosidade venceu. Atravessei a sacada e examinei a taça sem tocá-la.

"Isso não vai me fazer pular daqui e mergulhar na neve, vai?"

Em vez de responder, Ira puxou a taça e deu um gole enorme. Ele a devolveu e olhou para mim. Seu olhar soturno se iluminou com provocação.

Fantasiei brevemente que o empurrava da sacada para a neve lá embaixo, mas imaginei que ele me levaria consigo, e algo na ideia de nossos corpos caindo juntos fazia meu coração disparar. Não porque tinha medo de cair ou me machucar; eu sabia que Ira faria uma manobra de forma que ele atingisse o chão. Era onde *eu* acabaria que fez meu pulso acelerar.

Resolvi beber o líquido estrelado. Era... delicioso.

"Então?" perguntou ele. "O que achou?"

"Adorei."

"Achei mesmo que você ia gostar." Sua voz ficou baixa, contemplativa. Como se não quisesse admitir ou dizer aquilo em voz alta. Queria ter um pouquinho de sua habilidade de perceber emoções. Estava curiosa para saber o que ele sentia, por que soava resignado.

Tomei mais um pequeno gole e me concentrei nos sabores. Algo picante, como gengibre fresco. Um pouco de cítrico, semelhante a limão. E havia um sabor bastante forte que unia os dois perfeitamente. Não era rum, mas algo próximo. Terminei minha taça e considerei tomar um pouquinho mais.

Ira abriu um sorriso.

"Vinho de fruta-das-trevas é uma das duas melhores coisas que este mundo tem a oferecer."

Peguei a garrafa e chacoalhei um pouco. O líquido cintilava como poeira estelar. Era uma das coisas mais magníficas que eu já tinha visto.

"O que faz ele se parecer com o céu noturno?"

"São as sementes de fruta-das-trevas. São pequenas o bastante para parecer bolhas. Ou estrelas."

Enchi a taça e encostei na grade. Estava com um pouco de frio, mas longe de estar gelada. Talvez fosse o vinho me aquecendo por dentro. De onde eu estava, podia ver com clareza o Lago de Fogo que separava aquele território do castelo extravagante ao fundo. Uma ponte conectava os dois trechos de terra, e águas escuras se agitavam como um caldeirão borbulhante debaixo dela.

Por um segundo, considerei contar a Ira sobra a magia que havia conjurado. Em vez disso, sinalizei com a cabeça na direção do castelo.

"Que Casa real é aquela?"

Ira acompanhou meu olhar.

"Soberba."

Tomei outro gole da bebida. As sementes efervesciam em minha língua. De repente, tudo ficou tão quieto que dava para ouvir o leve estalo das bolhas estourando na taça.

"Já teve notícias dele?"

"Não."

"Ele sabe que estou aqui?"

"Sabe."

Suspirei. Esperava sinceramente que Soberba deixasse o pecado homônimo de lado o quanto antes e mandasse seu convite amaldiçoado. Queria descobrir toda a verdade sobre o assassinato de minha irmã e voltar para a minha família antes de ficar velha e de cabelos brancos. Ou antes que *eles* ficassem velhos e de cabelos brancos. Provavelmente eu não envelheceria muito enquanto estivesse ali. O pensamento atravessou a armadura que eu tinha erguido ao redor de meu coração, então o afastei.

Ficamos em um silêncio amigável, ambos perdidos em nossos próprios pensamentos enquanto tomávamos as bebidas. Ira se moveu um pouco, quase encostando o braço no meu, e pensei em como tudo aquilo era confortável. Estar ali. Com ele. Meu inimigo. Bem, não exatamente.

As linhas de quem *nós* éramos e de como *eu* me sentia a nosso respeito se confundiam. Não fazia ideia se era simplesmente por ele ser um rosto familiar, e por eu estar desesperada para me agarrar a qualquer coisa remotamente confortável enquanto estivesse ali. Ou se os pecados e ilusões faziam o máximo para confundir as coisas. Quando nos beijamos pouco antes do jantar, ele não se parecia nada com um adversário.

Por mais que quisesse receber o convite de Soberba, tinha tomado certo gosto por passar o tempo com Ira. Até ficava ansiosa para discutir com ele. Ver suas narinas dilatarem-se com a frustração estava se tornando estranhamente cativante. O pensamento deveria ter me incomodado, especialmente depois do incidente no jantar. Mas não incomodou. Não tinha certeza do que isso dizia a meu respeito, a respeito da entidade que eu estava me tornando, mas o fato de Ira cortar a língua de Makaden para me defender despertou em mim uma sensação intensa de desejo primitivo.

Por um breve momento, parecia que éramos parceiros novamente. Não achei que sentiria falta de nosso tempo em Palermo, e não sei bem o que significava me sentir assim. Senti a atenção dele se voltando para mim.

"Qual é a segunda melhor coisa que esse mundo tem a oferecer?", perguntei, olhando-o nos olhos. Ele estava mais perto do que eu esperava e voltou brevemente a atenção para minha boca, como se ela o intrigasse e encantasse. Meu coração acelerou. Ira franziu as sobrancelhas e balançou a cabeça, parecendo se lembrar de que eu tinha feito uma pergunta. O que ele acabava de perceber, fosse o que fosse, o havia deixado extasiado. "Você disse que o vinho era apenas a primeira. Qual é a segunda melhor coisa deste mundo?"

"O Baixio Crescente." Ele hesitou. "É uma lagoa."

Aquela estranha tensão pairava entre nós como um feitiço difícil de ser quebrado. Levantei uma sobrancelha, sorrindo.

"Então vou adivinhar: já que aqui é o Inferno, ela está congelada?"

"Na verdade, não. É um dos poucos lugares nos Sete Círculos intocados pelo gelo. Fica sobre um campo de lava, então a água é mais quente que a do banho, não importa a que temperatura esteja o ar."

"Temos que lutar com um cachorro de três cabeças para chegar lá?"

"Não."

"Viajar até lá é como passar pelo Corredor dos Pecados?" Ira fez que não com a cabeça, mas não deu mais detalhes. Eu me aproximei, estreitando os olhos. Ele estava mais calado que o normal. O que significava que *definitivamente* escondia alguma coisa. "Onde fica?"

"Esqueça o que falei." Ele voltou a encher a taça e tomou um gole enorme de vinho, evitando encarar meu olhar curioso. "Está tarde."

"Sangue e ossos! Fica bem aqui, então? Estava escondendo de mim uma fonte termal?"

"Escondendo, não. Há regras que devem ser seguidas antes de se entrar na água. Duvido que você gostaria delas. E, mesmo que gostasse, não creio que seja uma boa ideia."

"Entendi." Ira se levantou com o tom da minha voz e olhou lentamente na minha direção. Quando toda sua atenção estava voltada para mim, prossegui. "Em vez de *perguntar* minha opinião, decidiu por mim. Já que vou me casar com o diabo, isso faz de mim sua futura rainha, não?" Ele não respondeu. "Gostaria que me levasse lá. Agora, por favor."

"Nada que foi feito pode entrar na água."

"Nada... Quer dizer as roupas?"

"Sim. Você precisa se despir antes de entrar na água, minha futura rainha." O olhar dele era pura malícia. "Achei que você não gostaria de se banhar nua comigo."

"É só isso?" Eu tinha minhas dúvidas. Ele havia me visto sem roupa em mais de uma ocasião nos últimos meses. Isso não seria um empecilho. Era uma questão de autopreservação. Para ele. "Imagino que haja alguma coisa na água que você queira evitar."

Ele me olhou de cima a baixo, bem devagar. Era impossível identificar o que ele sentia.

"De vez em quando, ela sonda o coração daqueles que entram. E reflete a verdade de cada um."

Mantive o olhar fixo no dele. Talvez fosse o vinho, ou aquele mundo e sua propensão ao pecado, ou a forma como os olhos dele brilhavam triunfantes, mas resolvi que não desistiria da batalha.

Recordei-me do que Anir dissera sobre desafiá-lo. Se eu tivesse que renunciar a um pouco de minha verdade para ganhar algum conhecimento sobre ele, seria um preço pequeno a pagar.

Apontei com o queixo para a garrafa e as taças. "Pegue a bebida e vamos visitar essa lagoa mágica. Seria ótimo desfrutar de um banho quente e relaxante depois dessa noite."

O sorriso de Ira desapareceu.

"Tem certeza de que quer ir?"

"Tenho."

Era uma resposta muito perigosa, o que ficou claro com a densa camada de tensão que logo ressurgiu entre nós, mas era a verdade. Não queria voltar para os meus aposentos sozinha, nem queria me separar daquele príncipe ainda. Uma aventura noturna até uma fonte termal mágica soava como a distração perfeita. Queria uma lembrança agradável a que me agarrar antes de dormir. Não queria reprisar diversas vezes na memória o incidente da língua espetada até o sono chegar. E, se voltasse para o quarto sozinha naquele momento, seria exatamente o que aconteceria.

Em vez de andar comigo até lá, Ira pegou minha mão e nos transportou com magia. A familiar sensação de queimar foi substituída por um leve e quente formigamento na pele. Estava longe de ser desagradável. Engoli em seco quando um chão sólido se formou abaixo de nós um instante depois.

Ira me soltou assim que teve certeza de que eu não cairia.

"A magia de *transvenio* não é tão incômoda quando viajamos nesse círculo."

Queria perguntar a ele mais coisas sobre magia, mas todo o meu pensamento lógico desapareceu para contemplar onde estávamos. Era a margem escura e cintilante de uma lagoa. Tinha a forma de uma enorme lua crescente, e a água era de cor azul leitosa e glacial.

Neblina flutuava, preguiçosa, sobre a superfície. Consegui desviar o olhar da piscina faiscante por tempo suficiente para vislumbrar as paredes de obsidiana que nos cercavam. A lagoa era subterrânea.

"Onde estamos, exatamente?"

"Debaixo da Casa Ira." Ele caminhou um pouco pela margem e apontou para um arco de pedra. "O Lago de Fogo desemboca no baixio a partir de lá."

Olhei para o alto, esperando ver mais pedras, e fiquei boquiaberta. De fato, havia pedras sobre nós, mas alguém havia pintado as fases da lua por toda a extensão, além de um punhado de estrelas. *De tirar o fôlego* não seria bem a descrição mais precisa. *Etéreo*, talvez, fizesse mais justiça.

Fui colocar os dedos dos pés na água mas o príncipe demoníaco cuidadosamente me segurou.

"Nenhum tipo de tecido pode macular a água. Precisa tirar o vestido ou levantar a barra."

"Por quê?"

Ira levantou o ombro.

"Vê aquilo?"

Segui o olhar dele até parar em um gigantesco pedaço de madeira flutuante. Cheguei mais perto e tentei focar melhor.

"Aquilo... são ossos?"

Desviei a atenção dos restos da infeliz criatura e me concentrei no príncipe ao meu lado. O lampejo de deleite em seu rosto era quase tão pecaminoso quanto ele próprio.

"Ainda quer dar um mergulho?"

"O que acontece se levarmos o vinho e as taças com a gente?"

"Eu não faria isso. Venha." Ele estendeu a mão. "Vou levar você de volta ao seu quarto. Pode ficar com o vinho. Vai te ajudar a relaxar tão bem quanto a lagoa. Tem uma banheira privada só para você. Isso deve bastar."

Ou ele temia que a lagoa revelasse uma verdade que preferia manter oculta, ou estava convencido de que eu mudaria de ideia e voltaria para a cama. Dei a ele meu sorriso malicioso enquanto desamarrava com destreza o vestido. Ele me observou deslizar para fora do sedoso tecido vermelho, e um leve tremor passou por sua garganta quando minhas roupas íntimas de renda atingiram o chão.

Tirei o anel dele e o coloquei sobre uma rocha reta e lisa. Então, fiquei em pé e olhei em seus olhos.

Fiquei nua diante dele, sentindo tudo, menos timidez. Levantei uma sobrancelha.

"Vai tirar a roupa para podermos nadar ou seu plano é ficar olhando para mim a noite toda?"

REINO DAS BRUXAS
NATUREZA SOMBRIA

II

As roupas de Ira desapareceram, deixando-o nu e orgulhoso. Qualquer sinal de presunção que eu sentira desvaneceu quando suas roupas sumiram. Minha nossa, eu havia tentado não alimentar o ego dele, mas fracassei *terrivelmente* ao admirá-lo sem disfarçar.

Grandes artistas poderiam tentar capturar sua imagem, mas sem dúvida falhariam. Havia um certo domínio nele que impediria sua verdadeira forma de ser moldada em algo tão mundano quanto bronze ou esculpida em mármore.

Meu olhar deslizou por seus ombros largos, descendo por seu peito esculpido, e lentamente continuou, passando por cada gominho de seu abdômen, por seu quadril, até eu finalmente ver o...

Forcei a atenção de volta para seu rosto. Era evidente sua *enorme* atração por mim. Claramente, a magia pecaminosa que fervia sob a superfície daquele mundo o afetava mais do que eu imaginava. Apesar dos comentários feitos no jantar e da forma como nosso beijo se tornara ávido e cheio de necessidade primitiva um pouco antes disso, talvez não fosse tão simples. Para nenhum um de nós.

Meu olhar traidor deslizou novamente. Tentei não olhar por muito tempo, mas na coxa esquerda ele tinha uma tatuagem interessante. Apontando para baixo, uma adaga se estendia do quadril ao joelho. A lâmina parecia ter um padrão de rosas ampliadas na superfície, com padrões geométricos gravados no punho. Ao contrário de suas outras tatuagens metálicas, aquela tinha sido feita em tons de cinza.

Voltei a encará-lo nos olhos e esperei, com o coração batendo forte, que ele arrastasse sua atenção sobre cada centímetro da minha pele exposta. Meus nervos fervilhavam de ansiedade; era a primeira vez que eu me despia na frente dele sem que fosse o resultado de algo clínico necessário para me resgatar da quase morte. O olhar de Ira permaneceu fixo no meu e ele estendeu a mão, palma para cima. Algo dentro de mim murchou um pouco.

Fui abrir o fecho do *cornicello*, mas ele fez que não com a cabeça.

"Ele pode ficar. E também as flores e os ossos em seu cabelo."

Confusa, larguei o amuleto e enrolei meus dedos nos dele. Tecnicamente, já que eram chifres do diabo, suponho que não contavam como algo feito. E os ossos e flores também eram material orgânico, então torci para que Ira estivesse certo e tudo ficasse bem.

Caminhamos até a beira da lagoa. A água batia nos meus pés, quente e suave.

Ele me observou, esperando para ver se eu queria continuar. Dei outro passo e me deliciei com a forma como a água parecia um milhão de pequenas bolhas tocando minha pele.

Já no fundo, Ira soltou minha mão e se remexeu dentro da água. Ele reapareceu um momento depois, jogando a cabeça para trás e me cobrindo de gotas. Deu uma risada gostosa, e o sorriso era um dos mais genuínos que eu já tinha visto. Isso fez meu coração acelerar um pouco. Afundei na água antes que ele pudesse ver minha expressão.

Quando rompi a superfície e afastei as mechas de cabelo molhado do meu rosto, eu o flagrei olhando. Ao contrário de mim, ele não tentava esconder o que estava sentindo. Pensei nos Perversos, em seus jogos pecaminosos. As histórias de seus beijos serem viciantes o suficiente para um mortal vender a alma pela chance de conseguir outro. O perigo de chamar a atenção deles. Eu inegavelmente tinha toda a atenção de Ira. E o único perigo que eu havia notado tinha sido o quanto isso fazia com que me sentisse poderosa.

Ali havia uma escolha. Ira, a tentação encarnada, esperou, como se soubesse para onde meus pensamentos tinham se desviado. Eu jurava que havia algo sobre o proibido que o tornava mais doce ao paladar.

Ou talvez fosse apenas uma mentira que eu inventava para mim mesma. Talvez apenas gostasse do sabor dele, mesmo sabendo que não deveria. Eu me aproximei e lentamente estendi a mão. Ele segurou a respiração quando eu o virei para traçar as linhas em latim tatuadas em seus ombros. Eu estava curiosa com a tatuagem desde o primeiro momento em que o tinha invocado no círculo de ossos, meses antes. Arrepios tomaram sua pele com cada toque suave de meus dedos.

"*Astra inclinant, sed non obrigant.*" Mordi o lábio inferior, tentando traduzir. "As estrelas..."

Ele girou até nos encararmos outra vez, seus olhos brilhando suavemente no escuro. "As estrelas nos influenciam; elas não nos vinculam."

"Lindo."

Eu não deixei de notar o significado de ele registrar permanentemente em seu corpo que não queria ser vinculado a nada. Pensei em nosso vínculo de noivado, em como o havia forçado a isso sem saber. Então eu o prendi ao círculo de invocação por dias, recusando-me a libertá-lo. Não era de se admirar que ele me desprezasse antes. Era incrível que não me odiasse ainda mais.

"Sinto muito." As palavras eram tão suaves, eu não tinha certeza se ele havia me ouvido. "Por amarrar você."

Ele estendeu a mão e prendeu uma mecha molhada atrás da minha orelha, demorando-se no toque antes de dar um passo para trás.

"O destino pode fazer o que quiser, tentar encorajar nosso caminho ou intervir; mas, no fim das contas, somos livres para escolher nosso destino. Nunca duvide disso."

"Pensei que você não tivesse livre arbítrio."

Seu sorriso se abriu tomado de tristeza.

"A escolha é concedida a todos. Mas, para alguns, ela tem um preço."

"Você fez a tatuagem para se lembrar de sua escolha?"

"Sim." Seu olhar se fixou no meu. "Acredito que John Milton, um poeta mortal, disse isso de um jeito mais claro. 'Melhor reinar no Inferno do que servir no Céu.' Eu já te falei sobre o poder de escolha, o quanto isso é importante para mim. Eu faria coisas terríveis, coisas imperdoáveis, para escolher meu destino. Por mais amaldiçoado e miserável que fosse. É o meu destino. Só quem já fez uma escolha de verdade entende o fascínio de poder escolher."

"E a serpente, foi outra escolha?"

"Toda a tinta do meu corpo, com exceção de nossas tatuagens, foi escolha minha."

Minha atenção se voltou para seus lábios e permaneceu ali até que algo um pouco mais abaixo chamasse minha atenção. Vagamente, em tinta prateada, outra frase tinha sido gravada sob sua clavícula esquerda. Eu nunca tinha visto aquela tatuagem. Sem pensar, corri os dedos pelos dizeres. *Acta non verba*.

Não tive problemas para entender aquela. *Ações, não palavras*.

"E o desenho em sua coxa?"

Ira paralisou, e foi só então que percebi que tinha me aproximado o suficiente para que nossos corpos quase se tocassem. Esqueci minha pergunta, esqueci tudo, exceto o fogo em seu olhar, que lentamente me consumia, centímetro por centímetro. Estava achando que não dava para ver muito do meu corpo porque a água estava quase na altura do pescoço, mas certamente aquilo não parecia ser uma barreira.

Assim que ele olhou para mim com a intensidade que demonstrava naquele momento... todo ódio ou animosidade remanescente entre nós desapareceu. Talvez essa fosse a verdade que ele não queria que a lagoa revelasse. A magia do mundo tomou conta, encorajando minhas emoções até que eu também não pudesse mais negar meu desejo crescente. Sua pele molhada deslizou contra a minha, e eu fui diminuindo a distância entre nós.

Talvez fosse a beleza onírica da cena celestial pintada no alto, ou o vapor abafado do Baixio Crescente. Ou talvez fosse puro desejo carnal, mas eu ansiava pela sensação de suas mãos em meu corpo. Éramos dois adultos consentindo. E eu queria que ele liberasse todo o seu poder sensual em mim.

Pensei na fantasia que eu tivera com ele me possuindo contra a parede ou em cima da mesa.

Nunca, em toda minha vida, eu havia reagido a alguém de forma tão carnal. Tive paixões, sonhos com beijos e algo mais, mas essa não era uma pequena paixão. Era desejo em sua forma mais pura.

Meu desejo estava saindo do controle. Eu queria tocá-lo, não me sentia contente em negar a mim mesma nem minhas paixões. Tudo que eu precisava fazer era dar o primeiro passo.

Fiquei na ponta dos pés e alisei seus cabelos úmidos para trás em movimentos suaves.

Esperei para ver se ele abriria distância entre nós. Se me diria que eu era a última criatura em todos os reinos combinados que ele iria querer. Sua expressão estava quase tão tensa quanto seu corpo. Eu não conseguia dizer se ele lutava contra a atração, ou se estava permitindo, cheio de obediência, que um inimigo o seduzisse.

Inclinei-me e pressionei meus lábios contra a tatuagem ao longo de seu ombro, dando-lhe outra oportunidade de se mover. Em vez de dar um passo para o lado, sua mão se abriu na parte inferior das minhas costas, me segurando no lugar. Eu sabia, sem dúvida, que o poderoso guerreiro permitiria, se eu decidisse parar ou ir embora. Minha boca se moveu para o outro ombro, beijando-o.

"Emilia." Ele murmurou meu nome. Estava tão perto da versão dele que eu havia conjurado no Corredor dos Pecados... Mas aquela não era outra fantasia. Aquele momento era real.

"Eu sei que você não vai me dizer seu nome verdadeiro." Desci as mãos por seu peito. Seu olhar intenso acompanhou cada um dos meus movimentos. "Mas parece um pouco estranho, murmurar 'Ira' em um momento como este."

Ele fechou os olhos e encostou a testa na minha, fazendo com que minha atenção se voltasse para ele. O poderoso general de guerra estava travando alguma batalha interna. Talvez estivesse preocupado que aquele fosse outro jogo de estratégia, um que ele perderia se começasse a jogar pelas minhas regras.

Eu não sabia mais se seu medo era justificado. Pela primeira vez, estávamos em pé de igualdade.

"Então talvez não devêssemos nos preocupar em conversar", continuei. "Pelo menos não esta noite." Explorei os gominhos de seu abdômen, e ele não se afastou nem vacilou ao meu toque. "Talvez nós dois possamos escolher nos comunicar de uma forma diferente. Sem palavras."

Pensei em nosso último beijo, em como havia ficado selvagem e desenfreado. Tinha sido alimentado pela necessidade e pelo desejo primitivos. Então guiei seu rosto até o meu e rocei os lábios nos seus. Foi um sussurro suave, doce. Havia uma pergunta nele, que eu não tinha certeza se ele responderia.

Eu queria que as coisas fossem diferentes, pelo menos naquele momento. Mesmo que não fosse para durar. Poderíamos ter aquela noite, aquele momento, e nos render à força magnética que estava nos unindo.

Não havia passado nem futuro, apenas o presente.

Aquele encontro não precisava significar mais do que era. Não precisávamos nos apaixonar nem esquecer nossos planos. Poderíamos estabelecer uma trégua que durasse apenas até o nascer do sol. Por uma noite, poderíamos parar de fingir que aquilo não era o que nós dois desejávamos. Se eu enfrentasse aquela parte desconhecida de mim, talvez o reino parasse de me atormentar com tantas ilusões sensuais.

Afastei-me do nosso abraço.

"A menos que você não queira."

Por um segundo de ansiedade, ele não reagiu. Achei que tinha julgado mal o momento. Então Ira respondeu com um beijo carinhoso, e não parecia mais que ele era meu inimigo. Ou que ele estivesse me beijando por qualquer motivo além do fato de que desejava me beijar. Dentro daquele aposento, longe dos olhos atentos de sua corte e dos papéis que deveríamos desempenhar, podíamos apenas ser nós mesmos.

Ele tinha escolhido. Assim como eu havia escolhido. E escolha era poder.

Suas mãos fortes deslizaram pelas laterais de meu corpo enquanto ele se aproximava, nos unindo. De repente eu estava cercada por ele, seu cheiro, seu corpo imponente. Todo o seu poder e atenção. Ele parecia uma magia viva — talvez até mais do que em nossos dois últimos encontros.

Algo dentro de mim ganhou vida.

Quando ele enfiou a língua em minha boca, precisei me controlar para não desmaiar de pura felicidade. Deslizei as mãos até seus quadris, e as dele avançaram até os meus, escorregando sob a água morna e descendo por minhas costas enquanto ele me ancorava contra seu corpo.

Arqueei com seu toque, esquecendo qualquer ideia de ir devagar. Eu precisava de prazer. E queria que ele me desse tanto quanto eu daria em troca.

Ele sorriu com a boca encostada em meu pescoço antes de pressionar um beijo casto abaixo de minha orelha. Eu não tinha que ver seu rosto para saber que ele estava se divertindo com a minha reação.

"Vossa alteza é bastante exigente."

Se ele estava tentando me distrair com aquela Marca de invocação novamente, não estava funcionando. Toda vez que ele a tocava, extinguia qualquer emoção elevada. Eu não *permitiria* que isso nos distraísse naquele momento. A parte de mim que tinha acabado de despertar não queria adormecer de novo.

Mergulhei as mãos na água e as arrastei, devagar, até as pernas dele, para em seguida deslizá-las novamente.

Ele praguejou baixinho, e eu sorri.

"Chega de falar, lembra?"

"Continue fazendo isso, e eu vou amaldiçoar todas as divindades."

Desenhei pequenos círculos em sua coxa, movendo-os cada vez mais alto até que sua atenção total se concentrou precisamente no local que *ele* gostaria que eu explorasse em seguida. Assim, ele tinha uma ideia de como me deixara no jantar. "É terrível, não é? Querer tanto uma coisa e, quando por fim o objeto do desejo está perto, só receber provocações."

Pelo jeito, ele recebeu minha mensagem em alto e bom som. Sua mão deslizou entre minhas pernas e ele tocou a língua na minha no exato momento em que acariciou aquela minha parte que mais pulsava. Suspirei em sua boca, mas fui interrompida quando ele me puxou para mais perto. Sua excitação pressionava o meu corpo. Dura e sedutora. Assim como ele.

"Assim é melhor, *milady*?"

Oh, deusa, sim. *Muito* melhor.

Ele lentamente traçou círculos com aquele dedo perverso ao redor do meu ponto mais sensível, o tempo todo me beijando sem parar. O calor explodia em minhas veias com cada golpe provocante. Eu tinha feito algumas escolhas ruins na vida, mas ter Ira como amante não era uma delas. Ele era tão desenfreado como eu tinha imaginado, e aquela parte primitiva de mim deu boas-vindas a essa nova batalha de desejos.

Ergui o quadril, pedindo-lhe para continuar sua exploração enquanto eu envolvia seu pescoço com os braços, puxando-o para um beijo mais profundo. Seu dedo me penetrou um pouco e eu contive um gemido. Ele o retirou, inteiramente focado na reação do meu corpo ao movimento; a exalação leve e trêmula, a maneira como eu me movi reflexivamente contra ele, e segurei mais forte. Ele estava aprendendo o que me dava mais prazer, variando um pouco e repetindo.

Que a deusa me ajudasse. O demônio da guerra era um estrategista em todos os níveis.

Ele esfregou com gentileza um segundo dedo contra a minha parte latejante antes de voltar a atenção para os beijos lentos e viciantes. Fogo. Sem nenhuma magia, exceto pelo poder requintado de seu toque, ele estava transformando meu corpo em um milhão de pequenas chamas de desejo.

E sabia disso. Todas as provocações estavam me deixando louca.

"Leve-me para o seu quarto." Minha voz estava pesada. "Agora."

"É isso que você quer?"

"É." Mais do que qualquer coisa. Consegui assentir, e seus dedos inteligentes me recompensaram com outra carícia. "Depressa."

Ele mordiscou meu lábio inferior. "É uma ordem da minha rainha?"

"É." *Ah, deusa, é.*

"Agora sou seu humilde servo?"

Recuei. Havia um brilho diabólico em seus olhos. Mesmo se eu quisesse responder, minha resposta teria sido interrompida por seu próximo beijo. Nós dois sabíamos que ele não era do tipo que recebia ordens. Então não se apressou. A criatura Perversa não teve pressa enquanto me beijava, e seus dedos continuavam explorando, provocando, torcendo o prazer de maneiras que eu não sabia que eram possíveis.

Ele tinha jurado que eu não confundiria a realidade com uma ilusão quando me tocasse. Não estava mentindo. O Corredor dos Pecados, aquele reino, nada se comparava à magia dele.

Quando ele me tocou de novo, involuntariamente balancei o quadril para a frente, e ele enfim respondeu ao meu apelo silencioso. Seus dedos deslizaram por todo o caminho, e ele gentilmente mordeu meu lábio para conter meu suspiro, o que só conseguiu me deixar mais louca.

"Tome o seu prazer, *milady*." Tentei repetir o movimento de balanço. Ele me observou com o olhar intenso. "Bem desse jeito."

Ele interrompeu meu gemido com o beijo seguinte e eu enterrei as mãos em seus cabelos, precisando senti-lo mais. De alguma forma, pulei e envolvi seu quadril com as pernas. Seu braço livre me segurou facilmente no lugar. A sensação da água quente borbulhante e a fricção de seus dedos calejados foram o suficiente para me fazer perder o limite de tanto desejo. O instinto tomou conta.

Os corpos pressionados, línguas e dentes e o desejo bombeando em minhas veias. Percebi que a magia do mundo não estava criando o desejo; estava reforçando o que eu já sentia. E eu sentia mais do que jamais me permitiria admitir. Remexi o quadril no ritmo de cada um de seus toques profundos. Abandonei a timidez para aceitar o prazer que ele estava me proporcionando.

No fervor para experimentar todas as sensações, me esfreguei na parte inferior de seu corpo, acidentalmente roçando em sua ereção. Ele gemeu, um som profundo e retumbante. Meu sorriso era puro prazer perverso. Repeti o movimento, e o ar assobiou por entre seus dentes. Seus beijos se tornaram vorazes.

Eu me movimentei para cima e para baixo contra a mão dele, contra ele. O calor crescia no meu interior, querendo explodir. Seus olhos estavam vidrados devido ao desejo crescente, os dedos ainda enterrados em mim. Eu nunca o tinha visto tão no controle. Isso só aumentou meu prazer.

"Emilia..." Eu o silenciei com um beijo. Esqueça o quarto. Eu o possuiria ali mesmo. Naquele momento. Minha mão se fechou em torno de sua excitação e ele gemeu. "Pelo diabo, eu preciso..."

"Me levar para a cama. *Agora.*"

O príncipe da Ira, que não queria ser comandado por ninguém, submeteu-se à minha ordem.

Sem mais provocações, ele nos levou em um feitiço, com os corpos meio emaranhados, para o quarto dele.

REINO DAS BRUXAS
NATUREZA SOMBRIA

12

Os dedos de Ira estavam ainda enterrados entre as minhas pernas quando ele nos encostou contra a porta de seu quarto, sua respiração cada vez mais ofegante e acelerada. Ele tinha errado o quarto. Mas teve um motivo. Eu não tinha tirado a mão de sua ereção impressionante. Continuei acariciando sua pele sedosa e macia, me deliciando com a forma como cada toque o deixava ainda mais sem controle.

Pareceu um pouco errado me sentir orgulhosa, mas certamente adorei ser *eu* a razão para o romper da coleira apertada na qual ele se mantinha sob controle.

Não havia outra razão para eu imaginar que ele nos transportaria para o corredor público que ligava nossas suítes. Pelo menos o portão que fechava aquela ala ainda estava abaixado, e ninguém podia chegar perto o suficiente para nos ver. Eles também não vislumbrariam muito de mim, com o corpo maciço de Ira cobrindo o meu. Não que importasse se pudessem me ver.

Eu estava muito perdida nas ondas de prazer que cresciam sem parar dentro de mim para me importar com o local em que estávamos, ou quem estava por perto. Eu o queria bem ali. Para o inferno com todos os Sete Círculos. Eu ainda não estava casada com Soberba.

Com exceção de sua breve posse de Antonio, eu nunca o vira. E eu duvidava de que o diabo fosse se importar se eu tivesse um amante antes de trocarmos os votos perversos.

Certamente não seria um casamento por amor. E, se Soberba se importava, com certeza não demonstrava. Ainda não havia carta, convite, nem reconhecimento de minha chegada. O Príncipe da Soberba estava satisfeito em ficar em seu castelo sozinho e, no momento, estava mais do que bom para mim.

Ira continuou me beijando, continuou me penetrando com aqueles dedos enquanto se movimentava dentro da minha mão que não o largava, e eu não queria nada mais do que colocar aquela criatura poderosa de joelhos com êxtase implacável. Aquela parte louca e selvagem dele era quase tão inebriante quanto seu toque.

Eu nunca tinha experimentado algo tão poderoso e certo. *Ele* era o certo. E eu sabia, com uma certeza sem fim, que estávamos prestes a descobrir como éramos bons juntos. Talvez estivéssemos destinados a acabar ali, perdidos de paixão um pelo outro.

O som de seu prazer se misturando com o meu criava seu próprio feitiço, e eu estava muito perto de me perder, tão perto daquele poder que crescia e se descontrolava e...

Uma dor irrompeu em torrentes violentas, roubando minha respiração. Sempre em sintonia com minhas mudanças emocionais, Ira parou instantaneamente, o feitiço de euforia quebrado.

"Você está bem?"

"Não." Nunca odiei tanto uma palavra. "Estou sentindo uma d-dor horrível."

"Onde?" Sua voz saiu áspera, grossa.

"No coração." Eu o soltei e estremeci.

"Sangue e ossos! Está doendo muito."

"Venha. Vou mandar chamar um médico em..."

"Acho que é do Chifre de Hades."

Ira estava alcançando a maçaneta da porta, mas parou no meio do caminho. Sua atenção se voltou ao amuleto que eu ainda usava, e ele amaldiçoou as deusas de forma admirável.

Tudo se desintegrou em fumaça preta brilhante. Eu não o tinha visto se mover; mas, em um momento, estávamos nus do lado de fora do quarto e à beira do orgasmo; no seguinte, estávamos parcialmente vestidos diante de uma porta de madeira cheia de veios em uma torre.

Tochas de aparência medieval ardiam intensamente de ambos os lados. Fiquei quase tão chocada com a nossa localização quanto com a camisola preta que estava vestindo. Escondia pouco do meu corpo. Ira estava de calças pretas e nada mais. Exceto talvez um leve olhar de preocupação.

"Onde estamos?" Estendi a mão para soltar o *cornicello*. A dor foi se intensificando.

"Não tire o amuleto." Era como se os últimos minutos de paixão não tivessem existido. Ira voltara a ser uma mistura de intensidade e fúria. Mas não era direcionada a mim. Ele levou o punho à madeira e bateu forte o suficiente para sacudir as dobradiças de ferro.

"Matrona!", chamou com a voz muito firme.

A onda seguinte de dor fez meus joelhos fraquejarem, mas eu me recusei a deixá-la me puxar para baixo. Mesmo sem olhar para mim, o príncipe demoníaco não perdeu nada. Sua próxima batida sacudiu uma pedra solta. Coloquei a mão em seu braço e apertei suavemente.

"Ira."

"Se você não abrir esta porta, eu juro pelo meu sangue..."

"Você está prestes a derrubar a torre inteira com essa bobagem, garoto." A porta se abriu, revelando uma mulher mais velha com longos cabelos grisalhos e lilás. Ela usava um manto roxo-escuro com um cinto de corda que me lembrava imagens de sacerdotisas que eu tinha visto em pinturas e livros.

Seu olhar escuro se voltou para mim, avaliando.

"Filha da Lua, bem-vinda. Eu sou Celestia, a Matrona das Maldições e dos Venenos. Estava esperando por você." Ela recuou e abriu mais a porta, dando boas-vindas. "Entre antes que sua majestade coloque o reino abaixo."

"Da próxima vez, seja mais rápida."

Ira entrou no cômodo antes de mim, alerta e pronto para a batalha. Além de tinturas, antídotos e venenos, eu não tinha certeza de qual inimigo ele esperava encontrar ali, mas estava sentindo muita dor para me preocupar. Eu o segui para dentro e parei. A sala circular era composta de madeira escura, pedra fria e prateleiras que subiam até a torre. Uma escada estava encostada em uma seção, como se a matrona estivesse catalogando itens nas prateleiras mais altas quando foi interrompida. Uma mistura eclética de aromas flutuava ao redor, formando uma emanação agradável.

Eu mal conseguia respirar fundo, e o cheiro, por mais atraente que fosse, começou a revirar meu estômago. O suor escorria por minha testa enquanto eu forçava o ar para dentro e para fora entre dentes. Para evitar me concentrar na náusea crescente, deixei meu olhar vagar pelo espaço.

Em uma mesa comprida perto de uma janela formada de um único arco solitário havia vários frascos de líquidos estranhos: de alguns saía fumaça, outros borbulhavam, outros batiam contra o vidro fino como se estivessem testando uma rota de fuga. Líquido senciente era algo novo para mim, um tanto desconcertante.

Uma das prateleiras abrigava plantas e mudas adultas, pétalas e ervas secas. Havia cataplasmas e amuletos, caldeirões e figuras esculpidas de criaturas como quimeras, divindades e seres alados. Pedras, tanto ásperas quanto lisas, e — se a seiva escura fosse alguma indicação — lâminas e agulhas com pontas de veneno brilhando à luz bruxuleante do fogo.

Velas grossas pingavam cera em uma cornija de madeira acima de uma lareira generosa perto do centro da sala, e bastões de incenso queimavam em espirais de fumaça.

Parecia que a Matrona das Maldições e dos Venenos estava preparada para qualquer atividade desonesta.

Engoli em seco quando mais uma onda de dor passou por mim. Parecia que meu corpo estava no meio de uma guerra brutal consigo mesmo. O que quer que estivesse causando a dor estava vencendo.

Com a mão forte tocando minhas costas, Ira me conduziu para um banquinho de madeira e se voltou para a matrona.

"Faça alguma coisa. Agora."

Ela estalou a língua e foi atravessando lentamente a sala.

"Exigências e ameaças pertencem aos assustados e fracos. Nenhum desses traços combina com você, então fique quieto."

"Não teste minha paciência."

Celestia foi até um recipiente cheio de tesouras e lâminas. Algumas tinham cabos de ouro ou prata, outras eram feitas de pedras preciosas reluzentes, ossos opacos de mortais ou criaturas do submundo. Não olhei muito de perto.

Ira, no entanto, pairava sobre os suprimentos da matrona.

"Mais rápido."

"Eu não interfiro no seu trabalho, garoto, não se intrometa no meu. Agora pare de andar e sente-se, ou saia e vá trabalhar essa raiva em outro lugar." Seu olhar frio se voltou para o dele. "Faça isso por ela, não por mim."

Ira não saiu nem se sentou, mas parou de falar e deu à matrona espaço para trabalhar. Decidi que gostava daquela mulher destemida e me perguntei quem ela era para Ira. Certamente ela devia saber que ele havia acabado de cortar uma língua. O príncipe demoníaco estava especialmente feroz, e ela não dava a mínima atenção. Era de se duvidar que houvesse mais pessoas corajosas o suficiente para virar as costas para ele daquela maneira, em especial em momentos como aquele, em que seu poder estava atacando como uma víbora furiosa.

Eu não podia reclamar, no entanto. À sua maneira grosseira, ele estava cuidando de mim.

Ela pegou uma tesoura fina de ouro com cabo em forma de asas de pássaros, depois pegou uma jarra cheia de um líquido cerúleo cintilante, um frasco de ervas secas e escolheu outra jarra cheia de pétalas em tons de azul e prata. Levou tudo para a mesa de trabalho e puxou uma tigela de madeira de um armário, seguida por um pilão.

Depois de examinar tudo uma última vez, ela virou aqueles olhos senis para mim.

"Preciso de uma mecha do seu cabelo para a tintura."

"Não." O pânico tomou conta de mim, e a palavra saiu de minha boca antes que eu percebesse que tinha revelado um medo a um estranho. Os avisos da *nonna* ressoaram em meus ouvidos. Sempre nos disseram para queimar as aparas de cabelos e de unhas, para não permitir que alguém pudesse usar as artes das trevas em nós. "Isso é mesmo necessário? A dor já está diminuindo. Acho que sua alteza pode ter exagerado."

Seu olhar suavizou.

"Você não tem nada a temer comigo, menina. Vai beber a tintura inteira. Depois vamos queimar a tigela. Não vai restar nada para os que te desejam mal."

Senti a atenção de Ira em mim como dois atiçadores quentes na base de meu pescoço, mas não quis olhar para ele. Aquela decisão era minha, só minha. Respirei fundo e assenti.

"Tudo bem."

Celestia cortou uma pequena mecha do meu cabelo, esparramando-a sobre uma parte de ervas e duas partes de pétalas. Ela amassou tudo junto no pilão até formar um pó.

Quando a consistência ficou do seu agrado, sussurrou um feitiço em uma língua que eu não conhecia e adicionou alguns respingos do líquido azul cintilante à mistura.

Em seguida, derramou tudo em um cálice de prata gravado com runas e mexeu vigorosamente.

"Não será a bebida mais agradável, mas as Lágrimas de Saylonia ajudarão no sabor."

"Lágrimas de Saylonia?"

"Alguns dizem que é a deusa da dor e da tristeza. Mas ela é mais do que isso. As lágrimas estão reunidas em um templo nas Ilhas Mutantes."

"Onde ficam? Aqui?"

Ela direcionou a atenção para o príncipe enquanto mexia a bebida na direção oposta; o conteúdo espirrava por causa da mudança repentina.

"Está quase pronto."

Ira observava cada passo que a matrona dava em minha direção com um brilho ameaçador nos olhos. Como se um movimento errado sinalizasse a luta para a qual ele estava preparado.

Ignorei seu comportamento estranho e voltei a atenção para a mulher que se aproximava.

"Uso este amuleto há décadas e nunca senti uma dor assim."

"Você visitou o Baixio Crescente, não foi?"

"Sim." Meu cabelo estava úmido, e não adiantava mentir. "Como sabe?"

"Apenas um palpite. Certas magias não podem entrar naquelas águas sem graves consequências. Alguns dizem que a água de lá pertencia às deusas e queima o que não lhes pertence. Outros acreditam que os Temidos procuram recuperar o que foi tirado deles. E eles não se importam com o modo como vão conseguir restaurar o poder, desde que o restaurem. A vingança é uma perseguição brutal."

"Os Temidos?" Procurei na memória alguma história ou lenda da infância, mas o nome não era familiar. "É assim que você chama as deusas, ou os príncipes demoníacos?"

"Chega." A voz de Ira estava calma, mas seu tom não dava espaço para discussão. "É sábio manter superstições e velhas lendas para si mesma." Ele cruzou os braços diante do peito, a expressão firme. "A tintura dela está pronta?"

Olhei para o amuleto do chifre do diabo. Ira havia me dito que não era preciso tirá-lo. Lancei um olhar acusador.

"Você se esqueceu de me contar sobre os perigos. Agora está preocupado?"

Celestia estreitou os olhos, mas ficou calada por mais alguns momentos enquanto continuava mexendo a tintura.

"Se ele soubesse o efeito que isso teria em você, duvido que a tivesse levado até lá. É o outro segredo dele que você precisa saber. Ele tem plena consciência de como *aquilo* afeta vocês dois. E ainda assim não pronunciou uma única palavra. Eu me pergunto por quê. Talvez finalmente tenhamos encontrado seu ponto fraco, majestade."

Ira ficou estranhamente imóvel. A temperatura na sala despencou o suficiente a ponto de poder ver o ar que eu exalava. Frascos chacoalharam enquanto as prateleiras tremiam com a força do poder que ele estava controlando, a intensidade contra a qual ele lutava. A matrona claramente atingira o alvo.

Intrigada com a reação dele, eu o estudei de perto. Ele estava quase irreconhecível. Não houve mudança em suas feições indiferentes, mas senti a imensa onda de magia que ele atraiu como um movimento de maré.

"Cuidado", alertou ele. "Você está pisando em terreno perigoso."

"Bah..." Ela fez um aceno desdenhoso, despreocupada com o crescente zumbido de raiva no ar. Ela me entregou o cálice e fez sinal para eu beber.

Olhei para Ira, e o que quer que tenha sido o gatilho de seu pecado homônimo desapareceu quando ele encontrou meu olhar preocupado. A temperatura voltou ao normal. Ele apontou o copo com o queixo. "Está tudo bem. Beba."

Levei a mistura aos lábios, mas não bebi de imediato. O cheiro não era nem de longe agradável. Eu me preparei e, antes que a dor voltasse, bebi tudo em um gole, ignorando o gosto amargo da erva. Meus sintomas desapareceram.

"Você já está boa, menina."

Devolvi o cálice e a observei jogar a tigela de madeira nas chamas. Em poucos segundos, o recipiente queimou até virar cinzas.

"Devo tirar o amuleto?"

Ela olhou para Ira, erguendo uma das sobrancelhas. Eu não me virei a tempo de ver a reação dele, mas a matrona franziu os lábios. Seus olhos focaram no amuleto em meu pescoço antes de me olhar nos olhos novamente. "Não. O *encanto* não vai te incomodar mais."

"Cuidado, Celestia."

"Por que *vossa alteza* não vai balançar uma espada ou dar um soco em outro pedaço de pedra e sai daqui? Acha que não fiquei sabendo o que você fez? Domitius e Makaden são tolos, mas apenas um tolo maior ainda agiria como você. As pessoas podem pensar que novos pecados estão surgindo. Você deve ficar atento, *vossa alteza*. Muitos estão de olho. E eles têm um interesse particular em sua corte."

"Cuidado com o que diz." A fúria dele chicoteou como as rajadas de vento de uma tempestade. Ela sorriu, mas não era o tipo de expressão amorosa que uma avó daria a seu neto. Foi um sorriso mecânico. A expressão de Ira foi pior. "Eu não recebo ordens de você."

"Então considere uma sugestão. De qualquer modo, é irresponsável não contar a ela."

"Sim, eu gostaria muito de saber do que vocês dois estão falando." Minha dor havia desaparecido e eu estava ficando irritada. Eu sabia que Ira ainda guardava segredos. Segredos que até Celestia achava que eu tinha o direito de saber. E depois do que acontecera entre nós no baixio, eu não os toleraria mais. Lancei a Ira um olhar aguçado. "Alguém precisa esclarecer as coisas para mim. Agora."

Celestia alternou o olhar entre nós dois.

"Esta é uma conversa que deve ocorrer entre vocês dois. Sozinhos." O sorriso dela era puro problema. "Embora você possa querer levá-la para o Templo da Fúria, longe de onde você pode ser ouvido. Tenho a sensação de que vocês dois vão acordar o castelo inteiro."

Com isso, ela nos conduziu para fora de sua câmara de tinturas e bateu a velha porta de carvalho em nossas costas. Olhei para o príncipe. De um jeito ou de outro, ele me diria a verdade. Eu não conseguia entender como Celestia sabia o segredo que ele estava escondendo de mim. Meu aborrecimento foi dando lugar à raiva — e essa emoção não era causada por aquela Casa de Pecado.

Quantos outros na corte eram cúmplices da informação que pertencia a *mim*? Era inaceitável que eu fosse a única sem saber.

"Quero a verdade. Chega de mentira. Você me deve isso."

Ele parecia estar procurando uma arma para usar. Apesar de sua frustração não parecer direcionada a mim e nem mesmo à matrona.

Talvez estivesse irritado consigo mesmo. O jogo ou esquema que ele havia planejado claramente estava terminado. E não tinha transcorrido como ele desejava.

"Merda." Ira passou a mão pelos cabelos e se afastou de mim. "Pensei que teríamos mais tempo. Mas, depois desta noite, obviamente não dá para esperar mais."

Ira nos levou para sua biblioteca pessoal e magicamente transformou a sala para que não vazasse o som de nossas vozes. Fui para diante da lareira gigante aquecer minhas mãos. Entre a temperatura fria do castelo, a exaustão que veio depois da dor, a camisola fina e a umidade do meu cabelo, eu estava gelada até a alma.

O medo também colaborava com os tremores. Era possível que algo tivesse acontecido com minha família? Será que estavam feridos — ou pior. Eu não tinha a menor ideia do que Ira me diria.

Ele sabia que eles eram minha fraqueza tanto quanto minha força e eu negociaria a volta ao meu mundo e quebraria o contrato com Soberba. Isso certamente complicaria sua missão e seria motivo suficiente para ele não ser franco comigo.

A tensão de Ira também não estava ajudando a me acalmar. Invadiu meus sentidos até que meus próprios nervos ficaram tensos a ponto de explodir.

Ele andava pela sala como um grande animal preso em uma jaula. Antes do nosso abraço apaixonado na lagoa, e depois, no corredor do lado de fora do quarto, eu nunca o tinha visto de outro modo que não fosse calmo; mesmo quando furioso, ele nunca ficava... no limite. Era desconcertante vê-lo daquele jeito. Seu ataque à matrona também era incomum. Às vezes, ele podia ser áspero, arrogante ou cheio de presunção masculina, mas nunca era rude.

"Pode se sentar?" Eu passei as mãos sobre os braços. "Você está me deixando nervosa."

Ele foi até sua mesa e serviu dois dedos de líquido cor de lavanda em um copo. Bebeu todo o conteúdo, encheu novamente o copo e o ofereceu para mim. Eu balancei a cabeça, recusando.

A espera era insuportável. E meu estômago já estava bem embrulhado. Eu queria saber o que ele tinha a dizer, e por que aquilo, o que quer que fosse, o estava afetando tão fortemente. Mesmo quando ele atacou Makaden, não houve arrependimento ou preocupação de sua parte. Apenas eficiência fria. Ele havia cumprido uma sentença e sido imparcial em sua brutalidade.

"Esse suspense é mesmo necessário?" Minha voz estava surpreendentemente calma. Era uma completa contradição com as batidas frenéticas do meu coração. "O que quer que você tenha a dizer não pode ser tão ruim."

Pelo menos era o que eu desejava.

Por fim ele parou de se mover o suficiente para me olhar nos olhos. Sua expressão era impossível de decifrar. Uma calma fria e enervante tomou conta dele. Senti um arrepio na espinha. Seu comportamento me lembrou de quando uma parteira dava uma notícia ruim.

"No início da noite, você perguntou por que eu te marquei. Não tenho certeza se entende por completo o que isso significa. Por ser algo concedido tão raramente."

Eu o encarei, momentaneamente pega de surpresa pela mudança repentina de assunto e pelo fato de a marca de invocação ter virado assunto da conversa. Pelo menos eu entendia como Celestia sabia desse segredo; ela havia olhado com atenção para o meu pescoço. Por engano, pensei que estivesse olhando para o amuleto de chifre do diabo.

"E então?", pressionou ele, chamando minha atenção de volta para ele. "O que você sabe sobre a Marca?"

"A *nonna* disse que permite que a pessoa invoque um príncipe do Inferno sem ter um objeto que pertença a eles. Que é uma grande honra, concedida a poucos. E que, enquanto respirar, o príncipe demoníaco deve sempre responder à invocação. Exceto, é claro, quando tentei te chamar e você não apareceu." Meu tom ficou gelado. "Eu pensei que você estivesse morto."

Ele deu um passo para trás, seu foco vagando sobre mim em uma análise silenciosa.

"Depois de ser ferido com a adaga da Casa de Inveja, eu não tinha me curado a ponto de viajar entre os reinos. Eu não sabia que você tinha ficado chateada com a minha ausência." Lancei a ele um olhar malicioso que pareceu ter feito com que ele esboçasse um sorriso. O olhar desapareceu quase instantaneamente. "Você sabe por que é tão raro que a invocação seja concedida?"

"Porque os príncipes são cretinos teimosos e não gostam de ser invocados a qualquer hora?"

Um leve sorriso surgiu em seus lábios novamente, e ele o expulsou com rapidez.

"Porque é um vínculo mágico que nunca pode ser quebrado."

"Impossível. Toda magia pode ser desfeita."

"Não esse vínculo. Nem mesmo na morte."

"Mas você é imortal."

"Imagine, então, quanto tempo dura esse vínculo."

Olhamos um para o outro enquanto o peso dessa verdade se instalava entre nós. Eu estava lutando para absorver a informação e as implicações dela. Ira não falou mais nada, e sua expressão foi ficando sombria enquanto eu absorvia o choque. Se o vínculo durasse mesmo após a morte, eu não conseguia entender como funcionava. Nossas almas estariam para sempre ligadas. Mas eu vendera a minha, e não tinha a menor ideia do que isso significava para o laço. Ou para ele.

"Emilia." Sua voz era calma, mas tinha um tom de comando. "Diga algo."

"Você disse para evitar falar em extremos. Eles quase *nunca* acontecem, lembra?"

"Você se lembra de alguma coisa que eu disse na noite em que você foi atacada pelo Viperídeo?"

Ira se aproximou, me observando cuidadosamente, medindo cada passo. Parecia que ele havia sentido que eu estava perto de fugir, por isso se esforçava ao máximo para não fazer nenhum movimento brusco e me assustar. Sua atenção se desviou para a Marca.

Inconscientemente, estendi a mão para tocar o lugar em meu pescoço onde o símbolo quase invisível marcava minha pele. Eu estava com muita dor para absorver qualquer coisa que ele dissera naquela noite, e então já estávamos na banheira juntos. Os pesadelos começaram logo depois.

E antes de eu acordar ele disse...

"Eu disse para você viver o suficiente para me odiar. E eu falei sério."

Ele estendeu a mão e traçou a lateral do meu pescoço, seu toque leve como uma pluma.

"Naquela noite eu te marquei. Mas não é tudo."

O pânico vibrou dentro do meu peito como um pássaro preso.

Eu tinha uma sensação terrível de que sabia aonde aquilo iria chegar e não queria participar. Podia jurar que minha tatuagem de noivado estava começando a formigar, para me lembrar de sua presença. Como se eu tivesse esquecido.

Forcei meus pés a ficarem firmemente plantados no chão, embora uma grande parte de mim quisesse voar e correr para o meu quarto, trancar a porta e nunca mais sair.

"Pare." Eu me virei e comecei a me afastar. O novo medo estava crescendo. Eu não queria ouvir mais nada de sua confissão. "Leve-me de volta para o meu quarto."

"Não até que você saiba toda a verdade."

Ira estava na minha frente, seu olhar fundido ao meu. Eu realmente desprezava sua velocidade sobrenatural. Ele não foi atrás de mim, não bloqueou meu caminho nem me encurralou, mas sua expressão estava entrelaçada com a promessa de que ficaria perto até que eu estivesse pronta para ouvir o restante da confissão. Eu sabia que ele esperaria uma eternidade se precisasse, esperaria até que o sol se apagasse e a última estrela desaparecesse dos céus. E eu não tinha esse tempo a perder.

Então balancei a cabeça, concedendo-lhe permissão para continuar. Para desarraigar meu mundo mais uma vez.

"Sabe a magia que eu usei, que você confundiu com um feitiço de renascimento? Era a Marca. Ela nos amarrou, carne a carne, de uma forma que permitiu que meus poderes curassem você. Você só saiu viva daquele ataque porque eu absorvi o veneno para o meu corpo através desse vínculo mágico."

Seu corpo imortal. Um corpo que não seria derrubado nem morto por veneno ou qualquer outra coisa que pudesse me matar. Engoli em seco. Ira se vinculou a uma inimiga só para que eu vivesse. A gravidade do que ele tinha feito. O que ele havia sacrificado para me salvar na noite em que fui atrás do amuleto da minha irmã, lutei contra o demônio Viperídeo e quase morri, me pegou. Ele não tinha ficado furioso à toa por eu ter sido tão arrogante depois que tudo acabou.

O preço havia sido mais alto do que eu imaginara. Mas o meu também.

"A Marca é mais do que uma maneira de você me convocar ou se salvar. Por causa de outro vínculo mágico que compartilhamos, também foi uma aceitação parcial. Acho que você já entendeu para onde esta história está se encaminhando, mas gostaria que eu continuasse?"

Meu coração estava batendo muito rápido com sua escolha de palavras. *Aceitação*. Nós não estávamos mais falando sobre a Marca de invocação e a magia que ele tinha usado para tirar o veneno. Estávamos falando sobre o meu medo, aquele que continuava crescendo. Não consegui olhar nos olhos dele.

"Eu quebrei o feitiço depois disso."

"Você não parece estar certa disso. No entanto, a verdade sempre esteve lá para você ver."

Olhei para a tatuagem traiçoeira em seu braço nu; as tatuagens mágicas que não tinham desaparecido. Até suspeitei que minha reversão de feitiço não tivesse funcionado, mas deixei essa preocupação de lado. Ele estava certo. Eu não quis reconhecer o que aquilo significava. Eu ainda não queria.

"Posso?" Ira estendeu a mão para mim, mas parou antes de me tocar. Eu balancei a cabeça e ele gentilmente pegou meu braço e arregaçou a manga de minha camisola. Manteve seu antebraço no meu, esperando até que a verdade parasse de flutuar como um pássaro assustado e se acomodasse em mim.

Não havia como negar que elas combinavam perfeitamente. E eu sabia por quê.

Desviei a atenção de nossas tatuagens e olhei para o rosto dele. Era um rosto bonito, frio e real. O rosto que pertencia a um deus caído. E meu destruidor. A ansiedade arrepiou minha pele.

"Você procura a verdade? Vou te dizer a verdade de graça. Soberba não a convocou para a corte dele, nem vai tentar fazer isso. Pelo menos não pela razão que você acredita."

"Por que...?"

Eu sabia, *por todas as deusas*, eu sabia. Ainda assim, precisava que ele dissesse as palavras.

"Você não é a prometida dele, Emilia." O mundo abaixo de mim se abalou. O olhar de Ira era firme o suficiente para impedir que meus joelhos e o reino tremessem. "Você é a *minha* prometida."

REINO DAS BRUXAS
NATUREZA SOMBRIA

13

Você é a minha prometida. Tudo o mais desapareceu. Choque, negação e profunda confusão se foram. Era como se eu tivesse saído da biblioteca de Ira e voltasse ao nada do vazio. Meus batimentos cardíacos pulsavam em todas as minhas células. A frase ecoava com suavidade, martelando contra todos os meus nervos e incrustando-se em meu coração.

Parecia que a magia que nos ligava havia despertado por completo. A confissão de Ira, de alguma forma, a havia tirado do estado de letargia e lhe dera permissão para se expandir, como quem se espreguiçava abrindo bem os braços.

Aquele poderoso príncipe guerreiro, repleto de vitalidade imortal e poder, morte e raiva personificados... De repente, fui arrastada para uma visão.

Se era passado, futuro ou pura ilusão criada pelo mundo pecaminoso onde eu me encontrava, não conseguia distinguir. Estávamos na cama de Ira, sob a luz de centenas de velas que tremeluziam diante da superfície brilhosa dos lençóis de seda, das paredes escuras e do brilho de suor cobrindo o peito nu do demônio.

Eu estava sentada sobre o príncipe demoníaco, com as pernas bem abertas para acomodar sua largura. Ele me observava com uma espécie primitiva de possessão, sorvendo com o olhar semicerrado cada centímetro de meu corpo enquanto meu quadril ondulava, procurando prazer, mas não completamente. Eu estava provocando, mas não diminuía a distância entre nossos corpos.

Ele tentou se aproximar, mas eu o empurrei contra o colchão, mordiscando de brincadeira sua boca antes de me perder em seus beijos lentos. Logo, ele não estava mais satisfeito em ser um espectador e segurou as laterais de meu corpo, me conduzindo para sua ereção ardente. Com uma palavra de afeto sussurrada e uma rápida investida para cima, nos unimos de todas as formas. Para a eternidade.

Tentei respirar profundamente, embora de maneira irregular, para expulsar a visão. Consegui voltar a sentir um pouco de negação.

"*Nós* ainda estamos noivos."

Os olhos de Ira vidraram-se momentaneamente, como se ele estivesse naquela ilusão sedutora comigo e ainda sentisse os tremores de prazer percorrendo o corpo. Seu tom frio não combinava com o calor que persistia em seu olhar.

"Sim. Eu vou ser seu marido."

"Meu marido. Você, não Soberba."

"Emilia..."

"Por favor." Levantei a mão para fazê-lo calar. Algo ancestral agitava meus ossos. Ignorei a sensação e me concentrei na raiva que se desenrolava em espirais ardentes, substituindo os sentimentos de choque e de negação e desanuviando minha cabeça. Aquilo *não* podia estar acontecendo. Era uma complicação com a qual eu não poderia lidar por diversos motivos; o maior deles era minha promessa de vingar minha irmã. "Você mentiu para mim."

Ele ficou em silêncio por algum tempo, depois disse em voz baixa:

"Apesar das circunstâncias nem um pouco ideais de nossa união, somos suficientemente compatíveis".

Fiquei olhando para ele sem piscar. Depois de uma declaração *tão* romântica como aquela, quem precisava de amor ou paixão? Se não fosse para me casar com Soberba e seguir com meu plano, eu me casaria por amor.

"Adequados um ao outro o suficiente" também deturpava bastante a situação. Eu ainda desejava estrangular Ira mais do que desejava beijá-lo ou ir para a cama com ele. Tinha a sensação de que ele sentia a mesma coisa. O que talvez fosse uma indicação de que éramos *suficientemente compatíveis.* Nossa união seria horrível e cheia de fúria.

"Seu irmão está ciente disso?"

"É claro."

O príncipe demoníaco parecia preparado para uma explosão violenta: pés afastados e o corpo inclinado para a frente. Ele merecia um bom tapa por ter escondido isso de mim, mas eu mal conseguia compreender a confissão e a estranha forma como suas palavras — por mais inofensivas que fossem — faziam meu sangue ferver de repente.

Todo o meu corpo zunia, repleto de uma consciência quase sobrenatural. Eu tinha a percepção de todos os movimentos dele — da leve mudança na posição dos pés à respiração estável. Minha nova consciência em relação a ele não aliviava a raiva. Para falar a verdade, apenas piorava.

Novas percepções tomaram forma. Se eu era membro da Casa Ira, outras casas reais — como a corte de Soberba — nunca compartilhariam rumores sobre seu príncipe. Todas as esperanças e planos que eu tinha de conseguir as informações de que necessitava sobre a primeira esposa de Soberba estavam arruinadas.

"Isso é loucura."

Depois da morte de Vittoria, minha vida tinha se transformado em um caos; e eu dera uma frágil aparência de ordem a ela indo para o submundo. E só havia conseguido isso por causa da promessa feita a minha irmã.

Agora... agora minha vida estava mais uma vez saindo do controle por causa dos Perversos.

Ira em particular. Minha fúria finalmente explodiu.

"Você fica me dizendo que tenho escolha. Quando isso vai acontecer de verdade? Certamente não é quando se trata de escolher a Casa de um demônio. Ou a que príncipe eu achava que estava prometida. E não vamos esquecer da minha situação preferida, ainda em Palermo, quando perguntei se você me obrigaria a vir para cá. Para reinar no Inferno. Você disse que jamais me obrigaria. Ao que parece, *me enganar* é um substituto perfeitamente aceitável para 'ter escolha'. Parabéns." Aplaudi devagar. "Você sabe mesmo distorcer a verdade. Devo admitir, estou impressionada."

Ele não pareceu aliviado, mas relaxou a postura de leve. Vi o exato momento em que ele se lembrou da noite de que eu estava falando, quando pensei que havia rompido nosso compromisso com um feitiço de anulação. Ele havia jurado que não me forçaria ao casamento nem me levaria para o submundo. Aparentemente, mais meias-verdades, para não dizer completas mentiras.

"Você ainda tem. Não precisa seguir com nosso casamento."

Apontei um dedo cheio de acusação para a Marca.

"E quanto a este vínculo inquebrável? Não me parece uma escolha. Entendo que você sacrificou muita coisa, mas pelo menos estava ciente do que estava decidindo. Você *tinha* que ter me contado. Eu tinha o direito de saber."

"A Marca foi a melhor alternativa em que pude pensar naquele momento. E, por causa do veneno, não tive como considerar muitas opções antes que ele fizesse seu coração parar. Pedi sua permissão para te ajudar. *Você escolheu, você disse que sim*. *Você* nos comprometeu. Eu aceitei."

Como se eu precisasse ser lembrada daquele doloroso erro.

"E eu tinha alguma alternativa?"

"Adiar certos impulsos que a aceitação cria."

"Impulsos."

Fechei a boca com um clique audível quando comecei a entender. Todos os meus pensamentos repletos de luxúria e sentimentos envolvendo Ira tinham se intensificado lentamente. Estavam consumindo minha desconfiança e o sentimento de ter sido traída. Pensei que era culpa *só* daquele mundo, de sua tendência para o desejo, alimentando minhas emoções, me empurrando na direção daquele frenesi quase primitivo de ir para a cama com ele. Mas não era. Também era uma necessidade ancestral de me apropriar de meu marido. De assegurar nosso casamento.

Deusa do céu. *Ira* era meu prometido.

Eu estava travando uma batalha em várias frentes sem nem ao menos saber. Por isso era tão difícil resistir à tentação. Eu estava lutando contra o vínculo, o mundo e os impulsos para que eu enfrentasse o medo de assumir meu desejo sexual sem culpa ou vergonha.

Para ser sincera, os sentimentos conflitantes tinham começado bem antes da minha chegada à Casa Ira. Quando Ira foi atacado por Inveja e sangrou diante de mim, alguma coisa mudou.

E antes disso, quando estive sobre o encanto de Luxúria, desejei Ira desesperadamente. Naquela noite, por um instante, ele também deu a impressão de querer encerrar a distância entre nós.

Voltei ao presente.

"Aceitar o noivado cria desejo?"

"A consumação, juntamente com uma cerimônia tradicional, completa o laço de matrimônio." Ira analisou minha expressão, provavelmente para ver se eu estava prestes a bater nele. Era o que eu queria fazer. E muito. "Você parece..."

"Zangada?" Ergui as sobrancelhas e inclinei a cabeça. Ele era prudente o bastante para reconhecer que meu silêncio era duas vezes mais perigoso do que um golpe.

"*Cria* não é bem a palavra. Ela *incentiva* a completar o vínculo. Em certo nível, você já tem que nutrir esses sentimentos, ou não haverá nada para ser incentivado."

"Este mundo também vem me *incentivando*, ou é apenas o nosso vínculo?"

"Ambos."

"E sua Marca de invocação faz o quê, exatamente?"

"A Marca suaviza os desejos matrimoniais, porque representa um elo inquebrável entre nós. Se quiser um exemplo, seria parecido com um rio que se divide em dois riachos menores. Cada um dilui o outro até certo ponto, até que voltam a se juntar."

E era por isso que ele encostava os nós dos dedos na Marca sempre que nos beijávamos; estava tentando diluir meus *impulsos*. Ele também tinha feito isso quando eu estava sob a influência de Luxúria na fogueira. O que significava que ele estava fazendo essa contenção havia algum tempo. E nem tinha se dado ao trabalho de me contar.

Não sei por que doía tanto em mim, mas doía.

"O que acontece se eu me recusar a aceitar o casamento? Ainda vou querer você em minha cama?"

"O desejo vai continuar, mas você nunca será obrigada a nada, Emilia. Não é assim que o vínculo funciona. Você sempre terá escolha. Da mesma forma que teria com outro parceiro."

"Eu sempre tenho escolha", ironizei. "Menos se quiser me casar com o diabo."

Ira ficou sério. As palavras saíram de minha boca antes de eu conseguir refletir sobre elas. Ou sobre o impacto que poderiam causar no príncipe. Como ele também tinha aqueles ímpetos de desejo, deveria ter certos sentimentos por mim.

E isso era... era complicado demais para entender.

Eu sabia que era injusto culpá-lo, principalmente por ter sido eu quem o havia prendido originalmente em um noivado, mas eu não conseguia deixar a fúria de lado. Todos os meus planos estavam indo pelos ares. Se eu não fosse para a Casa Soberba, talvez nunca descobrisse o que havia acontecido com minha irmã. O único motivo de eu ter assinado aquele contrato era poder me infiltrar no ninho da víbora e impedir que mais bruxas fossem assassinadas.

Agora eu estava naquele mundo, presa em uma situação que não permitiria o avanço de minha missão. Eu não tinha ido até lá para encontrar o amor ou me tornar princesa da Casa Ira. Estava ali por vingança. Para ser Rainha. Estava ali para destruir o demônio que tinha matado Vittoria e salvar minha família e minha ilha, impedindo a invasão de demônios. E Ira estava complicando todo o meu esquema.

"Por que o segredo, então?", questionei. "Se não quisesse que eu assinasse o contrato de Soberba, poderia ter me dito lá na caverna aquela noite. Por que não pediu para eu me aliar à sua Casa? Não faz sentido você ter escondido isso de mim."

"Estando noiva ou não, você é livre para se juntar à Casa de Pecado que desejar. Nunca vou ficar no seu caminho. E não contei antes porque não queria que você viesse para cá."

"Por que não me quer aqui?" Ele pressionou um lábio contra o outro. Eu não o deixaria escapar sem responder tudo que eu queria saber. "Diga. Diga que tem a ver com a maldição, que não é porque ama outra pessoa. Preciso entender por que você guarda alguns segredos e conta outros."

"Não posso. Contente-se com as respostas que recebeu."

Notei a escolha das palavras. *Não posso* e *não quero* eram coisas bem diferentes. Olhei para ele, mas sua expressão não deixava transparecer nada. Sabia que ele havia escolhido aquelas palavras com cuidado.

"É por isso que não posso viajar entre as cortes demoníacas sem convite? Por estar tecnicamente vinculada à sua Casa?"

Ele confirmou com a cabeça.

"Ainda assim você precisaria de um acompanhante entre os reinos, porque é perigoso viajar sozinha, e precisaríamos encontrar uma delegação de cada Casa na fronteira de nossos territórios, mas sim. Como minha prometida, você é vista como a futura governante da Casa Ira. Portanto, seria uma agressão se você apenas aparecesse em outra corte sem aviso ou permissão."

"E o contrato que assinei com a Casa Soberba?"

"Se completarmos o casamento, ele se torna nulo."

"E se não completarmos? E os assassinatos de bruxas? Isso ainda está acontecendo?"

"Não. Não está."

"Como é possível? Toda sua missão girava em torno de encontrar uma noiva para o diabo. A menos que nunca tenha sido sincero a esse respeito..."

Ira parecia querer dizer mais, mas ou não podia, ou não diria. Seu crescente silêncio solidificou minha preocupação anterior de que os assassinatos não tivessem nada a ver com a necessidade de o diabo arrumar uma noiva para quebrar a maldição. O que significava que bruxas estavam sendo mortas por algum motivo que ainda precisaria ser descoberto. A irritação guerreava com a raiva enquanto eu olhava feio para o príncipe dos segredos.

"Se optar por não fazer nada", disse ele, por fim, rompendo o silêncio, "o problema será levado ao Templo do Destino. Um conselho formado por três membros então vai discutir a questão. Esse caminho é pouco recomendado, mas a escolha é sua."

"Que maravilha. E esse conselho vai fazer o quê? Decidir se me caso com você ou com outra pessoa?"

"Eles vão decidir o destino de todos nós."

Fiquei arrependida de não ter aceitado a bebida que ele havia oferecido. Girei a cabeça, tentando aliviar a tensão acumulada. Muitas emoções lutavam para me dominar. Ira se aproximou e colocou o copo em minha mão, depois começou a dar voltas pelo cômodo.

"Como soube que eu queria a bebida? Consegue sentir minhas emoções com tanta clareza, ou é mais um bônus de nosso vínculo? Ou talvez da Marca de invocação. É difícil acompanhar todos os seus truques."

"Você olhou para o copo, Emilia. Apenas li sua linguagem corporal."

Eu o observei andando de um lado para o outro. Minha mente girava com cada uma das voltas que ele dava. Todas as suas ações estavam começando a fazer sentido. Ele não tinha me deixado morrer de frio porque eu era sua futura esposa. E havia ficado comigo no Corredor dos Pecados pelo mesmo motivo, embora Anir tivesse dito que ele não deveria ter feito aquilo. Outra lembrança me ocorreu. Em Palermo, Anir tinha mencionado alguma coisa que envolvia o fato de Ira completar o laço de matrimônio para proteger a Casa Ira, algo sobre reunir a capacidade máxima de seus poderes. Quando ele foi me buscar na caverna, eu havia notado uma mudança em seu poder. Parecia infinito. Mais forte.

Talvez Ira sentisse *alguma coisa* por mim, ou atração física, mas, por causa de sua natureza, eu me perguntava se ele não agia, em parte, em nome da autopreservação.

"Seus súditos sabem?"

"Sabem. O reino todo está ciente."

E foi por isso que ele havia punido Lorde Makaden em público. O nobre não havia apenas desobedecido a uma ordem de seu príncipe: havia desafiado Ira e insultado sua futura esposa. O mesmo valia para o oficial sobre o qual ele havia derrubado a montanha; ele tinha ameaçado de morte a princesa da Casa Ira. Se algum deles me fizesse mal, isso diminuiria o poder de Ira de algum modo. E eu sabia exatamente quanto os príncipes do Inferno cobiçavam poder.

O bastante para se vincularem a alguém de quem poderiam desfrutar entre os lençóis de vez em quando, mas que nunca amariam de verdade. Por toda a eternidade.

Suficientemente compatíveis.

A escolha de palavras me desagradava. Ele também não negou que havia outra pessoa em sua vida. Alguém que escolhera antes de eu destruir seu mundo.

"Eu te convidei para a minha cama esta noite." Minha voz era baixa, mas não dócil. Ira parou de andar de um lado para o outro e seu olhar pesado se chocou com o meu. Minha atenção se voltou para o seu rosto. "Você teria me falado alguma dessas coisas antes de dormirmos juntos?"

"Independentemente do quanto fosse tentador, eu não teria consumado o casamento esta noite. Existem muitas maneiras de dar e receber prazer que não colocam em risco nosso livre-arbítrio."

"É essa a verdade? Ou é só o que você acha que eu desejo ouvir?"

Ele ficou me encarando, maxilar tenso. A temperatura ao nosso redor caiu alguns graus. Esperei a fundação do castelo se abalar.

"Que tipo de monstro você acha que eu sou?"

Eu não tinha uma boa resposta. E, até que tivesse... Respirei fundo, refletindo quais eram minhas opções. Ira tinha mencionado que alguns de seus irmãos estavam interessados em me receber em suas Casas. Talvez fosse a hora de fazer uma visita.

"Quero que me acompanhe à Casa Inveja pela manhã. Pode mandar uma mensagem avisando que aceitei o convite?"

Ira não reagiu por um longo momento. Parecia que ele não sabia ao certo se tinha me escutado direito. Ficou me olhando tão fixamente que comecei a me preocupar que ele pudesse conseguir enxergar através de carne e osso e chegar diretamente em minha alma. Mantive a expressão neutra e me obriguei a ter pensamentos calmos: coletar conchas na beira do mar, rir com minha irmã e Claudia, tomar vinho e conversar sobre coisas simples. Qualquer coisa para impedir que minhas emoções me traíssem.

Por fim, ele concordou. Não estava satisfeito — isso era nítido pela forma como ficou tenso com o pedido —, mas também não estava tentando me impedir nem aprisionar.

Eu não era sua princesa mimada. Minhas escolhas ainda me pertenciam.

"Tem certeza de que é isso que você quer? Mesmo depois do que Inveja fez?"

"Tenho." Pensei em meu próximo pedido. "Também preciso de um kit de costura."

"Você não precisa mais costurar suas próprias roupas, Emilia. Uma costureira pode fazer isso."

"Ainda assim, gostaria de ter um para emergências."

"Muito bem. Vou mandar levarem um kit até o seu quarto e informar meu irmão. É só isso?"

"Por enquanto."

"Venha." Ele me ofereceu a mão. Sua voz e expressão eram afáveis demais, o que me causou desconfiança. Ignorei a pequena faísca que surgiu entre nós quando ele entrelaçou os dedos nos meus. Se ele também sentiu, não deixou transparecer. "Vou te acompanhar até seus aposentos para arrumar suas coisas. Partimos para a Casa Inveja assim que amanhecer."

REINO DAS BRUXAS
NATUREZA SOMBRIA

14

Ira fez um pedido singelo, aparentemente inofensivo, antes de me deixar a sós para arrumar meu baú para a jornada. Pediu que eu usasse na viagem um vestido que ele mandaria pela manhã, apropriado para ser recebida por um príncipe do Inferno. Independentemente de qualquer motivo velado, e decerto ele tinha muitos, decidi que não faria mal ceder e concordei de imediato.

Disse a mim mesma que a rápida aceitação não tinha *nada* a ver com o fato de meu *prometido* estar em minha suíte particular, sem camisa e ao lado da minha cama, como se tivesse sido esculpido direto da essência da tentação. Ele manteve uma distância cuidadosa, quase dolorosa, mas não havia nada que pudesse fazer para mitigar minha percepção de sua presença. O espaço entre nós parecia vibrar de tensão e expectativa. Eu não tinha certeza se só eu estava sentindo tudo aquilo ou se ele sentia o mesmo. Ele tinha voltado a ser o príncipe enigmático, cordial e difícil de decifrar.

Já eu não me sentia tão calma. Minhas emoções ainda estavam agitadas depois de saber a verdade, e eu tinha todo o direito de me recolher em negação até compreendê-las. Bem longe do príncipe.

Um brilho jovial surgiu em meio a seus traços frios enquanto eu o acompanhava para a saída, praticamente o expulsando do quarto. Encostei a cabeça na parede e suspirei. E pensar que, pouco mais de uma hora antes, eu me sentia bem diferente e tudo que queria era tê-lo *dentro* do quarto.

Expulsei da mente a lembrança de nosso encontro romântico. Relembrar a sensação prazerosa de suas mãos me acariciando e explorando não ajudaria a clarear meus pensamentos.

"Que pesadelo."

Corri à casa de banho para jogar água no rosto e vi meu reflexo no espelho, compreendendo de imediato o que ele achara engraçado. Meus olhos escuros estavam arregalados, os cabelos desgrenhados por causa de nosso mergulho, e minha pele estava corada como se uma febre tortuosa tivesse tomado conta de mim. Minha confusão interna frenética e indomada estava refletida no exterior. Certamente, uma reação dessas depois de saber de um possível matrimônio não era ideal para alimentar o ego ou a confiança masculina. Mas Ira não tinha problema em nenhuma dessas áreas.

Passei os olhos por meu amuleto, desviando brevemente as reflexões sobre maridos, esposas e vínculos mágicos inquebráveis. Dada a reação de Inveja ao Chifre de Hades da última vez, queria que o colar ficasse bem longe dele. Não queria correr riscos desnecessários desfilando com o amuleto debaixo de seu nariz enquanto estivesse em sua Casa real.

Tirei-o e o escondi no fundo da gaveta da penteadeira. Pela manhã, diria a Ira onde encontrá-lo. Ao fechar a gaveta, notei algo que não estava ali: haviam colocado sobre a bancada um espelho de mão de prata, uma escova de cabelo e um pente.

Haviam aparecido em algum momento entre a hora que estive ali para me limpar do sangue de Lorde Makaden e meu tempo ausente do quarto. Admirei a gravação detalhada, maravilhada com o trabalho manual. Outro lindo — e atencioso — presente de meu futuro marido. Suspirei. Se Ira começasse a me cortejar, eu não sabia se conseguiria me lembrar dos motivos para não formarmos um bom par. E havia muitos.

Acima de tudo, ele era um príncipe do Inferno, um inimigo mortal das bruxas. Depois, era reservado e não confiava em mim, assim como eu não confiava nele. Ele também podia sentir desejo por mim, mas isso não queria dizer que me amava. Eu queria um parceiro de verdade, alguém compatível e de confiança. Ira sempre lançaria mão de suas cartas, e eu não tinha certeza se algum dia ele negociaria comigo. Dada a natureza tênue de nosso relacionamento, talvez eu também nunca o incluísse em meus planos.

Retirei os crânios de animais e presilhas com flores da cabeça, depois passei o pente nos cachos soltos, tentando desesperadamente desacelerar meu pulso. Não adiantou.

Deixei o pente ali e voltei ao quarto de dormir, andando de um lado para o outro tão depressa que quase comecei a suar, tensa demais para tentar dormir. Por mais atraente que fosse a ideia de negligenciar meus sentimentos, eu precisava refletir um pouco antes de partir para a Casa Inveja.

Ira era um príncipe lindo, solteiro e, sem dúvida, desejado por todas as moças solteiras da nobreza. Era um pouco arredio às vezes, e arrogante, mas também era charmoso e galante quando queria. Uma vez, até se referiu a si mesmo como "Vossa Alteza real do Desejo Inegável". E, pela deusa, dava para ver que era verdade. Se ele resolvesse dar atenção para alguém, duvido que essa pessoa resistisse às suas investidas românticas por muito tempo.

Ele abordava tudo de maneira estratégica; era apenas uma questão de tempo até que o objeto de seu desejo cedesse de bom grado à sua sedução cuidadosa. Sem sombra de dúvida, ele tinha sido um amante generoso no Baixio Crescente, concentrando-se em minhas necessidades como se aquilo lhe desse um prazer supremo. Na verdade, imaginei que, antes de eu entrar em seu mundo, ele podia escolher entre uma variedade de ávidas parceiras de cama, algumas competindo por seu trono e poder, outras apenas interessadas em seu corpo.

Abruptamente, parei de andar pelo quarto quando outro pensamento me ocorreu, um pensamento que perfurava como os pequenos espinhos da carapaça dos caranguejos que servíamos em nossa *trattoria*. Eu já tinha pensado nisso, mas, naquele momento, a ideia me perturbava com implicações maiores.

Ira não havia declarado amor ou afeto, apenas dito que éramos suficientemente compatíveis. Embora a declaração não fosse o momento romântico dos meus sonhos, havia verdade no que ele dissera.

Eu o conhecia bem o bastante para saber que ele nunca me forçaria a nada nem interferiria no meu livre arbítrio, e pelo menos eu não ficaria presa ao diabo. Mas não conseguia evitar de me perguntar se não haveria outra pessoa com quem ele *preferiria* se casar. Antes que eu o invocasse por acidente e nos comprometesse, é possível que houvesse alguém em sua cama e em seu coração.

Alguém em quem ele poderia estar pensando naquele momento. Quando nos conhecemos, ele deixou bastante claro o quanto odiava bruxas. Ainda que seus sentimentos por mim estivessem se aquecendo, poderia nunca ser o bastante para que me amasse de verdade. Ele manteria uma amante se completássemos nosso laço de matrimônio?

Não gostei da ponta de desconforto que acompanhou esses pensamentos.

Mesmo tentando firmemente acalmar meu cérebro, não conseguia parar de pensar no encontro apaixonado na lagoa e na porta do quarto dele. As mãos no meu corpo, minhas costas contra a parede, a língua dele exigindo a minha... Aquilo tudo o fazia *parecer* o caminho certo.

Mas isso não significava que fosse. Por uma infinidade de razões. Paixão e desejo não apagariam a falta de confiança entre nós nem os segredos que guardávamos. Um bom relacionamento era construído sobre uma base sólida de honestidade, e eu nem mesmo sabia seu nome verdadeiro.

Além da possibilidade real de Ira nunca se permitir me amar por inteiro, eu não tinha certeza se conseguiria algum dia me permitir amá-lo inteiramente. Dormir com ele, decerto. Casar-me com ele, talvez. Mas renunciar a todo o resto e aceitá-lo do jeito que ele era, com todos os segredos? Não tinha tanta certeza.

"Que a deusa me ajude." Aquilo era desastroso.

Estava disposta a ter um casamento de conveniência com Soberba, mas apenas porque me garantiria acesso à Casa dele e um entendimento melhor de como o assassinato de sua esposa poderia estar ligado ao de Vittoria. Vincular-me a Ira... Não tinha certeza de como isso poderia auxiliar em minha missão.

Só conseguia pensar em mais complicações.

Eu me joguei na cama e conjurei a Fonte. Minha magia respondeu quase de imediato, feliz por ser usada quando eu estava distraída. Criei flores flamejantes rosa-douradas em quantidade suficiente para encher um jardim e as fiz flutuar até o teto, voltando a pensar nos dois príncipes que atualmente ocupavam a maior parte dos meus pensamentos.

Eu não sabia nada sobre Soberba, além do fato de que era o diabo. Ira e eu estávamos começando a nos conhecer melhor, e estar perto dele às vezes fazia a dor no meu peito diminuir. Ele não apagava a lembrança da minha irmã — ninguém nunca seria capaz disso —, mas, quando estava por perto, eu encontrava uma perversa sensação de paz quando discutia com ele.

Relaxei o controle sobre minha magia, e as flores de chamas lentamente se apagaram. Observei as pétalas transformadas em brasas apagadas flutuarem em direção ao chão, extinguindo-se antes de tocar o tapete. Suspirei, perturbada demais para ficar empolgada com meu uso mais impressionante da magia até o momento. Não era o laço de matrimônio que me incomodava; era perceber que minha família não havia conseguido me tirar das profundezas do meu luto, mas o príncipe demoníaco, sim.

Às vezes eu o odiava por isso, mas havia uma parte maior de mim que era grata por sua relutância em tolerar que meu fogo se apagasse. Ele me atiçava, cutucava e provocava até que eu não quisesse mais nada além de estrangulá-lo. E era muito melhor sentir raiva do que me tornar um fantasma de quem era por causa da tristeza e do luto.

Tinha sido uma noite muito longa e agitada, e aquele mundo não fazia nada para facilitar minha vida enquanto eu transitava pelas emoções. Eu já tinha levantado duas vezes, ido até a porta, deixado a mão pairando sobre a maçaneta, recuperado a razão e voltado para a cama.

Eu estava ali para descobrir a verdade sobre minha irmã gêmea. Quanto mais pensava em Vittoria, mais fácil ficava me distanciar dos tais *impulsos*. E quando aqueles pensamentos não eram suficientes, eu mergulhava na Fonte, criando uma variedade de flores flamejantes de vários tamanhos. Ensaiei apagar algumas flores enquanto aumentava a intensidade das chamas de outras.

Quando o vestido chegou, pouco antes do amanhecer, acompanhado do anel de ramo de oliva que Ira havia me dado no mundo mortal, abri o pacote com os olhos pesados, mas satisfeita. Era todo preto e rendado, com mangas compridas e saia rodada, mas não era totalmente comedido. Havia fendas nas laterais que começavam bem abaixo da primeira costela e iam até a cintura.

Aquelas aberturas eram contornadas por desenhos em dourado-brilhante que me lembravam vinhas em flor. Serpentes também se enroscavam na flora.

Se roupas recebessem nomes, *Tentação* era como o vestido deveria ser chamado.

Ao entrarmos na antecâmara verde-escura à porta da sala do trono de Inveja, em meio a um mar de nobres vestidos de sedas e veludos em diversos tons de verde, não passou despercebido para ninguém que Ira havia escolhido minhas roupas com um propósito maior.

Seu terno feito sob medida à perfeição era a versão masculina do meu vestido. Casaca preta, colete preto e dourado exibindo o mesmo desenho floral com serpentes, camisa preta e calça combinando. Anéis de ouro brilhavam nos dedos dele, parecendo-se mais com armas do que com meros ornamentos. A coroa de folhas de louro douradas era adornada por serpentes de ébano brilhante.

Eu não usava diadema nem tiara, mas Ira havia me vestido com o preto e o dourado que eram sua assinatura. Era seu modo de mostrar a que lugar eu realmente pertencia. Ao lado *dele*.

A julgar pelos sussurros e olhares curiosos que continuaram a nos seguir depois que o arauto correu em preparação para nos anunciar, o plano de Ira havia funcionado.

Para ser sincera, concordei com aquele plano assim que tirei o vestido do embrulho escuro em que veio. Meu príncipe não era tão sutil quanto imaginava. Ou talvez não tivesse nenhuma intenção de ser sutil. Da última vez que havia encontrado Inveja, seu irmão o tinha estripado. Talvez esse ato de posse tivesse mais a ver com uma rixa pessoal entre os dois.

Mas também era possível que fosse a forma de Ira garantir que todos daquela corte pensassem duas vezes antes de me atacar. Ele protegia seu aumento de poder em potencial *e* irritava o irmão. Eu tinha certeza de que também havia um profundo senso de cavalheirismo em jogo.

Ira não queria que fizessem mal a mim. Eu sabia que essa, acima de todo o restante, era a força por trás de seus atos. Tinha sido por *isso* que eu entrara com o vestido que indicava que eu era parte de sua Casa real tanto quanto nossas tatuagens mágicas e a Marca real.

O vestido ampliava sua proteção, e eu precisaria ser uma idiota para recusar usá-lo. Eu podia já ter cometido idiotices, mas, graças à deusa, eu aprendia rápido.

O arauto sinalizou para dois guardas a postos nas portas duplas, e em seguida bateu um cajado com ponta de esmeralda no chão. As portas se abriram, revelando meu primeiro vislumbre da residência real de Inveja. Pisos de mármore verde-escuro cobriam o salão que lembrava uma catedral, com fileiras de colunas no mesmo estilo dos dois lados de um longo corredor. Grupos de nobres elegantemente vestidos formavam pequenos círculos por todo o espaço, com a atenção fixa no arauto.

E nas duas pessoas de pé atrás dele, esperando sermos anunciados.

Ira não lhes deu atenção, embora eu suspeitasse de que já tinha mapeado as saídas e a posição dos guardas. Aquele era um momento para o general de guerra escondido dentro do frio príncipe. Ele transbordava arrogância, como se esperasse o respeito daquela corte e não estivesse surpreso com isso.

Não me importei com a multidão, ignorando seus olhares até que minha atenção parou no estrado. O Príncipe da Inveja estava ali, esparramado em seu trono, com uma expressão de completo desinteresse. Parecia que havia centenas de outros lugares mais interessantes onde preferiria estar, e centenas de outras pessoas com quem preferiria confraternizar. Só podia ser encenação. Ele certamente podia sentir que o irmão estava ali. E a onda de inquietação que passava pela sala.

Após uma sugestiva pausa para acrescentar um efeito mais dramático, a voz do arauto quebrou o silêncio:

"Sua Alteza real, Príncipe Ira da Casa Ira, General de Guerra e um dos Sete, e Lady Emilia di Carlo da Casa Ira".

Não achava que seria possível a sala fazer um silêncio ainda maior, mas fez. Os sussurros cessaram. O arrastar de pés parou. Foi como se a corte inteira tivesse virado pedra. Exceto pelo príncipe. No momento em que fomos anunciados, Inveja se aprumou. Aquela expressão indolente foi substituída por um interesse perspicaz enquanto caminhávamos lentamente pelo corredor. Eu o analisava com a mesma atenção.

Ele vestia um fraque de veludo da cor de uma floresta com uma coroa prateada cravejada de pedras preciosas. O cabelo preto estava diferente da última vez em que o tinha visto. Mais curto dos lados e um pouco mais comprido no alto. O novo estilo destacava as linhas e os ângulos duros de seu rosto, os ossos que pareciam afiados o bastante para abrir alguns corações. A barba tinha desaparecido, exceto por uma leve penugem que só servia para aumentar seu charme rústico.

Se eu não soubesse o tipo de monstro impiedoso que se escondia debaixo de sua pele, seria seduzida por aquelas feições hipnotizantes.

Tentei não deixar transparecer minha apreensão enquanto seus olhos de um verde sobrenatural desviaram de seu irmão e se fixaram em meu rosto. Inveja havia sequestrado minha família e ferido Ira em sua busca pelo Chifre de Hades. Eu não tinha que gostar nem confiar nele durante a visita.

Eu só precisava usá-lo em benefício próprio.

"Irmão. Vejo que trouxe sua bruxa sombra." A expressão dele novamente era de tédio, embora eu pudesse jurar que seus lábios se curvaram levemente nos cantos ao ver que Ira estava tenso ao meu lado. "Não achei que quisesse compartilhá-la. Mas você com certeza a vestiu da maneira mais atraente possível. Toda essa pele implora para ser adorada. Já era hora de eu encontrar a religião, não acha?"

Foi só pela necessidade de obter informação que contive minha língua.

"Seus modos parecem ter desaparecido com o resto do seu cabelo." Ira apertou minha mão com gentileza. "Lady Emilia aceitou graciosamente seu convite. Eu a teria aconselhado a queimá-lo e a mandar as cinzas de volta junto a uma pilha fumegante de merda de cães do Inferno."

"Sim, ótimo, você nunca foi dado a sutilezas. Deixe a *dama* e saia daqui."

"Eu a acompanharei até o quarto dela antes de partir."

"Não."

Um sorriso lento e ameaçador foi se abrindo no rosto de Ira.

"Isso não foi um pedido. Eu *vou* acompanhá-la até o quarto dela. E depois partirei."

A tensão se abateu entre os dois irmãos como um exército posicionado e pronto para atacar. Não ousei olhar para trás, mas ouvi o farfalhar de tecidos se arrastando pelo chão como se os integrantes da corte estivessem se afastando o máximo possível dos dois príncipes.

Eu me perguntei com que frequência eles lutavam e se usavam magia, armas ou ambos.

Os príncipes se encaravam, concentrados, e eu revirei os olhos enquanto continuavam de cara feia. Mais um instante e tirariam as calças para comparar os tamanhos de seus falos. Inveja por fim voltou a se sentar, batucando os braços do trono com os dedos enluvados e alternando a atenção entre mim e seu irmão. Seu meio-sorriso provocador retornou.

"Muito bem. Se isso vai fazer com que vá embora mais rápido, pode acompanhá-la." Ele sinalizou com o queixo para um criado de cabelos brancos que aguardava perto dele. O demônio imediatamente deu um passo à frente, ansioso para agradar seu príncipe.

"Leve meu irmão e seu brinquedinho ao quarto dela. Depois, se ele não partir em quinze minutos, faça uso de força. Minha hospitalidade e boa vontade com a Casa Ira têm limites. Para cada minuto que ele ficar além do tempo concedido, pensarei em algo criativo para fazer com sua preciosa feiticeira."

Olhei sutilmente para Ira com o canto do olho. O príncipe não mordeu a isca de Inveja. Inclinou a cabeça de leve e se virou, dando as costas para o irmão. Logo percebi que aquilo era, muito possivelmente, a maior demonstração de desdém que podia oferecer.

Com essa atitude, tratou Inveja como indigno de seu medo. Quase dava para ouvir os molares do Príncipe da Inveja rangendo enquanto nos afastávamos.

Para ser sincera, fiquei surpresa por ele não ter resistido mais. Ira havia ido à corte de outro demônio e ninguém ficara chocado com suas exigências ou pelo fato de seu príncipe ter concordado com elas relativamente rápido. Talvez a reputação de Ira e seu papel como general os deixasse cautelosos.

Ira colocou minha mão em seu braço enquanto saíamos da sala do trono e seguíamos o criado por uma escadaria larga e majestosa.

O castelo de Inveja era, em sua maior parte, decorado em tons prateados e verdes com toques de preto e branco. Caminhamos sobre azulejos quadriculados, e sorri comigo mesma ao observar o desenho do piso. Os convidados eram meras peças de xadrez se movendo pelos corredores decorados com elegância e de forma a invocar sentimentos de inveja. Dos muitos tons de verde aos valiosos bens expostos, tudo representava o pecado por qual aquela Casa era governada.

Estátuas de mármore se enfileiravam dos dois lados do corredor dourado, mas não dei a elas mais do que olhares rápidos. Não quis sucumbir inadvertidamente ao sentimento de ciúme pela generosidade da bela arte. Ira não me apertava com mais força, mas senti a tensão que vinha dele quanto mais avançávamos na fortaleza de seu irmão.

O fim do lance de escadas seguinte dava para duas alas, e fomos conduzidos à da direita.

O criado parou à frente de uma porta perto do final do corredor e fez uma reverência.

"A suíte da senhora. O baú já está lá dentro. Precisa de mais alguma coisa?" Ira fez que não com a cabeça. O criado suspirou e se dirigiu a mim. "Toque o sino se precisar de algo."

Antes que Ira assustasse o demônio, lancei a ele um sorriso cordial. "Obrigada."

O criado hesitou por um instante, depois assentiu uma vez e rapidamente desapareceu no corredor. Ira o observou partir e se virou para mim.

"Os criados não esperam que você agradeça por fazerem seu trabalho."

"Todo mundo que trabalha ou presta um serviço deve ser agradecido."

Ira me examinou com uma expressão impenetrável, e entramos nos aposentos onde eu ficaria. Ele observou atentamente cada canto, fenda e partícula de poeira como se esperasse que alguma criatura nefasta brotasse e nos atacasse.

Ou talvez tivesse ficado desconcertado com todos os tons de verde e prateado.

Eu o segui, tentando evitar um sorriso enquanto ele espiava debaixo da cama de dossel, levantava as cortinas e sacudia as janelas. Depois, invadiu a casa de banho com a mão no punho da adaga e expressão ameaçadora. Príncipe do Inferno ou guarda pessoal. Era difícil distinguir quem ele era enquanto investigava minha suíte.

Mordi o lábio para não rir quando ele pegou uma jarra, chacoalhou um pouco e aproximou do nariz. Era improvável que Inveja tivesse colocado veneno ali dentro, mas Ira não queria arriscar.

Ele percebeu que eu me divertia e me olhou de um jeito ameaçador. "Está me achando engraçado?"

"No momento? Muito."

Ele pôs a jarra de lado e se aproximou de mim com movimentos lentos e calculados. Aquele era o predador que ele não conseguia esconder debaixo de toda aquela roupa elegante. A aparência civilizada era apenas uma máscara, uma forma de esconder a verdade de sua natureza. O caçador estava totalmente à mostra; seu novo alvo, travado na mira.

Uma excitação passou por mim antes que meu sorriso desaparecesse e eu recuasse devagar. Ele não parou de se aproximar até que a parte de trás das minhas coxas encostasse na cama. Ele então fez uma pausa, dando-me uma chance para escapar para outro lado. Mas eu não me mexi. Fiquei onde estava.

Ele deu mais um passo e parou, oferecendo uma última escolha antes de eliminar toda distância entre nós. Eu podia tanto me sentar quanto permanecer de pé. Sentar seria um problema. Ficar de pé seria pior. Deixava-nos próximos demais. Não saí do lugar.

Ira estava tão perto que a cada respiração meu peito roçava no dele. Verdade fosse dita, eu estava sentindo tudo, menos medo. Umedeci os lábios e o olhar dele escureceu.

"E agora?" Ele abaixou o rosto, deixando a boca pairar bem acima da minha. "Ainda está se divertindo, *milady*?"

Meu coração disparou. A julgar por seu olhar ardente, ele sabia perfeitamente bem como eu me sentia. Respirei fundo e exalei devagar.

"Se eu decidir voltar, preciso enviar um pedido à sua Casa?"

Um músculo de sua mandíbula tremeu, indicando que ele havia notado minha escolha de palavras e não estava contente com a possibilidade de eu não voltar. Em vez de discutir, ou dar qualquer tipo de ordem arrogante, Ira deu um passo para trás e segurou minha mão. Ele então virou a palma cuidadosamente para cima e a aproximou dos lábios para dar um beijo inocente. Em seguida fechou meus dedos. O calor subiu pelo meu braço, esquentou meu sangue e meu corpo estremeceu de desejo. Aquela ternura inesperada não ajudava a deixar as coisas entre nós menos nebulosas.

"Meu lar é o seu lar, Emilia. Você não precisa de convite. Quando decidir voltar, mandarei uma escolta." Ele fez um gesto na direção da cama. "Sente-se. Tenho algo para te dar."

Minha atenção se voltou para a boca dele, e eu logo me forcei a olhar para cima, combatendo a magia pecaminosa daquele mundo, nosso laço matrimonial insistente e o charme de Ira.

Não era hora de pensar em beijos.

Ele não disse nada, nem sorriu, mas quase senti seu prazer ao ver que eu tinha que lidar com essas emoções. Concluí que ele provavelmente não me atacaria ali e me sentei na beirada do colchão.

Ira se ajoelhou lentamente, levantou meu pé esquerdo e o colocou em cima de sua coxa. Tentei puxá-lo de volta, mas ele o segurou. Nós dois sabíamos que eu poderia me soltar se realmente quisesse, então fiquei parada.

"Se decidirmos consumar nosso matrimônio, não será de qualquer jeito, muito menos no lar de meu irmão. Você merece mais do que isso." Ele esperou que eu relaxasse, como se fosse possível depois *daquela* declaração, então começou a subir minha saia. Parou perto da minha panturrilha nua, olhar fixo nos meus olhos. "Confie em mim."

"Disse o príncipe das mentiras."

Ele recebeu o insulto com calma. Pensei em sua tatuagem, em como, para Ira, ações eram mais preciosas do que palavras. Confiança era algo que se conquistava, e, para ganhá-la, eu precisaria dar a ele um lugar por onde começar. Um de nós precisava dar o primeiro passo.

Sinalizei com a cabeça para que continuasse, pois ele parecia estar preso a um feitiço. Ira agarrou minha saia e a levantou acima dos joelhos, parando quando estava no meio das coxas. Fez tudo isso sem tirar os olhos do meu rosto e não permitiu que sua pele descoberta tocasse na minha. Ele ainda se certificou de que apenas minha perna esquerda ficasse exposta.

"Aqui". Ele apontou com o queixo para minha saia. "Segure desse jeito."

Peguei o tecido da mão dele e o observei tirando uma bainha de couro da casaca. Ele puxou uma adaga fina e a levantou para que eu a inspecionasse. Tinha flores silvestres esculpidas no punho, e a lâmina prateada brilhava o bastante para refletir minha admiração.

"É linda."

"Vai servir por enquanto." Ele devolveu a adaga à bainha de couro e a prendeu em volta da minha coxa, apertando a fivela. Enfiou um dedo debaixo da correia e olhou para mim. "Está muito apertado?"

"Não, está perfeito."

"Levante-se e ande, só para ter certeza." Ele deu um passo para trás e desviou o olhar enquanto eu ajeitava a saia e me levantava. Andei ao redor do quarto, indo e voltando. "Está bom?"

"Sim. Obrigada. Como sabia que eu era canhota?"

Ira olhou para a arma, agora escondida.

"Você prefere usar a mão esquerda quando corta o pão e bebe vinho." Sem dar uma chance para que eu respondesse, acrescentou de forma grosseira: "Quando quiser voltar para casa, envie uma missiva. Voltarei para buscá-la."

"Eu..."

Eu não soube o que dizer. Se voltasse, isso indicaria que eu havia aceitado nosso matrimônio? Havia uma inegável atração entre nós, mas aquele fogo podia, em grande medida, ser produto da magia que tentava nos seduzir a ficar juntos, a nos tornarmos um só, literal e figurativamente. Não era possível dizer se o desejo continuaria a queimar com tanta intensidade se nos rendêssemos.

E eu tinha outros planos para minha vida. Como voltar para a minha família. Escolher Ira significaria que a porta para minha antiga vida permaneceria fechada para sempre. Eu poderia visitar minha família de vez em quando, mas meu mundo ficaria mais fraturado do que já estava. Eu não acreditava que o amor verdadeiro deveria roubar a vida de uma pessoa, apenas melhorá-la.

"É melhor eu me acomodar."

O príncipe demoníaco manteve a expressão perfeitamente calma, mas vi o lampejo de *algo* que ele não foi rápido o bastante para extinguir em seu olhar. Antes que eu me despedisse, ele desapareceu em sua fumaça preta brilhante, me deixando com o destino que eu havia escolhido.

E com meu mais novo plano.

REINO DAS BRUXAS
NATUREZA SOMBRIA

15

Não tive muito tempo para ficar sentada pensando em minha decisão. Pouco depois de Ira ir embora, uma criada chegou com uma caixa de vestido e um bilhete do senhor daquela casa. Em menos de uma hora eu estaria jantando com o príncipe daquela corte em seus aposentos. Pelo jeito, Inveja não queria uma plateia em nosso encontro. Ou não queria compartilhar seu mais recente "objeto curioso", como ele chamava sua coleção de curiosidades.

O nervosismo era como um enxame de abelhas zumbindo em minha barriga. Inveja era implacável, mas eu tinha certeza de que ele não me faria nenhum mal. Pelo menos não enquanto eu estivesse naquele mundo e isso pudesse começar uma guerra entre a Casa Ira e a Casa Inveja. Ser membro da Casa Ira tinha vantagens políticas, decerto. Eu não era mais só uma bruxa sem uma corte real demoníaca para me proteger. Inveja teria que pensar muito antes de cravar uma adaga em minhas costas.

Mas é lógico que saber disso não eliminava *toda* a minha preocupação.

Era difícil relevar a noite em que ele tinha feito meus pais reféns e se apoderado de nossa casa. Ainda não conseguia acreditar que a *nonna* o mandara de volta para o submundo usando uma magia que eu nem sabia que ela tinha. Aquele vórtice foi uma das coisas mais estranhas que já vi.

Afastei as lembranças e me concentrei no momento presente. Lembrei-me do que Ira tinha dito sobre vitoriosos e vítimas. Naquela noite eu seria vitoriosa. Estava ali para obter informação.

E faria tudo que estivesse ao meu alcance para ter sucesso. Se tivesse que vestir o uniforme do inimigo, que assim fosse. Seria um preço bem pequeno a pagar. Usaria o vestido e faria charme, o tempo todo contando os momentos até conseguir o que realmente buscava.

"Vamos ver o vestido que escolheu, Príncipe do Ciúme."

Abri a caixa e revirei os olhos. O vestido era lindo: veludo verde, escuro o suficiente para quase passar por preto, mangas longas e ajustadas, corpete justo com um decote que descia até quase o umbigo e saias amplas.

Uma esmeralda do tamanho de um ovo de tordo pendia de uma corrente de prata. O colar luxuoso era, provavelmente, uma arma bonita que Inveja queria que eu usasse contra seu irmão. Eu conseguia imaginar a expressão de Ira se fechando quando visse o presente que pertencia à Casa Inveja cintilando em meu peito.

Aparentemente, marcar território não era um hábito idiota só dos mortais.

Pensei em ficar com o vestido que estava usando, mas concluí que Inveja poderia se dispor a compartilhar mais informações se não estivesse reprovando o traje ofensivo da Casa Ira. E eu não queria descer ao nível daquela ridícula atitude dos dois.

Depois de colocar o vestido e erguer um pouco as mangas para exibir os antebraços, passei um pouco de cor nas faces e nos lábios. Peguei o colar. A pedra era perfeita; sem dúvida, eu seria alvo da inveja de quem a visse.

Estava terminando de prender a corrente no pescoço quando um criado entrou na antecâmara.

"Se estiver pronta, Lady Emilia, vou levá-la até a sala de jantar."

Achei que teria alguns momentos de solidão para praticar a invocação da minha magia, caso as coisas dessem muito errado, mas nem algumas horas seriam tempo suficiente para compensar os anos de treinamento que eu havia perdido. Sorri para o criado. "Por favor, indique o caminho."

Enquanto me dirigia à porta, vi meu reflexo em um espelho de corpo inteiro. Parecia pronta para a batalha do jeito mais elegante e cruel. Estava realmente me tornando uma princesa do Inferno.

Que a deusa ajudasse os demônios.

Caminhamos pelo corredor que ficava do outro lado de minha suíte. Inveja tinha me acomodado na ala real, o que não era surpreendente. Melhor manter os inimigos próximos, e a futura cunhada ainda mais próxima. Queria saber se esse era um dos motivos para o péssimo humor de Ira. Os irmãos gostavam de se provocar sempre que podiam, era evidente. Mas teriam que encontrar outro motivo para brigar. Com ou sem vínculo mágico, eu pertencia apenas a mim mesma.

Um guarda sério inclinou a cabeça, depois recuou e abriu a porta. Vi uma sala ampla e, em sua maior parte, dominada pela escuridão. A intenção era causar nervosismo.

Mas eu não tinha muito o que temer nas sombras. Logo elas estariam sob o meu comando.

Entrei e parei para analisar a sala, enquanto a porta era fechada. Não era um escritório, nem era uma sala de jantar formal. Se eu estivesse no mundo mortal, seria semelhante a um clube de cavalheiros, daqueles frequentemente descritos nos meus romances favoritos.

Uma mesa circular com duas cadeiras ocupava um espaço perto de uma parede com janelas, por onde entrava alguma luz. Velas em um impressionante candelabro de prata iluminavam a mesa, e algumas arandelas nos cantos mais distantes também acrescentavam toques de luz amena.

A maior parte do aposento era dominada por sombras, inclusive a porta onde eu continuava parada. Olhei para cima. O teto era enfeitado por um afresco: seres alados entre nuvens, algumas claras, outras tempestuosas.

Meu olhar vagou pela sala até encontrar a silhueta sombria do príncipe. Inveja ocupava uma enorme poltrona de veludo perto de um canto escuro e segurava um copo com um líquido cor de âmbar. Ele estava de pernas cruzadas, o tornozelo apoiado sobre o joelho. Não poderia parecer mais confortável ou relaxado se tentasse. Mas o jeito como segurava o copo indicava que não estava tão à vontade quanto queria me fazer acreditar.

Ele bebeu um longo gole do líquido dourado, os olhos escondidos estavam nas sombras, mas senti que ele me observava.

"Você certamente sabe causar problemas, cachorrinha."

Continuei nas sombras.

"Tenho minhas garras, alteza, mas não sou animal de estimação de ninguém."

Inveja inclinou-se para a frente, para um círculo de luz, e de algum jeito, mesmo sentado, conseguiu me olhar de cima. Os traços duros e bonitos compunham uma expressão indiferente e séria.

"Graças aos diabos por isso. Não divido o que é meu."

"Manter amantes pela força não é algo de que deva se gabar." Seu olhar deslizou por meu corpo, e tentei adivinhar quanto ele conseguia enxergar na penumbra. "Suponho que tenha aceitado meu convite para brincar com sentimentos invejosos."

"Você não gosta de provocar inveja?"

"Vir aqui para despertar o ciúme do meu irmão não faz nada por *mim*." Ele deixou o copo em uma mesinha de canto e tirou um fio imaginário da roupa. Notei a adaga de ponta de esmeralda sob o paletó e resisti ao impulso de usá-la contra ele. O príncipe pegou o copo e bebeu todo o conteúdo. "Usar alguém é rude por qualquer padrão."

Se ele acreditava nisso, tanto melhor. Caminhei para a área iluminada, notando que seu olhar se transferia para a tatuagem lilás em meu antebraço. Ele tinha se divertido quando a vira pela primeira vez. Por fim eu entendia a razão.

"Na primeira noite em que nos encontramos, você sabia sobre meu noivado com Ira. Mencionou alguma coisa sobre teias emaranhadas. Ser menos enigmático teria sido bom. Especialmente, se pretendia formar uma aliança comigo."

"Caso ainda não tenha notado, não sou 'bom'. Nem finjo ser. E, mesmo que ficasse angustiado por algum escrúpulo, jamais arruinaria toda a diversão." Os lábios de Inveja se distenderam em um sorriso cruel quando percebeu que eu usava o colar. "Foi muito mais divertido esperar e ver como as coisas aconteceriam. Alguns até apostaram no desfecho. Não posso lhe dizer quanto ganhei de Avareza. Mas ele agora está me devendo, e tenho certeza de que você pode imaginar que isso o desagrada."

Atravessei a sala, cheia de determinação. Vi um aparador onde havia uma garrafa e um copo e, sem esperar o convite, servi uma dose do líquido cor de âmbar e fui me sentar na poltrona de veludo ao lado de Inveja. Ele me olhou com mais atenção, mas não apontou minha falta de etiqueta. Ou o comportamento inadequado e a falta de respeito por sua posição elevada.

"Você queria que eu me juntasse à sua Casa, mesmo sabendo do vínculo que tenho com seu irmão." Bebi um golinho, antecipando o ardor. "Deve ser solitário fazer todos esses jogos sozinho."

"Não sei o que pretende, mas sugiro que pare enquanto ainda me sinto hospitaleiro."

Seu tom era gelado, mas ele não foi rápido o suficiente para esconder o lampejo de dor que passou por seus olhos. Meu primeiro tiro tinha acertado o alvo. Ignorei o sentimento de culpa. O momento de dor não era nada comparado ao assassinato brutal de minha irmã gêmea.

"Imagine só." Sorri por cima do copo. "E eu aqui achando que ainda não tinha sido apresentada às suas boas maneiras. Primeiro as ameaças transmitidas por seu vampiro de estimação, depois fazer minha família refém. Também não podemos esquecer aquele horrível acidente nos túneis com seu exército demoníaco invisível e, é claro, o ataque contra Ira."

"Para alguém que está aqui, *comigo*, e não com o noivo, você até que está bem bravinha com o que fiz. Pensei que considerasse aquilo um favor."

"Apontar a adaga para si mesmo teria sido o grande favor."

Como acontecia quando Ira era contrariado, a temperatura entre nós despencou. Eu já havia sentido antes o horror congelado do poder e da influência de Inveja, o ciúme frio que corroía todo senso de moralidade. As primeiras lambidas de seu poder desceram por minhas costas, mas eu estava preparada para isso.

Levantei a mão, como se fosse afastar uma mecha de cabelo, e deslizei os dedos sutilmente pela Marca de Ira. Isso interrompeu a influência do príncipe antes que ela me dominasse, como eu esperava que aconteceria.

Inveja recuou bruscamente e me encarou. Um sorriso lento se espalhou por seu rosto, apagando a chama da fúria.

"Você está mesmo cheia dos mistérios esta noite, hein? E eu aqui com receio de um jantar tedioso."

Mantive a expressão neutra, mas meu coração batia acelerado. Se ele tentasse usar seu poder novamente, eu não estava certa de que o truque funcionaria pela segunda vez. Ele sentiu minha reação e parecia estar planejando seu próximo movimento. A avaliação lenta me fez pensar em um gato que tentava decidir se o passarinho saltitando perto dele justificava o esforço de deixar o raio de sol em que relaxava.

Inveja olhou para a adaga de sua Casa.

Ele a removeu da bainha e deslizou um dedo pela lâmina. Eu não acharia estranho se ele estivesse sonhando com maneiras criativas de usar a arma em mim. Levei a mão à minha adaga, mas não levantei as saias para exibi-la. Estaria preparada para o que quer que acontecesse a seguir.

Ficamos ali sentados por um longo e desconfortável instante, ouvindo o tique-taque de um relógio em algum lugar da sala, o único som no ambiente. Inveja afagou o metal, e a lâmina quase ronronou. Quando eu tive certeza de que ele se preparava para atacar, alguém bateu na porta, interrompendo a tensão assassina entre nós. Inveja guardou a adaga. A uma ordem dele, os criados entraram carregando bandejas de esmeralda e pratos de comida que depositaram na mesa redonda no fundo da sala.

O príncipe se levantou com um movimento elegante e ofereceu o braço. "Vamos partir o pão esta noite, não os ossos, Bruxa Sombra."

Fiquei de pé, ignorando o braço estendido. Não éramos amigos, e eu não acreditava que ele ficaria satisfeito se eu fingisse o contrário. Tudo naquela noite parecia um teste, o que, para mim, isso era muito conveniente. Eu também tinha um teste a fazer.

Caminhei até a mesa e me sentei na cadeira puxada para mim. Inveja não parecia ofendido e se sentou na minha frente com um ar de quem estava se divertindo ainda mais. Eu duvidava de que a maioria de seus súditos tentasse provocá-lo. Como acontecera com Ira, talvez a forma como eu havia repelido seu poder fosse intrigante o suficiente para me receber em sua Casa. E ouvir minhas perguntas. Até se cansar delas. Eu precisava ser cuidadosa para desafiá-lo sem ultrapassar os limites.

"*In vino veritas.*" Ele mesmo serviu a bebida nas taças. "Há verdade no vinho. Às vezes os mortais impressionam. Embora eu pense que são especialmente suscetíveis quando se trata de seus vícios. Dê vinho ao homem, e ele tira poesia de seus sabores. Provavelmente, até o compara a uma mulher com quem se deitou." Ele me encarou. "Ou gostaria de se deitar."

Permaneci calada. Não acreditava que ele queria se deitar comigo. E, se quisesse, não seria por nenhuma outra razão a não ser usar isso contra o irmão.

"Por que odeia os mortais?"

"Presumir é a morte da verdade." Ele bebeu mais um gole de vinho. "Sugiro que não trilhe esse caminho." Então apontou para minha taça. "Já tentou usar sua magia na comida ou na bebida?"

"Não. Por que eu faria isso, pelos sete infernos?"

"Oito. E só perguntei porque você pode enfeitiçar o vinho para que ele lhe dê a verdade. Como faria com um feitiço da verdade. Quem beber, fica sob seu poder."

"Quer que eu acredite que está me dizendo isso por ter um coração bom?"

"Não seja boba. Posso garantir, o mais perto que chego de alguma fibra moral é quando bebo as fibras encontradas no vinho de fruta-das-trevas. Você quer a verdade, e eu também. Por que não garantir que nós dois tenhamos o que queremos? Sem jogos."

Olhei para ele, desconfiada.

"Deve ter alguma coisa que você está querendo muito, se dispondo assim a sacrificar essa informação para o inimigo."

"Hoje podemos ser amigos." Ele fez uma careta ao pronunciar a palavra *amigos*, como se a ideia causasse dor. Arqueei uma sobrancelha, e ele fingiu não perceber. "Ou amantes."

Esperei sentir a magia da palavra "amante" me seduzindo com imagens de camas, corpos e paixão. Do mesmo jeito como acontecia quase todas as vezes que a ideia de passar a noite com Ira vagava pela minha cabeça. Inveja era bonito, dono de um corpo esguio, mas musculoso e rijo. Imaginei que ele seria atencioso com qualquer amante, mesmo se fosse alguém por quem não estivesse particularmente interessado. Nem que fosse para deixá-la doida de inveja quando a trocasse por outras parceiras.

Não havia sentimentos românticos, só o desejo irresistível de tirar o príncipe do sério.

"Se eu concordasse, você realmente me levaria para a cama."

"A guerra exige alguns sacrifícios, queridinha. Faria o que fosse necessário. E nem seria um sacrifício. A conversa na cama é sempre agradável. Muitos segredos são revelados depois desses encontros íntimos." Inveja olhou para o vinho com uma expressão distante. "Agora seja boazinha e enfeitice nosso vinho."

Hesitei. Queria respostas honestas para as minhas perguntas, mas não sabia se estava preparada para retribuir com a mesma honestidade. Se eu fosse forçada a me expor sem *minha* máscara, ele poderia perguntar qualquer coisa.

Valia a pena correr alguns riscos. Outros eram tolice.

Inveja olhava para mim com a cabeça meio inclinada.

"Esconder sua verdade é mais importante que saber a minha? Talvez seja o medo que te faz hesitar. Talvez eu deva te seduzir, então."

"Não pode me induzir a seguir suas ordens, alteza. É prudente considerar todos os ângulos antes de me submeter ao seu interrogatório."

"Sabe que eu posso te obrigar a me dizer o que eu quiser." Sua voz era leve, casual. As ameaças saíam de sua boca com a mesma facilidade com que se comentava sobre o clima. Deslizei novamente os dedos sobre a Marca, atraindo a atenção dele para o meu pescoço. "Pela violência, *milady*. Alexei não é o único membro de minha casa que tem presas. Perder sangue pode ter os mesmos efeitos de consumir o vinho da verdade. Com menor prejuízo para mim, é claro."

É claro. Ele recorreria a isso, me entregaria a um de seus vampiros. Pensei de novo em minha irmã. Provavelmente Vittoria também fizera acordos difíceis.

Afastei-me da mesa, e alguém correu para puxar a cadeira. Eu precisaria de um tempo para me acostumar a ser servida como se pertencesse à realeza.

Cheguei perto de Inveja e peguei sua taça. Sussurrei um feitiço da verdade sobre ela, depois repeti o procedimento com as garrafas e com minha taça.

Voltei ao meu lugar. Com um sorriso perturbador no rosto, Inveja levantou a taça.

"Um brinde a uma noite de verdade entre inimigos. Que nossos corações sangrem apenas pela perda da dignidade, não por uma faca em nossas costas."

Ele bebeu todo o conteúdo da taça. Levantei as sobrancelhas.

"Isso é necessário?"

"De jeito nenhum." O príncipe encheu a taça e bebeu mais um gole generoso. "Mas não vai fazer mal."

Bebi um pouco do vinho. O sabor não era diferente. Se eu mesma não o tivesse enfeitiçado, nunca saberia que havia nele algo de suspeito. Olhei intrigada para a bebida.

A gargalhada repentina de Inveja interrompeu meus pensamentos.

"Estou vendo que as bruxas que a criaram esconderam muitos segredos. Que delicioso."

"O que é delicioso?"

"Ver seu mundo perfeito desmoronar."

"Você é uma pessoa horrível."

"Esqueceu, queridinha, que eu nunca senti esse tormento que você chama de humanidade?" Ele encolheu um ombro e bebeu mais. "Além disso, estou falando no bom sentido. Uma fênix se levanta das cinzas por uma razão. Seu mundo precisa ser destruído para que você se levante renovada. E você vai se levantar. Como eles sempre temeram que acontecesse."

"Quanto tempo demora para o feitiço da verdade fazer efeito?"

Ele esvaziou a taça e serviu mais vinho.

"Já está ativo."

"Você gosta de mim?"

"Acho você suportável. Se tiver um fim violento, não vou derramar uma lágrima sequer. Também não vou comemorar. Sigo em frente como se você nunca tivesse existido."

Ri de um jeito nada elegante e bebi mais um pouco de vinho.

"Na noite em que minha *nonna* te atacou... tive a impressão de que você a conhecia. Como?"

"Maldições são coisas curiosas." Ele esvaziou outra taça e a encheu em seguida. "Às vezes são como árvores. Ficam enraizadas no lugar onde foram plantadas. Outras vezes são como flores do campo. Suas sementes são levadas pelas abelhas e pelos pássaros. Elas se misturam, crescem e florescem fora do canteiro onde foram plantadas originalmente. Mais ou menos como chaves. Nem todas se encaixam em fechaduras. Algumas chaves são muito mais ardilosas."

Esperei os comentários sem sentido se tornarem uma resposta coerente. Ele só ficou olhando para mim.

"Isso não tem nada a ver com o que perguntei. Já está bêbado?"

"Totalmente." Foi o primeiro sorriso real que ele me deu. Uma covinha apareceu na face direita, suavizando a dureza que ele usava como uma armadura. "Mas o que eu disse é verdade. Há coisas que não posso dizer, por mais que você enfeitice o vinho, porque há poderes ainda maiores envolvidos. Conheço sua avó. Mas conheço muitos outros segredos interessantes."

Eu queria descobrir como ele conhecia minha avó, mas era inútil tentar obter informações que ele não podia ou não queria me dar.

"Então fale sobre a maldição."

"Essa é uma história tão antiga que suas origens são conhecidas só por alguns poucos. E as lembranças desses poucos turvaram-se com o passar do tempo e a pátina que se formou sobre elas, ofuscando seu brilho até restar apenas a sombra do que foram."

"Do que está falando?"

"Da história de maldições e de lembranças roubadas. E da revelação de muitas mentiras." Ele se inclinou para trás bruscamente, quase derrubando a cadeira. "Meu irmão nunca a forçará a se casar com ele. Isso contraria tudo que ele defende."

"Não perguntei sobre seu irmão."

"Não, mas imagino que esteja curiosa. Ele indicou que deseja que você complete o vínculo?"

Eu não queria responder, mas o feitiço da verdade atraiu as palavras para fora de minha boca.

"Ele me falou sobre isso, mas não disse o que prefere."

"Não vou perguntar se considerou a ideia. Especialmente porque sabemos como isso foi aceito. Em parte, pelo menos." Tentei não demonstrar alívio, mas Inveja deve ter visto em meu rosto o breve lampejo dele. Seu sorriso era de prazer cruel. "Ele pode não te obrigar a se casar, mas não vai ficar esperando mansamente, sem fazer nada. Não é assim que ele age. Ele vai fazer com que cada Casa real fique ciente da presença e das intenções dele. Como fez hoje."

Bebi mais um gole do vinho da verdade.

"Por que você faz isso?"

"Como assim?"

"Sempre semeia a desconfiança entre mim e seu irmão." Não precisei de mais vinho para fazer a pergunta seguinte. "Tem tanta inveja assim dele? Ou só cobiça tudo que não é seu?"

"Nem sempre sou atormentado por pensamentos invejosos." Seus olhos verdes cintilaram com uma emoção que não se baseava em desprezo nem na emoção cujo nome ele carregava. "Algo que me era importante foi tirado de mim por causa do temperamento de meu irmão. Espero um dia retribuir o favor. Não é inveja que me motiva. É retaliação. Algo que imagino termos em comum, você e eu, embora duvide que você vá admitir, mesmo com o vinho da verdade."

Aquilo não era uma pergunta, por isso o feitiço não me obrigou a responder.

"Eu faria qualquer coisa para ter minha irmã de volta. Você deveria perdoar os pecados que o afastaram de Ira. Felicidade deveria ser a única coisa que importa."

"Não dou a mínima para a felicidade dele." Inveja olhou para o vinho, porém não tocou na garrafa. "Mas é óbvio que você se importa. Mais do que se sente à vontade para confessar. Está apaixonada por ele?"

Rangi os dentes e segurei a taça com força. Foi inútil. As palavras borbulharam. Apoiei-me no modo como Inveja formulou as frases e deixei a verdade transbordar dos meus lábios. "Não. Não estou apaixonada por ele. Mas não nego que existe uma atração. Ele me trouxe para este mundo, vendeu minha alma para o irmão dele e mentiu sobre ser meu possível marido."

"A dama protesta em demasia."

"Shakespeare." Revirei os olhos. "Pretencioso e nada surpreendente que o tenha citado. Devo invejar sua erudição?"

Ele me encarou por cima da taça com um olhar penetrante.

"Estranho que uma camponesa da Sicília tenha um gosto literário tão refinado. Ou que leia alguma coisa, na verdade."

A insinuação me irritou.

"Nunca tivemos dinheiro nem criados, *alteza*, mas sabemos ler e escrever."

"Presumo que agora vai dizer que sua proficiência se deve aos feitiços ensinados por sua avó. Ou às receitas daquela taverna que chamam de restaurante, ou alguma outra bobagem."

"Aonde quer chegar?"

"É uma situação bastante curiosa, só isso. E você sabe que eu gosto muito de objetos curiosos."

Sorri. Era a deixa perfeita para a minha próxima linha de questionamento.

"Por que tem tanto interesse em colecionar objetos?"

"Eu me interesso principalmente por objetos divinos. Não, não é verdade, não inteiramente." Ele riu, como se não conseguisse acreditar que a verdade fluía dele com tanta liberdade. "Agora só estou interessado em um objeto divino: O Espelho das Três Luas."

"O que é isso?"

Ele estalou os dedos, e um criado apareceu. Ele sussurrou alguma coisa que não consegui ouvir, e o criado saiu apressado. Um momento depois, voltou segurando um estojo de vidro gravado. Era simples, despretensioso. Inclinei-me imediatamente sobre a mesa, esperando enxergar melhor o objeto.

"É um espelho dos deuses. Ou melhor, *deusas*." Ele deslizou o dedo indicador pelo estojo de vidro e depois o esfregou no polegar, como se verificasse se havia poeira. "Dizem que a magia da Donzela, da Mãe e da Anciã foi embutida nele, e que, quando solicitado, o espelho pode mostrar passado, presente e futuro. Ele ficava neste estojo. Foi o que me disseram."

Passado, presente, futuro, encontrar. Arrepios percorreram minhas costas. Era quase exatamente o que o crânio encantado tinha dito, inclusive em relação à Deusa Tríplice.

Inveja levantou a tampa, exibindo um leito de veludo lilás com marcas do local onde antes ficava um espelho de mão. Fiz o possível para não reagir, mas meu coração batia loucamente no peito. Se existia um objeto divino capaz de me mostrar o passado, ele solucionaria o assassinato de minha irmã.

O entusiasmo me invadiu. O crânio queria que eu encontrasse o espelho. Eu tinha certeza disso. Se eu tivesse o espelho, não precisaria mais me preocupar com um casamento com Soberba ou Ira e ter que escolher um lugar em suas Casas de Pecados.

"Parece uma lenda para crianças."

"Todas as lendas contêm fragmentos de verdade." Por um segundo, seu olhar se distanciou outra vez. "Enfim, dizem que é necessário ter o livro de feitiços da Anciã, a Chave da Tentação e o espelho para ativar a magia da deusa."

"Vamos ver se eu adivinho." Baixei a voz, adotando um tom de conspiração. "Você tem todos os objetos, menos o espelho."

"Creio que é hora de você mesma ver minha coleção, queridinha." Inveja se levantou. "Podemos ir?"

REINO DAS BRUXAS
NATUREZA SOMBRIA

16

Inveja abriu as portas ornamentadas com gestos exagerados e recuou, com um cavalheirismo repentino, convidando-me a entrar primeiro em sua câmara de colecionador.

Insegura quanto a suas reais intenções, hesitei por um momento. Não acreditava que ele me levaria a um antro de vampiros, mas tudo era possível, em se tratando dele.

Lembrei-me da adaga presa à minha coxa, entrei e parei diante do que vi.

Não eram vampiros que me esperavam, mas gigantes sombrios, muito altos, parados no lugar. A sala tinha uma semelhança sinistra com uma visão que tive quando conheci Inveja no mundo mortal. Naquela ocasião, eu vislumbrara humanos posicionados, imóveis, em um tabuleiro de xadrez. O piso sobre o qual estávamos naquele momento não fazia parte de um jogo; eram só ladrilhos pretos e brancos. E os seres congelados eram obras de arte, não mortais aprisionados por um sádico príncipe do Inferno.

Esculturas silenciosas, algumas de bronze, outras de mármore, me davam as boas-vindas. Eram assombrosas, lindas, tão reais que tive que tocá-las para ter certeza de que não eram de carne e osso. Nunca tinha visitado um museu, mas vi ilustrações em livros e não conseguia acreditar no tamanho de sua coleção.

"Esse silêncio é resultado da surpresa, ou o vinho está mexendo com você por dentro?"

Saí do transe e percebi que estava no mesmo lugar.

"Tive uma sensação estranha de *déjà vu.*"

Inveja estudou meus traços, mas só levantou e abaixou um ombro. "Muitos museus e coleções mortais seguem esse padrão. Não me surpreende que seja familiar."

"Nunca estive em um museu."

Era uma verdade suficiente para satisfazer o feitiço da verdade. Mas não conseguia me livrar da sensação incômoda de ter visto a mesma cena com pessoas de carne e osso meses atrás. Nunca tinha estado naquele mundo, ou naquela Casa real demoníaca. Talvez eu tivesse um talento latente de vidência que estivesse começando a emergir.

De acordo com a *nonna*, não era incomum que a magia continuasse se desenvolvendo ao longo da vida de uma bruxa. Também faria sentido que minha recém-descoberta utilização da Fonte destravasse outras magias. Com ou sem talento latente, isso não era importante. Voltei ao momento presente.

O aposento era cavernoso, grande o suficiente para nossos passos ecoarem enquanto nos movíamos em silêncio até a primeira escultura: um homem totalmente nu, usando apenas um capacete com asas e bandoleira, e que segurava, com um dos braços estendidos, a cabeça cortada de Medusa. Na outra mão, uma espada. Alguma coisa naquela escultura me deixou triste.

Inveja se aproximou da cena, e sua expressão suavizou-se.

"Perseu e Medusa. Há peças semelhantes no mundo mortal, mas nada tão primoroso quanto esta. O escultor capturou os olhos baixos, a recusa em ser amaldiçoado e transformado em pedra."

"É uma obra de arte fantástica no aspecto da técnica, mas horrenda."

"Nem todas as histórias têm finais felizes, Emilia."

Claro que eu sabia disso. Minha a vida tinha dado voltas inesperadas, a maioria delas para pior e para longe do ideal. Todos nós tínhamos ossos, talvez até esqueletos completos, de sofrimento no armário. Eu me dei conta disso de repente. Olhei discretamente para o príncipe demoníaco. Inveja sentia uma dor profunda. Eu queria saber quem ou o que havia machucado seu coração daquele jeito. Ele percebeu que eu o observava e me olhou de um jeito duro. Perguntas sobre o sofrimento que sentia não seriam bem-vindas. Por alguma razão, deixei passar a oportunidade de interrogá-lo enquanto ele ainda era forçado a responder com honestidade. Nem todos os segredos precisavam ser compartilhados.

Caminhamos em silêncio para a estátua seguinte. Magnífica. Minha favorita até ali. Um anjo — com um corpo poderoso esculpido pela guerra — costas arqueadas, asas abertas, braços atrás da cabeça, como se tivesse sido empurrado de uma grande altura e amaldiçoasse quem o havia jogado para baixo. As penas eram tão detalhadas que não consegui me conter, estendi a mão e deslizei um dedo por elas.

"O Caído." O tom de Inveja era baixo, reverente. "Outra bela peça."

Estudei o grande anjo guerreiro. Seu corpo era semelhante ao de Ira. Eu não ficaria surpresa se o artista tivesse se inspirado nele.

"A intenção é simbolizar Ira ou Lúcifer?"

"É minha interpretação de meu irmão amaldiçoado." Os lábios de Inveja se distenderam em um sorriso. "Antes de o diabo perder suas asas. E todos nós, logo depois dele."

"Por que eternizar um momento como esse?"

"Para sempre lembrar." De repente, sua voz ficou tão dura quanto a estátua de mármore. Ele balançou a cabeça, deixando a expressão de seu rosto de novo indiferente, como se recolocasse a máscara que tinha deixado cair sem querer. "Venha. Tem outra sala cheia de objetos que você pode achar mais interessantes."

Estávamos na metade da câmara seguinte, decorada com pinturas, desenhos e espelhos em diversas molduras, quando notei os pedestais com livros.

Um deles em particular me atraiu. Senti em meu interior o início de uma estranha e conhecida vibração. Conhecia o sentimento. Eu o reconheci. Mas não era exatamente como me lembrava. Não havia sussurros ou vozes febris subindo e descendo em uma cacofonia. Só aquela vibração sutil. Eu a sentira no mosteiro, na noite em que encontrei minha irmã morta. E, de novo, quando confrontei Antônio. Naquelas ocasiões, não sabia o que era nem o que pretendia.

Parei diante do grimório aberto. Estava dentro de uma redoma de vidro, mas não precisei ver a capa para saber o que era. O primeiro livro de feitiços. O livro pessoal de feitiços de La Prima.

"Como conseguiu isso?" Minha voz soou muito alta no espaço reduzido da sala. "Estava comigo na noite em que eu..."

"Na noite em que quase matou o informante humano?

Virei para encará-lo.

"O livro desapareceu naquela noite. Pensei... um demônio Umbra." Inspirei profundamente. "Mandou um deles me espionar, não foi?"

"*Espionar* é uma palavra feia. E ele, na verdade, só estava observando o mosteiro. E você apareceu. Lugar errado, hora errada." Ele pôs as mãos nos bolsos e caminhou para o pedestal seguinte. Outro livro aberto. "O que você chama de primeiro livro de feitiços não é um manuscrito completo. É um terço do texto maior, mais elaborado." Ele acenou com a cabeça na direção do livro. "A Mãe e a Anciã estão comigo; a Donzela desapareceu. Deusas são seres ardilosos com magia ainda mais perspicaz. E desafiar uma delas..." Ele assobiou. "É desaconselhável."

"O primeiro livro de feitiços pertencia à Primeira Bruxa, não às deusas."

"Queridinha, não sei o que as bruxas que te criaram disseram, ou por quê, mas esses livros foram escritos pelas deusas. Essa que você chama de Primeira Bruxa roubou o livro dos mortos, o livro da Anciã de magia do submundo. E posso garantir que a Anciã não achou graça nenhuma."

Ele falava como se conhecesse a deusa.

"Onde está a Anciã? Talvez eu deva falar com ela."

"É claro, e se a encontrar, por favor, mande lembranças minhas."

Deixei escapar um suspiro frustrado. Alguma coisa não estava certa naquela história. Inveja não só possuía um livro de feitiços que podia encantar crânios, como usara quase literalmente a frase que um deles continha. Ele *tinha* que ser o remetente misterioso, mas, por algum motivo, eu não queria admitir."

"Tem feitiços de necromancia?"

"A Anciã é a deusa do submundo. Seus feitiços refletem a Lua, a noite e os mortos. E mais algumas coisas, como emoções mais sombrias e violentas." Ele me observava com atenção. "A Floresta Sanguínea é um lugar espetacular. Fica entre meu território e o de Avareza. Nenhuma casa demoníaca pode se apoderar dela; portanto, você não precisa de um convite para ir até lá. Mas conseguir passar pelos territórios que fazem fronteira com ela é bem complicado."

Desviei a atenção do livro de feitiços. "Por que está me dizendo isso?"

"Por que não diria?"

Se ele estava mesmo querendo ser simpático, eu poderia tirar proveito disso.

"Você mencionou alguma coisa sobre a Chave da Tentação. Ela faz parte de sua coleção?"

"Infelizmente não. Mas não por falta de empenho da minha parte." Ele começou a se afastar. "Antes de encerrar a noite, talvez queira ler a placa dessa pintura. Eu a considero muito informativa."

"Aonde você vai?"

Inveja não respondeu.

Aparentemente, o tempo que passaríamos juntos tinha terminado. Continuei olhando por um bom tempo para onde havia estado o príncipe demoníaco depois de ele ter saído da sala, refletindo sobre o que eu tinha ouvido. Inveja estava procurando o Espelho das Três Luas e a Chave da Tentação. Dois objetos que agora eu também queria muito encontrar.

Quando tive certeza de que ele não voltaria, me aproximei da pintura que o príncipe mencionara. Era uma árvore incomum. Grande, com madeira irregular e folhas pretas com veios prateados. Havia alguma coisa na pintura que me fez lembrar do artista que havia retratado o jardim sazonal da minha suíte na Casa Ira.

As sombras e o cuidado com que o artista reproduzia cada trecho do tronco ou folha caída eram impressionantes; dava a impressão de que era possível tocar a pintura e tirar uma folha da árvore.

Deslizei os dedos pela placa de prata e li a inscrição.

FÁBULA DA ÁRVORE DA MALDIÇÃO

No fundo da Floresta Sanguínea existe uma árvore plantada pela própria Anciã. Diz-se que, entre outros favores, a árvore pode enfeitiçar um inimigo jurado, se o desejo de o amaldiçoar for real. Para solicitar a Maldição da Anciã, entalhe o verdadeiro nome do objeto na árvore, escreva seu desejo em uma folha tirada de seus galhos e depois ofereça à árvore uma gota de sangue. Leve a folha para casa e a coloque embaixo do travesseiro. Se ela tiver desaparecido quando você acordar, a Anciã aceitou sua oferta e atendeu ao seu pedido. Ela é a mãe do mundo inferior. Cuidado com sua bênção.

Reli a fábula, sem entender por que Inveja a havia indicado, em meio a cinquenta ou mais telas penduradas nas paredes da sala. Nada que um príncipe do Inferno fazia era por acaso. Eu tinha a sensação de que, sem querer, estava sendo envolvida em um de seus esquemas, mas reverteria sua trama a meu favor.

Registrei o que tinha aprendido e visitei sem pressa o restante da galeria, parando diante do mapa dos Sete Círculos. Cada Casa demoníaca ficava sobre o pico de uma montanha, no alto de seu território. Vi os portões do Inferno e o Corredor dos Pecados.

Um lugar entre a Casa Luxúria e a Casa Gula era identificado como VENTOS INCLEMENTES. Pensei se não seria esse o som que ouvíamos no Corredor dos Pecados.

Continuei estudando o desenho, gravando o máximo possível na memória. A sudeste, a Floresta Sanguínea ficava entre a Casa Avareza e a Casa Inveja. O Rio Sombrio corria entre as Casas de Pecado a oeste, separando o castelo de Ira dos territórios de Avareza e Soberba. Ele se dividia em um afluente menor que passava por trás do castelo de Avareza, descendo, sinuoso, pela área mais baixa da Casa Soberba, e subindo ao longo da fronteira norte de Inveja. Acompanhei a porção principal do rio até ele terminar no Lago de Fogo. Do outro lado da maior seção do lago ficava o castelo do diabo; a Casa Soberba se localizava ligeiramente a noroeste da Casa Inveja.

Assim que me senti confiante em minha capacidade de me lembrar da maioria dos marcos e da disposição geral daquele mundo, deixei o mapa e percorri o caminho de volta pela galeria. Um membro uniformizado da criadagem de Inveja esperava por mim na sala das esculturas.

"Sua alteza pede desculpas, mas teve que sair. Ele disse que você pode ficar o quanto quiser, mas ele vai passar um tempo fora." O criado hesitou e pigarreou, como se estivesse constrangido por ter que transmitir o restante da mensagem.

"Mais alguma coisa?"

"Sua alteza também disse que, se quiser deixar o Príncipe Ira com ciúme, pode dormir na cama dele esta noite. Ele sugere que o faça sem roupa. E... palavras dele: 'Pense coisas indecentes sobre o príncipe mais bem-dotado deste mundo' enquanto estiver cuidando de si mesma. Tem uma pintura em tamanho natural do Príncipe Inveja no teto, caso precise de um estímulo visual."

Contei mentalmente até passar o impulso de caçar Inveja.

"Gostaria de enviar uma mensagem ao Príncipe Ira. Diga a ele que estarei em casa amanhã, ao raiar do dia."

"Imediatamente, *milady*." Ele se curvou. "Quer que alguém a acompanhe de volta aos seus aposentos?"

"Acredito que consigo encontrar o caminho. Gostaria de admirar as estátuas mais uma vez."

"Muito bem. Vou mandar a mensagem ao Príncipe Ira agora."

Esperei ele sair, e só então voltei à sala da galeria. A irritação com Inveja deu lugar rapidamente à euforia. Eu sabia que o kit de costura seria muito útil.

E não tinha nada a ver com costurar rasgos em vestidos bonitos.

Meu coração batia no ritmo dos cascos dos cavalos enquanto a carruagem se afastava da Casa Inveja. Ira não aparecera para me acompanhar pessoalmente na viagem de volta; apenas mandou uma emissária e uma carruagem real. A emissária fez questão de comentar que a carruagem e os cavalos não eram os que o próprio príncipe usava. Só mais um veículo que ele mantinha no estábulo.

Como se essa informação tivesse grande importância. Eu não sabia bem como me sentia em relação ao desprezo dela, ou ao fato de o príncipe ter mandado alguém, em vez de vir ele mesmo. A emissária viajava quieta em seu lugar na carruagem, recatada, evitando contato visual e qualquer conversa comigo.

Não sabia o que fazer diante de seu nítido desdém.

Estudei o demônio por entre as pálpebras semicerradas, fingindo dormir. Seu cabelo vermelho estava preso em coques complexos no topo da cabeça, enquanto a parte de baixo formava cachos longos e perfeitos. Um músculo em sua mandíbula se contraiu, como se ela tivesse consciência de que era analisada e estivesse engolindo uma coleção de advertências. Talvez a raiva contida fosse apenas uma característica da Casa de Pecado a que ela pertencia, e eu estivesse vendo coisas onde não havia nada.

Olhei para a janela. Por alguma razão, ela havia fechado a cortina antes de partirmos. Eu as afastei e ela olhou em minha direção.

"Mantenha a cortina fechada."

Inspirei profundamente pelo nariz, controlando a irritação crescente com sua atitude grosseira. Discutir com ela não adiantaria nada. E eu não precisava de mais um inimigo para monitorar.

"Como é seu nome?"

"Só precisa me tratar pelo título."

Mas notei que ela não estava me tratando pelo título que Ira exigia que sua corte usasse. Isso não me incomodava. Eu não era uma nobre.

"Muito bem, Emissária. Onde está Ira?"

Os olhos frios se voltaram para mim.

"Sua alteza está ocupado."

Não havia como ignorar o tom cortante na voz, ou o aviso de que mais perguntas não seriam toleradas. Apoiei a cabeça na parede estofada da carruagem. Continuamos descendo uma montanha, e contraí os músculos para me manter firme no assento e não escorregar para a frente. Depois do que pareceu demorar eras, finalmente começamos a subir novamente, e, após um tempo, paramos. Sem me importar com sua fúria, puxei a cortina e engoli uma exclamação.

Nunca tinha visto a fachada da Casa Ira. Quando cheguei pela primeira vez, estava delirando nos braços de Ira, e entramos por uma montanha. O castelo era imenso, com uma guarita, torres de todos os tamanhos e uma enorme muralha que cercava todo o perímetro. As pedras claras das paredes contrastavam de forma magnífica com as telhas pretas. Vinhas congeladas aderiam às paredes.

Passamos pelos portões e paramos em uma alameda semicircular. A emissária esperou um lacaio abrir a porta e aceitou sua ajuda para sair da carruagem. Ela se foi sem olhar para trás, dando por cumprido seu dever de ir buscar a noiva imprevisível.

Fiquei olhando para ela, tentando entender sua frieza e me perguntando se tinha feito alguma coisa para ofendê-la. Sabia que não. Com exceção da surpresa por vê-la no lugar de Ira, fui amistosa.

Tive uma suspeita incômoda sobre o relacionamento dela com Ira, mas logo afastei o pensamento. Não permitiria que esse tipo de suspeita tivesse importância.

O lacaio me ajudou a desembarcar, e eu subi a escada de pedra até a porta da frente. À minha direita, perto da parede, havia um jardim escondido por uma cerca. Decidi que iria visitá-lo quando o tempo ficasse mais quente.

Se, algum dia, o tempo ficasse mais quente. Como que em resposta, a neve começou a cair leve, cobrindo o castelo com uma fina camada de flocos cintilantes.

Entrei correndo e sacudi o manto de viagem. Além do lacaio, que cuidava da minha bagagem, não havia criados esperando para me servir, e me senti aliviada por isso.

Voltei aos meus aposentos sem encontrar ninguém. Nenhum criado limpando o castelo e os vários cômodos. Nem Fauna, Anir ou Ira. Fiquei imediatamente grata por não ver nenhum dos outros nobres moradores, como o agora sem língua Lorde Makaden, ou a excessivamente falante Lady Arcaline.

Mas, ao longo da tarde, fui ficando inquieta. Não estava habituada a ter tanto tempo ocioso. Na minha terra, eu estava sempre na *trattoria*, ou trabalhando na cozinha de casa, ou lendo, ou me preparando para ir para a cama, exausta, depois de um dia de trabalho intenso. E raramente ficava sozinha. Minha família estava sempre presente, risonha, falante e afetiva. Havia noites em que caminhava pela praia com minha irmã e Claudia, compartilhando segredos, esperanças e sonhos.

Até que minha gêmea foi assassinada. Então, meu mundo mudou irrevogavelmente.

Incapaz de suportar o rumo mórbido de meus pensamentos, fui até os aposentos de Ira e bati na porta. Nenhuma resposta. Pensei em testar a maçaneta para ver se a porta estava trancada, mas me contive. Quando invadi seu espaço depois daquela explosão violenta dele no jantar, tinha uma justificativa válida.

Voltei ao meu quarto e decidi me esforçar para encontrar a Fonte outra vez. Fechei os olhos e me concentrei no poço interno de magia. Alguns segundos depois, mergulhei em meu núcleo, e foi como bater em uma parede de tijolos.

Tentei reunir energia para repetir a busca, mas estava bem mais cansada do que imaginava. Tinha passado a maior parte da noite acordada, na cama, com medo de Inveja voltar furioso. E na noite anterior eu mal tinha dormido por causa da confissão de Ira. Imaginei que para dominar a Fonte eu precisava estar descansada. E isso era tudo que não estava.

Peguei o diário da Casa Soberba, que pegara "emprestado" da biblioteca de Ira e, sem pressa, fui virando página por página na esperança de encontrar algum registro em um idioma que eu conhecesse.

O esforço foi em vão. Não havia desenhos nem ilustrações que eu conseguisse decifrar. Eram só páginas e mais páginas de pequenas anotações manuscritas no que parecia ser escrita demoníaca. Eu olhava a todo instante para o meu baú, onde estava o objeto que tinha tirado da Casa Inveja.

Ainda não queria removê-lo do esconderijo. Tinha a sensação de que logo alguém poderia procurar por ele. Ainda não acreditava em como tinha sido fácil pegá-lo. Fácil demais, na verdade. Em parte, eu esperava alarmes disparando, demônios Umbra e vampiros aparecendo na hora em que eu havia tirado o livro de feitiços de sua redoma. Nada aconteceu. Simplesmente fui para o meu quarto, costurei o livro na parte interna do baú, esperei as consequências, mas nada aconteceu.

Tentei me concentrar novamente no diário da Casa Soberba, e as linhas sinuosas começaram a se misturar.

Acordei várias horas depois com o rosto colado ao diário aberto.

Não era meu tipo de livro, evidentemente. Um romance teria me mantido acordada até a madrugada, ansiosa para virar as páginas, mas me contendo para poder saborear cada interação carregada de tensão entre herói e heroína.

Adorava como eles quase sempre se desprezavam, e como essa centelha de desprezo se incendiava e virava outra coisa completamente diferente. A vida real não chegava nem perto de um romance, mas ainda havia uma pequena parte da minha antiga versão que desejava um final feliz. Era inútil negar a eletricidade que existia entre mim e Ira — somada a muito desdém —, mas a probabilidade de nossa atração se transformar em amor era a verdadeira fantasia.

Penteei o cabelo e fui novamente aos aposentos de Ira. O demônio continuava fora. Ou não queria abrir a porta. Fiquei ali, com as mãos abaixadas. Talvez ele estivesse aborrecido por eu tê-lo desprezado na Casa Inveja. Mas não fazia sentido que fosse isso.

Ele estivera ao meu lado por meses no mundo humano, e depois em seu reino por quase duas semanas. Se tinha uma amante, podia ter saído para visitá-la. Imaginei que ele não estivesse esperando que eu voltasse tão cedo. Eu deveria aproveitar o tempo sozinha. Não precisava ficar olhando para trás e não tinha que lidar com impulsos de luxúria para completar um laço de matrimônio. Não havia distrações. No entanto... não queria pensar no motivo do desconforto.

Pedi o jantar e comi em meus aposentos, pensando na conversa com Inveja e em tudo que eu ficara sabendo. Especificamente, ponderei sobre o feitiço da verdade usado no vinho e o que ele poderia significar para o resto da minha missão. A magia teve efeito em um príncipe do Inferno. E embora *eu* não tivesse sentido nada diferente na bebida, isso não significava que um príncipe não sentiria a "alteridade". Inveja sabia o que estava acontecendo, por isso eu não podia usá-lo como parâmetro para avaliar.

Mas eu queria testar uma teoria. E precisava de Ira. Se enfeitiçasse o vinho dele sem ele saber, descobriria se essa habilidade seria útil para usar no Banquete do Lobo. Todos os príncipes estariam presentes. Eu poderia sussurrar o feitiço durante o brinde e descobrir quem tinha sido o responsável pela morte de Vittoria, e ninguém perceberia.

Mas, para isso, Ira teria que *não* perceber o feitiço. O plano só funcionaria se o teste fosse bem-sucedido.

Na manhã seguinte, disse a mim mesma que essa era a principal razão para eu estar atravessando o corredor que levava ao seu quarto. E tentando ouvir algum sinal de que estava de volta. Certamente, não tinha nada a ver com sentir falta dele. Ou desconfiar de onde ele estava e com quem. Bobagens que faziam parte da Casa Inveja. Talvez essas emoções fossem apenas ciúme deixado pela visita que eu tinha feito àquela Casa de Pecado. Se é que essas coisas aconteciam.

Mais dois dias se passaram, e ainda não havia nenhuma notícia do príncipe da Casa. Nesse meio-tempo fiz mais algumas tentativas de invocar a fonte de minha magia, mas novamente houve resistência. Não havia nenhuma informação sobre esse tipo de dificuldade no grimório, por isso eu tinha que esperar. Com o tempo, dominaria a habilidade de mergulhar no poço. Também visitei a biblioteca, procurando novas fábulas. Estava interessada em aprender mais sobre a Árvore da Maldição, especialmente a informação de que ela concedia *mais* que desejos.

Também procurei livros sobre a Chave da Tentação ou o Espelho das Três Luas. Mas todos os esforços foram em vão. Por fim, quando já pensava que ficaria maluca, ouvi batidas na porta.

"Olá, Lady Em." Anir sorria. "Vim buscá-la para participar de uma aventura."

"Lady Em?" Torci o nariz. "Ninguém nunca me chamou de Em. Não sei se gosto."

"Isso é porque nunca esteve em uma reunião clandestina. Vamos. Vista uma túnica e uma calça, depois me encontre lá fora. Estamos atrasados."

"Aonde vamos?"

Ele sorriu novamente. Um sorriso que fez meu estômago revirar de nervoso.

"Você vai ver."

Considerei que o que ele havia planejado, o que quer que fosse, era melhor do que ficar sozinha no quarto ou vagar pela biblioteca sem encontrar nada útil. Corri ao dormitório e troquei de roupa, me vestindo como ele sugeriu.

Depois de calçar sapatos sem salto, fui encontrá-lo do lado de fora do quarto. Subimos uma escada e paramos perto do fim de um longo corredor.

"Quero que conheça..." Anir abriu uma porta. "A sala de armas."

"Deusas do céu!" Respirei fundo, embora não devesse me surpreender com a grandiosidade, levando em conta o papel de Ira como general de guerra. Ali estava a pérola da Casa Ira. "É impressionante."

“É o que sempre ouço”, respondeu Anir, rindo. “Entre.”

Passei pela porta. Meus olhos vagaram pela sala cavernosa, que parecia não ter fim. Colunas dividiam o espaço em câmaras menores e interligadas. Se a galeria de Inveja era a parte que mais revelava sua personalidade, ali a alma de Ira se desnudava.

Bonita. Elegante. Letal. Brutalmente perfeita e sem nenhum pudor de glorificar a violência. Fiquei ali catalogando tudo.

O teto de vidro deixava a luz entrar e iluminar o que, de outra forma, teria sido um espaço escuro. As paredes e o piso eram de mármore preto com veios dourados. No salão principal por onde entramos, havia um desenho — as fases da Lua de um lado, um punhado de estrelas do outro e uma serpente engolindo o rabo em uma forma circular — cravado no chão em ouro. Pelo que eu conseguia ver, cada canto dessa área do chão exibia um dos quatro elementos. Um tapete cobria parte do desenho bem no centro.

Serpentes douradas se enrolavam em volta das colunas de mármore cor de ébano, criando as colunas mais fantásticas e mais lindas que eu já tinha visto.

Espadas, adagas, escudos, arcos, flechas e uma variedade de facas brilhavam em preto e dourado, ocupando nichos meticulosamente espaçados nas paredes.

Girei no lugar, olhando para todo aquele esplendor. No fundo da sala havia o mosaico de uma serpente. Diferente do ouroboro embutido no chão, o corpo dessa cobra se enroscava em um nó complexo. O desenho me fazia lembrar de alguma coisa, mas eu não conseguia identificar o que era.

Contra a parede oposta havia um fardo de feno com um alvo gigantesco pintado no centro. Uma mesinha à esquerda dele sustentava adagas alinhadas com perfeição. Olhei para elas e meus dedos formigaram com o impulso de segurá-las e arremessá-las.

“Nossa primeira aula vai ser sobre postura.” Anir foi até o centro da sala de armas e apontou para o espaço diante dele no tapete. Parei de admirar o ambiente e fui me posicionar onde ele indicava. “Seus pés devem estar sempre plantados no chão com firmeza. Isso dá estabilidade no impulso quando atacar ou se esquivar em qualquer direção, sem perder o equilíbrio.”

Imitei a posição dele. Seus pés afastados iam um pouco além da largura do quadril, um deles um passo à frente do outro. Havia algo quase familiar na pose, mas eu nunca tinha lutado, nem tivera motivos para ter aulas como essa.

"Distribua o peso igualmente. Os joelhos devem seguir a direção apontada pelos pés."

Balancei um pouco para me ajeitar. Sem nem dar tempo de levantar a cabeça, Anir já veio correndo em minha direção, com o antebraço projetado como um aríete, me acertando no plexo solar e me jogando para trás. Meus braços giraram no ar e, sem nenhuma elegância, caí de bunda.

Olhei para o meu professor.

"*Signore*, você é terrível."

"Sou. E você, *signorina*, acabou de aprender sua primeira lição." Ele se aproximou de mim, estendeu a mão e me ajudou a ficar em pé. "Nunca se distraia do seu oponente."

"Pensei que a aula fosse sobre postura."

"E é." Ele piscou. "Abaixar a cabeça não ajuda a equilibrar nada. Se tiver que olhar para baixo, use os olhos, não a parte superior do corpo. Autoconsciência é fundamental."

Repetimos a coreografia com graus variados da minha aterrissagem no chão. Mesmo com o tapete de amortecimento, no dia seguinte eu teria dores por todo o corpo. A cada ataque eu ficava mais segura, balançava menos. Continuamos lutando e lutando, e minha testa se cobriu de suor.

Eu me sentia bem: trabalhava o corpo e esvaziava a mente.

Algum tempo depois, Anir anunciou um intervalo e limpou o suor do pescoço e do rosto com um pedaço de pano. Eu ainda tinha disposição para continuar, mas fiquei parada onde estava, me equilibrando sobre a parte da frente dos pés. Eu me sentia viva, com os músculos tremendo, mas clamando por mais atividade.

Ele se curvou para a frente.

"Cinco minutos."

Eu o segui até uma mesinha de canto onde havia uma jarra de água e copos.

"Onde está Ira?" Não sei por que perguntei de repente, mas era estranho o demônio da guerra não estar ali, enquanto ocupávamos sua gloriosa sala de armas.

Anir me olhou de lado enquanto se servia água e bebia meio copo. "Não achei que se incomodaria com a ausência dele."

"Não me incomodo. Só estou curiosa." Ele não respondeu, e minha boca ridícula continuou falando. "Acho que ele ficou aborrecido por eu ter resolvido visitar a Casa Inveja. Pensei que gostaria de me ver, quando eu voltasse."

"Pergunta por mim quando me ausento?"

"Não."

"Puxa."

Sangue e ossos! Senti vontade de me chutar vendo o sorriso de Anir ficar mais largo. Servi um pouco de água para mim e bebi um gole.

"Só quis dizer..."

"Não estou ofendido." Os olhos dele brilhavam com uma nota de humor. "Pode mentir para si mesma, se quiser, mas vai ter que caprichar mais comigo."

"Tudo bem. A verdade é que a emissária me incomodou."

"Lady Sundra?" Anir riu. "Imagino. O pai dela é um duque, e ela nunca permite que ninguém esqueça sua posição elevada. Sempre acreditou que faria um casamento vantajoso com um príncipe."

"Ah! Por isso se tornou emissária. Isso a coloca perto de todos os membros da realeza."

"Quem diria... Lady Em está pensando como uma nobre ardilosa. Mas a maioria dos príncipes prefere não ser laçado em um casamento. Não importa quantos esquemas as famílias nobres como a dela tentem, os príncipes estão satisfeitos com a vida que levam. O estado natural dela é esse, raivoso; nada pessoal contra você."

"Então, quanto mais alta a posição, mais os demônios exibem o pecado com que são alinhados."

"Pelo que pude observar desde que estou aqui, sim. Mas ninguém jamais consegue poder suficiente para destronar um príncipe. Eles são muito diferentes. É como a diferença entre um leão e um tigre. Ambos são grandes felinos predadores, mas não são a mesma coisa."

"E os demônios menores? São diferentes dos nobres?"

"São. E por isso preferem sempre viver na periferia de seus círculos."

"Se Lady Sundra se alinha melhor à Casa Ira, como ela poderia se casar com um príncipe que representasse um pecado diferente?"

"Seria raro, mas não inusitado, se ela mudasse o pecado com o qual se alinha."

Apoiei-me na beirada da mesa e deixei meu copo em cima dela.

"Você sabia que Ira iniciou a aceitação do laço de matrimônio na noite em que o Viperídeo me atacou."

"Saúdem a rainha da mudança de assunto!" Ele se curvou em uma reverência dramática. "Isso é uma pergunta, ou quer uma confirmação?"

"Sei que não sou a primeira opção para o papel de esposa", disse, ainda pensando na filha do duque, "mas queria saber se ele estava interessado em alguém antes de... tudo."

O brilho bem-humorado desapareceu do rosto de Anir.

"Não estou em posição e nem tenho o direito de contar a história dele."

"Nem eu estou pedindo que você conte. Só quero saber se havia outra pessoa."

"Se houvesse, mudaria alguma coisa?"

Pensei um pouco. Minha curiosidade estava em jogo, decerto; mas, sim, isso *mudaria* as coisas. Eu recusaria o vínculo, e nosso destino seria decidido pelo conselho de três que Ira havia mencionado.

Se ele amava alguém, bem, isso me deixaria pouco à vontade, e também me deixaria livre para investir em Soberba, o que ainda era o caminho mais certo para chegar ao meu objetivo de vingança.

A menos, é claro, que eu superasse Inveja e encontrasse a Chave da Tentação e o Espelho das Três Luas. E, se um príncipe demoníaco não percebesse que o vinho ou o alimento estivesse enfeitiçado, eu conseguiria descobrir a verdade. Mas teria que praticar com um príncipe do Inferno, e ele ainda não havia aparecido, o condenado.

Voltei ao assunto em questão. Não ia querer ficar presa em um casamento sem amor com Ira, se fosse para ele estar sempre lamentando a falta de alguém.

"Sim. Mudaria. Mudaria muita coisa."

"Cuidado." Uma voz baixa disse atrás de mim. "Ou posso pensar que você vai *gostar* de se casar comigo."

REINO DAS BRUXAS
NATUREZA SOMBRIA

17

Fechei os olhos e xinguei baixinho antes de encarar Anir. "Você é mesmo o pior."

"Aposto sete moedas demoníacas que vai mudar de ideia depois de sua próxima aula." O traidor lançou um sorriso malicioso. "Não esqueça sua bolsa amanhã, Lady Em."

"Tranque a porta quando sair, Anir."

A voz de Ira estava perto demais. Sentia a respiração dele perto da base do meu pescoço e, por um instante, pensei em correr até a porta ou inventar um feitiço para que o chão me engolisse. Em vez disso, endireitei os ombros e virei lentamente. O foco dele estava totalmente no humano. Anir tinha perdido um pouco de sua arrogância divertida, que deu lugar a uma seriedade que eu não via nele desde a noite em que Lorde Makaden havia perdido a língua.

"Ninguém deve entrar neste cômodo até que eu sinalize que o treinamento acabou. Entendido?"

"Sim, vossa majestade."

Anir fez uma reverência educada e se dirigiu rapidamente para a saída. Covarde. Sorri sozinha. Por falar em covardes, fingir que o príncipe demoníaco não estava ali e que não tinha ouvido algo que eu nunca quis que ouvisse também não serviria à *minha* tentativa de ser destemida.

Eu me forcei a encarar o olhar imponente de Ira e a ocultar a surpresa enquanto avaliava meu adversário. Ele não estava todo vestido de preto; usava uma camisa branca imaculada e um fraque. Observei seu corpo enorme, a frieza em suas feições, e engoli em seco. Ele não estava de bom humor. Percebi que não era hora para valentia. Um estrategista inteligente entendia a arte da retirada. Ira queria encrenca, e eu não desejava nem um pouco descobrir o quanto ele podia ser mau.

"Não acho que seja necessário você me treinar. Anir estava fazendo um trabalho excepcional."

Um sorriso se abriu no rosto do príncipe, embora não houvesse nenhum indício de alegria. O olhar confirmou que permanecer ali para o treinamento seria uma péssima ideia. Dei um passo para trás, e algo perigoso faiscou nos olhos de Ira.

"Ele não tem as habilidades necessárias para essa aula."

"Ah, então, é que eu tenho um compromisso que já estava marcado. Teremos que reagendar."

"É sério?"

"É, para falar a verdade, é sim."

"Você se lembra do acordo que fizemos em meu quarto?"

Ia confirmar com a cabeça quando uma imensa onda de letargia tomou conta de mim, e de repente senti que a cabeça estava pesada demais para se mexer. O intenso foco de Ira se fixou na minha mudança emocional e física. Não havia interesse na expressão dele, apenas uma aspereza que deveria ter me preocupado.

E teria, se eu não estivesse em um estado tão horrível de prostração.

Eu não conseguia me importar e nem me manter de pé. Minhas pernas dobraram por vontade própria e desabei no chão, me estatelando como uma pilha de membros emaranhados. Minha bochecha se espremeu contra o tapete grosso e as fibras incômodas me arranharam. Mesmo assim, não rolei para o lado para ficar confortável. Nem mesmo pisquei. Para meu horror, um fio de saliva saiu pelo canto da minha boca. Eu não poderia me importar menos.

Na verdade, percebi que *realmente* não me importava muito com nada. Nem mesmo com o brilho da vitória cintilando nos olhos de Ira enquanto me olhava de cima.

Ele caminhou ao redor do meu corpo estendido no chão.

"Olhe para mim, Emilia."

Eu queria, quase mais do que tudo, mas era muito difícil reunir energia. Não tinha mais nada em minhas reservas. Minhas pálpebras se fecharam. Apesar da minha posição indigna, estatelada no chão, babando, não conseguia ter determinação para...

A sensação de preguiça sumiu, como se nunca tivesse acontecido. E uma raiva arrebatadora e ardente fez com que eu me levantasse no instante seguinte. Meu corpo tremia de fúria. Ou talvez fosse ira.

Eu me atirei no demônio.

"Vou te matar!"

"Matar? Tenho certeza de que quis dizer amar."

Ira gargalhou com minha repentina mudança de temperamento, e então, antes que eu conseguisse encostar nele, a atmosfera mais uma vez mudou de forma abrupta. De repente, eu não tentava mais pôr as mãos em sua garganta; eu o puxava para perto, enroscando pernas e braços em volta de seu corpo. Eu o desejava.

Pelo amor da deusa. A necessidade de me deitar com ele era irresistível, a tentação, insuportável.

Achei que tivesse conhecido o desejo antes, no Baixio Crescente, porém nada chegava perto do que eu estava sentindo. Não conseguia pensar em nada além das mãos dele em mim. Minhas mãos nele.

No fundo de minha mente, sabia que algo estava errado. Aquilo era exatamente o que Luxúria havia feito comigo aquela noite na praia, mas eu não conseguia me concentrar em nada além de meu desejo.

Nossa fúria mútua teria um escape perfeito na paixão, concedendo a nós dois o alívio enquanto lutávamos para nos despir, trocar carícias, para fazer o outro se derreter. Puxei o rosto de Ira para perto do meu, e os olhos dele brilhavam com o mesmo desejo enquanto lentamente prendia seu lábio entre meus dentes.

"Me beije." Deixei a boca dele para passar minha língua e os dentes na lateral de seu pescoço, saboreando e sugando sua pele enquanto levava meus lábios ao seu ouvido. "Preciso de você."

"Você quer, mas nunca precisou, *milady*." Ele não retribuiu o que eu buscava, mas o sorriso era certamente pecaminoso enquanto se afastava do meu toque. "No Corredor dos Pecados, você foi testada pela inveja. Estou curioso para saber o que a irritou tanto. Você se recorda de qual ilusão estimulou aquilo?"

Meu desejo evaporou. Uma imagem ressurgiu: Ira levando para a cama uma mulher que não era eu. Mais uma vez vi as pernas enroscadas no corpo dele, os quadris dele indo para a frente a cada vez que a penetrava fundo. Em vez dos gemidos dela, estava ouvindo os dele.

Uma emoção possessiva e sombria fervilhava dentro de mim. Sentia tanto ciúme que queria matar. Meu sangue ficou tão gelado quanto o tom da minha voz.

"Recordo."

"O que viu?"

"Você e outra mulher. Na cama."

Houve um momento de silêncio. Como se ele não esperasse por aquela resposta.

"E como se sentiu vendo a cena?"

Soltei o ar e o som mais pareceu um rosnado.

"Homicida."

Ira lentamente voltou a circular ao meu redor.

"Isso foi antes ou depois de ver o prazer que ela me deu? O êxtase puro que senti enterrado no calor dela?", perguntou com a voz baixa, mas em tom de provocação.

Uma lágrima escorreu por meu rosto. Eu não estava triste, nem mesmo furiosa. Estava consumida pelo ciúme. Não da outra mulher, mas da noite de intimidade que haviam compartilhado. Eu queria aquilo. Queria Ira com uma intensidade que extirpava toda a razão da minha mente. E aquele nível de inveja era quase tão arrebatador quanto o da noite em que encontrara pela primeira vez o príncipe que governava esse pecado.

Inveja havia exercido sua influência sobre mim, e eu nunca esqueceria a frieza de...

A compreensão surgiu em um rompante de raiva, quebrando o feitiço.

"Sua besta monstruosa. Está usando seus poderes em mim!"

"E com que facilidade sucumbiu a eles." A fúria de Ira aumentou para reagir à minha. "Quer que meus irmãos manipulem você? Talvez queira se tornar um objeto para a diversão deles. Talvez você comece sendo *minha*. Tire a roupa e dance para o meu prazer."

"Você é um porco."

"Sou muito pior que isso. Mas acordo é acordo."

"Não concordei com essa bobagem."

"Mentira. *Você* me pediu que a armasse. Exigiu, se me lembro bem. Eu propus treiná-la contra ameaças físicas e mágicas. Não concordou com isso?"

"Sim, mas..."

"Tire a roupa."

Havia um estranho eco de poder na voz dele. Tentei ignorá-lo, tentei combatê-lo, mas senti a pressão subindo e senti que estava cedendo. Tentei desesperadamente erguer uma barreira emocional entre nós, mas Ira não quis saber. Antes que eu conseguisse tocar a Marca de invocação em meu pescoço, a voz dele soou clara, forte, e cheia de poder e domínio.

"Agora."

Uma barragem se rompeu, e minha vontade também. Meus dedos abriram os botões e soltaram a amarração das minhas calças. Eu me sacudi para elas caírem, deixando o tecido se amontoar aos meus pés. Minha túnica se foi em seguida. Ira passeou com os olhos do topo da minha cabeça aos dedos dos pés e voltou o olhar tão lentamente quanto desceu. Não havia luxúria, calor ou admiração em seu olhar. Apenas raiva.

E ele não estava sozinho com esse sentimento. Eu odiava o fato de ter me obrigado a me despir. Ter *escolhido* me despir no Baixio Crescente foi poderoso, libertador. Naquele momento não sentia nenhuma dessas coisas. Eu o faria pagar por aquilo. Tão rápido quanto meu desejo de vingança surgiu, desapareceu com a onda seguinte da vontade dele.

Comecei a tirar minhas roupas íntimas, mas a voz dele cortou minha confusão mental.

"Fique assim. Comece a rebolar."

Eu me concentrei na única brasa de fúria que não tinha sido abafada pelo comando mágico de Ira, tentando, com todas as minhas forças, acender aquele núcleo de emoção que ainda pertencia a mim, e usá-lo para sobrepujar a magia dele. *Eu* seria a única a decidir quando me despir diante dele ou de qualquer outra pessoa. *Eu* seria mestre de minha própria vontade. E continuaria lutando por mim mesma, não importava o quanto a situação ficasse feia, desesperadora ou sem saída.

Sentindo minha determinação, Ira liberou mais de seu poder.

"Eu disse: *comece a rebolar.*"

Pensamento racional, emoção e livre-arbítrio estavam trancados no fundo do meu ser. Tudo que conhecia era a voz e o desejo dele. Sua vontade fluía nas minhas veias e me dominava em todos os sentidos da palavra. Tinha se incorporado ao meu coração.

Fiz o que ele ordenou. Tornei-me pecado e depravação. Eu era devassa. E adorava.

Dançando sugestivamente, mantive minha atenção nele. Eu queria que me pedisse para tirar as roupas íntimas. Então quis que ele as tirasse.

Ira se aproximou com uma expressão de fúria congelante. Não conseguia entender por que ele estava aborrecido. Acabei com a distância que restava entre nós e dancei colada a ele, me pressionando contra seu corpo tenso. Algo naquela posição me lembrava de outra época, outra dança. E da mesma raiva que o havia dominado perto da fogueira na noite em que conheci Luxúria.

Ele se fez de difícil na ocasião, mas naquele momento estava se comportando duas vezes pior.

"Não é isso o que deseja?"

"Nem um pouco." Ele deu um longo passo para longe, colocando uma odiosa distância entre nós. "A partir de agora você só vai me chamar de mestre. Ajoelhe-se."

"Eu *nunca*..." Uma centelha de raiva se acendeu e se extinguiu quase com a mesma rapidez. Fui ao chão, cabeça abaixada. "Isso o satisfaz, mestre?"

"Tire a bota do meu pé direito."

Desamarrei os cadarços da bota e a tirei, esperando pelo comando seguinte.

"Deslize as mãos até minha panturrilha." Estendi as mãos na direção de sua perna e ele a empurrou. "Comece do tornozelo."

Sem hesitação, fui subindo as mãos pelo corpo dele, passando pelo músculo da panturrilha. Meus dedos roçaram em algo duro. Olhei para cima. "Eu o agradei agora, mestre?"

Ira esticou a mão para levantar meu queixo e observou meu rosto por inteiro. Ele procurava algo, mas as sobrancelhas franzidas indicavam que não havia encontrado.

"Aprenda a proteger a si mesma. *Isso* me dará o prazer maior."

Com ele, de alguma forma entendi a própria essência do que é prazer. Isso eu poderia fazer. Soltei sua panturrilha e levei a mão ao fecho de suas calças.

"Permita que eu o agrade, mestre."

A temperatura ao nosso redor caiu vários graus.

"Se eu a quisesse de joelhos, nua, diante de mim, sem nenhum pensamento próprio na cabeça, eu permitiria. Se quisesse foder você até nos casarmos, você faria exatamente o que eu mandasse. E imploraria por mais. Isso não me atrai nem me agrada. Anseio por uma pessoa como eu. Pegue a adaga escondida na minha perna. Levante-se."

Puxei a adaga da bainha de couro e me levantei, com o coração pesado por causa do tom áspero como ele me tratava e por ter recusado meus avanços. Estendi o braço para pegar sua mão, na esperança de seduzi-lo a aceitar o que eu oferecia.

"Eu..."

Fúria, indomável, avassaladora e arrebatadora incinerou a luxúria que eu sentia. Segurei a adaga com tanta força que minha mão doía. Ira não tirou a atenção de mim enquanto abria lentamente os primeiros botões de sua camisa imaculada. "Pressione a adaga contra meu coração."

Diminuí a distância entre nós, e deixei a ponta da adaga espetando a pele dele. Eu não estava irada. Eu era a própria fúria encarnada. E tomaria o que era devido a mim e aos meus.

Começando naquele momento. Com aquele príncipe odioso.

Ira se inclinou.

"É com isso que você sonha. Sangue e vingança. Tome sua vingança, *bruxa*. Recorde-se do que te forcei a fazer agora mesmo. De como caiu de joelhos, implorando para me dar prazer. Deixe o ódio e seu pecado favorito consumirem você", disse com a voz era grave e sedutora.

"Cale a boca."

"Talvez tenha gostado quando te fiz tirar a roupa. Quando te manipulei como bem entendi."

"Eu disse *cale a boca*!"

"Talvez eu deva te mostrar como posso ser mau."

Olhei para o peito dele, para a lâmina perfurando sua pele. Um estreito fio de sangue escorreu por seu corpo. Por meio da ira e da fúria que dominava meus sentidos, eu me lembrei. Eu já havia levado uma lâmina ao coração dele. No mosteiro. Ele tinha jurado que seria preciso muito mais do que uma adaga enfiada em seu peito para acabar com ele. Eu queria ter testado a verdade das palavras naquela oportunidade. E ele, naquele momento, me oferecia uma chance de fazê-lo. Engoli em seco, com a garganta tremulando. Lágrimas não derramadas queimavam meus olhos.

Minha mão tremeu, a lâmina entrando mais fundo quanto mais força eu fazia.

"*Tome. Sua. Vingança.*"

Sua influência demoníaca tinha combatido minha força de vontade. E vencido.

Uma lágrima escapou quando me curvei sobre a adaga, usando o peso da parte superior do corpo para fazê-la atravessar músculos e ossos. Observei com fúria ardente a lâmina entrando no peito dele. A ferida jorrou sangue, manchando sua camisa e fazendo meus dedos escorregarem. Eu não a tirei. Torci a adaga, rangendo os dentes antes de gritar alto o bastante para invocar o Satanás em pessoa.

O príncipe demoníaco observou, impassível, enquanto eu arrancava a adaga e o apunhalava de novo.

E de novo.

E de novo.

18

Ira retirou toda a influência que exercia sobre mim de uma só vez.

Olhei para a adaga cravada no peito do demônio. Meu corpo todo tremia com violência. Toda a raiva que tinha acabado de sentir se transformara em náusea. Soltei a arma e recuei aos trancos, sem conseguir desviar o olhar. Havia muito sangue. Sangue de Ira.

Desabrochava de forma obscena por toda a camisa branca como uma flor da morte. Se fosse qualquer outra pessoa, estaria morta. Eu a teria matado. Respirei, segurando fundo cada inspiração, e o peso do que poderia ter sido, do que eu fizera, quase me esmagava.

Ira arrancou a adaga do peito e a jogou de lado. Eu me encolhi com o barulho da arma batendo na parede oposta, o único som na câmara além de minha respiração trêmula. Ele me fez esfaqueá-lo. No coração. Eu... eu não conseguia parar de olhar para o lugar onde tinha enfiado a adaga. Não conseguia parar de ouvir o barulho repugnante do osso quebrando quando perfurei o peito dele. Lutava para manter as mãos ao lado do corpo, para não cobrir os ouvidos e gritar até que aquele som maldito sumisse da minha mente.

A ferida já estava curada, mas a camisa continuou ensopada de sangue. Lembranças de um outro peito, outro coração, inundaram meus sentidos. Minha gêmea. A única coisa que via era seu corpo brutalizado. Como facilmente poderia ter sido ela na ponta da minha lâmina. Resistir teria sido inútil.

Virei as mãos, com as palmas pegajosas e sujas de sangue para cima, e gritei:

"Como ousa? Como ousa me submeter a essa depravação?".

"Sim, como ouso ensinar minha esposa a se proteger de seus inimigos."

"Ainda não sou sua esposa. E se essa é sua ideia para provar por que devemos nos casar, está louco. Você é a criatura mais desprezível que já tive a infelicidade de conhecer."

"Se isso fosse verdade, teria te deixado quando a libertei de meu domínio, como Luxúria fez."

O demônio me entregou um robe. Não o tinha visto nas mãos dele, mas não havia percebido muita coisa além dos pecados que ele queria que eu experimentasse.

Comecei a ver outras coisas também.

Eu nunca presenciara uma expressão tão próxima da de um assassino em minha vida. Como se sua pequena demonstração de poder enfurecesse mais a ele do que a mim. Como se fosse possível.

Eu tinha cravado uma adaga no coração dele. Nunca senti tanta irritação em toda minha vida. E raiva, *muita raiva*, era o que eu sentia o tempo todo desde o assassinato da minha gêmea.

Peguei o robe e enfiei os braços, odiando Ira por saber que precisaria dele. Também entendi com uma clareza vívida por que ele usava branco. Sua preparação para o treinamento me fez ferver ainda mais. Indicava que ele sabia exatamente quais pecados usaria, o que me influenciaria a fazer, e que pensou de antemão do que eu precisaria depois de sua demonstração de poder.

Estava tentada a correr de volta para o meu quarto só de roupas íntimas, ou sem vestir nada. Deixar que a corte dele me visse em toda minha glória.

"Fique à vontade." Ele sem dúvida entendera meus pensamentos pela minha linguagem corporal. Ele estendeu o braço. "Se prefere andar por aí sem o robe, com certeza não vou me opor."

"Você deveria parar de falar."

"Me obrigue."

"Não me tente, demônio."

"Vamos lá." Ele andou até chegar bem perto. "Use seu poder. Resista."

Provocação infantil. Mergulhei em minha fonte de magia, tentando arrancar um pouco de poder para fazer o espertinho cair de bunda. Uma parede de nada me recebeu mais uma vez. Fiquei tão frustrada que queria gritar. Ira estreitou os olhos, prestando atenção em tudo.

"Treinaremos todos os dias até o Banquete do Lobo. Você vai aprender a se proteger de meus irmãos. Ou vai sofrer indignidades maiores do que as que demonstrei hoje. Seja grata, *noiva*, por eu não querer te machucar. Só magoei seu ego e seu orgulho. Ambos, se não estou errado, podem ser reparados."

"Você me fez te esfaquear."

"Eu me curo rápido."

Pena que o impacto emocional da pequena aula não seria curado tão rápido. Apertei o laço na cintura.

"Eu te desprezo."

"Consigo viver com seu ódio." Um músculo na mandíbula dele tremulou. "É bem melhor usá-lo em sua vantagem do que me adorar e sucumbir à depravação desse mundo."

"Por que a violência?", perguntei, com a voz baixa. "Não precisava liberar minha ira daquele jeito."

"Ofereci um escape. A vingança é um veneno, uma morte lenta do que você é. Busque justiça. Busque verdade. Mas se escolher a vingança acima de tudo, vai perder mais do que apenas a alma."

"Não pode estar falando que se importa com minha alma."

"Seu luto não será extinto por meio do ódio. Diga, você se sente como imaginava? Derramar meu sangue curou suas feridas? A balança da justiça se equilibrou ou você chegou um pouco mais perto de ser algo que não reconhece?"

Rangi os dentes e olhei para ele. Nós dois sabíamos que eu não me sentia melhor. Se muito, eu me sentia pior.

"Sabia que não." Ele se virou e andou a passos largos para a porta. "Nos vemos amanhã à noite."

"Eu não concordei com mais de um treinamento."

"Nem estabeleceu parâmetros quando fizemos o acordo. Sugiro que venha para a aula preparada para lutar, ou ficará novamente só com as roupas de baixo, diante de mim, no chão, de quatro, implorando. Ou esfaqueando. Ou ambos."

Refreei minhas emoções. Ira, no momento, era um grande imbecil, mas nunca era impulsivo.

"O momento dessa primeira lição tem a ver com minha visita à Casa Inveja?"

"Não." Ira não se virou, mas parou diante da porta. "A votação para escolher o convidado de honra para o Banquete do Lobo foi ontem."

E lá estava. Ele devia estar desejando que alguém mais interessante tivesse surgido para tomar meu lugar.

"Você ainda acredita que serei escolhida."

"Não tenho dúvida."

"Seu plano para esta noite era qual? Me mostrar o quanto é insensível, o quanto é poderoso?"

"Meus irmãos vão ficar mais do que felizes em te mostrar o quão depravados podem ser diante de uma plateia enorme e entusiasmada." Ele respirou fundo. "Se achou que Makaden era mau, o comportamento dele não é nada comparado a uma reunião organizada por minha família. Vão tomar tudo de você até enjoarem. E então vão descartar os cacos. E...", acrescentou, baixinho, "... e se está tão horrorizada com o que acabou de acontecer, apenas na minha frente, realmente não faz ideia de onde está se metendo."

"Deveria ter avisado que começaríamos o treinamento hoje."

"Meus irmãos não vão perguntar. Nem dar nenhum aviso."

"Não estou prometida aos seus irmãos. Se quer alguém igual a você, sugiro que me trate como tal. Podemos ter feito um acordo, mas não significa que eu não poderia ter sido avisada com antecedência."

"O objetivo dessa aula era mostrar como você é vulnerável, não a envergonhar."

Olhei fixamente para as linhas tensas nas costas dele. Para a forma com que segurava a maçaneta com força.

"Não sou nenhum herói, Emilia. Nem vilão. Já deveria saber disso a essa altura."

"Saia daqui. Já ouvi justificativas demais."

Ele não se moveu por um instante, e eu me preparei para o que ele parecia se esforçar para dizer. Sem mais palavras, ele saiu da sala, e a porta se fechou em silêncio. Olhei para ela por alguns segundos, tentando me recompor.

Imaginei que aquele treinamento beneficiava tanto a ele quanto a mim. Se alguém conseguisse me fazer ficar seminua e me contorcendo durante o banquete — ou coisa pior —, o general da guerra poderia ter que lembrar sua família de como havia conseguido aquela honraria militar. E eu não achava que o caminho para aquele título em especial tinha sido construído sem que houvesse muito derramamento de sangue da parte de Ira.

Olhei para a adaga que eu tinha usado para esfaqueá-lo, a lâmina coberta do sangue que secava. Não consegui identificar direito a emoção exata que me tomava no lugar do medo, mas não me sentia mais nauseada. Sentia como se pudesse cuspir fogo. E com minha habilidade para conjurá-lo, talvez conseguisse mesmo fazer isso, se praticasse um pouco. Que a deusa ajudasse os príncipes demoníacos.

Entrei no quarto a passos largos e bati a porta com força suficiente para balançar o enorme quadro pendurado ao lado da casa de banho. De todos os truques arrogantes, maliciosos e sórdidos que poderia aplicar. Sim, eu tinha concordado, mas não sabia que era um contrato compulsório.

Minhas bochechas estavam vermelhas de fúria. Perder o controle tinha mexido mais comigo do que qualquer um dos truques demoníacos. Quando entrou naquela sala de treinamento, ele tinha um plano e o executou perfeitamente. E eu havia ficado à mercê dele. *Esse*. Esse era o cerne da minha raiva.

"*A partir de agora você só vai me chamar de mestre*", zombei, fazendo a melhor imitação da voz dele que pude. "Monstro odioso."

Corri para a casa de banho e comecei a esfregar o sangue das minhas mãos, o tempo todo irritada com Ira. Embora ele não tivesse parecido particularmente satisfeito ou orgulhoso do que havia feito, não mudava o fato de que tinha usado todo seu poder em mim.

Eu me sequei e fiquei andando em círculos nervosos em volta do quarto. Estava zangada com ele por ter provado seu argumento, mas muito mais aborrecida por ter ficado quase indefesa.

Porém, tinha que admitir que era bem melhor ser submetida à influência de Ira, por mais desprezível que fosse, porque ao menos sabia que ele não iria longe demais. Poderia fazer com que eu me despisse e implorasse, ou colocasse uma lâmina no coração *dele*, mas ele nunca tiraria vantagem de verdade nem faria com que eu machucasse outra pessoa.

Olhei para minhas mãos, agora limpas. Um pensamento perturbador me passou pela mente. Se um príncipe demoníaco desejasse, eu assassinaria alguém sob seu comando. Ira tinha acabado de provar isso. Parte de mim queria esfaqueá-lo, mas eu nunca teria cruzado essa linha sozinha.

Pensei em Antonio, em como ele estava claramente sob *alguma* influência. Se Ira podia controlar outros pecados com facilidade e força, era lógico que seus irmãos também tinham esse talento.

O que significava que qualquer um deles podia ter manipulado Antonio para matar as bruxas. O ódio dele já estava lá, por causa da forma como sua amada mãe havia morrido. Não seria preciso muito para expor aquela emoção e usá-la à revelia dele.

Afastando os pensamentos e preocupações a respeito do assassinato da minha irmã e a votação do Banquete do Lobo, fui até o guarda-roupa e coloquei um vestido preto simples.

Olhei para baixo e um lampejo claro despontou na escuridão. Um dos crânios encantados tinha escorregado para fora do esconderijo quando removi o vestido.

Suspirei. Ainda precisava solucionar o enigma do crânio e descobrir se era Inveja que os havia enviado. Fiquei em dúvida quanto ao envolvimento dele. Fazia pouco sentido que ele enviasse os crânios em segredo apenas para compartilhar abertamente informações comigo.

Inclinei-me para recolocar o lenço quando a porta se abriu com um rangido.

"Emilia, eu queria..." A atenção de Ira se desviou para o crânio encantado. O que quer que fosse dizer foi imediatamente esquecido, e ele atravessou o quarto em uma rajada de preto, dourado e fúria. Ele arrancou o crânio do guarda-roupa e andou em círculos, olhando como se mal me conhecesse. "O que..."

"A não ser que queira ser atingido por um feitiço desagradável, sugiro que repense o tom de voz. Não estamos mais em treinamento. Não vou tolerar grosseria fora das aulas."

Ele respirou fundo. Então soltou o ar. Repetiu as duas ações. Duas vezes. A cada vez que inspirava e expirava, eu poda jurar que a atmosfera ficava mais carregada. Nuvens de chuva se formavam.

"Se puder fazer a gentileza, *milady*, por favor explique *como* isso está aqui com você, gostaria muito de saber."

Notei uma veia saltando em seu pescoço. Depois do que havia me forçado a fazer com ele, tive uma sensação perversa de alegria ao vê-lo tão bravo.

"Por que está aqui?"

"Para pedir desculpas. Agora responda. Por favor."

"Alguém o deixou aqui. Com um segundo crânio."

"Segundo crânio?", falou ele com os dentes cerrados, como se forçasse os bons modos contra a incredulidade estampada em seu rosto. "Onde, me diga, por favor, está esse segundo crânio?"

"No guarda-roupa. Atrás daquele traje ridículo com a saia enorme."

Sem dizer outra palavra, Ira calmamente se enfiou no guarda-roupa e retirou o objeto. Parecia que continuar calmo exigia um esforço hercúleo de sua parte.

"Posso perguntar quando o primeiro crânio chegou?"

"Na noite em que Anir trouxe comida e vinho."

"Na primeira noite que você passou aqui?" Seu volume subiu um pouco. Eu confirmei, o que pareceu deixá-lo no limite. "E você não achou que valia a pena compartilhar essa informação..."

Meu sorriso era tudo, menos doce.

"Não estava ciente de que precisava me reportar ao senhor, *mestre*. O senhor teria respondido alguma das minhas perguntas?"

"Emilia..."

"Que irmão possui esse tipo de magia? A quem interessaria me provocar? Alguém deve me odiar muito mesmo. Encantaram os crânios com a voz da minha irmã. Outra adorável adaga fincada no meu coração. Tem alguma ideia para oferecer?"

Levantei as sobrancelhas, sabendo que ele não diria uma palavra. Seus lábios ficaram bem fechados, e não consegui segurar a gargalhada sombria que borbulhava dentro de mim.

"Já suspeitava disso. Mas posso te prometer uma coisa: não vai ser a última vez que vou decidir guardar minhas ideias para mim mesma até que tenha investigado com cuidado." Apontei para a porta. "Por favor, saia. Já aguentei você o bastante por esta noite."

Ser dispensado fez com que ele estreitasse os olhos para mim. Eu duvidava de que alguém já tivesse falado com ele desse jeito. Já era hora de se acostumar com isso.

"Quanto ao treinamento..."

"Não se preocupe, sou plenamente capaz de entender o valor da lição, não importa o quanto seus métodos sejam intimidantes. Independentemente de nosso acordo, no futuro, você vai perguntar se quero treinar." Forcei uma expressão indiferente. "Se não pretende compartilhar informações comigo, esse interrogatório termina agora. Coloque os crânios de volta e saia daqui."

"Os crânios ficarão em um lugar seguro."

"Palavras vagas não servem para mim. Seja específico. Se eu permitir que leve os crânios, onde vão ficar?"

"Em minha suíte pessoal."

"Eu os verei quando desejar. E você vai compartilhar qualquer informação que descobrir."

Ele lançou um olhar furioso.

"Se estamos fazendo exigências, se aceitar jantar comigo amanhã, atenderei seu pedido."

"Não posso dar uma resposta esta noite."

"E se eu insistir?"

"Então minha resposta é não, *alteza*."

"Você pode dispensar a conversa esta noite. Pode se recusar a jantar comigo. Mas nós *vamos* conversar sobre tudo isso. Em breve."

"Não, Ira. Vamos conversar sobre isso quando *ambos* estivermos prontos." Fiquei observando enquanto ele assimilava o que eu tinha falado. "Consentirei o treinamento e sua influência *apenas* naquela sala. Nos demais lugares, deve respeitar meus desejos."

"Ou então?"

Balancei a cabeça com tristeza.

"Entendo que seu mundo é diferente, e que seus irmãos são diabólicos e conspiradores, mas nem tudo que eu digo é uma ameaça. Pelo menos não entre nós. Então fique sabendo: daqui por diante, se não respeitar meus desejos, não vou ficar aqui. Não é uma punição, mas uma forma de me proteger. Vou perdoar seu lapso de decoro, julgamento e mínimo de decência se prometer que vai aprender com o erro. Você vai, porém, compartilhar toda informação que conseguir a respeito dos crânios, com ou sem jantar. Temos um acordo?"

Ele me olhou de cima a baixo, olhou *mesmo*, e concordou com a cabeça. "Aceito seus termos."

Ira pegou os crânios e hesitou, olhando para minha mesa de cabeceira. E para o diário sobre a Casa Soberba. "Como você planejava ler este livro? Ah, acho que sei, me deixe adivinhar." Ele abaixou a voz fazendo um tom de mistério. "Ia fazer um acordo com um demônio? Oferecer um pedaço de sua alma."

"Até pensei em fazer isso."

"Vou te poupar do trabalho. Não está escrito em linguagem demoníaca. E nenhum acordo que fizer com ninguém, a não ser comigo, trará as respostas que busca em *qualquer um* desses diários. Era só pedir e eu teria dado a você."

"Talvez. Mas você me daria uma forma de lê-lo?"

"Não sei."

Ele saiu do quarto a passos largos, e eu não saí do lugar até ouvir o clique da porta se fechando. Então desabei contra a parede.

Contei as respirações, esperando até ter certeza de que ele não voltaria, e então permiti que as lágrimas viessem, rápidas e aos montes. Abracei os joelhos, deixando os soluços sacudirem meu corpo e me consumirem. No período de uma hora eu havia sido submetida a diversos pecados e esfaqueado meu futuro marido em potencial. Aquela noite certamente poderia ser classificada como uma noite infernal.

Levantei-me de repente, o peito latejando com o esforço para conter as emoções.

Sequei o rosto e jurei mais uma vez que derrotaria meus inimigos. Até mesmo os que não pareciam mais adversários.

REINO DAS BRUXAS
NATUREZA SOMBRIA

19

Flores cobertas de gelo cintilavam como cristal, e os galhos tilintavam como sinos de inverno sobre minha cabeça enquanto eu passeava pelo jardim.

Estava tão frio que eu precisava de luvas com forro de pele e um pesado manto de veludo, mas a manhã em si estava adorável. Serena. Eu não havia tido muitos dias assim nos últimos meses, e isso era gratificante. Apurei a visão para ver a treliça de galhos logo acima. Em um bom número de árvores, folhas se agarravam teimosamente à vida, congeladas até que o calor ou a luz do sol as libertassem.

Ainda não havia visto o sol em meio à neve e ao céu nublado, então provavelmente demoraria um bom tempo até que o degelo acontecesse. Se é que aconteceria. Eu me lembrei de Ira tomando sol em uma tarde preguiçosa no telhado de seu castelo em minha cidade. Naquele momento, supus que ele sentia falta dos poços flamejantes de seu lar infernal. Agora sabia que não era assim.

Cachos de flores — rosas arroxeadas, peônias e algo com pétalas que pareciam pequenas luas crescentes de prata — brotavam em seções maiores do labirinto. Andei lentamente pelo caminho interno, com cercas-vivas que se elevavam de ambos os lados e formavam belas paredes vivas salpicadas de neve. Os jardins da Casa Ira eram outro exemplo impressionante de seu gosto refinado.

Segui pela trilha sinuosa até dar de cara com um espelho d'água perto do centro.

No meio dele, havia uma estátua de mármore de uma mulher nua, com uma coroa de estrelas na cabeça, duas adagas curvas nas mãos e uma expressão de fúria congelante. Parecia que ela rasgaria o tecido do universo com aquelas lâminas horríveis e não se arrependeria nem um pouco de fazê-lo.

Uma serpente gigantesca — com o dobro da circunferência dos meus braços — subia por seu tornozelo esquerdo, deslizava entre suas pernas agarrando-se à panturrilha e à coxa esquerdas, depois se enrolava ao redor do quadril e das costelas. A cabeça enorme cobria um dos seios enquanto a língua se movia na direção do outro, não como se fosse lamber, mas como se o escondesse dos olhos de transeuntes curiosos.

Cheguei mais perto, fascinada e um pouco horrorizada. O corpo da serpente na verdade escondia a maior parte de sua anatomia íntima. Uma espécie de protetora perversa. As escamas eram entalhadas com extremo cuidado, quase levando a acreditar que ela havia sido real e transformada em pedra.

Circulei a estátua gigante. Os cabelos, longos e esvoaçantes, tinham pequenas flores em forma de lua crescente esculpidas nas mechas soltas. Perto da base de sua coluna, um símbolo da deusa havia sido gravado no sentido horizontal. Estendi a mão para acariciar a serpente, e um uivo baixo e melancólico surgiu das profundezas da terra. Eu me afastei e dei de encontro com uma parede quente de carne.

Antes que o medo se instaurasse ou eu tivesse tempo de reagir, um braço com músculos duros como aço envolveu minha cintura e me puxou para perto, pressionando uma adaga contra a lateral do meu corpo. Fiquei paralisada, respirando o mínimo possível. Meu agressor se aproximou, a ponto de minha pele gelada sentir sua respiração quente. Os pelos de minha nuca se arrepiaram.

"Olá, ladrazinha."

Inveja.

Escondi o medo na parte mais funda da mente, longe de um lugar onde ele pudesse detectar o quanto havia mexido comigo.

"Atacar um membro da Casa Ira é tolice. E vir até aqui sem ser convidado é duplamente insensato. Mesmo para você, alteza."

"Roubar um príncipe é punível com a morte." Sua gargalhada baixa não tinha nenhum traço de humor. "Mas não é por isso que estou aqui, Bruxa Sombra."

Ele largou a adaga e me soltou tão rápido que caí para a frente. Eu me endireitei e o encarei com a expressão fria e dura.

"Se veio atrás do livro de feitiços, perdeu a viagem. Ele é meu."

Queria dizer que pertencia às bruxas, mas o que eu dissera pareceu ser mais próximo da verdade quando as palavras saíram dos meus lábios. Inveja piscou lentamente.

"Corajosa e atrevida. Talvez esteja finalmente mostrando suas garras." Sua atenção passou por mim e desviou para a estátua. "Notou alguma coisa estranha nos últimos dias? Talvez algo esquisito com sua magia?"

"Não."

Ele mostrou um breve sorriso.

"Todos nós sabemos quando alguém está mentindo, Emilia. Serei direto. Você roubou de mim, mas também roubei de você. Olho por olho."

"Nada foi roubado de mim."

"Havia uma maldição no livro de feitiços. Quem o removesse de minha coleção perderia em troca algo vital para si."

Um terror frio correu por minhas veias. Não havia conseguido acessar minha fonte de magia desde que tinha voltado de sua Casa real.

"Está mentindo."

"Estou? Talvez você deva lançar um feitiço da verdade em mim."

Ele embainhou a adaga e deu mais uma lenta passada de olhos em mim enquanto esperava. Embora suspeitasse que seria inútil, me concentrei no poço da Fonte, tentando mergulhar e extrair magia o suficiente para expulsá-lo, assim como a sua expressão presunçosa, daquele círculo.

Não havia nada além de uma parede de espessura impossível onde eu outrora senti aquela fera adormecida. Ele sorriu com desdém, como se me ver o enojasse.

"Sabia que não conseguiria. Agora, *queridinha*, você não é nada além de uma mortal."

Ele se virou e começou a ir embora.

Marchei atrás dele, enfurecida.

"Não tinha o direito de me amaldiçoar."

"E você tinha menos direito ainda de me roubar. Diria que estamos quites."

Pensei no meu plano de enfeitiçar o vinho no Banquete do Lobo. Precisava dos meus poderes de volta. Não era negociável.

"Certo. Vou devolver o livro. Espere aqui enquanto vou buscá-lo."

Inveja enfiou as mãos nos bolsos, ponderando. "Acho que esta é uma reviravolta muito mais interessante. Fique com o livro. Prefiro ver seu plano desmoronar."

"Estou disposta a fazer um acordo."

"Que pena que não pensou nisso antes. Eu poderia até estar aberto a um acordo que beneficiasse a ambos. Mas agora? Agora só quero apreciar o destino tomando seu curso."

Rangi os dentes para não o xingar nem implorar para que ele reconsiderasse. Um fraco lamento veio das entranhas da terra mais uma vez, deixando meu corpo todo arrepiado. Eu me virei para encarar a estátua.

"Eu não ficaria muito curioso a respeito disso se fosse você, queridinha."

"Já disse para não me chamar de..."

Fui olhar para Inveja novamente, mas ele já tinha ido embora. Um fio de fumaça cintilante verde e preta flutuando no ar era o único indício de que ele havia estado ali. Voltei a olhar para a estátua e ouvi o choro do que quer que estivesse sendo torturado bem embaixo dela. Era triste, sem esperança. De coração partido. Um som que perfurava minha armadura emocional.

Eu me perguntei o que seria abominável o bastante para que Ira enterrasse debaixo de sua perversa Casa no submundo e deixasse em plena solidão e miséria. Então percebi que receber aquele castigo devia ser mais horrível do que eu poderia conceber. Ira era uma espada da justiça, rápido, impassível e brutal. Mas ele não era cruel. O que quer que estivesse soltando aquele lamento terrível... Não gostaria de encontrá-lo sozinha, ainda mais sem minha magia. Saí correndo do jardim, e o som daquele sofrimento ecoou em meus ouvidos até tarde da noite, mesmo depois de me enfiar debaixo das cobertas.

No dia seguinte, Fauna dava pulinhos empolgados à minha porta. Suas batidas eram rápidas e leves como as asas de um beija-flor. Abri a porta e sorri. Os pés dela nos chinelos se moviam rápido, e giramos juntas.

"Os convites para o banquete chegam esta semana!"

Meu sorriso desapareceu. Depois da diabólica sessão de treinamento com Ira, não compartilhava da empolgação dela. Para ser sincera, também já não tinha me animado com o evento quando ele me contou a respeito do banquete. Mas, depois de tudo que aconteceu, só me via desviando o olhar para o relógio e me assustando a cada som no corredor. Não estava nem perto de estar preparada para resistir à influência de um príncipe demoníaco. Sem mencionar que estar sem minha magia era outro obstáculo que eu não tinha previsto.

Fauna parecia achar que ainda demoraria alguns dias para sabermos quem o organizaria, mas eu tinha outras suspeitas. Não havia fundamento para o medo que continuava a crescer, então fiz o meu melhor para ignorar a atmosfera de mau agouro que tinha estacionado sobre mim como uma nuvem de chuva.

Minha amiga pediu chá e doces e descansou em minha sala de estar com um livro. Tentei relaxar da mesma maneira, mas estava ansiosa demais. Depois do encontro com Inveja no jardim, tinha folheado livros sobre magia, procurando por uma forma de quebrar uma maldição ou feitiço.

Era complexo. Era necessário que quem o tivesse lançado me libertasse ou que eu descobrisse a intricada estrutura da maldição; era descrito em um grimório como semelhante a uma série de fios mágicos interlaçados. Eu teria que encontrar o nó principal e então cortá-lo. Se escolhesse errado ou desfizesse o nó errado, poderia acabar cortando magicamente o fio da vida. E morrer.

O autor do livro sobre feitiços fez questão de apontar isso diversas vezes, como se alguém pudesse confundir o significado de "cortar o fio da vida".

Por um momento, pensei em visitar a Matrona das Maldições e dos Venenos, mas ainda encararia a possibilidade bastante real de morrer caso ela não encontrasse o fio correto.

Era uma aposta que eu não estava disposta a fazer. Pelo menos, ainda não.

Queria que Anir aparecesse logo e começasse nossa aula mais cedo. O treinamento físico ajudaria a queimar o excesso de nervosismo. E eu precisava desesperadamente me livrar dele.

Por fim, tarde da noite, um criado entregou o envelope que eu temia. Não havia brasão real, nenhuma indicação do que ele continha, mas eu *sabia*. Meu nome e título eram a única coisa escrita nele, indicando que não era apenas um bilhete do príncipe daquela Casa real.

Peguei o envelope do criado com o mesmo entusiasmo com que receberia notícias sobre minha execução. Usei a adaga fina que Ira havia me dado e a passei ao longo da borda superior, cortando cuidadosamente na dobra.

CASA GULA CORDIALMENTE CONVIDA

para o

Banquete do Lobo

DESTA TEMPORADA DE SANGUE

CONVIDADA DE HONRA:

LADY EMILIA DI CARLO,

ATUALMENTE DA CASA IRA

Se meu coração batesse um pouco mais forte, poderia quebrar uma costela. Disseram-me que eu teria uma escolha, ainda que no final eu fosse *encorajada* a escolher a Casa anfitriã. Não conseguia evitar o medo de que outras regras ficassem de lado na última hora.

Olhei fixamente para o convite, cuja elegância fazia um forte contraste com o pânico que induzia. Ser escolhida como convidada de honra não era uma surpresa; Ira já havia antecipado que eu provavelmente seria a azarada, mas ver aquilo escrito deixava tudo muito real.

Em especial, a parte sobre meu maior medo ou um segredo do meu coração serem arrancados à força de mim diante de todas as pessoas. Depois das "lições" de Ira e a aflição e o horror que provocaram em mim, eu tinha a sensação de que ia passar mal.

"O que é isso?" Fauna pôs o livro de lado. "Sua alteza lhe enviou?"

"Não." Suspirei. "É o convite para o Banquete do Lobo."

"Tão cedo?" Ela se levantou correndo do divã, estendendo a mão com uma empolgação que não conseguiu conter. "Quem é o anfitrião desta temporada?" Entreguei a ela o convite e sua expressão de surpresa foi crescendo enquanto lia. "Casa Gula. Interessante. As festas dele são lendárias pela devassidão. Inveja e Avareza devem ter retirado a candidatura para serem anfitriões."

"Imagino que o Príncipe da Gula sirva bastante comida."

"Não só isso. A Casa dele é exagero em todos os níveis. As fontes jorram bebidas alcoólicas. Ninguém é obrigado a usar roupas em seu jardim de crepúsculo, e os encontros amorosos geralmente acontecem em salas de vidro ao redor do salão de baile. Clandestinidade não existe no mundo dele. Tudo pode ser consumido: carne, comida, bebida, desejo carnal e qualquer forma de vício. Deve ser um evento e tanto. Você já sabia que ele seria o anfitrião?"

"Fiquei sabendo agora. Já foi a alguma das festas dele?"

"Não. Da última vez que foi anfitrião eu era muito nova. Sempre tive curiosidade. Algumas histórias assumiram uma aura surreal, de fábula. É difícil saber o que é real e o que é pura fantasia, principalmente depois do que uma escritora publicou sobre ele na última vez que fez revelações sobre a realeza."

"Imagino que colunistas tenham muitas fontes de inspiração."

"Ah, eles têm, e ela tem suas razões em particular. Ela realmente o *detesta*. Dizem que ele acabou com as chances de o primo dela se casar com alguém da nobreza, e que é por isso que ela pegou a caneta amaldiçoada. Tanto escândalo!" Ela suspirou alegremente, e então franziu as sobrancelhas como se um novo pensamento tivesse feito chover em seu sonho ensolarado. Ela olhou para o convite mais uma vez. "Que medo você acha que vai ser arrancado do seu coração?"

"Qualquer que seja, tenho certeza de que será horrível."

"Talvez possamos trabalhar em algo que não seja tão ruim assim."

"Se ao menos a preocupação em dançar no baile sem pisar nos pés do par e chamar atenção fosse meu maior medo."

Meu nervosismo com a dança não era exatamente uma mentira. Eu nunca tinha participado de um baile formal ou da realeza. Só tinha dançado em festivais com outras pessoas de nossa classe social. E no banquete de Gula, todo aquele bando de demônios estaria me observando e julgando. Não deveria me importar com a opinião deles nem com suas risadas; mas, quando pensava em estar no salão de baile, me sentindo inadequada e exposta, meu estômago doía.

"Você é genial!" Minha amiga lentamente se virou para mim, deixando um sorriso enorme se abrir no rosto. "Podemos procurar um feitiço ou uma poção para você tomar. Faremos de você *a pior* dançarina de todos os Sete Círculos, isso é digno de ser seu maior medo."

"Fauna", avisei. "Eu só estava brincando."

"Não, pode dar certo! Se beber uma porção para trazer esse medo à tona de um jeito desproporcional, é bem provável que seja arrancado de você no baile."

"E se nosso ardil for descoberto, o que acontece?"

"Nós apenas temos que ter certeza de que usaremos um feitiço ou uma poção de especialistas."

"Não podemos esquecer que os nobres podem sentir traição e mentiras."

"Só precisamos praticar para garantir que seja perfeito."

"Não precisa se preocupar com isso, porque *não* enganaremos ninguém, Fauna."

"Deveríamos perguntar à Matrona se ela pode..." Fauna tirou a atenção do convite e examinou minha expressão. "Ah, anjinho de sangue. Parece que você precisa mesmo se distrair. Conheço um lugar para irmos. Venha. Vamos de uma vez."

Sem dar chance para que eu me opusesse, ela pegou meu braço e nos levou correndo para fora do quarto, deixando o convite cair e fazendo com que ele ficasse momentaneamente esquecido. Por ela, pelo menos.

O medo martelava meu peito como um bumbo em um ritmo regular e obstinado. E suspeitei de que continuaria assim até o temido banquete.

A ideia de Fauna para me distrair não podia ser mais adequada. Ela meio que me arrastou pelos corredores reais, descendo por diversos lances de escada, atravessando o corredor dos criados e, por fim, irrompendo pelas portas de uma cozinha movimentada. Fiquei ali, assimilando as imagens e os sons.

A movimentação da equipe que preparava o jantar deixava a cozinha cheia de vida.

As mesas espalhadas pelo ambiente reuniam grupos de trabalhadores concentrados em diferentes tarefas. Alguns picavam legumes, outros fatiavam carne, mais alguns sovavam massa para os pães. Ainda mais pessoas cuidavam de panelas e frigideiras.

Lágrimas ameaçaram cair, mas eu as sufoquei. Não me faria nenhum bem chorar na frente dos serviçais da Casa Ira.

O cozinheiro-chefe viu que estávamos ali e sinalizou com a cabeça na direção de uma mesa perto de uma parede cheia de janelas. Elas estavam todas abertas, deixando sair o calor dos fornos.

"Pode usar o que quiser, Lady Emilia. Se estiver faltando algo de que precisa, é só pedir."

"Obrigada."

"Agradeça a sua alteza. Ele nos instruiu a atender qualquer coisa que desejasse."

"Ele fez isso?" Fauna mal escondeu o grito enquanto eu seguia para o fundo da sala. "Que consideração maravilhosa. Não concorda, Lady Emilia?"

"De fato."

Olhei ao redor. Não se parecia em nada com nosso pequeno restaurante familiar — era muito maior e mais majestoso —, mas, ainda assim, eu me sentia em casa. Apesar de ser contra minhas convicções, uma onda de gratidão me envolveu. Ira tinha deduzido que em algum momento eu chegaria ali, no único lugar daquele mundo que pareceria familiar para mim como nenhum outro.

Eu me virei para o cozinheiro-chefe.

"Obrigada por me deixar entrar em sua cozinha."

O cozinheiro inclinou a cabeça, e então voltou a berrar ordens para os funcionários.

A tensão de meus membros se derreteu quando abri o refrigerador e vi uma cesta cheia de frutas suculentas. Um pote de algo que se parecia muito com ricota estava ao lado delas. Minha mãe tinha o maior talento para sobremesas em nossa família, mas eu havia aprendido o suficiente para fazer uma torta rústica.

Juntei todos os ingredientes e montei minha estação perto da janela gigante. Em instantes, já tinha a massa da torta separada e misturada. Lavei as frutas com rapidez e as deixei sobre uma toalha para secar, esperando o açúcar que jogaria nelas. Pensei em também fazer um creme.

O clangor de metal batendo em metal chamou minha atenção. Ira e Anir movimentavam-se para a frente e para trás do lado de fora da janela, suas espadas e adagas ribombando feito trovão. Não pude deixar de abrir a boca enquanto atacavam um ao outro, chicoteando as armas no ar. Faíscas literalmente voavam a cada contato entre as lâminas.

Lancei um olhar acusatório a Fauna.

"Parece que a cozinha não era a única distração que você tinha em mente."

O sorriso dela era largo demais para ser inocente. Ela se empoleirou no parapeito da janela e pegou uma pena e um bloco, fingindo estar interessada em anotar as receitas enquanto espiava por cima das páginas para assistir aos dois guerreiros simulando uma batalha. Eles balançavam as espadas sobre a cabeça, e seus poderosos corpos ofegavam pelo esforço de sustentar as armas pesadas e o treinamento.

"Não faço ideia do que quer dizer, *milady*. Eu não sabia que eles estariam aqui."

"Você é uma péssima mentirosa." Percebi como ela olhava para Anir, e me lembrei dos dois conversando alegremente antes de a língua de Makaden ser decepada. "Há quanto tempo está apaixonada por ele?"

Ela voltou a atenção para mim.

"Por que acha que me importo com o mortal?"

"Você mencionou que tinha uma quedinha por alguém quando nos conhecemos e não parou de olhar para ele. Se prefere manter segredo por enquanto, não vou me intrometer, mas gosto de Anir." Acenei para a estação de sobremesas que montei, dando a ela uma saída para fugir do assunto. "Não tenha medo de pegar o rolo de massa para ajudar. Ele não tem dentes."

Ela riu atrás do bloco de notas.

"Talvez não, mas você notou como o príncipe olha para você? É com a mordida *dele* que tem que tomar cuidado."

Abri a massa com uma concentração singular. Fazia tudo que estava ao meu alcance para *não* olhar para ele. De todos os lugares, no castelo inteiro, ele tinha que escolher aquele momento para treinar, com uma armadura de couro sem mangas, bem na frente da cozinha.

Embora eu presumisse que Fauna tivesse a mesma dose de culpa por aquele encontro supostamente *inesperado*.

"Ele gosta de doces", comentei, percebendo que ela ainda esperava por uma resposta. "É provável que esteja olhando para a torta."

"Sobremesa não é a única coisa que parece abrir o apetite dele, *milady*. Quem dera Anir olhasse para mim com tanto desejo."

"Vá atrás dele."

"Acredite, se ele desse qualquer sinal de que estaria aberto aos meus avanços, eu atacaria. Sua alteza parece enfrentar o mesmo dilema no momento."

Minha perversa atenção se desviou para a janela. A luz das tochas refletia no suor que Ira havia derramado ao empunhar a espada. Nossos olhares se encontraram no ritmo da lâmina de Anir. Fauna estava certa. Ira parecia explorar a magia de nosso vínculo. E perdia a batalha. Ele não se incomodou em esconder seu interesse.

Prontamente voltei a abrir a massa com mais concentração do que o necessário.

Não conseguia esquecer a sensação da lâmina penetrando a carne dele. Pus o rolo de massa de lado e comecei a fazer o creme, expulsando de meus pensamentos o ruído de osso sendo quebrado.

"Se me permite dizer, não é pequeno o favor que ele lhe concedeu."

"Que favor?"

"Não insistir que consumasse o laço de matrimônio. É só o que se fala por aí."

Desejei que o rubor em meu rosto fosse confundido com o calor da cozinha. Que fabuloso. A corte inteira estava a par da nossa vida sexual.

"Esse mundo com certeza precisa aprender a diferença entre escolhas e favores."

Ela levantou um ombro.

"Algumas pessoas podem argumentar que você fez mesmo uma escolha, na noite em que deu início ao noivado. Que foi ele quem não teve escolha de verdade."

"Acho difícil acreditar que Ira tolere sua corte discutindo nosso assunto particular."

"Sua posição como princesa em potencial desse círculo é assunto *de todos*."

"Eu..."

"Ninguém a culpa, *milady*. Só que... ter um cogovernante concede mais poder à realeza. Isso nos protege dos príncipes entediados das outras Casas. Os que gostam de causar problemas de vez em quando. Príncipes são imortais e, embora a maioria dos demônios viva vidas extremamente longas, nós não somos. A maioria da corte tem a preocupação de que, se a guerra chegar, nosso príncipe não faça tudo que poderia pelo bem de nosso reino. Há rumores de que ele está enfraquecendo."

"Isso é ridículo", contestei, em tom de zombaria. "Ele é o príncipe mais poderoso que conheci."

"O poder dele não está em questão, apenas seu coração. Ele pode seduzi-la com facilidade. Usar influência se necessário. E, ainda assim, está dando a você o tempo para que decida sozinha."

"Sinto muito, mas estou com dificuldade de entender esse conceito tão estranho. As pessoas na corte acreditam mesmo que ele deve forçar a consumação do casamento? Ou se deitar comigo contra a minha vontade? Existem leis no mundo dos mortais para punir esse ato repulsivo."

"Não falava a respeito de estupro, *milady*. Isso não é tolerado por aqui sem que Ira mate quem ousar tomar outra pessoa contra a vontade dela." Fauna me olhou de cima a baixo. "Não fique tão chocada. Os Sete Círculos podem ser governados pelo pecado, mas alguns atos são graves demais até para nosso mundo. A punição para o estupro é a morte. Morte pelas mãos de Ira. Outras cortes preferem a castração. Pode acreditar: se um príncipe decidir te seduzir, em especial *nosso* príncipe, você *escolheria* estar na cama com ele por vontade própria."

"E a corte se pergunta por que ele não tenta me seduzir?"

"Entre outras coisas." Ela deu de ombros quando parei de fazer o creme e olhei para ela. "Pense nisso. Se um dos punhos do terno dele estiver descosturando, a corte falará a respeito. Eles creem que se um príncipe não consegue controlar algo tão simples quanto sua roupa, não há esperança de que se preocupe com quem vive em seu círculo."

"Eles devem ter muito tempo ocioso se estão preocupados com costuras soltas."

"Na realidade, não se trata das roupas. A questão é o *motivo* pelo qual o príncipe não prestou atenção suficiente aos detalhes ou nem se preocupou com eles."

Recordei-me de como Ira havia ficado ofendido quando lhe dei aquela camisa velha comprada no mercado. Achei que fosse por arrogância e que não estivesse acostumado às roupas de camponês. Agora eu sabia que era uma questão muito mais complexa. Se alguém de seu mundo o tivesse visto, questionaria seu reinado.

"Um governante distraído é perigoso, Emilia. Indica fraqueza. Faz com que os habitantes alinhados à sua Casa de Pecado se questionem se devem buscar novas alianças."

E todos os príncipes do Inferno ansiavam pelo poder. Ira devia querer muito completar o vínculo. Mas deixaria de lado a segurança de sua Casa, o poder aumentado, os rumores na corte, tudo para que eu pudesse ter a única coisa em que ele acreditava acima de tudo: escolha.

"Ele mencionou algo a respeito de uma cerimônia. Se nós..." Eu respirei fundo. "Se tivéssemos que..."

"... fazer amor de forma adorável, apaixonada, cheia de luxúria?", completou Fauna, com inocência no rosto. "Devastar um ao outro até o amanhecer? Gritar o nome um do outro enquanto ele deixa você de quatro e enfia o..."

"Sim. Isso. Nosso casamento não estaria completo até que a cerimônia também acontecesse, certo?"

"Certo."

Fauna sorriu como se entendesse a direção que meus pensamentos tomavam.

"O que quer que tenha acontecido entre vocês dois no passado, não duvide dele agora. Ele te respeita o bastante para condenar a própria corte. Por mais que seja passageiro."

Percebi que ela não dissera nada sobre ele se importar comigo nem me amar. Eu me perguntava se ter um marido que me respeitava compensaria a ausência das outras duas coisas. Talvez eu pertencesse à Casa Avareza. Não acho que fosse concordar com um casamento que não contivesse todas as três.

E algo mais me incomodava... não tinha certeza de quando havia começado a considerar aceitar Ira como esposo. Eu já estava no submundo. Logo conheceria todos os príncipes e poderia descobrir alguns de seus segredos. Não precisava me casar. E meus sentimentos não importavam. Não desistiria da minha família por ninguém. Enquanto estivesse concentrada nisso, todas as minhas noções de romance estariam suspensas.

Com sorte.

Naquela noite, recebi um bilhete com a letra de Ira.

O treinamento começa à meia--noite. Use o vestido vermelho.

— I.

Pensei em ignorar o pedido, ou escolher um par de calças e uma blusa só para provar que ele não mandava em mim nem era meu dono. Mas agir por despeito não era o caminho que eu gostaria de trilhar.

Não importava o quanto seria satisfatório ver o brilho de um olhar incrédulo no rosto do exigente demônio: as lições dele, no fim das contas, acabariam me beneficiando.

E eu aproveitaria qualquer vantagem. O Banquete do Lobo se aproximava, e eu estaria preparada para encontrar os demônios no campo deles e esmagá-los em seu próprio jogo. E da maneira mais bem-vestida e traiçoeira possível.

Com um suspiro, queimei o bilhete e fui vestir a roupa para meu encontro e treinamento com Ira.

20

"Assim que você começar a sentir o toque da magia, tem que assumir o controle sobre as emoções com pulso firme. Como você gravita naturalmente para a raiva, use-a no início, se for necessário."

Ira me cercava na sala de armas, com um brilho predador nos olhos que estudavam o vestido. O caçador vigiando a presa. Mal sabia que ele não tinha preparado aquela armadilha em particular. Nem que sairia vitorioso.

Naquela noite ele seria mais animal que homem, especialmente nas questões semelhantes a batalhas.

De calça de couro macio e armadura sem mangas do mesmo material, afivelada na frente, parecia transformado. Aquele não era o príncipe de boas maneiras presidindo uma corte de demônios. Era a criatura feita para a luta. Era a primeira vez que eu via de perto o guerreiro marcado pela batalha, depois de vê-lo mais cedo treinando com Anir.

Seus dentes cintilaram em uma imitação ruim de sorriso, alimentando minha suspeita de que estava todo animal. E que gostava disso. Deixei meu olhar viajar por seu corpo. Talvez eu também gostasse.

"Vai ser como uma carícia na pele. Sutil o suficiente para quase nem ser notado. Você só precisa se lembrar de seu livre-arbítrio. Se escolher resistir, não vai sucumbir a ninguém."

A atmosfera entre nós estava carregada. Depois que ele havia me forçado a esfaqueá-lo, não tínhamos mais uma convivência amigável, e também não éramos mais consumidos pelo ódio. Com ele parecendo Guerra e eu, Sedução, a aula prometia ficar interessante.

"Então é para eu focar a mente e a vontade. Ou imaginar que estou te matando para manter o controle de minhas emoções. Isso vai ser bem fácil." Sorri. "Se eu dominar a matéria da aula de hoje, acho que vai ter que se curvar a mim. Na verdade, adoraria te ver de joelhos, implorando."

A atenção dele se voltou para o meu corpete.

Fitas estreitas o fechavam na parte da frente. Eu não tinha ilusões a respeito do que ele havia planejado para um vestido como aquele, especialmente se o treinamento fosse semelhante ao da última sessão. Sem dúvida, usaria influência demoníaca para me fazer desatar todos os laços. Eu não conseguiria parar até estar diante dele vestida apenas com as roupas íntimas de renda que usava embaixo do vestido.

Ou talvez esse fosse meu desejo secreto emergindo. Escolhi com cuidado aqueles que eram especialmente inconfessáveis.

"Avareza se interessa por apostas. Eu não."

"Mas, se eu ganhar, parece que seu orgulho vai sentir o golpe. E é por isso que não vai se ajoelhar na minha frente. Talvez não consiga engolir a ideia de se render a ninguém. Nem mesmo à sua possível futura esposa."

"Não se engane, Emilia. Quando eu me ajoelhar na sua frente, vai ser para dominar, não para me render. Se tem alguma dúvida, vai ser um prazer provar que está enganada. Agora, abra a fivela da minha armadura."

A declaração tinha um toque de comando mágico.

Senti o leve formigamento de sua influência demoníaca tentando dominar minhas emoções e submetê-las à sua vontade. Eu estava na metade da sala de armas, e me livrei do domínio pecaminoso. Um arrepio me percorreu. Eu não precisava da minha magia para lutar contra ele. Só da vontade.

"Abra a fivela da minha armadura, *agora*! Depois corte meu cinto com sua adaga."

Ira usou toda a força de seu poder. A magia me acariciou e me incentivou a ir em frente. Abri a armadura e a retirei em segundos.

Coloquei a mão embaixo do vestido e peguei a faca com um movimento rápido. A lâmina já estava tocando seu cinto quando recuperei o controle.

Ira pressionou os lábios, formando uma linha firme.

"Você está distraída."

"Não consigo nem imaginar por quê." Fiz cara de pensativa. "Talvez tenha a ver com o convite que recebi para o Banquete do Lobo. Ouvi dizer que as festas de Gula são lendárias pela devassidão."

"Muitas reuniões são carregadas de pecado e vício. É como as coisas funcionam neste mundo, e é por isso que estamos treinando. Mas não é com isso que está preocupada."

"Pensei que poderia opinar sobre o local do banquete." Brinquei com a adaga. "Eu não... não estou ansiosa para ir à festa."

"Até lá, você vai conseguir sentir as manipulações emocionais. E vai estar preparada para se libertar da influência deles, caso se comportem mal."

"Também não é isso."

Ele estudou meu rosto.

"Não vai ser agradável, mas também não vai ser a pior coisa que já viveu."

"Você é mesmo sempre excepcional quando tenta me ajudar a controlar a ansiedade, hein? Eu..." Balancei a cabeça, depois me abaixei para devolver a adaga à bainha na coxa. "Não é só a questão de revelarem meu maior medo."

"Meus irmãos não vão te machucar."

"Eu não sei dançar."

Ele arqueou as sobrancelhas.

"Não vai ser forçada a dançar, se não quiser."

Não olhei nos olhos dele. Dançar seria uma oportunidade de passar um tempo com cada um de seus irmãos. Imaginava que conversaríamos um pouco, e não queria que a falta de refinamento impedisse minha missão. Como não podia mais tentar enfeitiçar o vinho, dançar e beber alguma coisa em seguida seria a desculpa perfeita para conversar.

"Deve estar certo." Forcei um sorriso. "É bobagem me preocupar."

Ira não respondeu de imediato. Inclinou a cabeça de lado, estreitando os olhos. "Você dançou ao redor da fogueira na noite em que se encontrou com Luxúria. E foi magnífica. Não sei por que teria problema com uma valsa."

Encolhi um ombro e olhei novamente para a mesa perto de nós. Várias adagas estranhas haviam sido perfeitamente alinhadas. Eram pretas, com um longo pedaço cortado no centro do cabo e da lâmina.

“Facas de vinte centímetros para arremesso.” Ira se aproximou da mesa e pegou uma delas. “São de aço maciço com cabo macio, para não prejudicar a empunhadura, e mais pesadas na frente, para dar precisão ao arremesso. Quer praticar?”

Deslizei um dedo pelo metal frio.

“Quero.”

“Segure por baixo. Vamos trabalhar em uma técnica de giro.”

Segurei a faca pelo cabo e apontei para o alvo de madeira que Ira indicou no outro extremo daquela seção da sala de armas. A faca voou, pousou à esquerda do centro e caiu no chão. O príncipe demoníaco assentiu e me deu outra lâmina.

“A faca não ficou cravada porque você ficou perto demais.”

“Como sabe disso?”

“Quando ela gira, se a lâmina estiver inclinada para baixo ao cair, indica que você precisa se afastar um pouco. Metade do sucesso para arremessar facas e acertar o alvo depende do posicionamento.”

Mudei de lugar e repeti o procedimento. A faca ficou cravada à direita do círculo vermelho. Um profundo sentimento de euforia me invadiu.

Estendi a mão esperando a próxima faca e me surpreendi ao sentir os dedos de Ira envolvendo os meus. Confusa, olhei para ele.

“O que está...”

“Vamos começar uma nova lição.” Ele me puxou gentilmente para mais perto. “Põe uma das mãos no meu ombro. E segure essa de leve. Isso.” Ele inclinou nossos corpos, depois nos endireitou até ficarmos eretos. “Os movimentos são simples. Vamos dançar formando um quadrado. Fique um passo para trás na ponta do seu pé direito, e acompanhe com o esquerdo. Mantenha-os a uns trinta centímetros de distância enquanto nos movemos.”

“Não podemos dançar aqui.”

“É claro que podemos.”

Éramos um par estranho. Sem a armadura, o peito de Ira estava nu, a calça de couro colada à sua silhueta, e eu vestida com seda vermelha. Ele não parecia se importar. Agia como se também vestisse suas melhores roupas.

O príncipe guerreiro nos conduzia lentamente pelos passos da dança, mantendo entre nós a distância da largura de um ombro enquanto deslizávamos para trás, para os lados e para a frente em uma interpretação livre de um quadrado.

Eu observava nossos pés, temendo pisar nos dele ou me enroscar em suas pernas.

"Levante o queixo para poder olhar nos meus olhos com adoração." Ele riu da minha cara fechada. "Quero que se concentre na minha beleza, em meu talento para dançar e matar, e esqueça todo o resto. Exceto sua vontade de me beijar."

Não consegui me controlar e soltei uma risada.

"Você é incorrigível."

"Talvez." Sua voz ficou baixa e sedutora, e a mão deslizou até a parte inferior das minhas costas, me puxando um pouco mais para perto. "E você está dançando valsa como uma deusa."

Seu calor, o elogio, o músculo rígido sob meus dedos, tudo me fez chegar mais perto. Ira tocou minha orelha com os lábios.

"Você é..."

"Isso agora é um salão de baile?", perguntou Anir, apoiado no batente da porta, de braços cruzados. Um sorriso preguiçoso se estendeu por seu rosto e ele piscou com exagero. "Vai ensinar essa nova técnica a todos os soldados, alteza, ou só aos bonitinhos?"

Com o que pareceu ser um esforço imenso, Ira tirou os olhos de mim, mas não mudou nossa posição, nem me soltou.

"Um bom lutador é habilidoso com armas. Um grande lutador é habilidoso com a dança. Talvez eu o indique como o novo professor de dança."

"Muito empolgante, mas trago notícias da masmorra." Anir endireitou o corpo e abandonou o apoio do batente, adotando uma expressão séria. "É o mortal."

Ira ficou tenso.

"O que aconteceu?"

Anir olhou para mim.

"Ele está perguntando por Emilia."

"Antonio?" Eu me afastei de Ira com o coração disparado. "Ele está aqui?"

21

Na minha cabeça, as masmorras da Casa Ira eram subterrâneas. Lugar de uma escuridão sem fim, interrompida apenas por tochas escassas espalhadas por corredores desolados. Pedras úmidas de urina e outros odores nojentos dos esquecidos e condenados permeando a própria essência das câmaras. Gritos das almas torturadas e suficientemente abomináveis para estarem aprisionadas no Inferno. Tinha me convencido de que os lamentos que ouvi no jardim vinham das celas.

A realidade era muito diferente.

Subimos uma larga escada de pedra em uma torre, onde o ar era frio e limpo, e a luz se derramava por uma série de janelas em arco lá no alto. Uma linda porta de madeira nos recebeu no topo. Não havia guardas posicionados do lado de fora nem armas apontadas para o assassino que esperava — logo além das paredes de pedra clara — pela audiência com o príncipe e a provável princesa daquela Casa de Pecado.

Olhei incrédula para Ira.

"Você o deixou sem proteção?"

"A porta é fechada por magia. E é trancada por fora." Ele tocou a porta com a mão aberta, e ela se abriu. "Está enfeitiçada para abrir para nós dois."

É como se eu tivesse perdido a capacidade de falar. Ou Ira confiava mais em mim do que demonstrava, ou não me considerava uma ameaça. Era tolice dele me subestimar.

Entrei no cômodo e parei em seguida.

Antonio estava sentado em uma cadeira estofada de couro, com um livro e uma xícara fumegante de chá sobre uma mesinha baixa a seu lado. Havia um cobertor sobre suas pernas. Ele estava em uma alcova de onde podia ver as montanhas nevadas do reino. Um rio de ébano serpenteava pela terra como uma serpente gigante. A vista era de tirar o fôlego, e o cômodo era muito melhor que o dormitório da irmandade sagrada. A cela era o auge do conforto aconchegante.

Eu não tinha certeza de que respirava.

Antonio levantou a cabeça quando entramos, e seus olhos castanhos eram calorosos e amigáveis. O ódio com que olhava para mim antes havia desaparecido. E a aversão.

"Emilia. Você veio."

Uma poderosa onda de raiva me invadiu quando vi seu sorriso. O tom manso da voz. Ali estava a lâmina humana que havia matado minha irmã gêmea, relaxando com um livro e uma bebida quente. Como se estivesse de férias da irmandade sagrada, sem pagar por seus crimes. Ira havia sido sábio ao esconder de mim aquele lugar.

Já tinha atravessado metade do cômodo quando os braços de Ira envolveram minha cintura e me tiraram do chão. Seu toque pouco ajudava para aplacar o fogo em minhas veias.

Esperneei, tentando agredir o humano desprezível.

"Me solte agora! Vou matá-lo!"

Ira me segurava sem fazer esforço algum. Eu me debatia contra ele, enlouquecida por uma raiva que escapava ao controle. Eu sabia, no fundo, que minha reação era exagerada, mas tinha perdido a capacidade de ouvir a razão.

Só conseguia ver tudo vermelho.

O vermelho da raiva. O carmim do sangue da minha irmã formando uma poça no chão e manchando minhas mãos depois que escorreguei nele e perdi todo resquício de paz que conhecia. Tiraria tudo dele até não sobrar nada. Até ele ter o mesmo destino de Vittoria. Arrancaria seu coração maldito do peito com os dentes se fosse preciso.

Antonio soltou o livro e colou-se nas costas da cadeira, arregalando os olhos. A única coisa entre ele e um ataque feroz era o demônio. Havia ironia nisso.

"Lembra-se do que disse sobre sua raiva, *milady*?"

A voz baixa do príncipe tinha um toque de deboche que apagou o inferno abrasador da minha fúria. Meu corpo desistiu da luta, dominado por um tipo diferente de tensão.

Sem me soltar, Ira me carregou para o corredor e chutou a porta depois de passarmos por ela. Ele me pôs no chão com cuidado, apoiou minhas costas na pedra fria e manteve os braços dos dois lados do meu corpo com uma atitude casual.

Um brilho de humor iluminava seus olhos quando o encarei.

"Domine a raiva, ou tentaremos de novo amanhã."

"Isso foi um teste."

"E o resultado foi péssimo."

Como ele presumiu que seria. Inspirei profundamente pelo nariz e soltei o ar pela boca. Como ele havia feito na noite em que encontrara os crânios encantados. Repeti o exercício duas vezes, até controlar as emoções.

"Estou calma."

Um canto de sua boca se ergueu.

"É fascinante como você continua mentindo descaradamente, mesmo sabendo que posso sentir cada inverdade. A raiva cria péssimas estratégias de batalha. Se não consegue controlar a fúria, corre o risco de se machucar."

"Muito bem. Estou mais calma. Mas não por muito tempo, se continuar me cutucando."

"Isso cria todo um enredo na minha imaginação."

E, como ele pretendia, de repente eu não estava mais pensando em assassinato, raiva ou ira. Havia em mim um novo pulso que não tinha nada a ver com o coração. Minha atenção foi atraída por aqueles lábios perversos, pela curva provocante que formavam. Ele não usou um grama de magia ou influência. Aquela emoção recheada de luxúria pertencia só a mim. E tinha o mundo em que estávamos e o laço de casamento que era pura provocação.

Ou talvez ele não fosse o único cuja raiva se transformava rapidamente em paixão.

Talvez fosse um afrodisíaco para mim também.

"Você está sendo muito inadequado."

"Mentira." Ira se moveu devagar, colocando o corpo todo contra o meu. O contato físico era uma distração bem-vinda da raiva que ainda fervia dentro de mim. "Sou seu prometido. E uma personificação viva do pecado, como já me chamou. Era de se esperar algum comportamento inadequado. Especialmente quando o futuro príncipe da Casa Ira é tão atraente."

"Você é um bárbaro. Acabei de tentar assassinar um homem."

"Exatamente." Ele beijou meu rosto. "Pronta para tentar de novo?"

"Assassiná-lo?"

"Sugiro que converse com ele, mas você é livre, como bem sabe, para escolher seu caminho."

"Assassinato ou uma boa surra, pelo menos."

"Experimente." Havia um desafio naquela palavra. "E só vamos acabar aqui fora de novo."

Como se isso fosse o suficiente para me deter.

"Confia em mim?"

"É mais importante que você confie em si mesma." Ele se afastou da parede. "Só você pode decidir como seguir adiante. O que gostaria de fazer?"

Pergunta perigosa. Gostaria de abrir o assassino de cabo a rabo e ver suas entranhas fedorentas e fumegantes se espalhando pelo chão. Essa resposta não me levaria de volta para a cela. E, apesar do que eu havia sentido momentos antes, não queria me transformar em alguém que eu não conseguiria mais respeitar. Assassinar um homem, mesmo que fosse a pessoa que havia assassinado violentamente minha irmã gêmea, só me alinharia ao nível dele. E foi por isso que Ira me fez atingi-lo com a adaga no primeiro treinamento.

Eu conhecia a sensação de machucar alguém. O sangue não mancharia minhas mãos. Pelo menos não ainda.

Ira esperava em silêncio; dando tempo e espaço para que eu decidisse o próximo movimento. Sua fisionomia era neutra, livre de julgamento, sem dar uma única sugestão de seus pensamentos mais profundos.

Encolhi os ombros para me livrar da tensão.

"Estou preparada para perguntar a ele sobre minha irmã."

“Emilia.” Antonio ficou em pé com um pulo. “É bom te ver.”

O tom indicava que o que ele realmente queria dizer era: “bom ver que não está mais rosnando e esperneando como um animal raivoso tentando rasgar minha garganta”.

Mas o encontro estava só começando. Ainda havia tempo para rosnar e ameaçar morder. A coleira que eu havia colocado em mim mesma já estava cedendo. Não retribuí seu sorriso hesitante. Não ia enfiar uma faca nele, mas isso não significava que algum dia voltaríamos a ser amigos.

Eu me movia com cautela pelo pequeno aposento na torre, sentindo Ira bem atrás de mim. Sua confiança tinha limite, pelo jeito. Demônio esperto.

“É? Imagino que, no começo, seja como olhar para a cara de uma das suas vítimas. E descobrir que elas não morreram.”

Houve um instante de silêncio desconfortável.

“Não posso... Palavras e pedidos de desculpas nunca serão suficientes para reparar o que fiz com você.”

“O que fez com Vittoria.”

“É... é claro.” Vi que ele engolia em seco. Quase acreditei que a emoção era real. “Estava tomando um tônico.” Ele apontou a caneca fumegante sobre a mesinha. “A matrona tem talento para quebrar encantamentos.”

Parei no centro do aposento. Ira era uma sombra pairando no canto do meu campo de visão.

“É isso que tem para alegar? Que a verdadeira vilã é a magia, não o seu ódio?”

Antonio voltou à cadeira e ficou me observando com atenção, sem desviar o olhar nem uma vez para o príncipe demoníaco atrás de mim. Ele não sabia que eu era incapaz de usar magia, que minhas ameaças eram só latidos, sem mordida. Mas o medo dele mexeu comigo. Provocou o desejo de bater mais forte.

“Lembra da minha viagem ao povoado? Quando disseram que uma deusa se banqueteava com lobos no mundo espiritual e ensinavam às pessoas como se proteger do mal?”

“Vou tentar adivinhar.” Meu tom ficou gelado. “Vai dizer que uma deusa atacou o povoado, e que foi ela quem amaldiçoou você?”

“Emilia, caramba.” Ele parecia afrontado. “Eu não...”

"Esperava o quê? Perdão? Misericórdia gratuita? Você assassinou minha irmã. Matou outras mulheres inocentes. Em vez de assumir a responsabilidade por seus atos, está me contando histórias supersticiosas. Histórias que você dizia serem tolas e infundadas, se me lembro bem. Assuma sua verdade, admita seus erros e não me faça perder tempo com velhos contos populares e mentiras."

Dei as costas para ele e me dirigi à porta. Não confiava na crescente escuridão do meu temperamento. Ira se afastou para o lado e me deixou passar, ainda com uma expressão ilegível.

Na soleira, olhei para trás, para o homem que um dia acreditei que amava. Como eu era jovem e boba. Antonio dedicara sua vida à ordem sagrada e nunca teria metade da honra do príncipe do Inferno ao lado dele.

"Quando recuperar sua memória, ou isso que diz que a matrona está ajudando a consertar, mande me chamar. Mas, se mentir para mim de novo, vou te pegar. Vou arrancar seu coração e jogar para os cachorros. Ira não pode ficar de guarda e proteger você para sempre."

Antonio comprimiu os lábios.

"Sei que preciso conquistar seu perdão. Por favor, Emilia. Por favor, venha me visitar em breve. Permita que eu prove que sou digno de confiança."

O inferno já estava congelado, então não falei que ele teria que degelar no Jardim do Éden antes de eu me dispor a ser sua amiga novamente.

Deixei Ira na torre e corri de volta aos meus aposentos, direto para a casa de banho. Precisava afogar a experiência de ter estado na presença imunda de Antonio. Tinha alcançado a banqueta de vidro perto da minha penteadeira, quando ouvi a batida suave na porta.

"Entre", respondi.

"*Milady*, meu nome é Harlow. Estou aqui para ajudá-la quando precisar de assistência."

Estava sentada, prendendo o cabelo, e levantei a cabeça. Havia uma jovem criada demônio — com pele lilás e cabelo da cor da neve — em pé na porta, nervosa. Respirei fundo e soltei o ar. Não permitiria que o mau humor estragasse o restante da minha noite.

"É muito bom te conhecer, Harlow, mas não precisa se incomodar. Eu consigo me preparar para o banho." Ela mordeu o lábio e olhou para a banheira. Queria saber se minha recusa tinha parecido um insulto ou tentativa de ser simpática. Forcei um sorriso. "Se puder acrescentar alguns óleos e sabonete à água, vai ser muito bom."

"Imediatamente." Harlow correu para o quarto com uma expressão animada. "Vou buscar uma toalha e deixar ao seu lado para se enxugar depois do banho, Lady Emilia."

"Obrigada."

A criada fez uma reverência rápida e saiu. Eu sabia que Ira tinha dito que os serviçais não esperavam agradecimento pelos serviços que prestavam, mas era estranho ignorar o esforço de alguém para me dar conforto. Ela cuidou da água, acomodou a toalha e saiu em silêncio.

Tirei o vestido de seda e o pendurei em um cabide de cristal perto da penteadeira. As velas no lustre tremulavam com meus movimentos, acrescentando um toque de serenidade ao banheiro, que já era lindo.

Depois da explosão de fúria provocada por Antonio e o total apagão do meu lado racional, era exatamente daquilo que eu precisava. Um tempo para respirar, ficar dentro d'água e superar a raiva.

Entrei na água morna, sentindo o perfume dos óleos no vapor. Depois das dores provocadas pelas aulas com Anir e a tensão acumulada no corpo pelo encontro com Antonio, a água era como o paraíso.

Submergi até o pescoço e me reclinei na beirada da enorme banheira. Tentava esvaziar a cabeça e as emoções. Cada vez que lembrava o que Antonio dissera sobre a deusa e os transmorfos, sentia aquela perturbadora fúria assassina voltar.

Superada a raiva inicial, tentei analisar tudo aquilo em detalhes. Não acreditava nele, mas talvez ele não tivesse sido influenciado por um demônio. Era possível que uma bruxa tivesse atravessado seu caminho e fingido ser uma deusa. Ou essa era uma situação em que dois mortais eram influenciados por magia demoníaca? Talvez a pessoa que o havia abordado se dizendo ser o anjo da morte também fosse vítima. Teria sido inteligente por parte do demônio nunca ter sido visto por Antonio. Assim ele jamais conseguiria identificá-lo.

Depois das aulas com Ira, descobri como era difícil combater um ataque mágico, mas ainda sentia que perdão e solidariedade estavam fora do meu alcance. Uma parte de mim odiava admitir isso, nem que fosse somente para mim mesma. Quando ficava furiosa daquele jeito... era como se eu deixasse meu corpo, e todo sentido de humanidade fosse substituído por uma fúria elementar. Afundei mais na banheira, sentindo o esgotamento físico e emocional.

Acho que cochilei; acordei assustada com o ranger da porta se abrindo.

Nada de passos ou qualquer ruído da criada vindo da suíte.

Uma sensação desagradável fez minhas costas arrepiarem. Não estava sozinha. Alguém me observava. Alguém que não se identificava.

"Harlow?"

Um pedaço de pano envolveu meu pescoço. Levei as mãos ao tecido tenso sentindo a interrupção do fluxo de ar. Eu me debati, espalhando água em ondas violentas. Um som estrangulado escapou da minha boca, mas não foi alto o suficiente para alertar alguém da tentativa de assassinato. Minha garganta começou a queimar, e pontos brancos apareceram no meu campo de visão. O pânico me fez arquear as costas.

Então lembrei do único item que não havia tirado antes de entrar no banho.

Mergulhei a mão na água, e ela emergiu segurando a adaga fina que Ira me dera de presente. Com uma explosão final de energia, projetei o braço para trás e senti uma alegria cruel quando a faca afundou em carne macia. O invasor gemeu e soltou o garrote.

Os segundos que demorei para remover o pano do pescoço e me virar, foram suficientes para o agressor sumir. O único sinal de que alguma coisa havia acontecido era a quantidade obscena de sangue que formava um rastro até a porta. Tranquila, me levantei e vesti uma camisola. Depois chamei um criado e disse para ir buscar Ira. Todo o tempo, sentia meu sangue pulsando nos ouvidos. Alguém havia tentado me matar. E eu tinha acabado de esfaquear essa criatura. Acertei alguma área vital, a julgar pela quantidade de sangue no chão.

Não conseguia sentir um pingo de arrependimento. Ou só estava atordoada com o choque.

Mas uma coisa eu notei. Por causa da praga de Inveja pelo roubo do livro de feitiços, não tive magia para me defender do ataque. Nenhum poder além do ferimento físico que causei com a adaga.

Ira apareceu em uma nuvem de fumaça preta brilhante, os traços frios esculpidos pela fúria.

"Está machucada?"

"Não." Apontei para o sangue no chão. "Mas não posso dizer o mesmo sobre o agressor."

Ira me examinou, detendo-se com atenção no pescoço. Sua expressão se tornou turbulenta. Imaginei que um vergão vermelho se formava. Até a fundação do castelo vibrou.

"Quer ir comigo?"

Olhei para minhas mãos e para a adaga, ainda suja de sangue. Talvez fosse me enfraquecer, mas não consegui me obrigar a testemunhar o que estava para acontecer. Neguei, balançando a cabeça, sem encarar Ira. Se houvesse uma Casa Covardia, eu seria sua rainha, provavelmente.

"É preciso uma força enorme para reconhecer seus limites, Emilia." Sua mão desceu da minha têmpora ao queixo e levantou meu rosto com delicadeza para que eu olhasse em seus olhos. "Um verdadeiro líder delega. Como você está fazendo agora. Nunca duvide de sua coragem. Eu não duvido, nunca."

Ira afastou a mão do meu rosto e olhou para o sangue.

Aproximou-se dele, como um poderoso predador na caçada, e não disse mais nada antes de desaparecer com a adaga da Casa na mão, um pesadelo em pessoa.

E para quem havia me atacado em sua Casa, suponho que ele era exatamente isso. Que a deusa concedesse ao agressor uma morte rápida. Ira certamente não concederia.

22

Peguei um pão de uma bandeja de ofertas quentinhas do forno e o levei à minha enorme tábua de corte. Em minha estação havia duas cabeças de alho, uma generosa porção de manjericão, *pecorino*, *pinoli* e azeite de oliva. O cozinheiro, que estava dando o último toque quando cheguei, me informou que Ira tinha mandado buscar os ingredientes do mundo mortal para mim.

E, pelo jeito, ele também tinha comprado sementes e as plantara na estufa do castelo para que eu tivesse todos os legumes e ervas que conhecia à minha disposição. Um toque de magia ajudou, segundo o cozinheiro, e havia uma verdadeira abundância esperando por mim quando eu quisesse visitar o jardim fechado. Dei uma olhada na caixa gelada e encontrei um pedaço de alguma coisa com sabor parecido com queijo de cabra, depois vesti um avental que encontrei pendurado em um prego com uma coleção de panos limpos.

Cozinhar me ajudaria a relaxar. Quando eu estava na cozinha, meus problemas desapareciam. Era só eu e uma iguaria, os aromas e os sons, a satisfação de criar algo nutritivo e delicioso encobrindo todo o resto. Não havia assassinos. Nem pessoas amadas perdidas. Nem mentiras ou guardiões de segredos. Eu não tinha conhecimento de tentativas de assassinato ou de casamentos provocados por um feitiço que tinha dado errado. Sentia alegria e paz. E, naquele momento, se tinha uma coisa de que eu precisava desesperadamente, era serenidade.

Cortei o topo de uma cabeça de alho, expondo todos os dentes, reguei com azeite, cobri com uma tampa de metal e levei ao forno para assar. Depois me dediquei ao molho: manjericão, *pinoli*, alho e azeite.

Cortei, misturei, derramei todo meu amor e minha energia no molho, apagando aquela noite dos meus pensamentos. Não era negação: eu só queria um breve descanso.

Assim que acabei de fazer o pesto, senti a presença dele. Continuei trabalhando, esperando que ele falasse. Não sabia se queria que ele tivesse encontrado meu agressor, ou se de repente preferia fingir que a noite não havia acontecido. Depois de algum tempo, levantei a cabeça.

"Tem alguma coisa que precisa me dizer?"

Ira se apoiou na ponta da mesa em que eu estava trabalhando e cruzou os braços e os pés. A imagem perfeita da calma casual. Notei que ele usava uma camisa limpa e que o cabelo estava meio úmido.

"Que eu preciso, não muito. Que eu quero, tem muita coisa."

"Não vou voltar ao meu quarto por enquanto."

"Não pedi para voltar." Ele endireitou o corpo e se aproximou de mim, apontando com a cabeça em direção ao pão. "Posso ajudar?"

Olhei para ele pelo canto do olho.

"Não sobrou muito o que fazer, mas pode servir o vinho. Tinto seria ótimo."

"Claro."

Ele saiu e voltou um instante depois com uma garrafa e as taças. Procurou na caixa gelada e encontrou uma caixinha de mirtilos. Depois de abrir a garrafa, jogou alguns mirtilos nas taças e deixou a minha ao lado da tábua na qual eu fatiava o pão.

Arrumei as fatias de pão em uma assadeira e as reguei com azeite. Levei a assadeira ao forno e ajustei o despertador, depois bebi um gole de vinho. Ira bateu com a taça na minha com ar de satisfação.

"Que possamos sempre festejar depois de derramar o sangue dos nossos inimigos."

Sorri para ele por cima da taça.

"Você é um bárbaro."

"Você se defendeu. Se estar orgulhoso faz de mim um bárbaro, que seja."

"Acha que o matei?"

Ira girou o líquido no copo, atento a ele.

"Teria alguma importância se o matou?"

"É claro que sim. Não quero ser uma assassina."

"Defender-se não é a mesma coisa que atacar sem causa ou razão."

"O que, levando em conta que se recusa a responder, deve significar que o matei."

"Você não tem culpa pela morte daquele demônio, Emilia." Ira deixou o copo na mesa e olhou para mim com uma expressão dura. "Sou eu que tenho." O sorriso que elevava os cantos de sua boca não era afetuoso nem amigável. Era frio, calculista. Planejado para amedrontar, provocar medo e seduzir. "Aqui estou eu, a própria essência do mal e do pecado. Sou o monstro que você temia?"

Olhei para ele. Olhei de verdade. Nada em seu rosto indicava emoções específicas, mas alguma coisa no modo como ele verbalizou a pergunta me fez formular a resposta com cuidado. Ele não queria que eu pensasse que era um monstro.

E que a deusa me amaldiçoasse, mas eu não pensava.

"Ele sofreu?"

"Nem perto do que seria suficiente."

"Conseguiu tirar alguma informação dele?"

Ira negou com a cabeça.

"A língua dele foi cortada recentemente. Parece que foi uma opção dele, provavelmente para o caso de ser capturado."

Não sei que loucura me dominou, mas deixei a taça de vinho e me aproximei de Ira, que permanecia tenso, esperando meu julgamento. Devagar, como se abordasse um animal pronto para atacar, enlacei sua cintura com os braços e apoiei a cabeça em seu peito.

Por vários e longos momentos, ele só respirou. Depois me abraçou e descansou o queixo em minha cabeça. Ficamos ali abraçados, até o despertador tinir. E nem assim nos soltamos de imediato. Esse demônio, essa personificação do pecado, era muito mais que o monstro que se esperava que fosse.

Recuei devagar e fiquei na ponta dos pés para beijar seu rosto.

"Obrigada."

Sem dar a ele uma chance para responder, corri para o fogão e tirei as torradas e o alho assado do forno. Deixei os dois sobre a tábua de corte, adicionei o pedaço de queijo de cabra e o pesto. Peguei duas tigelinhas e deixei uma faquinha de manteiga ao lado de cada uma sobre a tábua. Sorri satisfeita ao examinar o resultado do meu trabalho.

"Vai ter que se servir, mas é fácil." Peguei uma fatia de torrada e passei um pouco do alho assado sobre ela como se fosse geleia. "Depois espalhe um pouco de queijo de cabra em cima do alho. E finalmente..." Acrescentei uma colherada generosa de pesto. "Cubra tudo com o pesto."

Ira prestou atenção ao que eu fazia, depois pegou uma torrada e a preparou. Deu uma mordida e olhou para mim.

"Acho que quase gosto mais disso do que dos doces que você faz."

"É um elogio importante, vindo do rei do *cannoli*", comentei com um sorriso zombeteiro. "Às vezes acrescento um ovo *poché*, ou, quando tem, sobras do café da manhã ou do almoço. Vittoria gosta de..."

Parei de falar de repente e abandonei meu lanche.

Ira tocou meu cotovelo de leve, me trazendo de volta ao presente.

"O que foi?"

"Sinto saudade dela."

"Da sua irmã gêmea."

"Sim, desesperadamente. Às vezes, por um segundo, esqueço que ela não está mais aqui. Depois, tudo volta. E uma parte de mim se sente péssima por esquecer. A outra parte quer atacar. É como se eu estivesse em guerra comigo mesma, e não consigo estipular que parte vai vencer."

"Não tenho nenhuma experiência pessoal com a morte, mas sei que costuma ser assim mesmo para os mortais."

"Mas eu fico pensando..." Olhei bem nos olhos dele. "Tenho me consumido em raiva e fúria desde que ela foi assassinada. E não me assusto com a intensidade dessas emoções, o que me dá medo. Nunca fui assim. Então hoje... esta noite, quando aquele demônio tentou me matar, não fiquei com medo. Fiquei furiosa. Quis causar dor. Um de meus primeiros pensamentos, depois de constatar que não sentia medo, foi a raiva imensa por não ter aprendido magia das trevas."

"Sua família mortal deveria ter te ensinado formas de se proteger."

Inspirei profundamente. Eu podia expor a ele todos os meus medos. Depois dos acontecimentos daquela noite, precisava purgar os sentimentos sombrios.

"Às vezes receio que o amaldiçoado não seja o diabo. Mas eu."

Ira paralisou por um instante.

"De onde tirou essa ideia?"

"Minha irmã foi assassinada. Minha avó foi atacada. Meus pais ficaram reféns de Inveja. E o que aconteceu comigo? Com exceção da tentativa de assassinato de hoje." Estudei seu rosto procurando respostas. "Talvez eu seja amaldiçoada e todos que amo correm perigo. E se eu for a vilã? Alguém tão cruel, tão terrível, punida com o esquecimento? E se as bruxas assassinadas começaram a lembrar? Talvez eu seja o monstro e nem me lembre disso."

Ira ficou em silêncio por muito tempo, um tempo incômodo. Quando eu já começava a me sentir boba por ter dividido meus medos, ele disse baixinho:

"Ou todos eles se envolveram com interesses que não deveriam. E você é quem está recolhendo os pedaços dos erros de todos".

Babei vinho de fruta-das-trevas, deixando que escorresse pelo queixo e respingasse no vestido sem mangas, mas não parei de beber do gargalo para limpar o rosto. A sensação mágica que se apoderava de mim desapareceu. Deixei a garrafa sobre a mesa, pensando seriamente em jogá-la na parede. Ira sorriu com arrogância.

Ele havia ordenado que levassem uma grande mesa dourada e duas cadeiras estofadas para a sala de armas. Mais tronos que não eram tronos. Inclusive com serpentes de metal — nem douradas nem prateadas, mas uma mistura entre os dois tons — contornando os assentos.

Pratos dourados de frutas, sobremesas, creme batido e comidas saborosas cobriam todos os espaços da mesa coberta por uma toalha. Alguns pratos tinham porções tão grandes que a comida transbordava e caía no chão. Era um desperdício desprezível.

Balancei a cabeça.

"Isso é vergonhoso."

"Os cachorros vão se banquetear como a realeza."

"Cachorros", repeti com ironia. "Está falando daqueles cães do Inferno com três cabeças?"

"Mas foi *você* que pediu para treinar. Pare de fugir da lição."

"Considerando que não bebo muito, não sei bem o que vou aprender com essa aula. Você deve ter alguma coisa mais útil para me ensinar."

"Vou me esforçar um pouco mais para provar esse ponto, posso?"

Eu deveria saber que o príncipe não me pouparia na sessão de treinamento da noite seguinte. Ele parecia brincar com luxúria, inveja, ira e preguiça, principalmente, mas naquele momento me expunha ao pecado da gula. Tudo, desde as roupas e joias que eu usava até a refeição farta que tínhamos acabado de comer e o vinho que bebemos sugeria excesso de indulgência.

Eu tinha mandado um bilhete a ele pedindo para retomarmos as aulas. Depois da tentativa de assassinato, estava ainda mais determinada a me proteger dos príncipes demoníacos. Tentava entender qual seria a importância de beber vinho em excesso, e como essa capacidade contribuiria para a minha empreitada.

Ira serviu a bebida em uma taça enorme, que me entregou. Era a terceira vez que ele fazia isso. E eu nem estava contando as duas garrafas de vinho de fruta-das-trevas que já tinha consumido nas últimas duas horas.

Estava ficando mais difícil combater a influência demoníaca ou até sentir o leve formigamento que indicava o uso de magia em mim. Inspirei profundamente, em meio à onda de tontura. Só tinha me embriagado de vinho uma vez, mas reconhecia os sinais.

"Beba o mais depressa que puder. Depois encha a taça de novo e beba."

A magia dele tocava a base dos meus sentidos. Rangi os dentes e me concentrei em quanto estava irritada. Ele sorria por cima de um prato de frutas cobertas com chocolate. Então, seu poder me dominou.

Resisti por mais um momento tenso, depois bebi tudo que havia na taça.

Minha cabeça girou e comecei a ver tudo dobrado. Limpei a boca, rindo como uma idiota, e servi mais uma dose. O vinho respingou no chão. Meus sapatos de seda pareciam ter pisoteado a cena de um crime, mas eu não poderia me importar menos.

Quanto mais ele me influenciava a beber, mais impossível ficava me concentrar no livre-arbítrio. Então, no meio do estupor alcoólico, tudo aquilo fez sentido.

Os irmãos dele poderiam me induzir a beber, e uma embriaguez lenta tornaria quase impossível, para mim, afastar sua influência. Quanto mais eu me descontrolasse, mais fácil seria invadir minhas defesas. Ira tinha razão.

Ele não queria só me ensinar a combater a gula.

Eu me levantei da cadeira e fui cambaleando até o demônio do outro lado da mesa, levando a taça vazia pendurada entre os dedos. Ele me havia feito colocar um vestido extravagante de seda prateada, luxuoso a ponto de ser excessivo. Não estava usando roupas de baixo, e o tecido não escondia nada da minha silhueta. Com o vinho encharcando a frente do corpete, era como se eu estivesse andando por ali nua. Duvido que ele tivesse planejado isso.

Ira não baixava os olhos além da linha do meu pescoço. Sempre o perfeito cavalheiro. Quando não estava arrancando línguas ou torturando aspirantes a assassino até a morte, pelo menos.

Pesadas voltas de diamantes enfeitavam meu pescoço. Eram tantas, e de comprimentos tão variados, que a sensação era que eu carregava uns três quilos a mais no pescoço. Era tão exagerado que até Inveja teria reagido com espanto, em vez de cobiça.

Sem muito equilíbrio, me inclinei para cima de Ira, aproximando o rosto do dele. Queria beijá-lo. Talvez quisesse, antes, quebrar uma garrafa e furá-lo com ela. Mas depois beijá-lo, com certeza.

"Está me embebedando de propósito." Dei um sorriso que imaginava ser atrevido. "Demônio indecente."

"Estar sob a influência de álcool ou outras substâncias reduz muito a capacidade de sentir a magia de um príncipe do Inferno. Especialmente se for Gula. Ele vai te induzir a beber aos poucos, até que perca o controle e ele possa te dominar." Seu tom ficou mais duro. "Você precisa resistir."

Eu tentava prestar atenção à aula, mas estava fascinada pelos desenhos que seus lábios faziam enquanto ele falava. Estendi a mão e os toquei. Ele os comprimiu formando uma linha fina.

"Emilia. Foco."

"Ah, garanto que estou focada. *Extremamente* focada, juro. Fascinada. Ou encantada?" Levantei a cabeça. Havia dois dele, e ambos brilhavam. Pisquei até restar só um demônio irritado. "Por que não me seduziu?"

Era difícil ter certeza, mas tive a impressão de que ele havia removido sua influência.

"Se não consegue resistir sob influência do álcool, é melhor não beber nada durante o banquete. Você pode participar de um brinde, mas só finja beber."

"Você se preocupa demais." Alisei a ruga em sua testa. "A *nonna* diz que o vapor da cozinha afasta as rugas. Vittoria e eu seremos atemporais. Como você."

"Considerando que você não é humana, imagino que isso seja verdade."

"Não respondeu à minha pergunta. Sobre sedução." Balancei um pouco. O colo dele parecia bem confortável, e me joguei nele. Ira ficou tenso, mas não me empurrou. A pequena vitória fez com que eu sorrisse por dentro. "Fauna disse que toda a corte quer saber."

"Lady Fauna fala demais. Talvez eu deva encorajar uma visita a um parente distante."

"Não desconte seu mau humor nela; Fauna só me contou uma fofoca. E eu também gostaria de saber. Talvez eu queira que me você seduza agora." Recostei em seu ombro e apoiei o queixo na mão, olhando para ele. Tarde demais, percebi que devia parecer uma doida, encarando-o daquela posição em que estava. "Sabe, há quem pense que se esquivar é sinal de covardia."

"Sei o que você está fazendo, e não vai funcionar." A ruga na testa se aprofundou. "Não seduzo você porque, no momento, não quero. Simples assim."

Se ele tivesse enfiado uma faca no *meu* coração, a dor teria sido menor. Virei na direção da mesa e puxei o prato de frutas cobertas com chocolate. Coloquei um pouco de chantili sobre uma delas e a espetei com um garfo. Errei. O garfo bateu no prato. Uma fruta voou por cima da mesa. *Frutinhas amaldiçoadas pela deusa*.

Com certeza, a culpa era do formato arredondado delas, não da minha embriaguez.

Fiz pontaria e olhei para o prato com mais atenção. As frutinhas nadavam. Não eram páreo para mim. Tentei de novo, e outra fruta saiu voando. Xinguei alto.

Ira soltou uma risada. Então se inclinou e tirou o garfo da minha mão, deixando seu hálito fazer cócegas no meu ombro esquerdo. Ele espetou uma fruta coberta de chocolate e a girou dentro da vasilha de chantili. Depois aproximou o garfo da minha boca.

"Se falar uma palavra sequer sobre isso, juro que me vingo, *milady*."

"Tudo bem. Duvido que eu vá me lembrar desse ato de extremo cavalheirismo amanhã de manhã."

Eu me apoiei no ombro dele, inclinei a cabeça para trás e esperei. E ele me alimentou, depois de um segundo de hesitação. Podia jurar que as frutas tinham um sabor ainda mais doce. Ele ia me dando uma depois da outra, e eu me sentia uma deusa romana mimada.

"Hum. Já quase não consigo me lembrar de uma palavra do que dissemos."

"Mentirosa." Ele deixou o garfo no prato e aproximou a boca da minha orelha, capturando o lóbulo entre os dentes. O calor se espalhou por meu corpo. Eu não sabia se era coisa de Ira, mas toda a embriaguez desapareceu. "Se bem que eu também sou. De certa forma."

23

Ira traçou uma linha de beijos quentes em meu pescoço, acendendo meu desejo.

As frutas com chocolate ficaram de lado. Uma nova indulgência seria servida. E eu aceitava com alegria minha parte daquela delícia. Pedi sedução, e era isso que o príncipe estava entregando. Suas mãos deslizaram por meu corpo e pararam na cintura.

A impressão mais forte era de que ele estava se segurando, não de possessividade. Ou estava pensando em maneiras astutas de me torturar lentamente. Ele tocou o fecho de um dos colares. As voltas excessivas de diamantes não eram uma barreira; mesmo assim, queria me livrar delas. Não queria nada entre nós.

Mais uma vez ele aproximou a boca do meu corpo, e minha mente se esvaziou.

Joguei a cabeça para trás, perdida em êxtase quando a língua acariciou o local que ele havia mordido. Ira me puxou para perto, deixando os dentes roçarem de leve na curva entre ombro e pescoço. Arrepios percorriam meu corpo da maneira mais tentadora possível. Aquela sensação… não era pecaminosa, como os mortais tentavam ensinar às filhas. Era natural. Gloriosa. Se era socialmente aceitável Ira ter uma amante, o mesmo direito deveria ser dado a mim.

Afinal, esses encontros envolviam duas pessoas.

Arqueei as costas. Apropriei-me do desejo, desfrutei dele. E isso não fez de mim lasciva nem libertina: fez de mim humana, no controle das minhas vontades. Eu não negava mais minhas paixões.

Apoiei as mãos em cada coxa de Ira, agarrando-o enquanto ele dedicava toda a atenção ao meu pescoço e aos ombros. Queria virar de frente para ele, precisava explorar seu corpo com a mesma languidez. Por alguma razão, mesmo com a convicção recém-adquirida, hesitei.

"Quer alguma coisa de mim, *milady*?"

"Não precisa me tratar dessa maneira quando estamos sozinhos. Não tem que fingir."

Ele sorriu, ainda com a boca no meu pescoço.

"Mais algum pedido?"

"Eu..."

"Diga suas vontades. Não precisa se desculpar por elas."

"Mesmo se eu quiser que você pare?"

"Especialmente nesse caso."

"Tire meus diamantes. Por favor."

O príncipe soltou cada fio de pedras preciosas, deixando-os cair no chão.

"Estou curioso", disse, com a voz de veludo, enquanto removia a última volta. "No Corredor dos Pecados. O que sentiu naquela noite em que me chamou? Diga."

Não havia comando mágico ou poder demoníaco ligado ao pedido. Só curiosidade autêntica. Percebi que a tontura provocada pela bebida também tinha desaparecido. Eu não estava mais sob influência de nada, exceto das minhas paixões. Antes mesmo do primeiro beijo que ele me dera depois de me alimentar, já não sentia estar influenciada.

Talvez a posição em que eu estava, que não deixava que eu olhasse diretamente para ele, facilitasse. Ou eu só não queria sentir culpa nem vergonha em relação ao meu corpo e às coisas que queria ou precisava. Reuni coragem, sabendo perfeitamente aonde essa confissão me levaria. Na verdade, eu estava torcendo para que me levasse por esse caminho.

"Você estava atrás de mim, como agora. Mas estávamos deitados."

Ele recompensou minha honestidade com um carinho suave no braço. "E?"

"Eu estava usando sua camisa, e você a desabotoava. Tão devagar que eu estava enlouquecendo."

"Imagino que exigiu que eu a tirasse." Seus dedos tocaram de leve meu ombro, depois a curva do pescoço, e desceram mais, provocando a pele exposta acima do decote. Minha respiração falhou quando ele interrompeu a carícia, e uma das mãos deslizou para baixo da alça do vestido. Só um pedaço de seda fina entre nós.

"E eu a obedeci. É isso?"

"Mais ou menos."

"Quer que eu faça a mesma coisa agora?" Depois de uma pausa breve, assenti. "Preciso que você me diga, Emilia. Você quer que eu pare?"

"Não." Apertei suas coxas com mais força, como se pudesse segurá-lo ali para sempre. "Não, não quero."

Ele afastou meu cabelo para um lado e se recostou na cadeira, deixando espaço suficiente entre nós para poder massagear meus ombros. Segurando uma alça em cada mão, beijou minhas costas enquanto me despia da parte de cima do vestido.

O ar frio tocou minha pele quente.

"O que aconteceu depois?"

Fantasia e realidade se fundiam. Minha respiração ficou mais rápida com a antecipação do que ia acontecer.

"Você queria que eu dissesse que é meu pecado favorito."

Sua risada era baixa, profunda. Isso me fez arder por ele ainda mais. "Eu sou?"

"No momento, sim."

"Mas não confessou no sonho."

Ouvi a pergunta, embora ele não a tivesse formulado dessa maneira.

"Não." Fechei os olhos por um momento e os abri novamente. "Você começou a me tocar, e não consegui pensar em mais nada."

Ele roçou o nariz no meu pescoço, antes de segurar meus seios. O calor me invadiu. Seus dedos traçaram as curvas exteriores, descrevendo círculos que se aproximavam dos mamilos. Quando os tocou de leve, eles enrijeceram. Mordi o lábio, e minha respiração falhou por um instante. Inclinei as costas para trás, ansiando por mais de seu calor, e notei como ele estava afetado.

"Me conta o que fiz na sua ilusão para você chamar por mim."

Fiquei vermelha. Não contaria *essa* parte, de jeito nenhum. Então fechei os olhos e fortaleci minha determinação, me forçando a não ficar constrangida. Com confiança renovada, dei a mim mesma a liberdade de me soltar.

"Você me puxou devagar para sua ereção e escorregou a mão por baixo da minha saia. Você me tocou. Lá. Com os dedos."

"A sensação foi parecida com a que teve no Baixio Crescente?"

"Quase. Por um momento, me senti incrível. Depois acordei."

"Antes do orgasmo?"

"Eu... acho que sim."

"Quero ter a honra de compensar você por isso."

Ele não se moveu de imediato, e percebi que estava esperando meu consentimento. Ira nunca faria nada sem permissão.

"Por favor."

"Com prazer."

Ele escorregou uma das mãos por baixo do vestido de seda e seu toque leve deslizou pela panturrilha, para a parte interna da coxa e, bem devagar, começou a desenhar círculos ali, subindo um pouco mais a cada círculo, até eu não suportar mais. Parei de pressionar os joelhos dele, e ele tocou um dedo no meu núcleo. Foi melhor do que no Corredor dos Pecados e no Baixio Crescente juntos.

Ira me empurrou para a frente até eu quase me dobrar em seu colo, e então começou a beijar minhas costas. A pele formigava a cada contato dos lábios. O tempo todo, seus dedos provocavam e dançavam em meu corpo, me deixando maluca.

Assim que me convenci de que morreria de prazer, ele colocou os dedos em mim. Congelei, me acostumando à sensação, enquanto ele começava a movê-los.

Não conseguia lidar com o prazer daquela sensação, por isso me sentei ereta e pressionei o corpo contra a mão dele, contra sua ereção dura e bem-vinda em minhas costas. Ele interrompeu os beijos e mordeu meu pescoço de leve.

Com a respiração acelerada, eu perseguia um sentimento, uma coisa que era quase familiar, mas não inteiramente. Era magnífico. Um êxtase diferente de qualquer outro. Sentindo minha necessidade crescer, Ira moveu os dedos mais depressa, e aquela dor se tornou a mais gloriosa onda de euforia.

Desliguei todos os pensamentos, concentrada apenas naquele sentimento incrível. Eu me movia contra a mão dele, buscando o êxtase, percebendo que Ira estava deixando que eu comandasse o prazer. Eu determinava o ritmo e me movia depressa ou devagar, como quisesse. Estar no comando do meu corpo, dos meus desejos, sem as regras mortais me restringindo...

Eu explodi.

Gritei quando o prazer rasgou meu corpo em ondas maravilhosas e sucessivas, depois caí contra o peito dele, arfando como se tivesse corrido uma maratona.

Assim que parei de tremer, Ira removeu lentamente a mão de debaixo da minha saia e endireitou o corpete do vestido. Um longo instante de silêncio se prolongou entre nós enquanto eu ajeitava as alças com mais cuidado e atenção do que eram necessários.

Mudei de posição em seu colo, notando que a ereção se mantinha. Meu coração disparou. Poderíamos concluir um dos próximos passos da aceitação do nosso laço de matrimônio naquela mesma hora.

Bem ali. Na sala de armas. Só sua calça e meu vestido permaneciam entre nós. E podiam ser removidos com facilidade. Talvez fosse a euforia ainda correndo em minhas veias, turvando meus sentidos, mas a ideia não parecia tão terrível.

Se fosse necessária uma cerimônia como etapa final, não precisávamos realizá-la. Podíamos nos entregar ao prazer carnal e continuar livres de qualquer vínculo que nos amarrasse por toda eternidade. Eu me movi de um jeito que provocou uma fricção íntima entre nossos corpos. A sensação criada, especialmente depois do prazer que ele havia me dado, era um novo nível de êxtase.

Ira não se moveu. Estava me dando a opção de ir embora.

Segurei a bainha das saias e as levantei devagar, acima das coxas, das nádegas. Ira só precisava se livrar da calça. Eu me sentei mais para trás, e a fricção da ereção no meu corpo me fez engolir um gemido. As mãos dele apertaram meu quadril.

Uma onda de alarme me invadiu, roubando meu ar. Eu não sabia mais se continuar era uma boa ideia, ou se meu julgamento estava prejudicado pelo que tínhamos acabado de fazer. Devia ser nervosismo. Eu me controlei, me recusando a sucumbir à dúvida.

"Terminamos o treinamento por hoje."

Ira se levantou com um movimento fluido e me pôs de pé. Virei para fitá-lo. Ele estava impassível.

"*Treinamento*? É assim que descreve o que acabou de acontecer?"

"Você pediu sedução. Eu dei." Ele se curvou. "Agora que sabe do que gosta, pode encontrar o mesmo prazer com as próprias mãos. Boa noite."

REINO DAS BRUXAS
NATUREZA SOMBRIA

24

"Ele disse *o quê*?" Os olhos de Fauna estavam arregalados como pires. Ela entrelaçou o braço no meu e nos conduziu por um caminho coberto. "Acho que você não ouviu direito. Ou não entendeu o que ele disse. É possível. Não é?"

"Tantas coisas que ele poderia ter dito depois do que fizemos!" Suspirei, e meu ar formou uma nuvem no ar matinal gelado. Estava aborrecida demais para me sentir constrangida. Depois do que tinha acontecido na sala de armas, não voltei a ver Ira pelo resto da noite. "Odeio aquele demônio."

Minha amiga sufocou uma risadinha e ficou calada. Caminhamos um pouco pelos longos corredores dos parapeitos cobertos que cercavam o castelo. Conforme íamos passando, os guardas nos cumprimentavam de seus postos com um aceno de cabeça. Assim que nos afastamos o suficiente, Fauna se inclinou para mim.

"Talvez ele só tenha dito isso porque vai imaginar você se tocando sozinha de agora em diante."

"Duvido. Ele mal podia esperar para sair da sala."

"Aposto toda a Casa Avareza como ele usou a mão na noite passada e pensou em você enquanto derramava sua semente."

Mesmo com a confiança que tinha descoberto recentemente para me apropriar dos meus desejos sem sentir vergonha, meu rosto esquentou com a franqueza com que Fauna discutia assuntos tão íntimos.

Ela havia ido me procurar logo cedo e conseguira arrancar de mim o que me incomodava antes mesmo de eu terminar de amarrar meu manto de veludo. Fauna não corou nem se alterou ao abordar o assunto, coisa que teria causado choque e escândalo em casa. Simplesmente perguntou se eu tinha retribuído o favor com a mão ou a boca, depois riu muito quando pedi esclarecimentos sobre a boca.

"Talvez ele não quisesse te possuir na sala de armas, onde qualquer um poderia entrar. Você vai ser a esposa dele. Não é inconcebível que ele queira te proteger de olhares indiscretos."

"Por favor", quase gritei. "Metade desse mundo fica à vontade fornicando em público. Duvido que ele se deixaria interromper pela entrada de alguém."

Certamente, não tinha se importado com a plateia quando fomos parar na porta do quarto dele. Rangi os dentes só de lembrar. Encará-lo depois daquele encontro não foi desconfortável. Mas não podia dizer o mesmo desta vez. Não tinha a menor ideia de como agir.

"Na verdade, encontros públicos não são tão comuns fora da Casa Luxúria ou da Casa Gula. Claro, outros príncipes exibem sua devassidão de vez em quando, como Avareza e a casa de jogos, mas não como essas casas específicas. Sua alteza pode querer que você o escolha com a cabeça no lugar. Talvez não tivesse certeza de que era isso que *você* queria, e saiu antes de fazer algo de que você pudesse se arrepender."

A frustração cresceu em meu peito.

"Levantar a saia foi uma indicação clara do que eu queria. Se ele pretende assegurar o laço de matrimônio, não está me convencendo de que é isso que *ele* quer."

"Pelo que descreveu, *milady*, parece que a atração física não está em questão."

Parei de repente. Não sabia por que essa questão estava me perturbando tanto. Mesmo depois do que acontecera, eu ainda não queria afirmar nosso vínculo. Pensar que ele sentia a mesma coisa não deveria me incomodar tanto. Especialmente quando eu tinha uma centena de outros assuntos com que me preocupar. Como o Banquete do Lobo, que se aproximava depressa.

Superei a irritação e continuei andando em direção à torre com minha amiga.

"Chega de falar de príncipes, por ora. Não quero que a matrona ouça nossa conversa e conte a Ira."

Fauna riu. "É provável que isso nunca aconteça, juro."

"Imagino que a animosidade entre eles não é nova."

"De jeito nenhum." Fauna parou e olhou em volta. "Os boatos são de que já dura séculos. Alguns dizem que a filha dela foi amaldiçoada e que o príncipe não fez nada para salvá-la."

"A filha dela está no castelo?"

"Aí é que está... ninguém sabe. Há especulação de que sua alteza a tenha banido desse círculo. Por um tempo, pelo menos. É possível que a matrona a tenha levado e escondido em algum lugar."

Por alguma razão, minha pele se arrepiou. Pensei no lamento que brotava sob a estátua da mulher e da serpente. Não conseguia imaginar Ira punindo alguém dessa forma, mandando a pessoa para o mundo subterrâneo. Talvez porque *ele* não tivesse feito isso.

Embora mal a conhecesse, eu duvidava de que a matrona pudesse ter feito alguma coisa assim. Especialmente se não fosse para punir, mas para proteger.

Talvez a criatura chorosa e miserável que ouvi fosse a filha desaparecida. E se a matrona havia trazido a filha de volta e a mantinha trancada, eu estava ainda mais curiosa para saber por quê. Ira sabia de tudo que acontecia em seu círculo, e era improvável que a matrona pudesse esconder um segredo por muito tempo. O que indicava que ela estava escondendo a filha de outro príncipe.

Uma nova suspeita invadiu meus pensamentos. Essa história era semelhante a outra que eu já conhecia. Uma história que envolvia La Prima Strega e sua filha. Havia boatos de que a Primeira Bruxa amaldiçoara o diabo porque a filha tinha se apaixonado por ele, e os dois se recusaram a se afastar.

A Matrona das Maldições e dos Desejos era, na verdade, a Primeira Bruxa?

Se fosse ela que havia amaldiçoado o diabo, eu queria saber por que ela estava no castelo de Ira dizendo ser outra pessoa. Ele devia conhecer sua verdadeira identidade. O que significava que também sabia o que ela havia feito com seu irmão, e isso explicaria o ódio e a história entre eles.

Então, por que ele se dispunha a guardar o segredo dela, a menos que ela conhecesse um segredo dele? Nesse caso, o segredo deveria ser terrível, a ponto de ele aceitar negociar com uma inimiga jurada.

Considerando o que ele tinha feito para me salvar, isso não parecia tão inacreditável.

"Filha da Lua. Lady Fauna." Celestia abriu a porta antes de eu terminar de bater. Disfarcei um sorriso. Ira ficaria furioso por ela atender tão depressa. "Como posso ajudá-la?"

"Tenho algumas perguntas. Sobre maldições."

Sua alegria parecia autêntica.

"É claro. Veio ao lugar certo. Entre."

Entrei na câmara da torre e fui imediatamente envolvida pelo aroma agradável de ervas e óleos. Engoli a saudade de casa, a lembrança repentina de *nonna* Maria fazendo velas encantadas na pequena cozinha da nossa família. *Minha família estava em segurança*. E eu terminaria o que tinha decidido fazer e voltaria para viver mais momentos felizes com eles. Em breve.

Voltei ao presente. Celestia atravessou o aposento e tirou livros e panelas de cima das banquetas, abrindo espaço para nos sentarmos em torno da sua mesa de preparação. Enquanto ela cuidava disso, minha atenção foi atraída por objetos que eu não tinha notado na primeira visita.

A matrona tinha itens ainda mais estranhos e curiosos em sua coleção. Jarras arrolhadas cheias de olhos que piscavam, cestos com bicos de aves ou transbordando garras, e uma lata cheia de penas. Potes de pomadas, loções e cremes de todos os tipos.

Um crânio de ave com runas entalhadas descansava sobre uma pilha de livros com capas de couro.

Ela percebeu o que prendia minha atenção.

"Corvos significam muitas coisas. Morte, cura, fertilidade. Sabedoria."

"E as runas?" Cheguei mais perto, mas não toquei no entalhe nem no crânio. Se ela era a Primeira Bruxa, podia ter encantado os crânios e enviado para mim. Eu não sabia se ela estava tentando ajudar, ou se minha teoria estava errada. Ela podia simplesmente ser quem dizia ser, e eu estava forçando peças que não se encaixavam. "Elas animam o crânio?"

"Não." Celestia me olhou com alguma desconfiança. Se ela era a Primeira Bruxa, tinha sido gerada diretamente por uma deusa. Eu não sabia se ela podia sentir as emoções como Ira, mas fiz o possível para manter a calma. "Eles vêm a mim quando medito sobre o crânio. Entalho o que o corvo quer que eu veja. Símbolos arcanos podem ser aliados poderosos para quem tem magia no sangue."

Incomodada, Fauna voltou a atenção para os potes que continham forças invisíveis do outro lado do aposento. Olhei para a matrona e baixei a voz.

"Eles podem ser usados para melhorar a Fonte?"

"Para as bruxas, sim. Para aquelas que *são* a Fonte, não. Símbolos arcanos se originam de sua essência."

"Aquelas... está falando das deusas."

Celestia assentiu e estudou meu rosto com um olhar mais atento.

De acordo com as lendas da *nonna*, as deusas eram a fonte original do nosso poder, diluída ao longo do tempo pelos descendentes da Primeira Bruxa.

Olhei com atenção para a mulher de cabelo prata e lilás. Seu rosto era marcado por linhas finas, mas não havia nenhuma indicação clara de sua idade. Fauna havia mencionado que sua animosidade com Ira existia há séculos, o que significava que ela provavelmente era imortal. Também notei a sombra arroxeada em seu cabelo. Era a mesma cor da minha tatuagem com Ira, e também de quando eu via o *luccicare*, a aura pálida que cercava os humanos.

Não sabia dizer se o que corria em minhas veias era empolgação ou medo.

"Então, se uma bruxa usa símbolos arcanos com seus feitiços, isso aumenta a potência do feitiço."

"Correto."

Olhei para Fauna, que estudava um caldeirão.

"É possível encantar um crânio e mandar uma mensagem? Talvez um príncipe do Inferno, ou uma bruxa."

"Tudo é possível; se é provável, é outra história. Quem tem conhecimento sobre símbolos arcanos pode conseguir." Celestia fez um gesto, me convidando a sentar. "Havia símbolos entalhados no osso?" Neguei balançando a cabeça. "Então, duvido que um príncipe demoníaco ou bruxa seja responsável. Provavelmente, era alguém muito mais próximo da Fonte."

Alguém como a Primeira Bruxa. Mantive a respiração regular, tentando disfarçar minhas emoções intensificadas. Se Celestia era a Primeira Bruxa, e sua filha tinha sido amaldiçoada, isso significaria que a primeira esposa do diabo não estava morta. E, se estava viva, minha teoria de que as bruxas de minha ilha estavam sendo assassinadas por um motivo diferente estava certa.

Um motivo que não tinha nada a ver com a procura do diabo por uma noiva.

E tudo a ver com vingança.

"Lady Emilia?" Fauna interrompeu meus pensamentos. "Vamos voltar à área principal do palácio?"

"Sim." Eu me levantei e virei para olhar para a matrona. "Uma última pergunta. A Árvore da Maldição. Já me disseram que ela concede mais que desejos e que oferece conhecimento. Como é possível conseguir informações, em vez de um desejo ou um feitiço?"

A atenção de Fauna se voltou para mim como uma flecha, mas eu a ignorei. Celestia estreitou os olhos.

"Entalhe no tronco o verdadeiro nome daquele de quem você busca informação. Depois tire uma folha da árvore. Cuidado quando fizer isso; as frases são frágeis como vidro. Quando você deseja a verdade, deve tirar a folha na presença daquele cujo nome entalhou."

Pensei na Primeira Bruxa, nas lendas e fábulas que nos contavam. Nenhuma jamais usava o nome dela.

"E se eu não souber o nome verdadeiro da pessoa? O título funciona?"

"Nomes *têm* poder. Títulos são uma *representação* do poder. Um pode ser retirado ou dado por um capricho, o outro não." Celestia sorriu de um jeito que me deixou nervosa. "Mais alguma coisa, *milady*?"

O jeito como ela dissera "*milady*" foi esclarecedor. Era um título, algo que me foi dado e tinha pouco significado fora daquele mundo. Meu nome era outro. Além do meu primeiro nome, só naquele reino eu seria uma princesa ou uma lady. Em minha ilha eu seria sempre Emilia Maria di Carlo, a menos que me casasse. E só meu sobrenome mudaria, nunca meu primeiro nome.

"Não, obrigada. Você foi muito... elucidativa."

25

Coloquei outro livro no chão com delicadeza. Parecia que uma tempestade tinha varrido as estantes coloridas como um arco-íris de Refúgio, a contraparte celestial da biblioteca pessoal de Ira, Inferno. Puxei outro tomo antigo e o folheei, tomando cuidado com as páginas delicadas.

Naquela biblioteca, todos os livros eram em latim, e eu entendia a maioria do que havia neles. Não que isso estivesse ajudando.

"Sangue e ossos!"

Outro grimório, outra decepção. Não havia registros da Primeira Bruxa, mas podia ser porque eu não conhecia seu verdadeiro nome. Em Palermo, Ira tinha falado alguma coisa como "a Primeira Bruxa, como você a chama", o que significava que esse não era o nome pelo qual os príncipes demoníacos a conheciam. Se eu não conseguisse descobrir alguma coisa logo, teria que perguntar a ele. E isso era algo que eu preferia evitar, por várias razões. A primeira era que, se ele sabia que La Prima estava abrigada em sua Casa, não tinha certeza se ele atrapalharia meus esforços para desvendar esse mistério.

Procurei por registros de Celestia, mas também não havia menção à Matrona de Maldições e Venenos. Se ela era uma curadora da realeza e uma envenenadora, era de se esperar que existissem registros dela na corte. Ou menções das vidas que tinha salvado ou tirado.

Não havia nada.

Era como se ela não existisse fora daquele aposento na torre. Mais uma prova de que talvez não fosse quem dizia ser.

Eu me sentei no chão, e as saias se amontoaram à minha volta. Estava usando um lindo vestido azul-marinho e dourado com flores bordadas no corpete, um traje elegante na medida para uma lady da Corte real Demoníaca, e confortável o bastante para passar horas ajoelhada em um canto escuro da biblioteca procurando respostas.

Folheei um diário fino cheio de anotações e esboços. Ele falava de demônios que tinham sido feitos por fontes não naturais. Não eram exatamente demônios menores, mas quase isso. Essas criaturas variavam de uma aparência que passava por humana a uma mistura entre os mundos natural e mortal. Observei uma das ilustrações. A figura era humanoide na forma, mas a pele era de casca de árvore, com barba de musgo e dedos e membros de galhos de comprimentos e larguras variados.

A imagem seguinte era de um jovem com uma enorme coleção de chifres de alce. Outra mostrava uma mulher com orelhas pontudas e chifres de carneiro encurvados até os ombros.

As anotações mencionavam feitiços e maldições que tinham dado errado, transformando mortais em pesadelos. Amaldiçoados e banidos de seu mundo, eles acabavam no mundo subterrâneo, onde podiam vagar sem medo de perseguição.

De acordo com o livro, estavam espalhados pela região, tendo ido parar nas Terras Imortais a noroeste e, a leste, em uma cordilheira chamada Topo Impiedoso.

Uma anotação chamou minha atenção.

> ***Criaturas originadas do medo primordial sempre têm ânsia de sangue. Elas buscam a vida, e não há maior símbolo de vida que o coração.***

"Adorável." Eles eram a versão daquele mundo de um vampiro.

Deixei de lado o diário ilustrado e dei uma olhada no grimório seguinte, atenta a qualquer ruído na entrada. Só havia páginas de notas sobre feitiços, encantos e maldições. Deixei o livro na pilha alta ao meu lado. Depois abracei os joelhos e encostei na estante.

Por mais que eu tentasse parar de imaginar monstros devorando corações, não conseguia tirar da cabeça o corpo mutilado de minha irmã.

Uma noite, em Palermo, Ira tinha dito que a esposa de Soberba também tivera o coração arrancado. Ele também havia mencionado que a Primeira Bruxa havia usado a magia mais obscura para remover o poder de sua filha, e isso teve consequências imprevistas.

E se o coração arrancado não fosse parte do ritual de assassinato? E se fosse uma das consequências provocadas por La Prima? Também podia ter sido um meio de libertá-la de restrições mortais. Eu me lembrava vagamente da *nonna* dizendo alguma coisa assim de passagem.

Se a filha de La Prima estivesse amaldiçoada, e não morta, ela podia ser o monstro que andava por aí arrancando e devorando corações de bruxas.

Talvez fosse motivada pelo desejo de vingança contra a mãe, pela humanidade roubada quando seus poderes foram tomados. Se o diabo era seu amor eterno, talvez ela tivesse enlouquecido e matado as noivas em potencial que tomariam seu lugar.

Ou talvez fosse mais simples, como dizia o diário ilustrado. Se ela não tinha mais sua humanidade, talvez tivesse fome de corações por tudo que perdera.

"Talvez haja muitas possibilidades e poucas respostas concretas."

Eu me levantei e endireitei os ombros. Decidi que voltaria a procurar a matrona e a interrogaria diretamente sobre minhas suspeitas. Se ela fosse a Primeira Bruxa, não me machucaria. Havia um motivo para ela me mandar os crânios encantados, e não era causar medo. Talvez pudesse me contar mais sobre o Espelho das Três Luas e oferecer algumas ideias sobre onde eu poderia encontrá-lo, ou a Chave da Tentação.

Passei a mão na adaga escondida em minha coxa. E se ela tentasse me fazer mal, teria que me enfrentar.

Pensar em tudo aquilo me manteve parada do lado de fora dos aposentos da matrona por alguns momentos. O desapontamento me fez contrair a mandíbula quando arranquei o bilhete preso à porta e li a mensagem rabiscada às pressas.

Fui colher feitiços.

Era impossível determinar o que aquilo significava. A matrona poderia voltar em minutos, ou demoraria mais. Era impossível prever quanto tempo passaria fora, mas para o caso de ela voltar cedo, fiquei por perto, andando do lado de fora da torre, até a neve começar a cair e me obrigar a ir embora.

Eu tinha acabado de entrar no corredor da minha suíte quando senti um arrepio de alerta. Ira estava encostado na porta do meu quarto, me encarando. Engoli a onda de... daquele sentimento, qualquer que fosse, e fiz uma expressão de dúvida, como ele já havia feito inúmeras vezes. Ainda não o tinha encontrado nem falado com ele depois da nossa última sessão de "treinamento". E a visita era muito inoportuna.

Parei a uma distância decente.

"Posso ajudar?"

"Vim perguntar a mesma coisa."

Ele não se explicou, e eu não estava com disposição para o joguinho "faça mil perguntas a Ira e receba respostas frustrantes". Caminhei em direção à porta, esperando que ele se afastasse, e inspirei profundamente vendo que ele continuava imóvel. Cruzei os braços e esperei.

Sentindo minha determinação, ou tentando reformular a estratégia de seu plano de batalha, Ira mudou de tática.

"A biblioteca está destruída."

"Não seja dramático. Tem algumas pilhas de livros espalhadas em um canto. Eu arrumo tudo mais tarde."

"Está procurando informações sobre a Primeira Bruxa."

"Estou interessada na minha história. Ela faz parte disso."

Sua expressão ficou sombria. Não chegava a ser ameaçadora, mas era tempestuosa.

"Mentira."

"O que posso estar procurando não é da sua conta."

"Tudo neste castelo é da minha conta. Especialmente você."

"Não faço cobranças nem espiono seus planos. Espero que retribua a gentileza."

"Mesmo que eu tenha vindo oferecer ajuda?"

"Depois da nossa última 'aula', fiquei com a impressão de que esperava que eu metesse a mão na massa dali em diante. Literalmente."

Ira estudou minha silhueta. Parecia estar revendo mentalmente nosso encontro na sala de armas, levantando meu vestido até as coxas, me tocando e acariciando como se meu prazer fosse o seu. Quando seus olhos encontraram novamente os meus, não havia calor ou sugestão da emoção que tinha acabado de invadi-lo. Ele estava distante, insensível. Um muro estava sendo construído lentamente entre nós. Eu não conseguia determinar se o que me corroía por dentro era alívio ou outra coisa.

"Partiremos em três noites para a Casa real de Gula. Se quiser treinar antes disso, mande me avisar."

Ele começou a se afastar e, que o diabo me amaldiçoasse, respondi: "Muito bem. Me encontre na sala de armas à meia-noite. Vamos ter uma última aula, antes que os jogos reais comecem".

Cheguei à sala de armas quase uma hora antes do combinado. Queria determinar o tom da nossa aula, e, a cada badalada do relógio, minha pulsação acelerava um pouco mais. Olhei para o meu reflexo em um escudo particularmente brilhante pendurado na parede, aliviada por ainda estar impecável por fora, apesar do caos que reinava dentro de mim.

Controlei o nervosismo e fui para o centro da sala.

À meia-noite em ponto, Ira entrou na sala e parou perto da porta. Ela se fechou com um clique que me fez lembrar o ruído da lâmina de uma adaga saindo da bainha. Um som adequado, considerando a batalha que seria travada entre nós.

Ira olhou para o meu vestido — um corpete preto de ombros caídos, coberto por flores e folhas bordadas, e uma saia cor de champanhe com uma fenda lateral que ultrapassava o joelho.

Seus olhos se detiveram nos meus sapatos. Eu havia mandado fazer o sapato especialmente para usar com aquele vestido, e estava certa de que o príncipe demoníaco tinha gostado dele quase tanto quanto eu.

Os sapatos de salto tinham uma cobra preta cintilante que subia pelo tornozelo até a coxa. A língua da serpente ficava levemente coberta pelo vestido.

Se Ira quisesse ver tudo, teria que levantar minha saia. O par tinha sido parcialmente inspirado pela estátua nos jardins.

"Esta noite vamos..."

"... vamos trabalhar a soberba." Sorri, notando que ele olhava para o brilho nos meus lábios, nos quais eu tinha passado frutinhas vermelhas para dar cor. Girei lentamente no lugar. "Mandei fazer este modelo para a nossa aula e estou muito feliz com o resultado. É a primeira vez que crio alguma coisa a partir da minha imaginação."

"É bonito."

"Eu sei." Pisquei, e Ira deu risada. "É perfeito."

"Vejo que sua soberba já está aprimorada e pronta para a aula." Seus olhos brilharam com alguma coisa sombria e perigosa. "Vamos começar, então."

"Faça o seu pior, alteza. Estou pronta."

Desta vez, a magia era como uma conta pequenina rolando entre meus ombros, descendo pela coluna, agradável e provocante. Quase arqueei as costas na direção dela; mas, no último momento, me lembrei de empurrá-la, de me concentrar na criação de uma barreira entre mim e a influência demoníaca.

Inspirei profundamente, enchendo meu peito de euforia. Estava resistindo à influência de Ira, e quase sem derramar uma gota de suor. Enfrentar o orgulho era, de longe, a coisa mais fácil que eu já havia feito.

Olhei com um sorriso envaidecido para onde ele estava, entre as sombras. Ira não deu nem mais um passo para dentro da sala, continuava perto da porta, pronto para correr. Já era hora de ele se sentir instável. Ultimamente, sempre que ele estava por perto, eu tinha a sensação de que meu mundo tinha saído do eixo.

"Vai ter que se esforçar mais. Melhorei muito nessa coisa de resistir a você."

"Melhorou?" Havia humor em seus olhos. "Acho que estou vendo um pouco de soberba."

Encolhi um ombro casualmente.

"Soberba não. Só honestidade. Você tem sido um bom professor, mas esta aluna aqui ultrapassou as lições. Reconheço meus desejos. Aceito qualquer desafio. Tenho pouco medo de perder. Acho que seus irmãos deveriam começar a se preocupar."

"Ah, é?"

"É claro. Não tem nada mais perigoso que uma mulher segura de si e que não pede desculpas a ninguém." Olhei para ele de cima. "Acredito que sou poderosa, portanto, sou. Não é esse o princípio sob o qual você vive? Bom, eu *sei* que sou poderosa. Sei que o poder vem de várias fontes e sei que tenho muitas armas no meu arsenal, alteza. De fato, poderia dominá-lo agora, se quisesse. E você ficaria impotente, só para variar."

"Arrogante. Vaidosa. Uma autoimagem presunçosa." Ira contava nos dedos. "Tem razão. Você não parece influenciada pela soberba, não mesmo."

"Sabe no que mais acredito? Que você gostaria de ser dominado por mim. Pelo menos em certas... áreas."

Atravessei o aposento com passos decididos, firmes, fazendo movimentos sinuosos com o quadril. A saia tremulava para os lados, exibindo a cobra que subia por uma perna.

Se Ira queria uma lição, aprenderia comigo algo que não esqueceria tão cedo. Eu o encurralei contra a parede, sorri e deslizei um dedo por seu peito, depois segui a linha de botões da camisa até a calça. Demônio pervertido. Já estava excitado. Olhei intensamente nos seus olhos enquanto deslizava a mão por cima da ereção. Ele soltou o ar por entre os dentes. Segui o contorno rígido através da calça, e a respiração dele acelerou.

A magia demoníaca que ele usava se rompeu e desapareceu. Como eu suspeitava que aconteceria. O conjunto pessoal de conceitos morais de Ira tinha se revelado durante cada uma de nossas aulas, e eu observara com atenção, aprendendo tudo que podia mesmo quando não conseguia bloquear sua influência. Ele nunca usava magia quando as coisas se tornavam românticas.

"Emilia."

Era mais uma súplica do que um aviso. Agora que sua influência tinha sumido, nossa aula estava apenas começando. Eu me apoiei nele, encostando o peito ao seu, apreciando como seu foco mudava e se transferia para o meu decote. Sabia o quanto o corpete era apertado e como nossa posição exibia meus dotes, como ele podia apreciá-los de seu ponto de vista. Ele parecia dividido entre olhar de verdade e manter a atitude de cavalheiro, o que não servia para mim. Eu o queria completamente desestruturado.

De repente, uma imagem muito viva e real invadiu meus sentidos, confundindo realidade e ilusão. Por um momento assustador, estive em dois lugares ao mesmo tempo.

Ouvia música ao longe, uma vibração penetrante de cordas e pianos, um som abafado e pungente que atravessava as paredes. Tínhamos escapado, juntos, dos sons estridentes de uma festa que acontecia no fim do corredor. Sombras o escondiam, mas ele logo me encontrou. Sua mão cobriu meu seio por cima do corpete, os beijos eram profundos e possessivos. Minha paixão ardia tão intensamente quanto a dele. Mordi sua boca, desafiando-o a fazer a mesma coisa. Ele fez melhor. Abaixou o corpete do meu vestido e substituiu a mão atrevida pela boca.

Deslizei a mão para dentro de sua calça, e o encontrei ereto e cheio de vontade. Sorri quando ele murmurou um palavrão ao sentir a primeira carícia. Aproximei a boca de sua orelha.

"Shh. Eles vão ouvir."

Fechei a mão em torno dele como se tivesse feito isso centenas de vezes. Sabia exatamente do que ele gostava e como provocar o máximo de prazer. Seu corpo, seu coração; eu os conhecia tão bem quanto os meus. E usava esse conhecimento em proveito próprio.

Ele não parecia se incomodar.

Algum tempo depois, ele estremeceu junto de mim, a respiração irregular e rápida. Quando os tremores cessaram, fiquei na ponta dos pés e o beijei, um beijo longo e profundo.

"Me encontre no jardim hoje, na hora das bruxas. Você sabe onde."

Ele mal tinha fechado a calça e eu já me afastava, correndo, não sem antes olhar para trás uma última vez antes de sair da sala escura.

Ira me chamou, me trazendo de volta ao presente. Eu nunca tivera uma visão como aquela e não sabia o que fazer com ela. Alguma coisa naquilo não parecia a magia do mundo.

Era mais como uma lembrança.

Ira traçou a curva do meu rosto e murmurou:

"Emilia..."

"Eu..."

Afastei-me dele, dando a nós dois a distância tão necessária, e pensei com cuidado em minhas próximas palavras. Eu me sentia como se estivesse perdendo o contato com a realidade. Vi a preocupação no rosto dele, por isso fiz o possível para trazer de volta aquele sentimento de soberba. E usá-lo a meu favor.

Baixei o olhar até sua calça; não havia mais nenhum sinal de atração ou luxúria. Aparentemente, minha distração não havia passado despercebida.

Ofereci um sorriso.

"Parece que nossa aula acabou."

Antes que minha máscara caísse, me virei e caminhei para a porta. Alguma coisa estranha estava acontecendo. E parecia acontecer sempre que Ira e eu estávamos em situações passionais.

Se eram lembranças e não ilusões criadas por aquele mundo, eu podia ter descoberto outro segredo de Ira. A questão era que eu não fazia ideia de como isso podia ser possível.

Mas ia descobrir. Ah, se ia.

26

Flocos de neve dançavam do lado de fora da minha janela. O gelo escalava as vidraças como trepadeiras de inverno. Eu estava sentada no peitoril largo, olhando para o mundo coberto de neve recente. A noite caía depressa, tingindo tudo de profundos tons de azul. Dois dias tinham se passado desde a última vez que eu vira o príncipe daquele círculo. Eu o tinha evitado depois da visão, ainda sem saber se tinha sido uma lembrança ou uma fantasia. Devia ser alguma coisa conjurada por aquele mundo, mas a sensação era *tão* real que ficava difícil deixar de lado.

A Matrona das Maldições e dos Venenos ainda não tinha voltado, e eu não queria confiar a ninguém o que eu tinha visto ou sentido. Queria que ela criasse um tônico ou que conhecesse alguma magia que destrancasse a verdade escondida dentro de mim.

Se era uma lembrança, significava que eu já estivera naquele mundo. E que Ira e eu... Não conseguia entender como ele tinha fingido que não me conhecia em Palermo. Mas houve momentos em que me perguntei como ele podia saber tantos detalhes que eu não havia compartilhado. Onde eu morava, por exemplo. Meu nome. Confortei-me pensando que tinha alguma coisa a ver com o que eu acreditava ser o feitiço de renascimento. Naquela noite eu tinha sido atacada pelo Viperídeo e havíamos entrado na mente um do outro por breves segundos.

Era isso que estava acontecendo? Talvez eu estivesse vendo coisas que ele vivera, testemunhando seu encontro com outra pessoa. Talvez estivesse experimentando o mundo pelos olhos dessa outra pessoa, revendo as lembranças *dela*. Eu sabia que demônios podiam possuir pessoas, mas nunca ouvi falar o mesmo sobre uma bruxa. A essa altura, nada me surpreenderia.

Passei a maior parte dos últimos dois dias tentando decifrar todos os significados possíveis. Nenhuma teoria era boba demais. Escrevia tudo. Desde a ideia de que Ira na verdade era Soberba, até considerar que eu podia ser a Primeira Bruxa, amaldiçoada com o esquecimento como castigo pelos meus feitos.

Depois de um tempo, os detalhes começaram a perder nitidez, me confundindo ainda mais. Não conseguia lembrar se tinha visto o rosto de Ira, ou se fora apenas uma impressão de ser ele.

Lembrava que, na visão, o aposento era escuro, os sons eram de uma festa distante, mas não conseguia recordar o som da voz de meu amante. Se ele havia xingado em voz alta ao encontrar o alívio, ou se tinha sido um murmúrio. E se não era Ira comigo na visão...

Suspirei, embaçando parte da vidraça da janela com minha respiração. Isso deixava tudo ainda mais complicado. Quando chegasse ao banquete, talvez reconhecesse o amante daquela lembrança. Se dançássemos juntos, outras lembranças escondidas seriam libertadas?

Saí do parapeito da janela e fui reler as anotações das falas dos crânios encantados. "*Passado, presente, futuro, descoberta*." Tinha considerado que essas palavras poderiam ter relação com o Espelho das Três Luas, que Inveja procurava. Eu me perguntava se era mais que isso.

Aquelas visões eram parte do meu passado ou do meu futuro? Se eram imagens do futuro, talvez tivessem relação com a profecia. A parte onde eu conseguia consertar um erro terrível.

Sob influência de Luxúria, tive aquela impressão de escolha, equilíbrio. De que eu podia condenar todo mundo, ou consertar alguma coisa. Mas o quê?

Eu andava em círculos e sempre voltava à noiva assassinada do diabo. Apaixonar-se poderia ser a chave para quebrar a maldição? Parecia simples. Mas não era. Eu teria que me apaixonar loucamente por Soberba. E, para isso, teria que romper definitivamente meu noivado com Ira.

"Que a deusa me ajude. Isso tudo é um desastre."

Soberba estaria no banquete. Se ele fosse o amante misterioso da minha visão, e se aquilo fosse parte do passado, não do futuro, era bastante possível que não conseguíssemos negar a ardente conexão quando estivéssemos frente a frente. Era aterrorizante.

Se o que vi era passado... significava que eu já tinha sido esposa de Soberba. Talvez, para quebrar a maldição, tivesse que me apaixonar por ele outra vez, sem me lembrar de nada sobre nós.

A teoria era tão absurda que podia ser verdadeira. E essa podia ser a verdadeira razão para Soberba não ter me convidado para o círculo dele. Talvez isso fosse mais profundo que meu noivado acidental com Ira.

Sem saber o que estava fazendo, podia ter partido o coração de Soberba e condenado todos eles ao escolher o irmão errado. Isso também explicaria a fúria de Ira quando o invoquei pela primeira vez, e ele exigiu que eu revertesse o feitiço, antes que fosse tarde demais.

Batidas na porta interromperam meu devaneio.

"Entre", respondi.

Harlow fez uma reverência rápida, depois pendurou o vestido, que estava dentro de uma capa.

"O sapateiro está finalizando os sapatos. Quer que eu estenda o vestido para a senhora?"

"Por favor."

No meio de tantas preocupações, perdi a noção do tempo. Sairíamos para a casa Gula em uma hora. Aquela noite seria a primeira das três dedicadas ao Banquete do Lobo, um evento que eu preferiria evitar, não fosse pelas informações que poderia obter. Mas pensar em ter meu maior medo arrancado de mim fazia meu coração bater três vezes mais depressa.

De início, tive receio de que meu maior medo fosse a exposição do meu objetivo de vingança. Mas a ele somaram-se o medo da criatura uivando embaixo da estátua, minha família morrendo nas mãos dos nossos inimigos, minha magia nunca mais voltar, ou a possibilidade de minhas lembranças terem sido roubadas e eu estar vivendo uma vida que era uma mentira.

O maior de todos os medos continuava me cercando como um sinal de morte e condenação.

Não conseguia parar de pensar que eu era a noiva do diabo e que não tinha sido assassinada, mas sim amaldiçoada a esquecer. Minhas mãos ficaram úmidas. Isso não podia ser verdade.

O pensamento me atormentou o tempo todo enquanto eu me arrumava para o evento inaugural da noite. Verdade ou não, se eu não conseguisse banir o medo, ele seria revelado a cada um dos meus inimigos e seus súditos. Não seria apenas humilhante, mas indicaria que eu não havia abandonado o passado quando vendera minha alma, e que estava trabalhando ativamente para destruir um deles.

Se os príncipes demoníacos já desconfiavam antes das minhas motivações para ter chegado ao Inferno, teriam suas suspeitas confirmadas. E eu não queria imaginar o que fariam para se vingar.

Desci a escada com os ombros alinhados, a cabeça erguida. Esperava ver Fauna e Anir. Em vez disso, o Príncipe da Ira me esperava vestido para arrasar, sua atenção voltada para mim. Não tinha escolhido uma das cores de sua Casa para vestir naquela noite. Não que ele parecesse desapontado com o vestido de veludo amassado vermelho, ou com a forma como aderia às minhas curvas até cobrir os pés.

Na verdade, quase tropecei quando notei a cor de sua camisa. Um tom intenso e provocante de *cranberry* espiava por entre as dobras do colete preto e da casaca cauda de andorinha. Harlow ou a costureira deviam ter dado informações a ele sobre o que eu vestiria.

Cheguei ao último degrau e girei lentamente. Meus sapatos tinham o mesmo design de cobra do outro, usado algumas noites atrás, mas eram dourados, em vez de pretos. Era a única homenagem que eu fazia à minha atual Casa de Pecado. Independentemente de uma das minhas teorias estar correta, naquela realidade, naquela versão de mim mesma, era ali que eu me sentia confortável. Era inútil negar que me alinhava ao pecado da ira mais do que a qualquer outro.

"Então?", perguntei. "Como estou?"

Os olhos de Ira escureceram e adquiriram uma sombra de promessa pecaminosa.

"Desconfio de que você sabe."

"Mesmo assim..."

"A encarnação do problema."

"Elogio poderoso, vindo de um dos Perversos." Olhei para o saguão vazio. O silêncio se prolongou entre nós, o que não ajudou a me acalmar. Quanto mais tentava não dar atenção às minhas teorias, mais elas me atormentavam. "Onde estão Fauna e Anir?"

"Já devem estar chegando na Casa Gula."

"Quem mais vai estar conosco?"

"Ninguém." Ele estendeu um braço. Queria ver se ele sabia que também era a imagem do problema. E da tentação. Mas se Soberba era o homem da minha visão, Ira também poderia parecer uma boa lembrança antes de a noite terminar. "Vamos até lá de carruagem. É considerado rude chegar ao Banquete por meio de magia *transvenio*."

Aceitei seu braço e saímos pela porta dupla e alta.

Lá fora, o transporte esperava por nós, com o teto coberto de flocos de neve que pareciam açúcar. A carruagem de Ira era mais escura que a noite, com flocos dourados no acabamento laqueado. Não havia condutor, só os cavalos.

"Vai conduzir a carruagem?"

"Não. Meu poder vai guiá-la."

"Magia *transvenio* é rude, mas guiar uma carruagem com magia não é?" Balancei a cabeça. "Posso viver mil anos e nunca vou entender essas regras absurdas dos demônios."

Os quatro cavalos pretos farejavam o ar, e seus olhos vermelhos eram o único sinal de que não eram como cavalos do mundo mortal. Ira verificou os arreios e estalou a língua quando um dos cavalos do Inferno o mordeu.

Inspirei fundo. Tinha me enganado. Os olhos não eram a única coisa que os diferenciava. Os brilhantes dentes de metal indicavam que eram mais predadores que simples equinos. O cavalo do Inferno o mordiscou de novo, dessa vez de um jeito mais insistente.

"Calma, Morte."

"Deusa, dai-me força." Olhei para os três outros animais. "Fome, Peste e Guerra, imagino." Ira olhou para mim por cima do ombro e sorriu, confirmando minha suspeita. "Não acredito que deu a eles os nomes dos quatro cavaleiros do apocalipse, mas não posso dizer que estou surpresa."

Ele se aproximou do lugar onde eu esperava e me ajudou a embarcar na carruagem.

"Talvez esses não sejam somente o nome deles."

Ira se acomodou no banco de veludo na minha frente, adotando uma expressão vaidosa enquanto eu processava a informação. Ele bateu de leve no teto, e nós partimos.

As rodas tiniam nas pedras, mas o som e o sentimento incômodo eram amenizados pelo assento bem estofado e pelo carpete fofo. Nunca tinha andado em um veículo tão luxuoso. Também nunca andei em um veículo comum. Antes da carona com a emissária, a viagem que mais tinha se aproximado de uma carruagem tinha sido a bordo de uma charrete puxada por um cavalo.

Enruguei a testa. Não podia ser verdade. Depois de desembarcar de um navio, tivemos que usar uma carruagem para chegar até a casa da amiga da *nonna*, no norte da Itália. Mas eu não conseguia me lembrar de como havíamos chegado lá.

Ira me estudou.

"Você parece estar no meio de um enigma muito complicado."

Encolhi os ombros.

"Acho que é nervosismo, principalmente."

"Por causa da questão do medo?"

"O medo, a situação toda. Encontrar o restante dos seus irmãos. Dançar."

Ele ficou em silêncio por um tempo. Acho que não esperava tanta honestidade e não sabia como agir. Finalmente, ele se aproximou.

"Não vai acontecer nada de mal com você. Não vou permitir."

"Acho que deveria se preocupar com seus irmãos."

"Se forem idiotas o bastante para provocar sua fúria, eles vão sentir a queimadura."

Sorri.

"E você ainda joga fósforo no querosene o tempo todo."

"Ira e fúria são meus pecados preferidos. Eu gosto do *seu* temperamento."

Depois de um tempo indeterminado subindo e descendo montanhas, a carruagem parou de repente. Ira olhou pela janela, outra vez assumindo a expressão fria e implacável.

"Chegamos." Ele levou a mão à maçaneta e parou por um instante. Seus músculos ficaram tensos sob o traje bem cortado. Depois de balançar a cabeça uma vez, olhou para mim.

"Se precisar de um parceiro, eu danço com você."

Antes que eu pudesse reagir, ele abriu a porta e saiu da carruagem. Sua mão surgiu das sombras, esperando a minha. Me dei um tempo para controlar as emoções. Não menti para Ira a respeito da causa do meu nervosismo, mas não revelei todas as razões por trás do meu coração disparado. Eu teria oportunidade de falar com todos os príncipes demoníacos do Inferno. E um deles, possivelmente, tinha orquestrado o assassinato de minha irmã.

Muito se teria a ganhar ou perder nos próximos dias. E se o assassino de minha Vittoria estivesse ali, não havia como prever se ele tentaria arrancar também o meu coração.

Se ia entrar em uma batalha por minha vida, pelo menos eu tinha Ira ao meu lado.

Seus dedos prenderam os meus quando desci da carruagem e olhei para a Casa Gula. Era enorme, apesar do design incomum. Uma mistura de terraços romanos com janelas altas em arco e torres medievais. Ficava na encosta de uma montanha íngreme e parecia ter saído de um conto de fadas gótico.

"Prepare-se." Ira me acompanhou por uma escada pequena e parou diante da entrada principal do castelo. "A devassidão de meu irmão não tem limites."

As palavras me faltaram quando entramos. O príncipe daquele círculo não escondia seus pecados ou vícios homônimos. Logo no saguão de entrada do palácio, fomos recebidos pela cena mais escandalosa que eu já havia testemunhado.

Uma mesa do tamanho de quatro colchões grandes de casal ocupava quase todo o espaço, forçando os convidados a se espremerem para contorná-la e entrar no castelo do outro lado. A mesa não era coberta por comida ou vinho. Era coberta por amantes. Alguns se dedicavam a atos com os quais eu nunca havia sonhado.

Em uma das pontas, uma mulher nua mantinha as pernas bem abertas, enquanto um homem despejava uma trilha de calda de chocolate sobre seus seios, no ventre e na junção entre suas pernas. Ele jogou o recipiente para o lado, se ajoelhou e começou a se banquetear. Não havia romance nem sedução. Só fome pura, animalesca. Não que aquela mulher parecesse se incomodar.

Olhei para a outra ponta da mesa, onde um rapaz estava deitado com um braço atrás da cabeça, vendo a parceira lamber chantili de sua ereção, enquanto outro amante a penetrava. Meu rosto queimou diante da cena erótica.

Antes de eu descobrir que Soberba não era meu prometido, Ira havia mencionado que o irmão convidaria amantes para a nossa cama. Toda a cena me fez entender o que ele queria dizer. Também entendi com total clareza a pergunta de Fauna, quando quis saber se eu tinha usado a boca com Ira.

"Meu irmão gosta de chocar os convidados na entrada." A voz baixa de Ira em meu ouvido me fez arrepiar. "Seus súditos se alegram quando participam de seus vícios favoritos. Os amantes aqui querem ser vistos. Querem que participemos de seu prazer. Nossa atenção os excita tanto quanto o desejo deles nos excita. Não vai ser assim na Casa toda."

A mão de Ira em minhas costas não fez meus pés saírem de onde estavam plantados.

"A influência de Gula me induziria a isso? Na frente de todo mundo?"

Ira seguiu a direção do meu olhar e manteve a expressão indecifrável. "Não."

Estudei sutilmente o demônio ao meu lado. Ele não parecia nada afetado com os corpos nus, gemidos e grunhidos. Era como se estivesse olhando para os móveis, analisando as peças, mas apenas com um olhar passageiro. Não era possível dizer a mesma coisa sobre mim. Desviei a atenção do homem que lambia e chupava com abandono febril.

"Como você pode ter certeza? Luxúria conseguiu me influenciar. E Inveja. Tenho certeza de que seu irmão pode me induzir a fazer o que ele quiser com quem quiser que eu faça. Talvez nossas aulas não tenham sido suficientes. Talvez..."

"Respire. Ninguém vai tocar em você enquanto estivermos aqui, Emilia. Seria um ato de guerra, e estamos todos reunidos em uma paz temporária. Você pertence à Casa Ira. Se eles esquecerem, vou ter o prazer de lembrá-los."

Um olhar para seus traços endurecidos me fez acreditar na promessa. Eu não duvidava de que o príncipe rasgaria, membro a membro, qualquer um que encostasse o dedo em mim sem meu consentimento. Eu queria ter esse poder. Queria ter a segurança em minhas mãos e podia jurar que a tivera, em algum momento. Talvez por isso tivesse sentido tanta cobiça quando conheci Inveja e ele havia usado sua influência em mim. Queria o poder de me defender e defender as pessoas que eu amava.

Olhei de novo para o homem que se banqueteava entre as coxas da mulher. Ele agora usava a boca e a mão. Uma mulher se aproximou do peito da que estava deitada, espalhou chantili, lambeu até deixar sua pele limpa e depois repetiu.

Gula queria chocar seus convidados, enervá-los. Mas a maioria deles também pertencia àquele mundo e, provavelmente, havia testemunhado muito mais devassidão. Não, aquela cena não era para *todos* os convidados. Era para mim. Para perturbar a convidada de honra mortal muito antes de entrar em seu salão de baile.

E ele quase conseguiu.

Nudez, pessoas em busca de prazer sexual... Por mais que eu tentasse superar, o jeito mortal de pensar de que eram errados e pecaminosos sempre voltava. Isso tudo me chocava e constrangia porque, no fundo, eu ainda me preocupava com a ideia de ser desonrada pelas noções humanas de escândalo. Acima de tudo, ainda me preocupava com o que os outros iam pensar.

Chega. Estava farta dos antigos medos. Caminhei até a mesa, mergulhei o dedo em uma tigela de chantili e voltei para perto de Ira enquanto lambia o dedo. Sua expressão não mais sugeria tédio ou desinteresse. Ele acompanhava cada movimento como se os gravasse na memória.

Um garçom apareceu com uma bandeja de taças de champanhe.

Olhei para Ira com um sorrisinho diabólico e peguei uma taça borbulhante de vinho de fruta-das-trevas.

"Um brinde aos que se escandalizam."

Sem esperar pela resposta dele, dei meia-volta e passei pela mesa dos amantes.

Quando entrei no Banquete do Lobo e o arauto anunciou meu nome, eu estava convencida de que era a mais temível de todas as pessoas no salão.

27

O Príncipe da Gula não era nada do que eu esperava. Não estava empoleirado em um trono nem exibia uma aparência de tédio frio ou arrogância nobre. Também não havia nada nele que parecesse especialmente perigoso. Exceto a ameaça que ele representava aos corações.

Em pé, abraçado a damas de seios fartos, ele estava parado perto de uma fonte de bebida com um sorriso misterioso nos lábios carnudos. O príncipe se inclinou para cochichar alguma coisa para as acompanhantes, que reagiram com risadas sedutoras e cheias de promessas pervertidas.

Arqueei uma sobrancelha, observando que ele mordia vários pescoços, um de cada vez. Era um patife completo. E parecia ser adorado por isso.

Ele não era tão alto quanto Ira, mas tinha ombros largos, quadril estreito, e a largura das coxas sugeria um corpo em boa forma sob o traje cor de amora.

O cabelo castanho levemente despenteado tinha reflexos dourados e vermelhos, quando iluminados por uma certa luz, mas a escuridão nunca se dissipava por muito tempo. Ele usava uma coroa de bronze com pedras preciosas de muitas cores. Os olhos amendoados de Gula eram uma mistura de cintilantes tons de verde, dourado e marrom. As cores disputavam a predominância, e todas tinham beleza própria. E esses olhos se dirigiram para onde Ira e eu estávamos; a expressão de surpresa materializada por uma sobrancelha erguida.

"Irmão! Venha conhecer minhas novas amigas, Drusilla e Lucinda. Elas estavam me contando uma história muito interessante."

"Não duvido." A falta de decoro de Ira não surpreendeu ninguém, além de mim. Ele pôs a mão na parte inferior das minhas costas. "Minha esposa, Emilia di Carlo."

A atenção de Gula se voltou para mim. Parecia que seu nariz tinha sido quebrado uma ou duas vezes, mas a imperfeição só o tornava mais interessante. Os olhos me analisaram, e vi surgir uma centelha de malícia.

"Futura esposa, pelo que sei."

"Na verdade", interferi, "não decidi se aceito o vínculo."

"Ouviu isso, irmão?" Gula se afastou das acompanhantes e passou um braço sobre os ombros de Ira. "Ainda tenho esperança."

"Respire na direção dela sem sua autorização expressa, e ela pode arrancar suas tripas." Ira pegou uma taça de vinho de fruta-das-trevas de uma bandeja que passava por ali e bebeu um pouco, a imagem da elegância casual. "Já pedi para ela evitar violência durante nossa visita, mas, no seu lugar, eu não provocaria a fúria dela."

Os irmãos trocaram um longo olhar. Ira praticamente ditava as próprias regras na corte real do irmão, como tinha feito na Casa de Pecado de Inveja. Não surpreendia que Gula nem se abalasse com a impertinência de Ira.

"Então você é uma megera violenta?"

"Tenho meus momentos, alteza."

Sua risada era plena, rica.

"Isso explica como chamou a atenção dele", Gula fingiu cochichar, mas com tom sério, como se compartilhasse um segredo. "Ira tem uma sede insaciável por fúria. Embora ele mesmo nunca tenha se entregado a ela. Para desânimo de todos." Ira não correspondeu ao sorriso do irmão, o que só divertiu ainda mais o príncipe daquele círculo. "Talvez nos surpreenda a todos, querido irmão. Este pode ser o ano em que vai se soltar, afinal. Corresponder às nossas expectativas. Divertir-se um pouco, para variar."

"Sinta-se grato por eu limitar minha ideia de diversão, irmão."

"Bem, a caçada começa ao amanhecer, vai poder selar um cavalo do Inferno e dar liberdade ao seu espírito guerreiro." Ele olhou para mim com um sorriso que prometia confusão. "Você também, Lady Emilia. Vamos ver se é igualmente inspirada pela sede de sangue."

"Eu não monto."

"Não?" Os olhos dele brilharam com humor. "Então eu fico para lhe fazer companhia. Enquanto eles vão se meter em problemas, nós encontramos alguns por aqui."

A leveza que Gula exibia desapareceu em um instante, substituída por um olhar gelado. Segui a direção de seus olhos e me surpreendi ao descobrir que o objeto de seu desprezo era uma nobre bonita e recatada. Seu cabelo azul-claro seguia o estilo das discretas damas inglesas, e o vestido elegante era abotoado até o pescoço.

Ela usava luvas de pelica que ultrapassavam os cotovelos e fez cara de repulsa quando, do outro lado da sala, avistou o anfitrião. Em seguida, inclinou-se na direção de sua acompanhante e sussurrou alguma coisa que fez a outra nobre rir.

"Com licença." A disposição de Gula ficou ainda mais sombria. "Tem uma penetra em nossa festa."

Sem dizer mais nada, ele se dirigiu às damas risonhas.

Olhei para Ira.

"O que foi isso?"

"Ela é jornalista das Ilhas Mutantes. E raramente tem alguma coisa lisonjeira a dizer sobre a realeza neste mundo. Tem sido especialmente cruel com Gula."

Pensei nos amantes sobre a mesa.

"Imagino que ela não goste das exibições de excesso de indulgência."

"Pelo contrário." Ira sorriu. "Ela chamou a última reunião dele de 'perfeitamente comum e totalmente ensaiada, uma noite previsível e nada inspirada'."

"Não acredito que você decorou isso."

"Meu irmão citou o trecho tantas vezes que ficou na minha memória. Gula ficou furioso. Desde então, ele tem feito as festas mais exageradas, devassas e indecentes possíveis."

"Ele quer que ela engula o que disse."

"Entre outras coisas, sem dúvida."

Não contive um sorriso.

"Para algumas pessoas, o ódio é um poderoso afrodisíaco."

"Realmente, é." A atenção de Ira se deteve em meus lábios por um momento. "Quer visitar os jardins do prazer, ou prefere se acomodar em seus aposentos?"

Lembrei o que Fauna dissera sobre os jardins ao crepúsculo, e meu estômago deu uma cambalhota de nervoso. Se Ira e eu saíssemos naquele momento, eu perderia a oportunidade de conhecer o resto da família dele.

Sem mencionar que não sabia se era uma boa ideia ficar sozinha com ele em um lugar onde a sedução era servida para consumo público.

Como se colhesse o pensamento da minha cabeça, ele acrescentou em voz baixa:

"Soberba vai fazer sua entrada triunfal no baile de máscaras amanhã. Preguiça vai chegar pouco antes da cerimônia do medo. Avareza e Inveja vão chegar mais tarde, com toda pompa".

"E Luxúria?"

"Imagino que já esteja aqui se divertindo. Apesar da tendência de sugar sentimentos de felicidade para aumentar seu poder, ele participa de tentações carnais quando são oferecidas. Essas festas alimentam seu pecado em vários níveis."

Olhei para a varanda, cujas portas estavam abertas, e o vento soprou flocos de neve sobre o pátio ao ar livre. Pequeninas órbitas prateadas flutuavam na escuridão.

Ir para o quarto era a melhor decisão, mas me ouvi dizer: "Vamos dar um passeio rápido pelo jardim".

Não me surpreendi ao constatar que a ideia de Gula para um jardim do prazer era bem literal. Passamos por amantes mal encobertos pelas sombras, ouvindo a estranha sinfonia de pele batendo contra pele e gemidos arfantes. Fiz o possível para manter a atenção no caminho iluminado por tochas diante de nós, sem me atrever a procurar sombras se contorcendo perto dos arbustos.

Como sempre, Ira não parecia se abalar.

"Já visitou esse jardim antes?" Imediatamente, desejei não ter perguntado.

"Sim." Ele me olhou de lado. "Sempre inspeciono o terreno para ter certeza de que não há nenhuma ameaça oculta."

Uma voz feminina gritou o nome do amante.

"Claro." Revirei os olhos. "Parece mesmo que o lugar esconde perigos."

"Exércitos camuflados, invasores, reuniões clandestinas entre Casas conspiradoras." Ira se inclinou para mim e baixou a voz. "Muitas coisas podem acontecer no escuro, *milady*."

"Ele tem razão." O sorriso do Príncipe da Luxúria era quase felino quando apareceu na nossa frente e levantou os braços acima da cabeça, expondo uma faixa de pele bronzeada sobre a calça. Os olhos de carvão me devoraram, depois cuspiram com desinteresse. "Oi de novo, queridinha."

"Luxúria." Apesar da voz interior me induzir a correr, continuei onde estava. Todos os meus sentidos entraram em alerta enquanto eu esperava a primeira lambida de sua influência esmagadora. "Eu diria que é bom te ver de novo, mas..."

Encolhi um ombro, deixando o resto no ar.

"Vou ter que dar um jeito nisso. Mais tarde." E olhou para o irmão. Não havia raiva ou retaliação em sua expressão. Até onde eu sabia, na última vez que eles tinham se visto, Ira havia cravado uma adaga em seu peito. "Preciso conversar com você. Em particular."

Ira hesitou, mas assentiu. E olhou para mim.

"Irei ao seu quarto mais tarde. A menos que prefira que eu a leve até lá agora."

"Não." Balancei a cabeça, grata pela desculpa para me afastar de Luxúria e de sua interferência perturbadora. "Tenho certeza de que consigo achar o caminho de volta."

Ira concordou balançando a cabeça, mas não foi atrás do irmão. Senti seus olhos me acompanhando até eu desaparecer além de uma curva. Na metade dessa segunda trilha, um criado apareceu. Ira tinha arranjado esse encontro, é claro. "Lady Emilia, venha comigo. Vou levá-la aos seus aposentos."

Depois de instalada no quarto, um cômodo bem mobiliado em tons de azul-cobalto e prata que exalava um luxo excessivo, esperei sentada na cama pelo que pareceram horas. Atenta para ouvir quando Ira batesse na porta.

Ele não apareceu.

Tive receio de que Luxúria o tivesse atacado, para se vingar pelo que tinha acontecido entre eles em Palermo. Depois surgiu uma nova preocupação. Estávamos hospedados em uma casa repleta de devassidão. Se Ira não estava na cama dele, talvez estivesse na de outra pessoa.

Jardim Geada de Prata,
torre sudeste, ao amanhecer.
Vista-se para matar.
E venha mascarada.

Olhei para o bilhete que chegou bem depois da meia-noite. Papel azul-cobalto, tinta platinada, um pergaminho grosso e luxuoso.

Não havia indicação de quem era o remetente, do que eu encontraria se aceitasse o convite, ou que tipo de problema poderia estar trazendo para a minha vida já tão complicada. A caligrafia não era de Ira, que ainda não havia aparecido.

Considerando o luxo exagerado do papel e da tinta, imaginei que a mensagem fosse de Gula, mas sempre havia a possibilidade de algum outro príncipe no castelo ser o remetente.

Ir "vestida para matar" podia não ser um eufemismo demoníaco.

Considerei minhas opções com cuidado. Podia ignorar o convite. Era a decisão mais segura, sem dúvida. Depois da tentativa de assassinato na Casa Ira, não era exagero considerar que podia ser uma armadilha.

Como todos se encontrariam ao amanhecer para começar a caçada, eu estaria sozinha e vulnerável. Quem havia mandado a mensagem devia saber que eu não sairia com o grupo.

E a única pessoa que sabia disso — além de Ira — era Gula.

Se o que eu vestia tinha importância, talvez se tratasse de uma festa clandestina. Uma festa em que máscaras fossem um requisito para preservar o anonimato dos presentes. Um evento misterioso organizado no mundo subterrâneo por um anfitrião misterioso não era uma reunião à qual eu consideraria comparecer.

Mas naquele momento... Suspirei. Não podia recusar uma situação que poderia oferecer uma oportunidade para interrogar um Príncipe do Inferno sem a supervisão de Ira.

Virei o cartão enquanto pensava. Eu havia sido convidada para comparecer ao Jardim Geada de Prata, mas não queria dizer que era lá que eu tinha que aparecer. Não inicialmente, pelo menos.

Um plano começou a se formar devagar em minha cabeça. Havia uma varanda do lado de fora do salão de bailes da torre sudeste, com uma escadaria que se estendia até os jardins. Eu chegaria cedo e esperaria ali, em um dos cantos escuros. Levantei-me da cama e escolhi um vestido feito de sombras.

Gula apareceu na varanda vazia segurando uma taça de cristal com um pouco de bebida. Carregava uma garrafa embaixo do outro braço. Eu diria que era cedo demais para beber, mas ele parecia nem ter ido para a cama. Estava meio despenteado, e notei um amarrotado em seu terno, como se a companheira de cama o tivesse mantido ocupado a noite toda e boa parte do início da manhã. Ele representava com perfeição o papel do canalha pervertido.

Gula bebeu um gole generoso da taça. Todos os príncipes pareciam gostar igualmente do álcool, embora as quantidades que consumiam fossem diferentes.

Desconfiado, ele começou a se aproximar de onde eu estava. Eu me encolhi um pouco mais nas sombras, prendendo a respiração para não ser detectada, como se a menor inspiração pudesse me delatar.

“Não consigo avaliar se acho isso engraçado ou ofensivo.”

Todo meu corpo ficou tenso: fui descoberta rápido demais. Levei a mão à adaga, relaxando ao sentir o peso familiar. Apresentei-me à luz aquosa do alvorecer.

Era inútil continuar me escondendo.

Esperei em silêncio. Era óbvio que ele queria esse encontro a sós. Podia me atordoar com o discurso que tinha preparado, qualquer que fosse.

Ele se debruçou sobre a mureta de pedra, olhando para o jardim lá embaixo. Flores prateadas cobertas de geada cintilavam como diamantes. "Talvez sua estratégia funcione bem."

"Que estratégia?"

"Vencer a caçada. Em cinco minutos, todo o castelo vai correr para os estábulos." Ele deixou a bebida sobre a mureta larga, depois apontou para o telhado escuro ao longe. Colinas cobertas de neve se sucediam em uma floresta de coníferas. "As pessoas raramente notam o que está diante delas, principalmente quando desejam encontrar outra coisa."

"Não sei se entendi o que quer dizer."

Ele girou devagar para me encarar, exibindo uma expressão que era um modelo de falso desgosto.

"Talvez tenha esquecido de incluir alguns detalhes importantes na mensagem. Como o prêmio para quem vencer a caçada."

Tentei manter a expressão neutra. Eu realmente acreditava que a caçada não passava de um lazer rural comum.

"Não sabia que havia um prêmio."

"Prêmio. Presa. Há quem diga que os dois são a mesma coisa." Seu sorriso transbordava má intenção. "O anfitrião escolhe a presa a cada Temporada de Sangue. Os participantes só descobrem o que estão procurando nos estábulos, pouco antes de a caçada começar."

Meu sangue esfriou nas veias.

"Ira disse que não havia sacrifício em nenhuma parte do evento de três dias."

"Eu não falei nada sobre sacrifício. Só disse que alguém ou alguma coisa será caçada." Ele me estudou com mais atenção do que eu teria imaginado ser possível, levando em conta quanto havia bebido. "Ninguém mata a presa." Ele piscou. "Não somos monstros."

"Por que disse para eu vir mascarada?"

"Para saber se você obedeceria." Ele encolheu um ombro, como se essa fosse toda explicação necessária. Fiquei feliz por ter decidido não usar máscara. "Alguém já lhe disse por que é chamado de Temporada de Sangue?"

"Não, mas tenho certeza de que é uma história encantadora."

"Se um demônio ou nobre menor ganhar a caçada, tem a opção de beber o elixir da vida."

"Sangue."

Meu estômago revirou quando Gula assentiu. *Nonna* costumava dizer que os Perversos bebiam sangue. Agora eu sabia de onde tinha saído essa história.

"E se alguém da realeza vence?"

"Temos a opção de pedir um prêmio, se houver quatro votos favoráveis entre os nossos, no mínimo. Mas beber o elixir da vida não é o único motivo para chamarmos essa ocasião de Temporada de Sangue. O vencedor da caçada é determinado por quem tira sangue primeiro. Os participantes escolhem a maneira e a quantidade que vão derramar. Garras, lâminas, flechas, dentes." Ele olhou para o estábulo. Um tiro cortou o ar, me assustando. "Ótimo. Encontraram os rifles de gelo. Se eu fosse você, pensaria em participar da caçada."

"Já falei, não sei montar."

"Que pena. Este ano a caça será um dragão de gelo. Criaturas majestosas, violentas." Ele desviou a atenção do estábulo ao longe e olhou para mim novamente. "Quanto a montar, eu reconsideraria. Descobri que às vezes o corpo se lembra de coisas que a mente não consegue recordar."

Gula inclinou a cabeça, despedindo-se, e caminhou de volta ao castelo, me deixando sozinha para pensar em suas últimas palavras. Um segundo tiro estalou como um trovão e, depois dele, ouvi o som da cavalgada, o chão tremendo sob meus pés. Alguma coisa despertou em meu sangue.

Antes que eu pudesse me convencer do contrário, suspendi as saias e corri para o estábulo.

REINO DAS BRUXAS
NATUREZA SOMBRIA

28

Do lado de fora do estábulo, uma égua lilás empurrava a neve com cascos pontudos de metal. Quando cheguei, o animal voltou os olhos prateados em minha direção. Inteligência pura iluminava aqueles olhos líquidos, e fui me aproximando lentamente do enorme cavalo do Inferno. Uma lua crescente prateada brilhava em sua testa, e um punhado de estrelas se espalhavam pelo dorso até o rabo como uma constelação.

"Você é divina, garota." Cheguei mais perto. "Não sei qual é seu nome, mas preciso te chamar de algum modo. Que tal Tanzie? Uma abreviação de tanzanita."

Sorri quando a égua inclinou a cabeça em sinal de aprovação.

O momento de tranquilidade foi breve. Tiros soaram ao longe, seguidos por um rugido de fazer tremer o chão. Imaginei que fosse o dragão de gelo que Gula mencionara.

A caçada estava em andamento, mas eu me preocupava menos com ela do que com a necessidade de cavalgar o mais depressa possível pelos campos congelados.

Meu coração batia como um tambor de guerra. Galopar por aquele terreno seria perigoso se a égua não tivesse cascos pontudos como garras. Afaguei o flanco de Tanzie com confiança, sabendo que ela não aceitaria menos de alguém a quem desse a honra de montá-la. E sua sela era linda, preta e encerada, parecia tinta congelada.

Um pequeno alforje pendia da sela. Gula devia tê-la preparado.

Encaixei um pé no estribo e montei, grata por ter decidido usar meias grossas por baixo do vestido. Montei de verdade, em vez de manter as duas pernas de um lado só. Podia não ser a forma adequada, mas eu duvidava de que alguém no mundo subterrâneo julgasse esse tipo de coisa como os mortais.

Minhas coxas se contraíram contra a égua, e eu me preparei. Estalei a língua e levantei as rédeas. Não precisei dar mais nenhum incentivo ao animal. Tanzie trotou para longe do estábulo e desceu uma encosta escorregadia, ganhando velocidade na descida, em vez de ir mais devagar.

A julgar pelo som abafado dos cascos batendo na neve, o grupo de caçadores estava atrás de nós, na floresta ou na fronteira dela. Não havia regras que determinassem que eu tinha que participar da caçada, mas eu não queria que me vissem e eu fosse estimulada a me juntar a eles.

Com o coração batendo no ritmo cadenciado dos cascos, e a respiração formando nuvens diante do rosto, me inclinei para a frente. Fomos dando a volta no castelo de Gula, e a descida suave se transformou em uma inclinação acentuada. Meu cabelo solto voava para trás com o vento que parecia morder minha pele. Lágrimas ardiam em meus olhos, mas eu não conseguia piscar, não conseguia fazer nada enquanto a égua corria montanha abaixo. Uma lembrança despertava... Uma sensação de já ter estado naquele lugar, correndo contra o vento e cavalgando como uma guerreira para a batalha.

Esqueci a caçada, o Banquete do Lobo e todos os demônios que estavam cavalgando por perto. Não sabia para onde estava indo, mas alguma coisa me chamava, agia no fundo do meu sangue. Gritava para eu me lembrar, deixar de lado os pensamentos e só *sentir*.

Tanzie relinchou como se confirmasse essa hipótese. Como se quisesse que eu me lembrasse de que tínhamos sido criadas para isso. Esse sentimento de liberdade e de ausência de restrições. Tudo que importava era o terreno por onde passávamos e o sangue pulsando em nossas veias.

Quando chegamos ao pico de uma imensa colina, um campo de rosas pretas surgiu por entre a neve. Descemos em um trote lento, e conduzi Tanzie para mais próximo da encosta cintilante. De perto, vi que a mancha escura não era sólida. Eram milhões de pequeninas flores pretas crescendo do gelo. Fiz Tanzie parar e desmontei. As pétalas de ébano tinham pontinhos prateados.

Intrigada, colhi uma, e me surpreendi ao ver que toda a raiz saiu com facilidade. As estranhas raízes prateadas brilharam intensamente, depois secaram diante dos meus olhos. Magia ou alguma planta peculiar do Inferno. Eu queria estudá-las e descobrir o que mais podiam fazer. Então peguei um punhado de flores e as guardei em uma bolsinha de couro presa à sela.

Tanzie relinchou, bateu os cascos no chão de maneira imperiosa, sinalizando que estava entediada daquele nosso desvio para colher flores. Sem olhar para o campo ondulante atrás de mim, montei novamente e galopamos ainda mais que antes. Estava tão atenta ao aspecto sensorial da cavalgada, à euforia do ar gelado tocando minha pele e me roubando a respiração, que não notei o castelo surgindo imenso diante de nós. Nem percebi que tínhamos atravessado alguma linha divisória invisível.

Só percebi meu erro quando os primeiros guardas nos cercaram de espada em punho, gritando para eu parar. Tinha invadido os domínios de outro príncipe demoníaco sem ser convidada. Tanzie refugou, empinou as patas dianteiras e as abaixou em seguida, pisoteando o chão, quando um guarda silenciou os outros e me deu uma ordem clara.

"Desmonte e ajoelhe."

"Parece estar havendo um mal-entendido." Segurei as rédeas com firmeza. "Eu estava cavalgando na Casa Gula e não percebi que tinha me afastado tanto."

"Já disse para desmontar e se ajoelhar."

O guarda que falava se destacou da formação. O capacete de ferro aberto no rosto tinha asas laterais que pareciam assassinas. Sobre a faixa superior, onde o capacete se moldava à testa, o metal era marcado por uma gravação de garras douradas.

Notei que nenhum outro guarda exibia esse sinal, o que o identificava como o líder óbvio do grupo. Outra fila de guardas surgiu do castelo, carregados de arcos abastecidos com flechas.

Olhei para o rosto do líder dos guardas e gravei seus traços na memória, caso as coisas desandassem e eu precisasse me lembrar de detalhes depois de fugir. Mechas do cabelo dourado-escuro escapava da parte superior do capacete. A pele tocada pelo sol tinha só uma imperfeição: uma cicatriz prateada que atravessava os lábios arrogantes.

De onde estava, não conseguia ver a cor dos olhos, mas a dureza neles nunca seria esquecida. Tanzie farejou o ar, recuando um pouco quando os outros guardas deram um passo adiante, cerrando fileiras. Se eu desmontasse, certamente me arrependeria.

Endireitei as costas, adotando meu tom mais autoritário. "Exijo falar com o príncipe desta Casa. Está havendo um engano."

"Desmonte, antes que minha espada encontre suas entranhas."

"Toque em mim, e garanto que vai sentir mais que minha fúria." O sorriso que distendeu meus lábios era tão cruel quanto sua arma. "Pode até valer a pena, só para ver o Príncipe da Ira te desossar. Duvido que ele tenha clemência com qualquer um que faça mal a sua princesa."

A surpresa cintilou em seus olhos, mas ele controlou sua expressão. "Perdão, mas não me lembro de ter recebido nenhum aviso de que você tinha sido convidada ao nosso território." Ele chegou mais perto, apontando a lâmina para o meu coração. "O que me dá permissão de remover a ameaça ao nosso domínio como eu achar melhor. Agora desça da porra do cavalo, *princesa*."

Se fosse para focar no lado positivo de uma situação muito ruim, não fui acorrentada e encaminhada para uma cela. Fui levada a um salão elegante e prontamente trancada dentro dele com um punhado de guardas armados posicionados nas portas e janelas. Ignorei os olhares gelados e estudei a sala.

Assoalho e paredes de mármore branco brilhavam alegremente à luz das velas. Estava cercada de mobília dourada forrada de seda e ornamentada de forma a competir com o famoso palácio do Rei Sol na França. Eu me sentei na beirada de um divã de brocado cor de pérola, contendo o impulso de pressionar minha adaga escondida. Ninguém falava. Não havia brasões reais nos uniformes, nada que indicasse que Casa de Pecado eu havia invadido por acidente.

Na verdade, não saberia identificar muita coisa além da insígnia do sapo coroado de Avareza, se conseguisse ver algum brasão. Tinha certeza de que não estava na Casa Ira, Inveja ou Gula. Pelo que eu sabia, quase todos os sete príncipes demoníacos já estavam no

Banquete do Lobo. E era essa a possível complicação por trás dos guardas e do desconhecimento do protocolo adequado para lidar com um invasor. Um ponto positivo nessa situação desanimadora era que eu havia encontrado o esconderijo perfeito para evitar minha participação na caçada.

Um relógio rococó imperial sobre a cornija da lareira marcava os segundos. O líder dos guardas me deixou na sala e, antes de sair, murmurou ordens para os dois guardas posicionados na porta. Eles olharam para mim, depois assentiram em entendimento ao que ele tinha dito. Um quarto de hora se passou. Certamente alguém da Casa Gula notaria a minha ausência, considerando que eu era a convidada de honra. Ira me procuraria, sem dúvida.

Uma hora se arrastou. Ninguém apareceu. Outra hora passou no ritmo que devia ser o mais lento da história. Mesmo assim, nenhum príncipe chegou de adaga na mão para me libertar.

Era hora de eu me tornar minha própria heroína e me salvar.

Pigarrei.

“Que Casa real é esta?”

Silêncio.

Ninguém se moveu nem piscou. Era como se eu nem houvesse falado. Assumi uma posição mais confortável no divã. Mais uma hora se passou. Quando eu estava quase enlouquecendo, a porta se abriu. Um dos guardas bloqueou minha visão, e a conversa sussurrada era baixa demais para entender qualquer parte do que tinha sido dito. O guarda assentiu, fechou a porta e olhou para mim com expressão fria.

“Levante-se.”

Minhas pernas travaram.

“Aonde vamos?”

“Sua alteza a está liberando.”

“Não entendo. Ele não deseja falar comigo?”

Um sorriso cruel transformou o rosto do guarda.

“É melhor não perguntar sobre o que ele deseja. Suspeito de que teria pesadelos.”

A cavalgada de volta à Casa Gula foi fria e infeliz.

Não conseguia superar o pressentimento que me seguia como uma sombra. Tanzie parecia igualmente perturbada; ela avançava depressa, os cascos batendo na neve com brutalidade, como se quisesse nos afastar o quanto antes da Casa do demônio amaldiçoado. Subimos a montanha e seguimos velozes para o lado sul do castelo. Gula estava encostado na cerca do lado de fora do estábulo, sua capa cor de cobalto flutuando ao vento. Ele assistia à nossa chegada com uma expressão enrugada de dúvida.

"Aconteceu alguma coisa interessante?"

Desmontei e dei um tapinha carinhoso no flanco de Tanzie.

"Que jogo é esse que você está fazendo?"

"Atualmente?" Ele consultou um relógio de bolso. "O tipo de jogo em que eu a acompanho até seus aposentos. O baile de máscaras começa em algumas horas. Seu passeio quase nos atrasou."

Meu passeio foi ser feita prisioneira. Antes que eu pudesse responder, ele estava na minha frente, com uma adaga na mão, cortando a corda que prendia a bolsinha à sela de Tanzie. Ele pegou uma das flores que eu tinha colhido e a segurou diante dele, as raízes prateadas brilhando e se retorcendo com a brisa leve.

"Isso aqui é raiz do sono. Pode derrubar até o mais poderoso integrante da realeza. Que tipo de planos nefastos você tem para esta noite?"

"Nenhum."

"É mesmo?" Ele parecia desapontado. "Tem em seu poder uma planta que a maioria dos príncipes teme, e não planeja usá-la contra nós?" Ele jogou a bolsa de raiz do sono para mim. "Planeje com mais ambição, minha amiga. Liberte a inconformada que há dentro de você."

"Agora que sei o que ela pode fazer", comentei com tom doce, "certamente vou usar."

"Ótimo. Vamos nos arrumar para um pouco de devassidão."

REINO DAS BRUXAS
NATUREZA SOMBRIA

29

Meu vestido bordado era extravagante. E pesado. Deusa do céu, eu jurava que tinha quase um quarto do meu peso. Havia um espartilho estruturando o corpete ajustado, e era tão apertado no quadril que eu me sentia como se tivesse sido mergulhada em ouro líquido. Lantejoulas costuradas em uma série de desenhos geométricos acentuavam minhas curvas: quadril, cintura, busto. Cada seção tinha um mix de contas, lantejoulas e padrões criados para atrair o olhar.

Virei na frente do espelho, admirando o trabalho dedicado à criação da peça.

Seda cor de champanhe sussurrava sobre minha pele. As saias se dividiam no meio, alguns centímetros acima dos joelhos, e a porção bordada cobria seda pura, intocada. Um cinto brilhante de ouro com vinhas e espinhos emprestava um toque de perigo à beleza.

Minha máscara... ela era toda Casa Ira. Fui informada de que os príncipes só poderiam usar máscaras de lobo, e o restante dos convidados podiam escolher a que quisessem.

A meia-máscara que fiz era de bom gosto. Cor de ouro escuro com linhas delicadas de purpurina, sugerindo com suavidade a textura de pele de cobra. Deixei o cabelo solto e natural, acrescentando apenas algumas presilhas de ouro para mantê-lo longe do rosto. Tinha acabado de dar os toques finais quando Ira entrou no quarto.

Não pude evitar o sorriso vaidoso enquanto guardava agulha e linha na caixa de costura.

"Acho que ficou bom", comentei.

Seu olhar intenso fixou-se na máscara.

"Onde achou isso?"

Toquei o metal frio de leve.

"Um cavalheiro comenta a beleza de sua acompanhante. Não pergunta onde ela encontrou uma máscara."

"Esta noite você é minha acompanhante?"

Seu tom tinha uma nota de provocação. Por trás dele, no entanto, senti alguma tensão. Tentei não ficar imaginando onde ele passara a noite e por que não tinha ido ao meu quarto, como havia prometido. Não sabia o que Luxúria queria, mas podia imaginar o tipo de diversão que ele podia procurar e oferecer ao irmão. O aperto repentino em meu peito era muito parecido com dor.

"Você vai me acompanhar ao evento." Encolhi um ombro. "Não sei que outro nome dar a essa situação. Se quer que eu tente, posso procurar algumas palavras."

"Não tenho a menor dúvida disso."

Admirei abertamente seu traje. Ébano e ouro. O colete também imitava pele de cobra, mas era feito inteiramente de metal, como a malha de uma armadura.

"Acha que pode haver uma batalha?"

"Só se você me pedir para afastar pretendentes."

"Onde está sua máscara?"

Ele ofereceu um braço.

"Divirta-se com esse mistério."

"Estou prestes a ter a *honra* de ter meu maior medo ou segredo arrancado de mim. A expectativa realista é de que não vou conseguir me divertir com nada. Queria saber exatamente o que esperar de cada parte da noite."

"Primeiro o jantar. E tenho certeza de que vai gostar dele."

Sem dar mais pistas, Ira me conduziu por uma escadaria impressionante até um saguão repleto de convidados mascarados bebendo champanhe e conversando em voz baixa. A atmosfera era mais contida do que a da noite anterior, mas não menos fascinante.

Gula notou nossa chegada e bateu palmas uma vez, chamando a atenção de todos os presentes.

"Por favor, todos vocês, dirijam-se à sala de jantar e ocupem seus lugares. O banquete vai começar."

Ira me levou ao nosso assento, e fiquei feliz por ver que Fauna tinha sido acomodada na cadeira ao lado da minha. Anir estava na frente dela, e foi aí que minha boa sorte acabou. Lady Sundra entrou, radiante como a luz do sol, e sua expressão se tornou tempestuosa quando me viu.

"Lady Sundra."

Seu rosto ficou tenso, e percebi imediatamente que, sem querer, eu a havia encurralado. Na presença de Ira, eu a forçava a usar meu título.

"Lady Emilia."

Inveja entrou na sala e se acomodou na cadeira na frente de Ira — ao lado de Lady Sundra, ainda furiosa — com um sorriso provocante no canto da boca.

Antes que ele pudesse me desafiar com o que iluminava seus olhos, o chef entrou na sala.

"Boa noite, lordes, ladies e príncipes do submundo. O tema do cardápio para esta noite é Fogo e Gelo. O prato da terra de cada mortal vai representar os elementos escolhidos de alguma forma. Nosso primeiro prato é uma salada *frisée* que invoca o gelo. Em breve verão por quê.

Um exército de criados entrou carregando pratos individuais que foram simultaneamente depositados diante de cada convidado. Deixei de me preocupar com Lady Sundra. Não conseguia deixar de olhar para o prato. Os legumes estavam arrumados em círculo sobre uma lâmina de madeira, lembrando o ninho de um pássaro arrancado de uma árvore.

Em torno dos legumes havia pedaços de queijo e pecãs trituradas. No centro, um recipiente cor de rubi em forma de ovo comportava o molho. Não era apenas uma salada: era uma obra de arte, de paixão. Gênio criativo em um nível como eu nunca tinha visto antes.

Fiquei feliz por ver que não era a única que ainda não empunhara o garfo, hesitando em desmontar a escultura comestível.

"Um vinagrete congelado de morangos." O Príncipe da Gula bateu de leve no falso ovo, rachando-o e espalhando o molho. Ele misturou os pedaços de queijo e as castanhas esfareladas nas folhas verdes, misturando a salada com o molho. Todos o imitaram, e a conversa animada invadiu a grande sala de jantar.

Ira me observava, e esboçou um sorriso ao me ver rachando o ovo de vinagrete e admirando o prato.

"Vejo que está vivendo momentos terríveis."

"Pavorosos." Apesar da atenção invasiva que recebia do outro lado da mesa, retribuí seu sorriso. "É quase bonito demais para comer."

Folhas de hortelã picadas, cebola roxa ralada e funcho harmonizavam delicadamente com as folhas amargas. Assim que esvaziamos os pratos, os garçons os removeram rapidamente, abrindo espaço para a próxima delícia culinária. Como se fosse um maestro e a comida fosse a orquestra que ele regia, o chef voltou ao salão e anunciou orgulhoso o prato seguinte.

"Nosso segundo prato invoca o fogo. A 'vela' é feita de gordura de bacon. À medida que queima lentamente, ela cria um molho onde podem mergulhar os escalopes com couve-de-bruxelas e parmesão ralado."

Os garçons se debruçaram e acenderam as velas de bacon em uníssono. Gula incentivou todos os convidados a provar o vinho e a observar as velas derretendo. Entediado com a encenação, Inveja olhou para o demônio sentado a seu lado.

"Alguma notícia sobre as Estrelas dos Sete?"

"Nenhuma novidade, alteza. Todas as indicações levam à floresta."

Ira olhou para o irmão e bebeu um gole de vinho.

"Perseguindo contos de fadas de novo?"

"Fico pensando, querido irmão, se vai continuar rindo de mim quando eu me tornar o mais poderoso de todos nós." O sorriso de Inveja era cruel. "Ou vai se curvar para seu novo rei?"

Lady Sundra olhou sutilmente para o príncipe ao lado dela, um olhar calculista.

Comprimi os lábios, tentando evitar que minhas perguntas transbordassem. Anir inclinou-se sobre a mesa com um brilho maldoso nos olhos.

"Aqui o poder é uma moeda de troca. Mortais acumulam riqueza; nossa realeza faz a mesma coisa com magia."

"Os príncipes do Inferno podem ser destronados por demônios menores?"

"Não. Eles sempre governam seus círculos. É basicamente um teste para ver quem tem mais poder entre eles. Rivalidade entre irmãos, digamos assim."

"Então, o diabo é um título que pode ser passado para diferentes governantes."

Os príncipes perto de nós ficaram tensos, mas Anir deu pouca atenção a eles.

"Nem sempre. Isso influencia mais ou menos diferentes eras na Terra. Você pode ver através das eras qual dos sete príncipes tinha mais poder e influência observando o mundo mortal. Guerras, avareza, despertar sexual. No entanto", continuou em um sussurro que era tudo, menos baixo, "não consigo me lembrar de uma era de inveja."

Inveja bateu com a taça na mesa.

"Cuidado com o que diz, mortal."

"Ou...?"

Antes que eles partissem para os socos, o chef reapareceu e sua voz invadiu a sala.

"O terceiro prato é o mais interativo. Peço que coloquem as fatias de bife cru marinado sobre as brasas e selem rapidamente dos dois lados. Quando a carne sair da brasa, salpiquem as raspas de queijo azul congelado sobre as fatias."

Ira se movimentou na cadeira, atraindo minha atenção. Estava olhando para a porta, por onde Avareza tinha acabado de passar e se curvava com cortesia. Ele vestia um traje cor de bronze, exatamente da mesma cor de seus olhos e cabelos, como se tivesse nascido do metal. Em sua expressão havia também uma nota de estranheza, como se não estivesse acostumado à pompa como os irmãos.

Ele cumprimentou Ira com um aceno de cabeça e foi sentar-se no extremo oposto da mesa.

"Peço desculpas pelo atraso. Não interrompam o banquete por minha causa."

"Senta logo, porra", resmungou Gula. "Chef! Traga a comida dele."

Tirando proveito do drama familiar que distraía Ira, me inclinei para cochichar no ouvido de Fauna.

"Já ouviu falar nas Estrelas dos Sete?"

"Ah, está se referindo às Sete Irmãs. É claro. Todos aqui já ouviram falar nelas. Nas lendas antigas, apareciam para viajantes necessitados como formas não mais consistentes que sombras. Alguns dizem que encontrá-las é uma bênção, mas a maioria aqui acredita que é uma maldição."

"Por quê?"

"Se você interrompe a fiação celestial das irmãs, há um risco de elas partirem ou tecerem errado o fio do destino. Às vezes, os resultados dessa interferência são imediatos, outras, demoram décadas."

"Que... curioso. Se elas tecem fios do destino, devem conseguir rever o passado. Ver os fios que já teceram." Fauna olhou para mim com desconfiança, mas assentiu. "Então, se alguém sabe onde estão objetos perdidos, são as Sete Irmãs."

"Emilia..." Fauna me preveniu. "Não pode ir atrás delas. Perguntar sobre um ser vivo pode causar danos ao passado e ao futuro."

"Eu não estava pensando em perguntar sobre um ser. Só sobre um objeto."

"Não sei o que está planejando, mas esqueça. É perigoso demais."

Perigoso ou não, eu encontraria as misteriosas Fiandeiras do Destino. Um dos crânios encantados tinha mencionado "sete estrelas" e "sete pecados". Eu havia deduzido imediatamente os príncipes demoníacos, mas não sabia o que eram as sete estrelas. Talvez essa fosse a resposta. E o demônio com quem Inveja conversara no início do jantar havia mencionado uma floresta.

A empolgação me inundava. Quando visitei a Casa Inveja, ele fez questão de me falar sobre a Floresta Sanguínea. Não tinha entendido por que ele quis que eu conhecesse a fábula da Árvore da Maldição. Estava começando a suspeitar de que ele queria insinuar alguma outra coisa.

O assunto que escolhera não foi aleatório. Inveja queria que eu procurasse as Sete Irmãs. E eu poderia apostar que isso tinha a ver com os objetos mágicos que ele estava procurando: a Chave da Tentação e o Espelho das Três Luas. Por alguma razão, ele acreditava que eu tinha mais chances de conseguir informações do paradeiro deles. Independentemente das intenções dele, aquela história me interessava.

Tentei lembrar o mapa que tinha visto na Casa Inveja. Conseguia visualizar a floresta, mas não me lembrava da localização em relação à Casa Gula.

"Olhando daqui, onde fica a Floresta Sanguínea? O Príncipe da Inveja mencionou que ela não faz parte de nenhum território real, mas é preciso atravessar um território para chegar lá."

"Daqui?" Fauna pensou um pouco. "A rota mais rápida passa pelo círculo de Soberba."

Olhei em volta da longa mesa. Ira, Avareza, Inveja, Gula. Não vi Preguiça, mas lembrei que Ira dissera que ele chegaria antes da cerimônia do medo. Bebi meu vinho e olhei para o outro lado da sala. Luxúria sorriu para mim da outra ponta do nosso lado da mesa, flexionando o dedo em um aceno debochado.

Ignorando-o, perguntei em voz baixa:

"O diabo já chegou?".

A conversa cessou. Mãos segurando talheres e taças pararam a meio caminho da boca. Era como se eu tivesse lançado um feitiço para congelar o tempo. Aparentemente, perguntar sobre o diabo era tabu.

"Para o nosso último prato", disse o chef, interrompendo o silêncio na sala, "temos uma combinação de fogo e gelo. *Crème brûlée*, flambado ao servir, coberto com uma guarnição de pérolas de framboesa congelada e folhas de menta maceradas."

Assim que o chef nos deixou com a sobremesa, dedos mornos tocaram meu pulso. Olhei para Ira.

"Dance comigo no baile."

Ele se levantou, assim como os outros príncipes presentes. Os criados correram para puxar as cadeiras e desapareceram imediatamente nas sombras.

"Aonde vocês estão indo?"

"Está na hora de colocarmos as máscaras."

"E despirmos a civilidade", provocou Gula. "Vejo vocês no baile."

30

Aquele príncipe do Inferno certamente sabia planejar um evento inesquecível.

Apesar dos pontos negativos que a colunista publicaria sobre a festa, era divertida. E espetacular. O baile em que Fauna e eu entramos vertia decadência em cada centímetro quadrado. No mundo mortal, considerava-se a comida como o objeto central do pecado de Gula, mas nos Sete Círculos era indulgência pura.

O evento inaugural na noite anterior tinha sido só uma amostra de até onde Gula podia ir com seu pecado favorito. Copos feitos de diamantes respingavam vinho de fruta-das-trevas cintilante sobre as mesas e bandejas incrustadas com pedras preciosas. Mais de uma dúzia de lustres de cristal pendiam de postes encurvados separados por intervalos regulares em torno da pista de dança.

Guirlandas de flores com cristais transparentes costurados nas pétalas envolviam os postes. Era como se tivéssemos entrado em um conto de fadas de inverno. Como se o gelo fosse feito de diamantes, não de água. Quando a luz das velas iluminava os cristais e as pedras preciosas, tinha-se a impressão de que o fogo ardia dentro do gelo. O tema do jantar tinha sido transportado em grande estilo para a festa.

“Isso é...”

“Olha!” Fauna quase gritou. “Ali.”

Ela apontava para doces quase da altura dos convidados, enfeitados com ouro comestível e moldados no formato de animais fantásticos. Dragões do gelo alados, lindos unicórnios em tons pastel, cães de três cabeças. Era tão intrigante que quase não despertava o apetite. Os convidados não pareciam desestimulados, mordiam o flanco de um unicórnio, saboreando o bolo com recheio de frutas que era parecido demais com sangue para o meu gosto. Notei uma vasilha cheia de frutas cobertas com chocolate, uma pilha quase tão alta quanto a da noite em que Ira se divertira comigo por causa desse pecado.

Olhei para a sala toda procurando por ele e os outros príncipes. Nenhum deles estava ali. Olhei novamente para a escultura doce do dragão de gelo.

"Quem venceu a caçada?"

"Acho que foi sua alteza. Ele parecia determinado a ganhar a qualquer preço."

"Ira ganhou?"

"Hum? Ah, sim." Ela segurou meu braço como se temesse cair. "Olha ali. Os boatos eram verdadeiros." O tom de Fauna era de admiração. "Ele tem câmaras de encontros sexuais."

Como insetos atraídos pela chama da devassidão, fomos nos aproximando. As famosas salas de vidro se alinhavam no lado esquerdo do salão de baile. Dentro delas, a luz das velas era baixa, e as cortinas estavam abertas e presas, garantindo que todos que passassem pudessem dar uma olhada nas exibições que aconteciam naquelas câmaras nada privadas.

Fauna segurava meu braço com muita força, e seus olhos se arregalavam mais por trás da máscara a cada sala e casal pelos quais passávamos. As cenas se tornavam mais desinibidas, mais ousadas. Graças à deusa estávamos mascaradas. Por mais que eu estivesse vendo com frequência essas demonstrações públicas de sexualidade, não conseguia evitar o constrangimento. Senti o calor do rubor e soube que meu rosto estava vermelho.

Fauna não tinha a mesma reação; ela estudava os casais, como se estivesse guardando certas posições na memória. Eu não ficaria surpresa se puxasse um caderno.

"Viu aquilo?" A voz de Fauna era de apreciação. "Não sabia que essas câmaras tão pequenas podiam comportar tanta gente, muito menos para fazer o que estavam fazendo e manter o ritmo. Isso exige uma tremenda habilidade."

"E energia. *Essa* é a verdadeira façanha em exibição."

Ela riu e bateu no meu braço.

"E pensar... que essas são as cenas mais moderadas. Ouvi dizer que o jardim do crepúsculo é muito mais escandaloso do que me contaram."

Pensei em Ira. Tentei não deixar a suspeita me dominar.

O que ele fizera na noite anterior, e com quem, não era da minha conta. Censurei-me internamente. Se Ira estivesse ali, ele riria de mim e me desmascararia por mentir.

Antes que pudesse examinar meus sentimentos com mais profundidade, uma estranha comoção aconteceu, como um regimento de soldados cercando o baile de máscaras. Estudei o ambiente, procurando a causa dessa reação. Minha respiração foi interrompida por um instante. Seis figuras imponentes usando máscaras de lobo surgiram dos cantos do salão. Altos, silenciosos, letais.

Havia alguma coisa neles juntos — deixando de lado batalhas internas e planos para se tornarem uma temível unidade — que transformava um arrepio de desconforto em uma necessidade de lutar ou fugir. Até os lordes e as damas do Inferno pareciam prontos para correr.

A tensão foi dominando os presentes.

Enquanto o grupo avançava, meu foco recaiu sobre o maior deles. Mesmo com a máscara no rosto, eu reconheceria aquele andar confiante em qualquer lugar. Ira não entrava em uma sala como qualquer outro, ele avançava e a dominava. E nem precisava se esforçar, era natural. Todos os outros podiam desaparecer, e ele permaneceria brilhando com intensidade. Uma força constante de poder e vitalidade.

Os príncipes contornaram os presentes devagar, como se tocassem uma boiada. Fauna e eu fomos acompanhando o andar de todos os outros, e o espaço entre nós foi diminuindo a cada passo que dávamos. Então, quando todos estavam próximos da pista de dança, os príncipes se viraram e olharam para a escada.

Forcei-me a desviar o olhar de Ira e esperei. Em um movimento coreografado, um príncipe solitário desceu a escadaria com as mãos nos bolsos e sapatos brilhando como pedras preciosas à luz das velas. Mesmo de longe, ouvi o som dos passos, das solas de couro batendo no mármore do piso.

Fauna se inclinou para mim.

"Este é o Príncipe da Casa Soberba."

Observei a figura impressionante caminhar entre os convidados. Assim como os outros príncipes, ele usava uma máscara de lobo que deixava descobertos apenas o lábio inferior e o queixo. A dele era prateada e dourada. Ornamentada e elegante. Ele não olhava para ninguém, nem para os que se curvavam ou abaixavam a cabeça quando ele passava. O cabelo era castanho, entremeado de fios dourados. Era curto nas laterais e mais comprido na parte de cima da cabeça. Não havia uma mecha fora do lugar.

Nem uma ruga no terno cauda de andorinha.

Vestido de azul-marinho e prata, ele não se fundia às sombras. Ficava ligeiramente separado delas, como se quisesse lembrá-las de quem as dominava.

Não percebi que estava prendendo a respiração, olhando abertamente para ele de trás da segurança da máscara, até soltar o ar. O *diabo* estava a poucos passos de mim. Uma figura insultada e odiada por quase todos. Se as histórias eram verdadeiras, ali estava um anjo rebelde que tinha sido expulso do Paraíso e que era o rei dos demônios. Tão corrompido pelo pecado, tão monstruoso, que governava os piores habitantes de cada reino. Seu olhar prateado encontrou o meu, brilhando como uma estrela que cruzava o céu. Um arrepio percorreu minhas costas. Se eu não tivesse me comprometido acidentalmente com Ira, e se não tivesse aceitado o vínculo, estaria olhando para meu marido.

Soberba me estudou da máscara até a ponta dos pés, inclinando a cabeça de lado. Tive a horrível sensação de que ele me avaliava, planejando como exibir suas habilidades da melhor maneira para dominar a presa. Se Ira às vezes me fazia pensar em uma pantera enjaulada, Soberba era um leão de juba dourada.

Dois príncipes ferozes. Ambos letais. Mas só um conseguia se misturar à noite, atacar com violência e rapidez sob o manto da escuridão, e depois fugir sem ser visto. Desviei a atenção do diabo para procurar por Ira. Ele havia desaparecido.

"Olá, Lady Vingança."

A voz baixa e levemente grave soou perto da minha orelha. Precisei de todo meu esforço para não demonstrar surpresa nem tensão. Esperava que ele não sentisse o objeto que eu escondia em meu corpo.

Virei lentamente para o príncipe ao meu lado e ofereci uma leve inclinação de cabeça. Ele não era meu rei. Ninguém me instruiu que deveria me curvar.

"Alteza."

"Você me daria a honra de uma dança?"

Fauna mordeu o lábio, praticamente saltitando no lugar enquanto balançava a cabeça me incentivando a aceitar.

"Eu..."

"Você?" Ele olhou em volta com um brilho de compreensão no olhar. As pessoas recuaram, como se tivessem medo de serem notadas. A pista de dança esvaziou. "Tem alguém com quem gostaria de dançar primeiro? Se tem, vamos fazer com que ele se arrependa de não ter pedido antes de mim."

"Eu danço com você, mas sem nenhuma segunda intenção."

"É claro."

Ele manteve o bom humor enquanto me conduzia à pista de dança, e a orquestra começou imediatamente a tocar uma valsa. Por alguns instantes, não falamos nada. Ele foi nos conduzindo pela pista, e meu nervosismo por dançar em público se tornou uma memória esquecida, enquanto ele executava os passos com facilidade. Ele era encantador. Um diamante cintilante incrustado em platina pura.

Ou queria que eu acreditasse nisso. Talvez, na verdade, ele fosse como uma lâmina. Forjado no fogo do Inferno e letal como o pecado. Continuamos dançando cada vez mais próximos, e fiquei esperando uma centelha de lembranças acender chamas ocultas de desejo. Se ele era o amante da minha visão, meu corpo não o reconhecia.

Ele se inclinou até ficar escandalosamente perto.

"Se está tão intrigada com a máscara, espere até eu removê-la."

"Garanto que não estou olhando para sua máscara, majestade. Honestamente, estou tentando encontrar um conjunto novo de chifres ou presas."

Os olhos de Soberba brilharam.

"Eu sei ser aterrorizante. Quando quero."

"Tenho certeza disso, mas não à maneira de alguém que conheço."

"Ira?" Ele ficou sério quando viu que eu olhava para a pista de dança, esperando que seu nome fosse suficiente para invocá-lo. "Não estou acostumado com parceiras de dança tão bonitas pensando em meu irmão, ainda mais quando estão em *meus* braços."

Não pude evitar. Ri na cara do diabo.

"Você é muito vaidoso."

"Uma característica familiar das mais proeminentes. Mas asseguro que minha vaidade é justificável."

"Vou ter que acreditar na sua palavra, alteza."

Valsamos pela pista, entre outros casais que se juntaram a nós, e ele me conduzia com passos firmes e leves. Mesmo depois da aula improvisada de Ira, eu temia tropeçar ou pisar nos pés dele, mas sua habilidade era suficiente para encobrir meus possíveis erros. Em parte, fiquei desapontada. Se aquilo desse muito errado, poderia ser meu maior medo.

"O Príncipe da Ira é bem sério, comparado ao restante de vocês."

"Esse é o trabalho dele: ser excelente em guerras e justiça. Assuntos sérios. E por isso nenhum de nós precisa se preocupar com as partes complicadas de governar." Franzi a testa. "Este mundo teria sido destruído se ele não o submetesse pelo terror."

"Acho que não entendi."

Soberba girou até eu poder ver Ira encostado em uma coluna de mármore. Sua máscara estava levantada, e ele acompanhava cada passo, cada movimento no salão de baile.

Não parecia satisfeito nem furioso, mas havia algo em sua expressão que me fez pensar que estava... com ciúme. Soberba deslizou a mão por minhas costas, sem dúvida alimentando o incômodo de Ira. Pisei no pé dele e sorri quando ele gemeu.

"Ele, minha cara, é o equilíbrio. E é sempre a única coisa entre nós e a completa destruição. Ira é a encarnação da justiça imparcial. É temido porque não hesita ao executar uma sentença, ao submeter à justiça aqueles que merecem punição. Se tem que mandar alguém para a Prisão dos Condenados, que os mortais julgam ser a versão deles do 'Inferno', ele não trata o assunto com descaso."

Até aquele momento, ninguém havia falado sobre as almas mortais enviadas para lá.

"E onde ela fica?"

"É encantador você pensar que eu contaria. Já perguntou a Ira?"

Perguntei, e tinha quase certeza de que ele tinha falado alguma coisa sobre uma ilha na costa oeste.

"Tive a impressão de que isso faz parte do seu governo."

"Regras são mais divertidas quando quebradas." Ele levantou um ombro. "Delegar também é parte de governar, não é?"

Antes que eu pudesse responder, ele girou pelo salão mais uma vez com movimentos fluidos, graciosos e envolventes. Compreendi que ele não estava mais interessado em falar sobre poder e mudei de tática. Esperei até nos afastarmos o suficiente dos outros casais e falei em voz baixa:

"Sei que isso é privado, mas gostaria de oferecer minhas condolências".

Soberba ficou tenso. Eu não teria notado, se não o estivesse tocando, e foi por isso que quis abordar o assunto enquanto dançávamos.

"Perder alguém que você ama", continuei mesmo sem ele responder, "é uma dor horrível. Não a desejaria nem ao meu pior inimigo."

"Como tenho certeza de que meus irmãos e eu estamos entre esses que você considera inimigos, é bom saber disso."

A declaração era apenas parcialmente verdadeira, mas não o corrigi. Na volta seguinte pela pista de dança, a máscara se deslocou, revelando sua boca. Uma pequena cicatriz diagonal atravessava o lábio superior e terminava logo abaixo do inferior. Eu a tinha visto antes, e desejei que as batidas aceleradas do meu coração se confundissem com o ritmo da dança.

Estávamos nos aproximando da beirada da pista de dança e de uma alcova escondida por uma coleção de vasos de samambaias. Quando passamos por ali, eu o virei e empurrei para a área de sombras, longe de olhares curiosos. Não conseguia ver sua expressão, mas ouvi como ele inspirou mais intensamente quando o empurrei contra a parede e aproximei a boca de sua orelha.

Sem esperar outro estímulo, ele tirou a máscara e a jogou no chão, depois levou a mão à minha, interpretando erroneamente o que estávamos fazendo ali.

Uma reação com a qual eu contava.

"Seu irmão acredita que você é um devasso. Bêbado demais de vinho e cheio de amantes para se incomodar com o que importa." Recuei o suficiente para estudá-lo. Vi a desconfiança em sua expressão. "Mas estava liderando seus guardas pelo perímetro da Casa Soberba esta manhã, e parecia tudo, menos embriagado."

"Como é que é?" Ele fingiu confusão, como um ator talentoso. Notei que não respondia diretamente à minha pergunta, evitando mentir. "Estou aqui para beijar, não para ser interrogado. Se está interessada em conversar, posso propor assuntos mais excitantes."

Ele aproximou a boca da minha, e eu o detive com a mão em seu peito.

"Vou ser mais clara, majestade. Não fique aí fingindo que não lembra que interceptou meu passeio pela manhã. Por que me manteve refém em sua Casa por tanto tempo? Para esconder o número de guardas patrulhando sua propriedade?"

"Não pode esperar que eu compartilhe informações com outra Casa."

"Muito bem. Então, responda: por que esconde que não é tão bêbado e orgulhoso quanto quer que os outros acreditem?"

"Por questão de princípios, raramente mostro minha verdadeira face. Devia ter a sabedoria de fazer a mesma coisa."

Olhei para a cicatriz. Provavelmente não era ela o motivo para se esconder.

"Não apareceu no mosteiro quando o invoquei; preferiu usar Antonio. Fez isso para manter o anonimato?"

"Não deveria estar perguntando sobre a maldição?"

Uma tática demoníaca familiar: mudar de assunto ou responder uma pergunta com outra.

"Sei que meu nascimento marcou o fim de sua maldição. Portanto, deve ter outras razões para se esconder."

Ele perdeu a paciência. O golpe contra seu orgulho atingiu o alvo.

"Eu não estava me *escondendo*. Estava ocupado com outra coisa."

"Bom, tenho certeza de que poderíamos ficar dando voltas por toda a eternidade, mas não o trouxe aqui para termos uma conversa frustrante."

"Nesse caso, vamos passar para a parte divertida." Soberba deslizou a mão por meu corpo e parou perto da coxa. Ele ergueu uma sobrancelha. "O que temos aqui?"

"Minha adaga." Sorri quando ele tirou a mão de mim bruscamente. "Essa é a parte divertida. Vou atravessar seu território duas vezes, na data e no horário que eu escolher, sem nenhuma interferência sua, de seus guardas ou de qualquer pessoa que chame a Casa Soberba ou esse círculo de lar."

"Por que devo concordar com isso?"

"Porque conheço um dos seus segredos."

"Meus talentos de alcova já são bem conhecidos."

O deboche era mais uma tentativa de mudar de assunto. Eu o havia encurralado, e ele exibia um sorriso aberto que mostrava os dentes, como se não se incomodasse. Soberba parecia perfeitamente despreocupado. E desconfiado também.

"Não vou contar ao seu irmão sobre a raiz do sono. Você tem o suficiente para derrubar um exército inteiro. E essa, alteza, deve ser uma informação que prefere guardar para si mesmo. Diferente dos talentos *de alcova* de que se vangloria."

Os olhos dele eram duros, calculistas. Um músculo se contraiu em sua mandíbula.

"Certo", assentiu.

"Vai ter que ser mais específico."

"Pode atravessar meu território duas vezes, sem interferência de ninguém que viva em meu círculo. Em troca, não vai contar ao meu irmão sobre minha raiz do sono. Pronto." Ele olhou para mim de cima. "Satisfeita?"

"Mais do que pode imaginar, alteza."

A suspeita voltou ao seu rosto. E com razão. Ele havia acabado de cometer um erro grave.

Dei meia-volta e saí da pequena alcova, mas não fui muito longe antes de ser interceptada por outro príncipe: Inveja estava sem máscara, e seus olhos verdes praticamente se incendiaram quando ele viu quem estava atrás de mim.

"Boa jogada, Bruxa Sombra. Uma cajadada, dois príncipes."

"Já está bêbado?"

"Não de álcool." O sorriso exibiu sua covinha. "Vim te buscar, convidada de honra. É hora de nos alimentar com seu maior medo. E não consigo nem dizer o tamanho da fome que, de repente, estou sentindo."

31

Fauna estava no meio das pessoas; mesmo com o rosto escondido pela máscara, percebi que estava apreensiva. Minha amiga olhou em volta, como se procurasse um jeito de distrair a plateia e impedir aquele pesadelo antes de ele começar. Anir estava ao lado dela, e sua expressão radiava raiva suficiente para ser digna da Casa de Pecado que ele havia adotado.

Ele parecia pronto para empunhar a adaga que eu sabia estar escondida sob o traje de noite e abrir caminho até mim. O olhar prometia que quem tentasse detê-lo conheceria sua fúria. Fauna e ele sabiam que não havia como escapar daquilo, mas não gostavam da situação nem a facilitavam para os membros da realeza. Apesar da preocupação que eu sentia, a demonstração de amizade de ambos me animou.

Ignorei o braço que Inveja ofereceu e olhei em volta, procurando Ira. Precisava de sua conhecida expressão carrancuda para me acalmar. Fiquei na ponta dos pés, olhando por cima de ombros e cabeças em busca da figura imponente do Príncipe demoníaco. E, claro, ele havia desaparecido de novo.

Também não vi Luxúria nem Avareza no meio do grupo. E Preguiça devia estar por ali — vi sete príncipes com máscaras de lobo —, mas também estava ausente. Devia estar descansando em algum lugar.

Talvez tivesse uma sala de jogos, e eles estivessem lá. Uma parte de mim queria revirar o castelo até encontrá-los, o que só adiaria o inevitável. Talvez fosse uma bênção que todos os sete príncipes não conhecessem meu maior medo.

Soberba saiu da alcova onde tínhamos feito nosso acordo e se aproximou de uma coluna, me deixando sozinha para enfrentar a provação. Não que a atitude me surpreendesse.

"Venha." Inveja nem tentava controlar o entusiasmo na voz. "Quero te apresentar ao mestre de cerimônias."

Eu o segui entre os convidados, que abriam caminho, sentindo meu coração pulsar a cada passo que dava na direção de uma plataforma disposta no salão. Um demônio de pele azul e olhos vermelhos esperava com uma adaga na mão. Era um milagre que meu coração não tivesse pulado para fora do corpo. Segurei os dois lados da saia bordada, subi a escada e me posicionei ao lado do demônio. Ele assentiu uma vez, depois levantou a adaga acima da cabeça, mostrando as runas gravadas na lâmina, provocando uma comoção na plateia.

"Sem mais delongas, se não houver objeções, vamos revelar o maior medo de nossa convidada." O mestre de cerimônias estendeu a mão para mim. "Lady Emilia, me dê seu pulso, por favor. Preciso de um pouco de sangue para a magia funcionar."

O pânico vibrava em cada uma de minhas células. Levantei o braço, mal conseguindo enxergar além dos pontinhos brancos que flutuavam diante dos meus olhos. Durante toda nossa vida, *nonna* Maria havia insistido na premissa de que não deveríamos dar nosso sangue aos inimigos. E ali estava eu, oferecendo-o de graça para uma lâmina gravada com runas mágicas que roubariam meus segredos.

Estendi o braço com firmeza, combatendo o impulso de puxá-lo de volta e fugir.

O mestre de cerimônias não demonstrava alegria ou triunfo. Ele ofereceu um olhar solidário e sussurrou:

"Uma picadinha, e logo vai acabar".

A lâmina era como gelo em minha pele. O pânico me dominou. Estava realmente acontecendo. Fechei os olhos, rezando em silêncio para a deusa...

"Pare." A voz profunda reverberou. "Sou eu quem vai sacrificar um segredo do coração."

O metal se afastou de minha pele imediatamente. Abri os olhos e examinei os convidados. Todos tinham se virado e olhavam chocados para o demônio que havia se manifestado. Segui os olhares até encontrá-lo.

Ira, de braços cruzados, olhava para mim.

"Com todo o devido respeito, majestade, não pode substituir..."

"Eu venci a caçada. Estou cobrando meu prêmio."

O mestre de cerimônias balançou a cabeça enquanto considerava com cuidado o que dizer.

"Eu... não acredito que isso possa ser feito sem grande custo a você."

"Estou consciente do preço."

Incrédula, vi Ira percorrer o corredor e subir a escada do palco improvisado. Ele temia que meu maior medo tivesse repercussões piores do que revelar sua verdade? Ira tinha me treinado para enfrentar influência demoníaca, mas em nenhum momento demonstrou preocupação com essa parte do banquete. Seria por que sempre soube que me substituiria?

Ele era ardiloso, mas eu não tinha a menor ideia do que pretendia.

Sem deixar de olhar para mim, ele tirou o paletó do terno e levantou a manga esquerda. Um murmúrio brotou dos convidados diante da imagem de nossas tatuagens iguais. Pelo jeito nem todos sabiam que nosso noivado tinha sido forçado.

Para eles, uma coisa era conquistar um príncipe, outra era forçá-lo magicamente a um casamento. Talvez temessem que o inesperado show de heroísmo fosse consequência de um feitiço. O mestre de cerimônias olhava boquiaberto para o príncipe demoníaco. Com certeza esse príncipe nunca tinha feito alguma oferta semelhante. Nem eu conseguia acreditar. Ira, o demônio que valorizava seus segredos mais que qualquer um que eu conhecia, estava oferecendo um deles.

Por mim. Diante de toda a corte inimiga. Não era uma declaração de amor, mas se aproximava bastante disso.

Ira tirou os olhos de mim.

"Pegue a adaga."

"Eu..." O mestre de cerimônias empunhava a adaga sem jeito, claramente incomodado com a ideia de usá-la em um dos regentes do Inferno. "Antes de começarmos, seus irmãos ainda precisam votar e decidir se esse vai ser seu prêmio."

"Ah, mas que merda! Chega." Soberba se afastou da coluna em que se apoiava, os olhos prateados mais estreitos, projetando um aviso. "Isso é incrivelmente chato. Deve ter um prêmio mais divertido a ser reclamado, não? Segredos são um tédio absoluto." Ele desafiou o irmão com o olhar. "Talvez o sacrifício deste ano possa ser uma relação proibida. Tenho certeza de que podemos encontrar um voluntário disposto a se deitar com a convidada de honra. Assim, meu irmão pode escolher outro prêmio."

Os demônios ali reunidos olharam discretamente de Ira para seu rei, prendendo a respiração.

"Não."

O tom de Ira era frio o suficiente para competir com gelo. Ele olhou para mim, provavelmente para ver se eu estava considerando a ideia, e se ele havia respondido rápido demais. Se eu concordasse com aquilo e escolhesse me deitar com Soberba, acho que ele recuaria e não diria uma palavra de protesto. Por mais que odiasse.

E ele odiaria. A máscara de indiferença de Ira tinha caído, e ele não voltou a colocá-la.

"Parece que temos um mal-entendido." O sorriso do diabo era pecaminoso quando Ira olhou na direção dele. Soberba quase explodia de satisfação por ter jogado a isca perfeita, e por Ira ter caído em sua verdadeira armadilha. "Eu não quis insinuar que me ofereceria para o serviço. Lady Emilia é sua prometida, acho que *você* deveria se deitar com ela, irmão."

Fiquei tensa. Se Ira e eu fôssemos para a cama... estaríamos muito mais próximos de completar nosso laço de matrimônio. E Soberba sabia disso. Não parecia incomodado com a ideia; na verdade, parecia ansioso para me ver casada com o irmão, o que indicava que ele não se importava com o contrato que eu havia assinado, e que eu nunca tinha sido sua prometida. Então o que, em nome dos sete infernos, estava acontecendo de verdade? Se a maldição do diabo tinha sido quebrada quando Vittoria e eu nascemos, eu não entendia por que os demônios mentiram sobre as noivas.

Inveja, que tinha ficado furioso com a interrupção, animou-se de repente.

Ira olhou para mim, e sua expressão era neutra, com exceção da pequena contração em torno da boca. Essa era a única indicação de que ele não estava satisfeito com o desenrolar dos acontecimentos.

Não sei o que ele viu em meu rosto, mas isso o fez adotar um tom mais duro. "Escolha outra coisa, ou vamos votar e concluir a cerimônia."

"Já falei, segredos me deixam entediado. Cansei deles. É hora de uma nova tradição. Tenho certeza de que nosso anfitrião vai concordar comigo."

Soberba fez um gesto com a cabeça para Gula, que esfregou as mãos.

"É claro. Adoro quebrar regras. Você tem duas alternativas. Ou se deitam juntos em uma das câmaras de vidro aqui." Ele deu um passo para o lado e, com um gesto exagerado, puxou um cordão dourado que mantinha as cortinas afastadas. Lá dentro, uma cama vazia e iluminada por velas parecia brilhar. "Ou..."

"Na suíte real", interferi, chocando a todos e a mim mesma, acima de todos.

"Minha suíte?" Ira me encarou, e eu assenti. A impaciência dele ecoou pelo salão de baile. "Não temos que mudar as regras, Emilia. Se quero reivindicar que o medo seja meu prêmio, é assim que vai ser."

"Só se tiver votos suficientes." O sorriso de Gula se alargou ainda mais. "Você venceu a caçada, mas o prêmio não é mais uma escolha sua. Estamos substituindo o sacrifício da convidada de honra. E ela já decidiu. Pode escolher a suíte real, a câmara de vidro ou, melhor ainda, podem ficar aqui mesmo. Tome-a em cima do palco, ou contra a coluna. Assim vamos ter certeza de que concluiu a tarefa."

"A menos que queira se abster e deixar outra pessoa fazer o serviço", sugeriu Inveja, insinuando com um sorriso inocente demais que usava o pecado que governava para provocar o irmão. "Eu votaria em Gula. Ele é o anfitrião."

"Não."

O tom de Ira deixava claro que não havia a menor chance naquele círculo do Inferno de ele transformar o ato em um espetáculo, e que iria à guerra, se os irmãos tentassem alguma manobra.

Gula aceitou a decisão de boa vontade, e eu fiquei imaginando se seu humor alguma vez mudava ou azedava, ou se ele estava sempre feliz.

"Um encontro em sua suíte real, então." Ele bateu palmas duas vezes. "Mestre de cerimônias. Complete o ritual."

Ira andava pela suíte real silenciosa como um poderoso predador enjaulado. Não importava se a jaula era uma elegante suíte onde havia champanhe gelado, frutas cobertas com chocolate, lustres de cristal e lençóis de seda. E uma noiva que ansiava por seu toque.

Mesmo que ele não tivesse oferecido um de seus segredos para preservar o meu, eu ainda o desejaria. Era hora de parar de mentir para mim mesma. Parar de fingir que tudo aquilo era só uma magia sedutora daquele mundo e que nosso vínculo criava a atração. Eu o queria. Era sua figura imponente que eu procurava em uma sala cheia. Era sua proteção que eu aceitava e era com seu pecado que tinha mais afinidade.

Independentemente do nosso passado e das circunstâncias que haviam nos levado até aquele momento, eu queria uma noite de paixão com ele.

O príncipe não parecia sentir a mesma coisa. Ele se aproximou da lareira e se apoiou no console, vendo as chamas se tornarem prateadas e se contorcerem diante dele. Não tinha conversado comigo enquanto subíamos, nem olhado para mim uma única vez desde que havíamos entrado na suíte.

"Ainda não é tarde demais para eu revelar um segredo, em vez de fazermos isso. Não temos que continuar. Jurei que você teria escolha. Vou cumprir minha palavra. Meus irmãos não vão votar contra mim, apesar do que disseram", disse ele, sem me encarar.

"Mas eu *escolhi*."

Ele se virou para me olhar, e sua expressão era tempestuosa. "Escolher entre duas possibilidades menos que ideais não é escolher."

Eu sorri.

"Ir para a cama com você está longe de ser ideal?"

"Não brinque com a situação."

"Não estou brincando." Minha voz se tornou séria. "Eu nunca quis revelar um medo ou um segredo. Mas não posso dizer a mesma coisa sobre desejar você."

Os olhos focaram em minha boca.

"Não é a mesma coisa."

"Não é a proposta mais romântica? Não há como negar que não é. No entanto, não posso dizer que estou contrariada. E você é especialista em sentir emoções e mentiras, então, acho que já sabe disso. Portanto, só me resta acreditar que está aborrecido por sentir que *sua* possibilidade de escolha foi roubada." Pensei em algo diferente. "Ou não quer ir para a cama comigo."

"Você pensa mesmo isso?"

"Se esteve com alguém ontem à noite e não quer estar comigo, eu entendo. Podemos voltar, e eu completo a cerimônia do medo. Você não me deve nada."

Ira atravessou o quarto, e eu continuei onde estava. Ele tocou meu quadril com delicadeza e me puxou para perto. Um arrepio me percorreu a partir do ponto de contato entre nossos corpos. Mesmo através de sua calça e do meu vestido bordado, eu podia sentir sua verdade pressionada contra mim.

"Está vendo?" A voz dele era rouca, intensa. Tocava alguma parte profunda em mim, me fazendo querer chegar ainda mais perto dele. "Não é uma questão de querer você ou não, Emilia."

"O que é, então?"

"Pode chamar de egoísmo. Mas não quero forças externas te empurrando para os meus braços." Ele levantou minha cabeça, e os lábios pairaram sobre os meus. "Quando você decidir vir ao meu quarto, quero que saiba de quem é a cama em que vai se deitar. Quero que diga meu nome."

"Eu sei quem você é."

"Sabe?" Seus lábios deslizaram de leve por minha pele, quase tocando a região sensível do pescoço, mas não inteiramente. Ele então aproximou a boca da minha orelha. "Gostaria de ouvir você dizer meu nome."

"Seus irmãos só falaram em 'encontro'." Mudei de assunto de repente. "Não especificaram que precisávamos..."

"O quê?" Ele recuou e a boca se elevou de um lado enquanto esperava que eu concluísse o raciocínio. O diabo sabia exatamente o que eu queria dizer. E fingiu não entender para que eu explicasse.

"Foder. Ou fornicar. Embora eu só tenha escutado a primeira dessas palavras nesse círculo, repetida como uma oração perversa quando saí do jardim do prazer ontem à noite."

Ele deu uma risada alta e adorável. Queria ter engolido a palavra grosseira de volta quando percebi minhas bochechas corarem, e praguejei em silêncio contra elas e o demônio.

Ele deslizou os dedos pelo meu rosto, e sua expressão se encheu de carinho.

"Não, acho que eles não especificaram que tínhamos que fornicar." Seus olhos escureceram, adquiriram um tom de ouro derretido. "O que quer que eu faça então, *milady*? Isso?"

Não tive tempo para responder. Ele desenhou uma trilha de mordidas leves ao longo do meu pescoço. Nem tentei conter o suspiro que escapou do meu peito quando a língua tocou o lugar onde a veia pulsava.

"Diga o que quer, e terá."

Fechei os olhos e me entreguei às carícias. A imagem dos amantes sobre a mesa no saguão de entrada da Casa Gula passou por minha cabeça. A boca de Ira deslizou por meu ombro, beijos quentes que me distraíam mais e mais à medida que se aproximavam do meu decote.

"Quero..."

Ele parou, levantou a cabeça e olhou em meus olhos.

"Sim?"

"... que você tire meu vestido."

Dedos leves começaram a desabotoar a lateral do vestido. Diferente da ajuda que ele me dera quando percorremos o Corredor dos Pecados, dessa vez os movimentos não eram rápidos. Ele não tinha pressa, como se soubesse precisamente como cada botão aberto me enlouquecia de desejo. Cada roçar acidental dos dedos em minha pele, cada inspiração entrecortada... Eu já estava perto de entrar em combustão e nem havia tirado a roupa.

Ele escorregou a alça por cima de um ombro, acompanhando o movimento com beijos de lábios entreabertos. Depois a outra alça deslizou, e língua e dentes a seguiram. Cuidadoso, ele abaixou o corpete, parando apenas quando libertou meus seios.

"Você é linda demais." Parecia um homem a quem era oferecida a melhor refeição que o dinheiro podia comprar depois de quase morrer de fome. Mas em vez de se banquetear, ele planejava saborear cada porção com calma. Um polegar passou lentamente sobre um mamilo, que enrijeceu de prazer. A parte inferior do meu ventre foi invadida pelo calor. "O que mais quer, *milady*?"

"Prazer. Sedução." Reuni coragem. "Quero que você fique. A noite toda. Comigo. E se pensar em ir embora como fez na última vez que me tocou, vou atrás de você e vou fazer com que se arrependa."

"Mais ameaças."

O tom de voz indicava que ele tinha gostado da minha atitude.

"Pagão pervertido."

"Para você, só o melhor."

A boca se apoderou da minha. Seus beijos dominavam, possuíam. E eu me submeti com prazer. Por um momento. Passei a língua por seu lábio superior, suspirando quando ele aproveitou e introduziu a dele em minha boca. Conquistando, seduzindo. Como eu pedi.

Eu o puxei para mais perto, apertei com mais força. Estava com saudade daquilo. Estava com saudade *dele*. De senti-lo, do som de sua respiração ofegante quando me tocava, de libertar seus desejos e ceder à nossa conexão. Os dedos habilidosos envolveram meus seios, acariciando com toques leves, enlouquecedores, que me faziam querer mais. O vestido continuava caído em torno da minha cintura. Queria tirá-lo. Queria a pele dele na minha, suas mãos explorando cada centímetro do meu corpo.

Eu o puxei da saleta para o quarto, querendo sentir seu peso me pressionando contra o colchão. Ele me deixou comandar, sem interromper a doce exploração de minha boca, me seguindo até a cama, puxando lentamente meu vestido para acabar de tirá-lo. Levantei o quadril, colaborando com ele.

Em seguida, paletó e camisa também foram para o chão. A única coisa ainda entre nós eram minhas roupas íntimas escandalosamente finas e a calça dele.

Ira olhou para as fitas nas laterais do meu corpo, ansioso para desembrulhar o presente que elas ofereciam. E que as deusas me amaldiçoassem, mas eu queria que ele as arrancasse. Um sorriso lento, triunfante, iluminou seu rosto quando ele sentiu minha excitação.

Ira encaixou-se entre minhas coxas e se inclinou para a frente, puxando as fitas com os dentes. Eu me contorcia sob seu corpo, sem saber exatamente o que queria que ele fizesse em seguida, mas sabendo que sua posição atual era muito excitante.

Ele interrompeu os movimentos.

"Tudo bem?"

"Sim." Segurei seu rosto e o acariciei. "Por favor, não pare."

Era a permissão que ele esperava. Sem demora, terminou a tarefa que tinha começado. Assim que tirou minhas roupas, ele me admirou por um longo momento, com uma intensidade que queimava. Lutei contra o impulso de fechar as pernas ou de me cobrir.

Como se lesse esse receio na minha mente, ele me encarou.

"Nunca se esconda de mim. A menos que queira que eu pare, ou que eu não esteja te satisfazendo do jeito que gosta. Você é bonita. E não tem nada que eu queira mais do que isso." Ele deslizou um dedo pelo centro do meu corpo, e eu quase vi estrelas. "Com minha língua."

Ele olhou no fundo dos meus olhos, garantindo que eu visse a verdade em seu olhar, depois me tomou com a boca. O primeiro contato da língua foi um choque de prazer que eletrizou todo meu organismo. Arqueei as costas, o corpo formigando com a antecipação do toque seguinte.

Ira passou os braços em volta das minhas pernas e me tomou com a boca mais uma vez. Ele me segurou no lugar, posicionando meu quadril para aumentar o prazer. O sangue me subiu à cabeça. Ai, deusa, cada toque era pura tortura. Quando achei que não poderia sentir nada melhor, ele me penetrou com um dedo, sem deixar de mover a boca.

Eu me contorci, e minhas mãos procuraram alguma coisa para agarrar, desesperadas por uma âncora no meio daquela tempestade de prazer que me arrastava. Segurei o lençol enquanto ele continuava me beijando naquele lugar íntimo, me penetrando e movendo o dedo no ritmo da minha pulsação. Eu estava desmoronando, perseguindo aquela linha de fogo que se espalhava pelo meu corpo.

Meus dedos mergulharam em seu cabelo macio, a respiração ficou mais rápida, superficial, cada parte do meu corpo pulsava. Eu estava muito perto.

Os movimentos de Ira se tornaram exigentes; o demônio da guerra ordenava que meu corpo atendesse ao seu desejo e explodisse em sua boca. Porque ele assim decidia. E queria.

Levantei o quadril, e ele gemeu em sinal de aprovação; o som e a vibração desse gemido quase acabaram comigo. Antes que eu pudesse dizer seu nome, ele mudou de posição, encostou a ereção em mim e grudou sua boca na minha. Moveu o quadril com uma força gloriosamente primitiva, aproximando nossos corpos. Ele recuou e repetiu o movimento. E mais uma vez.

Cravei as unhas em seus ombros e acompanhei seus movimentos com meu corpo.

Cada movimento me levava para mais perto da beira daquele precipício. A ereção deslizando em mim criava uma fricção que aumentava meu prazer. A maldita calça continuava no lugar, impedindo que realmente nos conectássemos, mas não me impediu de finalmente explodir sob aquele corpo enorme.

Com um gemido tão poderoso que quase fez tremer a cama, Ira me acompanhou no mergulho.

32

Estava deitada nos braços de Ira, com as costas em seu peito, enquanto recuperávamos o fôlego. Ele traçava o contorno da minha tatuagem com a ponta dos dedos, um toque preguiçoso que despertava em mim um novo conjunto de emoções. Havia algo mais íntimo nesse ato gentil do que em qualquer ato sexual ou expressão física de amor. Eu não sabia se ele tinha consciência do que estava fazendo, o que complicava as coisas ainda mais.

Eu me aninhei nele, tentando deixar as preocupações de lado e aproveitar o momento.

Ele beijou minha testa.

“Por favor, pare de se mexer desse jeito. Por alguns minutos, pelo menos.”

“É doloroso?”

Ele sorriu com a boca ainda tocando a minha pele.

“Pelo contrário.”

Intrigada, e não muito boa nessa coisa de seguir ordens, repeti o movimento. O corpo de Ira endureceu atrás de mim. Deusa do céu. Sua sede de sedução era insaciável.

Virei de frente para ele.

“Tire a calça.”

Ele arqueou uma sobrancelha. Movi um braço para mostrar meu corpo nu. "Eu me recuso a ser a única completamente nua."

"Se eu tirar a calça, não posso garantir que alguém consiga dormir."

Imitei sua expressão, com sobrancelha arqueada, e esperei. Eu não tinha dito nada sobre dormir. Muito atrevimento dele presumir que adivinhava meus planos. Com um suspiro, Ira tirou a calça. Ele me puxou contra seu corpo, e eu sorri, chegando mais perto e ouvindo sua inspiração mais brusca.

"Emilia."

"Sim?" Meu tom era de inocência salpicada com açúcar. "Algum problema?"

Eu deveria saber que não era boa ideia provocar o general da guerra. Ira não jogava limpo; jogava para ganhar. Atrás de mim, posicionou-se bem na entrada do meu corpo, e foi minha vez de respirar fundo. Fiquei tensa e logo relaxei, pronta para a penetração.

"Conte para mim, noiva. Tem certeza de que me quer como seu marido?" Ele segurou meu quadril com uma das mãos e escorregou a outra por baixo do meu corpo, me puxando para mais perto. O pouco autocontrole que ainda me restava acabou. Arqueei o corpo contra ele. "Está preparada e disposta a passar a eternidade aqui, comigo?"

Minha mente ainda estava decidindo, mas o corpo estava úmido e pronto. Quando ele moveu o quadril, os movimentos eram deliberadamente lentos, provocantes. Sem calça, sua pele aveludada deslizava na minha, e a sensação era de pura glória. Daria quase tudo para experimentá-lo completamente. Exceto minha missão.

Com grande esforço, escorreguei daquele abraço e me levantei. Ele não me impediu nem protestou. Para amenizar o golpe da rejeição, me inclinei sobre a cama e o beijei, um beijo casto.

"O que acha de um drinque antes de dormir?"

Ira me observava com atenção, mas não havia decepção nem dor em seu rosto. Só vitória. Sabia que eu não iria até o fim nessa coisa de me deitar com ele.

"Quer que eu vá buscar?"

"Já estou em pé. Fique aí." Ele se apoiou sobre um cotovelo e olhou para mim com ar divertido quando apontei em sua direção. "Não se mexa. Não vá embora. Você prometeu."

"Sou um demônio que cumpre o que promete."

"Que bom."

Peguei meu vestido e fui até a saleta, onde o champanhe gelado esperava. Com o coração disparado, olhei para trás para ter certeza de que ele continuava na cama, depois fiz uma prece rápida para a deusa das mentiras e dos enganos guiar minha mão.

Eu havia feito um juramento a alguém que amava muito antes de conhecer Ira. E aquela oportunidade era boa demais para ser desperdiçada. Por mais que meu coração rugisse de dor, antecipando a distância.

Peguei o objeto que tinha costurado na saia. Antes de mudar de ideia, joguei uma pitada da mistura na taça de Ira, depois servi o champanhe. Coloquei uma fruta coberta de chocolate em cada taça. Bolhas envolveram o objeto invasor, disfarçando minha traição.

Voltei ao quarto, satisfeita por ver que Ira, mesmo respeitoso como era, se distraía com o balanço do meu quadril. Eu ainda não tinha vestido a camisola. Não que ele tivesse se vestido. O peito musculoso continuava nu, apesar do lençol que o cobria da cintura para baixo. Ele deu uma batidinha no espaço ao seu lado na cama, e um sorriso preguiçoso distendeu aqueles lábios.

Em uma vida diferente, eu poderia ser feliz beijando aquela boca por toda a eternidade.

"Aos novos começos." Ofereci a taça ao príncipe, e ergui a minha. "*Iucundissima somnia*."

Ira enrugou a testa ao ouvir a última parte do brinde. Se ele lembrava que um dia me dissera as mesmas palavras, não fez nenhum comentário. Bateu com a taça na minha, depois bebeu todo o champanhe de uma vez só.

Bebi o meu e comecei a contar em silêncio. O copo dele caiu no chão antes que eu terminasse o primeiro gole.

"Emilia." Ele me olhou atordoado, com uma mistura de fúria e sentimento de traição. A temperatura despencou entre nós, depois voltou ao normal enquanto ele lutava ferozmente contra um inimigo invisível, até que, bem devagar, foi caindo para trás.

O poderoso demônio de guerra não era mais uma ameaça.

Deixei a taça em cima da mesa de cabeceira e me inclinei para afastar os cabelos de sua testa. A paz que tínhamos construído teria desaparecido quando ele acordasse. Era um sacrifício que eu me dispunha a fazer, mas nem por isso era fácil. Beijei sua testa, saboreando o momento antes de me levantar.

"Bons sonhos, alteza."

Naquela noite, eu seria outro tipo de ladra andando pelo corredor entre a suíte de Ira e a minha, me movendo nas sombras como um batedor de carteiras invadindo bolsos. Entrei no meu quarto e corri para o baú. Em tempo recorde, vesti a calça de couro forrada de pele, um suéter grosso e as meias que tinha levado, calcei as botas e joguei um manto escuro sobre os ombros. Prendi a adaga à bainha na coxa e a puxei para ter certeza de que estava bem presa.

Voltei para o corredor e corri para a escada de serviço. Como a festa ainda estava acontecendo, não havia ninguém daquele lado do castelo. Era o que eu imaginava que aconteceria.

Com o coração batendo forte e alerta, espiei além de uma curva. Vi uma porta aberta no fundo da cozinha — bem como eu suspeitava — para deixar sair o calor produzido pelas chamas dos fogões.

Com uma prece rápida para a deusa das mentiras e dos enganos, atravessei o corredor e diminuí o ritmo dos passos ao entrar na cozinha. Não sabia por quanto tempo a raiz do sono manteria Ira inconsciente; considerando seu imenso poder, não contava que duraria muito. Precisava estar longe o bastante para ele não conseguir me pegar antes de eu atravessar o território de Soberba. Corri pela área aberta entre o castelo e os estábulos e só parei quando cheguei à entrada.

Meus olhos varreram a parte externa do edifício, parando em cada canto e nicho, procurando algum sinal de movimento na escuridão quase completa. Os cavalariços deviam estar dormindo, depois de todo trabalho que tiveram com os cavalos por causa da caçada da manhã. Abri a porta o suficiente apenas para conseguir entrar, e me movi colada à parede até encontrar Tanzie. Ela bufou para me cumprimentar, rasgando a palha com os cascos de garras prateadas.

"Vamos sair para uma aventura, garota."

Selei a égua, impressionada e grata por me lembrar das etapas envolvidas nesse processo, depois de acompanhá-lo algumas vezes ainda em casa. Eu a levei para fora pelas rédeas, e o animal me seguiu silencioso e rápido para a saída principal, como se soubesse que sigilo era fundamental.

"Vamos para a Casa Soberba." Montei, dei um tapa de leve em seu flanco, e partimos. "Vamos visitar a Floresta Sanguínea."

Tanzie disparou noite adentro, levantando jatos de neve enquanto praticamente voávamos sobre as colinas da Casa Gula. Eu a segurava com os joelhos, me inclinando contra o vento.

Queria olhar para trás a cada passo estrondoso, convencida de que os guardas do castelo tinham sido alertados e me perseguiam. Cavalgamos pelas colinas de raiz do sono, e à nossa direita, em uma área que eu não tinha notado antes, vi a margem superior do Lago de Fogo.

A brisa fria trazia o cheiro de enxofre, levantava mechas do meu cabelo e me fazia arrepiar. Eu me mantinha atenta ao castelo bem à minha frente, tensa com a possibilidade de encontrar os guardas de Soberba. Recusando-se a ser detida por um exército outra vez, Tanzie avançava ainda mais depressa, os cascos devorando a terra congelada. Contornamos os limites da Casa Soberba e passamos por ela em alta velocidade, sem pararmos nem sermos paradas.

Gritei de alegria. Uma pequena vitória conquistada.

Se minha memória não estava enganada, eu tinha que passar do círculo de Soberba para o de Inveja. Já havia sido convidada para ir ao território de Inveja, e a permissão não tinha sido revogada. Com um pouco de sorte, atravessaria a área e chegaria ilesa à Floresta Sanguínea.

Enquanto cavalgávamos como se o diabo nos perseguisse, minha cabeça era invadida por todos os pensamentos que eu tentara evitar durante o banquete. Inveja estava atrás das Sete Irmãs e havia apontado a Árvore das Maldições enquanto eu andava por sua galeria. Não sabia detalhes sobre a floresta, mas podia encontrar aquela árvore incomum graças à fábula que indicava sua localização "no fundo do coração" da floresta.

E esperava que os seres místicos que poderiam me ajudar a encontrar a Chave da Tentação ou o Espelho das Três Luas estivessem perto da temível árvore. A essa altura, qualquer informação que pudessem me dar sobre os objetos mágicos seria útil.

Passamos pela Casa Inveja sem incidentes. Como o príncipe daquela casa dava indicações sutis em minha presença, eu não acreditava que ele tentaria impedir minha busca em suas terras. Logo chegamos ao menor afluente do Rio Sombrio, que se bifurcava para o interior do território de Inveja e se abria para a Floresta Sanguínea. Tanzie diminuiu a velocidade até quase parar e testou o solo com a pata, considerando um salto. Observando a paisagem diante de nós, Floresta Sanguínea era um nome adequado. Mesmo sob o cobertor de um céu noturno, vi que os troncos tinham um tom escuro de vermelho.

No fundo da floresta, nuvens de fumaça flutuavam como névoa fantasmagórica. Eu tinha uma forte suspeita de que não era provocada por fogo, mas pela respiração dos grandes animais que vagavam entre as árvores vermelhas. Ou talvez fossem dos demônios que eu tinha visto nos diários, os que se alimentavam de corações e sangue. Inspirei profundamente e soltei o ar devagar.

"Pronta para achar a Árvore das Maldições, garota?"

Tanzie sacudiu a cabeça, depois avançou para o rio cor de ébano. Forcei-me a manter os olhos abertos durante o salto, enquanto meu estômago parecia despencar. Chegamos ao chão do outro lado, e Tanzie não parou para recuperar o fôlego; correu entre as árvores, desviando de arbustos e vegetação.

Eu achava que o silêncio seria enervante. Mas, na verdade, um coro de insetos chilreava alto, a ponto de ser desorientador. Se houvesse algum predador ali perto, seria impossível perceber um ataque até que fosse tarde demais. Tanzie parecia saber disso. Minha poderosa égua do Inferno abaixou o queixo e foi contornando e desviando dos obstáculos, determinada a levar sua condutora ao destino sem nenhum arranhão.

Atravessamos uma clareira, e no limite da área eu vi um demônio Aper. Ele sacudiu a cabeça gigante, e foi tudo que vi. Nós o deixamos para trás, babando. Árvores vermelhas passavam em um lampejo, as cores riscando minha visão periférica como centenas de estrelas cadentes pingando sangue. Segurei as rédeas com mais força, contando cada batida do meu coração. Devíamos estar perto do centro da floresta.

Depois de alguns minutos de dura cavalgada, Tanzie parou de repente.

Lá, em meio a um bosque denso de madeira vermelha, havia uma enorme árvore prateada. Nós a encontramos. Olhei para ela por um momento, estudando-a. A Árvore das Maldições era inconfundível; mais alta, mais larga e de uma cor diferente de todas as outras árvores na floresta. Iluminada pelo luar, seu tronco cintilava como uma enorme espada cravada na terra. Era bonita e assustadora.

Desmontei e afaguei Tanzie.

"Fique aqui e alerta."

Ela farejou meu ombro, como se me desse o mesmo conselho.

Com a adaga na mão, fui me aproximando lentamente da árvore. Os insetos silenciaram. Uma névoa sinistra pairava sobre o solo congelado, escondendo rastros recentes. Raízes brotavam como dedos decompostos de gigantes mortos. Cheguei mais perto para inspecionar melhor as folhas. Eram semelhantes às de uma bétula comum, mas pretas, com veios prateados. De acordo com as lendas que li, eram afiadas como lâminas e frágeis como vidro.

"Veio fazer um pedido de sangue?"

Girei, e o capuz do manto caiu da minha cabeça. Vi uma silhueta solitária apoiada em uma bengala, mas ela estava muito longe e escondida na névoa para que eu pudesse enxergá-la com clareza. Tanzie tinha desaparecido.

Segurei a adaga com firmeza e me posicionei sutilmente para a luta, como Anir havia me ensinado.

"Quem é você?"

"A pergunta aqui é: quem é você, criança?"

"Uma pessoa que precisa de informação."

Eu não conseguia ver o rosto na névoa, mas tinha a impressão de que a pessoa estava sorrindo.

"Que excepcional. Sabe, sou alguém que tem informações. E que cobra por elas."

Silenciei, controlando a resposta inicial de oferecer tudo que ela quisesse. Uma atitude que seria perigosa em qualquer mundo, especialmente no mundo de pecado.

"Eu pago com um segredo."

"Não." A pessoa se aproximou. O capuz do manto cobria seu rosto. "Conheço seus segredos. Melhor que você, até. Quero um favor. E ele será cobrado no futuro, quando eu decidir."

Pela maldição da deusa. Esse era o pior negócio possível.

"Não vou matar ninguém."

"Ou aceita fazer o favor ou não aceita. Suponho que isso dependa de quanto precisa da informação. Encare como um teste de coragem. Então, o que vai ser? Valentia ou medo?"

Valentia podia ser a ausência de medo em muitos casos, mas também podia ser assumir um comportamento tolo por uma boa causa. Eu não estava preocupada com ser corajosa. Estava interessada em cuidar de mim e tomar a melhor decisão possível. Se a mulher misteriosa realmente me conhecia melhor que eu, a melhor opção, então, era concordar. Que as consequências se danassem, assim como minha alma.

"Aceito."

Antes de eu terminar de falar, a figura atacou. Foi tão rápido que quase não registrei o ardor no braço. Ela me cortou. Levantei a cabeça, pronta para me defender de outro ataque, e parei quando ela cortou a própria mão e a colocou sobre o ferimento em meu braço.

Ela sussurrou uma palavra, e um raio de luz ofuscante cortou o céu da noite.

"Vá em frente, criança. Faça a pergunta."

"Quero encontrar as Sete Irmãs. Elas estão aqui?"

"Não. Elas vivem onde nenhum pecado reina."

"Isso não é resposta."

"Quando chegar a hora, você vai entender."

Rangi os dentes. Pois bem. "Quero saber sobre minha irmã gêmea. Ela foi assassinada, e preciso saber que casa demoníaca está por trás disso. Se é que tem alguma."

"Não pode esperar respostas para o mistério de outra pessoa quando ainda não entende nem o próprio mistério."

"Não é esse o propósito da nossa conversa? Não concordei em te fazer um favor só para ouvir mais perguntas. Não pode me dizer onde estão as Sete Irmãs, não pode falar sobre minha gêmea. Então com o que pode me ajudar, exatamente?"

"Se espera encontrar o que procura, precisa passar pelo meu teste de coragem."

"Isso não está no acordo."

"Ah, está sim. Você, minha criança, vai se encontrar no centro do próprio mistério. Até descobrir os segredos sobre si mesma, não vai ter as respostas para o mistério da sua irmã. E não posso lhe dizer qual é. Vai ter que encontrar algumas verdades sozinhas. O que mais a perturba?"

Engoli em seco.

"Minha magia. Não consigo acessá-la."

"Talvez eu saiba como pode recuperá-la e encontrar uma resposta que seu coração quer muito. Em relação a seu príncipe." De repente a figura estava diante da árvore. "Se quer saber a verdade sobre ele, escreva o nome do príncipe no tronco e pegue uma folha."

Pensei na fábula que eu havia lido, e um sentimento horrível se contorceu como uma faca dentro de mim. Aquela figura coberta com um manto devia ser a Anciã. A deusa do submundo. E ela era alguém que eu deveria temer.

"Se eu fizer isso e deduzir errado, vai haver um preço a pagar."

"Um verdadeiro ato de coragem sempre envolve o risco de pagar um preço alto." Seu sorriso firme era a única coisa que eu conseguia ver, e pouco ajudava a aliviar meu nervosismo. "Depois que entalhar o verdadeiro nome dele e pegar a folha, deve quebrá-la na presença dele. Se estiver certa, vai saber. Se não..."

Engoli o nó de terror. Se eu estava certa e ela era a deusa do mundo inferior, seu preço seria a morte. Um pequeno detalhe que Inveja e Celestia não haviam me contado.

"Não tenho certeza."

"Você sabe quem ele é, mas prefere se manter nas sombras, confortável na escuridão. Talvez não seja a verdade dele que teme, mas a sua. Talvez se recuse a olhar para ele com atenção por medo do que isso revela sobre você. Ele é seu espelho. E raramente gostamos do que nos encara do outro lado. É aí que está o verdadeiro teste, minha criança. É suficientemente corajosa para enfrentar seus demônios? Poucos têm essa coragem."

Olhei para minha tatuagem mágica, que contava nossa história.

"Não foi isso que vim perguntar."

"Não. Mas essa é a pergunta que tem tanto medo de fazer. Portanto, Filha da Lua, pergunto novamente: não quem ele é, mas quem é você?"

"Eu... não sei."

"Errado." Ela bateu o pé, deslocando a névoa com o movimento repentino. "Diga. Quem é você?"

"Não me lembro. Mas vou descobrir!"

"Que bom. Já é um começo." Ela assentiu uma vez. "O que vai fazer?"

Olhei para trás. Tanzie tinha voltado com aquele olhar solene do lugar onde a Anciã a escondera. Essa escolha poderia custar minha vida.

Levantei a adaga e a pressionei contra a Árvore das Maldições. Entalharia o verdadeiro nome de Ira na madeira e faria o que a Anciã sugeria: enfrentaria a verdade de que estivera fugindo.

E se estivesse errada... tinha que pedir à deusa para não estar, ou me juntaria a Vittoria no túmulo de nossa família antes do fim daquela noite.

REINO DAS BRUXAS
NATUREZA SOMBRIA

33

Ira não estava em seus aposentos nem na biblioteca. Procurei na varanda, e estava quase indo procurá-lo no Baixio Crescente, mas antes decidi passar na cozinha. Era um dos últimos lugares onde eu esperava encontrar o demônio de guerra, mas lá estava ele, de costas para mim, com uma faca na mão, cortando um pedaço de queijo e acrescentando os cubos perfeitos a uma bandeja onde já havia várias frutas.

"Não precisa de convite para se juntar a mim, Emilia." Ele nem olhou em minha direção. "A menos, é claro, que não queira minha companhia."

"Estava te procurando. Acho que isso indica que quero."

"Depois de ter me drogado para fugir sorrateiramente, pensei que alguma coisa podia ter mudado."

"Isso... não tem nada a ver com você."

Ele continuou cortando o queijo, e cada movimento provocava um barulho quando a faca encontrava a tábua de corte.

"Eu senti que foi bem pessoal, levando em consideração o que aconteceu entre nós."

"Eu..."

"Não precisa se explicar."

"Não ia. Só queria pedir desculpas por você ter sido uma baixa no meio de uma coisa que eu precisava fazer." O silêncio se prolongou entre nós. "Por quanto tempo ficou apagado?"

"Não pode esperar que eu te dê essa informação."

"É, acho que não."

Eu me aproximei dele, admirando sua habilidade com a faca. O jeito como tinha cortado as frutas e a forma como as dispôs na travessa também era impressionante. Os figos tinham sido cortados em quatro, e as uvas e as frutas menores formavam pequenas pilhas charmosas. Ele havia encontrado até uma romã.

"Não achei que gostava de passar o tempo na cozinha."

"Nem eu." Ele encolheu um ombro, mantendo o olhar fixo na tarefa. "Não gosto muito de confeitaria ou culinária trivial, mas desossar, cortar e fatiar é relaxante."

Sorri. É claro que essa parte da culinária o atraía. Em vez de comentar ou interromper o momento, peguei uma fatia de maçã e comi. Estava ganhando tempo, sabia disso. Que beleza de teste de coragem.

"Em algumas religiões mortais, a maçã é considerada o fruto proibido."

Ira parou por menos de um instante, mas eu estava atenta. Ele não desviou a atenção da tarefa.

"Para alguém que foi criada com bruxas, é surpreendente que tenha dedicado tanto tempo a crenças humanas."

Escolhi outro pedaço de fruta.

"Também ouvi dizer que figos, uvas e romãs são concorrentes do fruto proibido."

"Você se interessa muito por alimentos proibidos."

"Visitei a Árvore das Maldições." Ele continuou cortando caprichosamente o pedaço de queijo. Fui para o outro lado da mesa para poder ficar de frente para ele. "Fiz um acordo com a Anciã. E ela disse uma coisa que me fez pensar em fruto proibido e árvores de conhecimento."

Os nós dos dedos de Ira ficaram brancos quando ele apertou a faca com mais força.

"E?"

"Queria saber sobre minha irmã, mas ela disse que antes de qualquer coisa eu precisava conhecer minha verdade. Encarar meus medos. E disse que parte da minha verdade pode ser encontrada se eu souber quem você é." Os olhos dele buscaram os meus. "Ela me disse para entalhar seu nome verdadeiro no tronco da árvore."

"Por favor, me diga que você não fez isso. A Anciã é pior que meus irmãos."

Balancei a cabeça lentamente e deixei a folha preta com veios prateados sobre a mesa. Ira olhou para a folha como se ela fosse uma víbora. Levantei o punho fechado para quebrá-la, e ele segurou meu braço no ar. Ira me puxou para perto, pousando minha mão em seu peito. Seu coração batia forte.

"Vamos voltar lá e fazer outro acordo com a Anciã."

Recuei o suficiente para encará-lo.

"Está nervoso."

"Você entalhou um nome em uma árvore que exige sangue em troca da verdade." Ele deu um suspirou frustrado. "É claro que estou nervoso."

Usei a mão livre para tocar seu rosto. Não era só esse o motivo do nervosismo, e nós dois sabíamos disso.

"Eu sei quem você é."

"Duvido muito."

O tom de voz indicava que, se eu soubesse a verdade a seu respeito, não estaria tão perto dele, abraçando-o como estava. Seu segredo me aterrorizava, mas eu nunca superaria esse medo se não o revelasse. Nunca descobriria quem eu era e o que acontecera com minha gêmea se continuasse com medo da verdade. A Anciã estava certa. Eu havia me acostumado à escuridão, me mantido nela por muito tempo. Primeiro pela *nonna*, e depois por mim mesma. Era hora de deixar meus medos de lado e ir para a luz.

Antes que ele pudesse perceber o que eu fazia, chutei a mesa com toda a força, derrubando as frutas, o queijo e a folha Amaldiçoada.

Ele me abraçou, como se pudesse me proteger da Árvore das Maldições e do preço que ela cobraria. Mas não senti dor nenhuma. Nem enfraqueci ou perdi a consciência. Não morri. Eu nem sangrei.

Ira me segurou com mais força, respirando forte e depressa.

De repente, lágrimas inundaram meus olhos, mas me neguei a derrubá-las. Estar ali segura nos braços de Ira significava que estava tudo bem. E a Anciã estava certa mais uma vez.

Agora que eu tinha a verdade, não sabia o que fazer com ela. Pensava estar preparada, achava que poderia lidar com aquele segredo revelado. Estava enganada.

E me odiei.

Soltei o ar lentamente. Precisava de um momento para digerir tudo que havia descoberto. Ira sentiu que eu mergulhava em mim mesma e, relutante, abaixou os braços e se afastou, colocando entre nós uma distância muito necessária. Não disse nada, só esperou, paciente, que eu falasse.

Sangue e ossos! Aquilo era difícil. Mas eu já tinha passado por coisa pior e sobrevivido.

O que quer que acontecesse em seguida, eu também sobreviveria.

"Quando renegou o nome pelo qual o chamei no mosteiro, pensei que havia uma razão para não reagir com mais intensidade." Enxuguei os olhos, ainda sem olhar para ele. "Agiu como se não significasse nada, como se eu só estivesse te irritando, mais nada." Sorri olhando para minhas mãos. "Porque, de acordo com a *nonna*, um príncipe do Inferno nunca revela seu verdadeiro nome para os inimigos."

Senti a atenção dele em mim, mas ainda não conseguia encará-lo.

"Sei que bruxas e demônios são inimigos. Mas nossa história é mais do que isso, não é?"

"Emilia..."

"Você é tentação. Sedução." Finalmente olhei para o seu braço, para a complexa tatuagem de cobra. "A serpente no jardim. A que incentivou os mortais a pecarem."

Levantei a cabeça e olhei nos olhos dele. Olhei de verdade, de um jeito objetivo. O rosto, o corpo, toda sua presença e postura gritavam autoridade. Domínio. E tinha o propósito de seduzir. Ele era a tentação encarnada.

Enquanto ele esperava, sua expressão se fechou. Naquele momento, mais do que nunca, eu queria poder sentir suas emoções. Desconfiava de que ele sentia as minhas, e por isso se distanciava tanto. A armadura estava no lugar. E ele estava se escondendo de mim.

"Não sei por que enganou a humanidade por tanto tempo, mas é como Inveja disse. Você é o mais habilidoso de todos os mentirosos. *Samael.*"

Ouvir seu nome verdadeiro o abalou. Era como se ele não houvesse respirado nenhuma vez desde o início da conversa. Por fim, soltava o ar.

"Príncipe das Trevas. Rei dos Perversos. Fui chamado de muitas coisas, mas não sou mentiroso."

Estudei seu rosto. Eu estava certa. Soube quando a árvore não cobrou seu preço, mas a verdade era difícil de engolir. Ira era o diabo. O diabo temido pelo mundo todo.

E eu, idiota, tinha me deixado envolver por sua sedução. Pelos olhos dourados e quentes e pela perspicácia. Pelo orgulho, por sua aparência. Pelo jeito como protegia os que estavam sob seus cuidados e por preferir justiça a vingança. Não era à toa que o mundo mortal confundia os dois príncipes com tanta facilidade. Soberba e Ira tinham muitas semelhanças.

"Teve muitas oportunidades para me dizer que é o diabo. Foi você o amaldiçoado por La Prima. A esposa de Soberba morreu, pelo menos, ou foi sua consorte?"

"Não menti diretamente para você."

"Pare de omitir verdades."

"Diferente de Soberba, nunca tive uma consorte. Mas, sim, fui amaldiçoado pela Primeira Bruxa. Como todos os meus irmãos. Minha penalidade por não a ter ajudado foi mais dura; ela roubou algo muito importante para mim. Algo que eu daria quase tudo para recuperar."

"O Chifre de Hades", deduzi, pensando nos amuletos de chifre do diabo.

Não tinha sentido falta do meu amuleto. Na verdade, a ausência dele nas últimas semanas era um alívio. Algo completamente em desacordo com o que eu havia sentido quando ele o pegou. Mas suspeitava de que a impressão tinha a ver com minha experiência dolorosa no Baixio Crescente.

Lembrei que, naquela noite, temi que o diabo ficasse furioso com Ira por ter me emprestado o *cornicello*. Como ele deve ter me achado tola.

"Você era o único que não parecia querê-los. O que, acho, sugere que os desejava mais do que os outros, mas não queria demonstrar seu interesse e levantar suspeitas."

"São minhas asas, não são chifres. Sua Primeira Bruxa as amaldiçoou em um arremedo de tradição mortal, depois as escondeu de mim." Ele parecia se perder na lembrança. Uma recordação que o fez cerrar os punhos. Quando olhou para mim de novo, uma fúria fria ardia em seus olhos. "Para recuperá-las, preciso de um feitiço que está no grimório dela."

"Você tem asas." Porque era um anjo. Deusas do céu. Uma coisa era suspeitar. Outra era ter a suspeita confirmada.

"Tinha."

Um mundo de raiva e dor envolvia a voz dele. Uma parte minha queria chegar mais perto, cuidar da ferida emocional ainda aberta. Mas continuei onde estava, contida.

As asas eram uma conexão com o mundo angelical. O mundo que ele havia deixado. Era difícil acreditar que o diabo chorava a falta de alguma coisa que o ligava ao lugar que ele odiara o suficiente a ponto de ser expulso de lá por toda a eternidade.

Ou talvez nada do que acreditava fosse verdade. Talvez fossem apenas histórias mortais, distorcidas e corrompidas pela passagem do tempo. Ira não parecia ser o diabo encarnado. Ou algum grande sedutor. A não ser por... por ter entrado em minha vida lentamente. E no meu coração. Isso não era prova de sedução? De um plano se desenvolvendo pouco a pouco?

"Emilia." Ele estendeu a mão, mas me retraí. Ele deixou o braço pender. "Posso sentir suas emoções básicas, mas quero saber como se sente de verdade."

"Você é o diabo."

"Como me fez lembrar."

"Mas Lúcifer... Soberba... Não entendo."

Ele suspirou profundamente.

"O pecado preferencial de meu irmão torna quase impossível para ele negar que é o rei dos demônios. Os mortais presumem que isso é quem ele é, e seu orgulho o impede de admitir a verdade. Ele fica muito satisfeito quando pode alimentar o próprio ego. Não tenho emoções de nenhuma natureza em relação ao meu verdadeiro título. Para mim, é um dever. Uma obrigação imposta. Mais nada. Na verdade, enquanto Soberba toma para si o prestígio, eu realizo meu trabalho sem ter que me preocupar com postura e aparências."

"Alguma coisa foi real entre nós, ou tudo não passou de uma sedução cuidadosa? Uma pitada de verdade no meio das mentiras."

"Quando aceitou se casar com Soberba pensando que ele fosse o diabo, teve alguma importância?"

Uma lembrança voltou sem aviso prévio.

"No Baixio Crescente, na noite em que nós... você me chamou de sua rainha."

"Você veio para cá convencida de que seria a Rainha dos Perversos. Isso tudo é verdade. Se escolher concluir nosso laço de matrimônio, não vai ser só minha rainha, vai ser *a* rainha." Ele estudou meu rosto, e sua expressão se tornou mais distante. "A única mudança é o irmão com quem você vai se casar. Todos nesse mundo sabem quem eu sou. Meu verdadeiro título. Só os mortais pensam diferente. Portanto, vou perguntar mais uma vez: isso realmente importa, agora que *você* sabe quem eu sou?"

"Sinceramente, não sei. É muita coisa para absorver. Você é o diabo. O diabo encarnado."

"É assim que me conhece?"

"Fora desse reino, é o que o mundo todo pensa sobre você."

"Não me interessa o que os outros pensam. Só o que você pensa." Ele recuou e inclinou a cabeça. Seus movimentos eram tensos. "Obrigado pela honestidade. Era tudo que eu precisava ouvir, *milady*."

"Ira, espere, eu..."

Ele desapareceu em uma nuvem cintilante de fumaça.

34

"Desculpe", sussurrei para a cozinha vazia. A fumaça pairou no ar por longos momentos depois que Ira desapareceu. Fiquei olhando para ela com os olhos ardendo, querendo poder fazer um feitiço que revertesse o tempo. Seria muito mais fácil apenas esquecer o que havia acontecido. Ou, melhor ainda, esquecer a verdade sobre o nome dele. Seu título. Esquecer a dor em meu coração toda vez que eu pensava que parte, ou tudo, do que acontecera entre nós tinha sido um componente de algum esquema maior.

Apoiei um lado do quadril na mesa, olhando para a sujeira no chão. Uma metáfora adequada para a minha vida. Cada vez que eu pensava estar me aproximando da verdade sobre o assassinato da minha irmã, alguma coisa nova se somava ao cenário, me distraindo com mais entulho para separar.

A maldição era senciente e tinha um papel ativo na manutenção de seus segredos, o que tornava quase impossível juntar as peças do quebra-cabeça.

Uma antiga preocupação retornou. Eu estava começando a perceber que durante ou depois dos encontros românticos com Ira, sempre recuperava alguma lembrança esquecida.

Se eu não era a consorte, era a Primeira Bruxa? Estava quase convencida de que a Matrona das Maldições e dos Venenos era a Primeira Bruxa, mas cada vez mais essa possibilidade parecia menos plausível. Eu não conseguia imaginar Ira a mantendo por perto, sabendo que ela havia roubado suas asas.

Localizar a Primeira Bruxa era a verdadeira razão por trás dos assassinatos? Faria sentido tentar encontrá-la e fazê-la pagar por tudo que roubara. E se todos os Príncipes do Inferno tinham perdido suas asas, ou algo igualmente precioso, podia ser qualquer um deles.

Se eu fosse a Primeira Bruxa, também faria sentido o fato de Ira ter me odiado na noite em que o invoquei pela primeira vez. Ele me chamou de criatura, jurou que nunca seria tentado por mim quando, enganada, acreditei que tratos com o demônio eram selados por beijos viciantes.

"Parabéns, Emilia", resmunguei, sarcástica. "Agora você se entregou à loucura. E à paranoia."

Falar sozinha e em voz alta não amenizava o receio de estar ficando louca. Quase ri de mim mesma. Talvez estivesse, *de fato*, perdendo toda a noção de realidade.

Seria bom se existisse um tônico para me livrar de todas as recordações e pensamentos bobos. Apagar a lousa e começar de novo.

Ri baixinho. Era ridículo e... inteiramente possível. Havia alguém naquele castelo com o dom de criar tônicos e tinturas. Alguém que podia ter as habilidades necessárias para quebrar qualquer maldição lançada sobre mim. Primeira Bruxa ou não, eu precisava da ajuda dela.

Fui visitar a Matrona das Maldições e dos Venenos, rezando para todas as deusas em que conseguia pensar para encontrá-la em sua torre.

"Filha da Lua." Celestia olhou para mim com ar divertido quando passei correndo por ela e gesticulei para que fechasse a porta. "O que traz você aqui?"

"Sabe quem eu sou?"

Era difícil dizer se sua hesitação era por se preocupar com meu bem-estar, ou por pisar com cautela no terreno da verdade.

"Sim, *milady*."

"Não me refiro ao título de cortesia. Você já me conhecia?"

Ela ficou ainda mais atenta.

"Ingeriu alguma coisa peculiar?"

"Não." Comecei a andar em círculos, muito agitada. "Tive algumas lembranças que, de início, não pareciam ser minhas. Agora não tenho tanta certeza. Tem algum tônico que pode me dar? Alguma coisa para detectar ou quebrar uma maldição?"

"Sente-se." Ela deslizou até a mesinha com as ferramentas de trabalho. Eu a segui e me encostei na beirada da mesa. "Suas mãos." Inclinei-me e ofereci as mãos, como ela pedia. "Às vezes, esquecer pode ser uma bênção."

Segurei as mãos dela, descansando os polegares sobre seus pulsos.

"Está falando por experiência?"

"Falo como alguém que gostaria de ter essa bênção."

"Eu sou a Primeira Bruxa?"

A expressão de Celestia ficou mais branda.

"Não, criança."

"Você é?"

"Não."

Soltei as mãos dela e endireitei as costas. Sua pulsação não tinha acelerado com as perguntas.

"Admito que estou só um pouco aliviada. Quanto mais sei sobre ela, mais distante da heroína das nossas fábulas ela me parece."

"Todo vilão pensa que é herói. E vice-versa. Na verdade, existe um pouco de vilão e de herói em cada um de nós. Depende das circunstâncias."

Olhei em volta, estudando o aposento circular, e minha atenção foi atraída pelo crânio entalhado.

"Estou tentando resolver um enigma. Sobre uma chave que não abre uma fechadura, não necessariamente. E sete estrelas e pecados, e o anjo da morte."

"Está procurando a Chave da Tentação." Celestia respirou fundo. "Uma coisa eu posso lhe dizer, Filha da Lua, você já a encontrou." Voltei a olhar para ela. "Se eu fosse você, reconsideraria. Assim que começar a trilhar esse caminho, não vai poder voltar."

"Quem matou minha gêmea devia ter pensado nisso." Eu me levantei. "A Chave da Tentação está aqui, na Casa Ira?"

"É perigoso. Objetos divinos... não devem ser tratados sem a devida importância."

"Mas ela *está* aqui."

Celestia comprimiu os lábios. Foi a confirmação de que eu precisava. Lembrei a conversa com Inveja na noite em que bebemos o vinho da verdade, quando confundi suas palavras confusas com embriaguez. Ele mencionou que nem todas as chaves tinham a aparência que se esperava delas. Sangue, por exemplo, era a chave para destrancar magia demoníaca.

Com isso em mente, não havia limites para o que podia ser aberto pelo Espelho das Três Luas. A Chave da Tentação podia ser um elixir, até onde eu sabia. E, no entanto... alguma coisa dançava na periferia da minha memória.

Se Ira tinha um objeto divino e queria mantê-lo escondido, não havia lugar mais seguro do que à vista de todos. Ira tornava o óbvio questionável, lançando dúvidas. Foi assim que agira quando o chamei de Samael em Palermo.

Não acreditava que ele manteria a Chave da Tentação em seus aposentos. O que me levava a crer que ela estava em um dos seguintes lugares: a biblioteca pessoal ou a sala de armas.

Eu me levantei, pronta para sair dali e desmontar as duas, se fosse necessário.

Celestia puxou a manga do meu vestido, me impedindo de sair.

"Se fizer isso, prepare-se para as consequências; elas escaparão ao seu controle."

"Eu tenho bem pouco controle agora, matrona. A única coisa que vai mudar é que eu finalmente vou saber a verdade."

Celestia soltou meu braço e se afastou. Sem perder tempo, corri para a sala de armas. Receava que Ira pudesse estar lá, extravasando emoções excessivas depois da conversa que tivemos. A sala estava silenciosa, vazia. Percorri todo o cômodo, deslizando as mãos por todas as peças douradas, verificando cada compartimento secreto ou objeto que pudesse ser uma chave.

Parei no fundo da sala, perto do mosaico de serpente. Como na primeira vez que entrara ali, jurei que havia algo de familiar naquele ambiente... Minha mente procurava uma lembrança.

"Sangue e ossos!" Agarrei meus cabelos e puxei. "*Pense!*"

Já tinha visto tudo aquilo antes. Apostaria o que restava da minha alma. Se pudesse...

"Demônio diabólico. Você é brilhante." Cobri a boca com a mão para conter um grito de alegria. "Agora te peguei."

Parei ao lado da mesa de Ira e peguei o peso de papel em forma de serpente. Ou o que eu pensava ser um peso de papel, mas não era. Girei o objeto, estudando as saliências e o desenho geométrico com um olhar diferente. Decerto podia ser uma chave. Considerando o formato, acomodaria facilmente um espelho de mão. E isso explicaria por que Inveja tinha compartilhado essa informação.

Sem um convite para a Casa Ira, ele não poderia vasculhar o castelo pessoalmente. Aparecer do lado de fora, no jardim, por alguns minutos era uma coisa, mas entrar na biblioteca pessoal de Ira era outra bem diferente. Eu conhecia Ira, sabia que o interior do castelo devia estar protegido para impedir a entrada dos irmãos. Mas nada disso tinha importância.

Segurei a Chave da Tentação contra o peito, sentindo os primeiros sinais de esperança. Não sabia por que Celestia se preocupava tanto com essa coisa de tocar um objeto divino. O toque só tinha me dado paz. Alegria. Depois de todos os começos e interrupções, aquela era uma pista tangível. Um verdadeiro fio da meada a ser puxado. Tudo que eu precisava fazer era encontrar o Espelho das Três Luas. E, armada com a chave, um novo plano se formava.

De volta à minha suíte, peguei minhas anotações e uma caneta. Se conseguisse desvendar a mensagem dos crânios encantados, teria uma direção.

— Crânios encantados —

Crânio um: Angelus mortis vive. Fúria.
Quase livre. Donzela, Mãe, Anciã.
Passado, presente, futuro, encontrar.
Crânio dois: Sete estrelas, sete pecados.
Assim como é em cima, é embaixo.

Bati com a caneta nos lábios, olhando para as anotações e tentando induzir a resposta a se manifestar. A mensagem do primeiro crânio parecia um pouco mais clara. Eu estava certa que tinha a ver com o Espelho das Três Luas e sua habilidade de ver passado, presente e futuro.

Era a mensagem do segundo crânio que ainda me confundia. Eu já sabia que sete estrelas era outro nome para as Sete Irmãs e que Inveja queria encontrá-las, então me perguntava...

Outro pensamento me distraiu. Se Ira mantinha a Chave da Tentação à vista de todos, talvez fizesse a mesma coisa com o Espelho das Três Luas. Talvez não pudesse me *dizer* nada sobre a maldição, mas tentava me ajudar de um jeito mais sutil.

O estojo de Inveja comportaria um espelho de mão. Um espelho como o que eu havia ganhado de presente antes de partir para a casa Inveja. A esperança me fez agarrar a chave e correr para minha casa de banho. Peguei o lindo espelho de onde ele era mantido no toucador. Havia admirado os entalhes no verso quando o ganhei, mas nunca pensei que pudessem ser mais que um desenho bonito.

Com a empolgação enchendo meu peito, coloquei a Chave da Tentação no verso do espelho e girei. Quer dizer, eu tentei. Era difícil encontrar o alinhamento correto. Mudei a posição mais algumas vezes, tentei várias direções. Virei a chave de um lado para o outro e estudei as linhas em relevo. Parte do entusiasmo desapareceu. Não parecia haver um encaixe, mas eu ainda não queria desistir.

Depois de tentar de todas as maneiras possíveis encaixar os dois objetos, aceitei que as peças não se encaixavam.

Voltei ao quarto e me joguei na cama, onde reli as notas. O próximo passo era encontrar as Sete Irmãs e perguntar se elas sabiam onde estava o Espelho das Três Luas. Os crânios deviam ser a chave para resolver o segredo, se eu conseguisse desvendar seus enigmas.

Sete estrelas, sete pecados. Assim como é em cima, é embaixo.

Respirei fundo e soltei o ar, esvaziando a mente de frustrações e teorias anteriores. A Anciã dissera alguma coisa. E eu não dera total atenção. Concentrei-me naquela conversa, e as palavras dela sobre as Sete Irmãs foram voltando lentamente. *Elas vivem onde nenhum pecado reina.*

Era isso. Olhei de novo para a mensagem do segundo crânio.

> *Sete estrelas, sete pecados. Assim como é em cima, é embaixo.*

Tinha certeza de que os sete pecados eram a parte mais fácil de decifrar, mas, pelo jeito, não era assim tão simples. Talvez fosse a facilidade dessa parte da dica que devia se destacar. Pensei que ela se referisse aos sete príncipes do Inferno. Mas e se fosse um lugar dentro dos Sete Círculos? "Assim como é em cima, é embaixo", indicava equilíbrio.

A dica podia apontar o lugar onde todos os sete pecados eram usados igualmente, onde nenhum reinava sobre os outros. Como a Anciã havia sugerido.

O Corredor dos Pecados.

Com o coração aos saltos, olhei para minhas anotações. Devia ser isso.

As Sete Irmãs estavam em algum lugar do Corredor dos Pecados, e eu tinha a sensação de que elas estavam com o espelho. Isso explicaria por que estavam sempre se movendo pelo mundo, sempre se escondendo dos príncipes. Eram ladras mágicas, ou guardiãs da paz.

Qualquer que fosse o papel que desempenhavam para os príncipes demoníacos, eram a *minha* salvação.

Preparei uma bolsa com suprimentos — a Chave da Tentação, o livro de feitiços da Anciã que eu havia roubado de Inveja, meias e frutas secas que contrabandeei da cozinha — e vesti uma roupa mais quente.

Troquei o vestido por minha calça de couro forrada de pele, uma túnica e um manto de veludo. Calcei as botas que cobriam minhas pernas até as coxas e peguei a bolsa a caminho da saída. Parei perto do estábulo, deixando minha parte egoísta pensar em levar Tanzie para me fazer companhia, mas eu não sabia o que ia procurar, e não queria perder nada de vista por cavalgar depressa demais. Aquilo era algo que eu tinha que fazer sozinha.

Antes que pudesse desistir, ou atrair a atenção de algum membro curioso da Casa Ira, caminhei em direção à cerca no fundo da propriedade e desci a encosta íngreme. Cheguei à planície em tempo recorde. Olhei para trás. A montanha que Ira havia aberto sussurrando uma palavra era tão alta e imponente quanto eu me lembrava.

Esperava revê-la em breve.

Com a imagem de minha irmã gêmea na cabeça e determinação no coração, comecei a caminhada pelo inclemente passo da montanha. Estava preparada para o sutil despertar de emoções e sabia como resistir à influência demoníaca. Senti as primeiras lambidas de poder deslizando na pele, procurando um lugar onde cravar os dentes. Mostrei os *meus* dentes para o mundo. Mesmo sem magia, eu não era indefesa. Tinha uma adaga e uma coragem recém-descoberta.

"Faça o pior que puder."

Era o que eu ia fazer, certamente. Fui andando pela neve que, pouco a pouco, já alcançava meus joelhos, deixando meus passos lentos e instáveis. Não pensava no frio e no gelo. Seriam distrações. Mantinha a atenção voltada para o entorno, buscando um sinal das Sete Irmãs.

Na primeira vez que tínhamos passado por ali, pensei ter visto mulheres usando ossos como agulhas de tricô. Achei que era coisa da minha cabeça, mas não pensava mais assim. Se as Sete Irmãs tinham se manifestado naquela ocasião, eu torcia para que se mostrassem de novo, sobretudo naquele momento, quando eu não estava acompanhada do inimigo.

A um terço da subida de um enorme trecho da montanha, fui atingida por uma tempestade de gelo. Cobri a cabeça com o capuz do manto e continuei andando. Pequenas esferas me alvejavam o tempo todo, como se estivessem furiosas por eu as desafiar. Mas aquele mundo estava enganado. Não era o desafio que me fazia seguir em frente, passo após passo excruciante naquele ambiente dos infernos. Era o amor.

A jornada podia ter começado por vingança e raiva, mas por trás de tudo sempre houvera o amor que eu sentia por minha gêmea. A *nonna* estava certa: o amor era a magia mais poderosa. E eu a dominaria e... Deusa do céu. Parei de andar, intrigada com uma coisa que não se formava naturalmente em nenhuma árvore.

Olhei para o cedro gigantesco e senti o sangue fugir do meu rosto quando notei um entalhe.

VIII

"Olá?"

Peguei a adaga e olhei em volta. Não havia sons, nem pegadas, nem indicações sobrenaturais da proximidade das Sete Irmãs. Mas aquele sete entalhado no tronco... Fui ensinada a nunca ignorar os sinais. E aquele era luminoso.

Dei a volta na árvore e não encontrei mais nada de incomum. Era um cedro de tamanho mediano, embora um pouco mais isolado do que os outros, que formavam pequenos agrupamentos. Devolvi a arma à bainha, me ajoelhei e comecei a cavar a neve. *Deveria* ter alguma coisa ali.

Alguns momentos dolorosos e dedos congelados depois, minhas unhas encontraram terra congelada. Tentei raspar a superfície e só o que consegui foi quebrar várias unhas.

Fiquei de pé, cerrei os punhos e tentei controlar meu humor. O Corredor dos Pecados sentiu a momentânea perda de controle e atacou. Meu pecado favorito deu vazão à fúria, e eu gritei, um som abafado e silenciado pela neve fresca.

Extravasei todas as emoções, chutei a neve, quebrei galhos e chutei o chão. O suor brotava em minha testa, e eu não conseguia parar. Soquei a árvore com toda a força que tinha.

"Maldição!"

A dor subiu por meu braço. Olhei para os dedos ensanguentados, e a fúria e o ímpeto de luta me deixaram na mesma hora. Minha busca era inútil. Enigmas ridículos e... Um pensamento me ocorreu quando o sangue pingou na neve. Seguindo um palpite, esfreguei algumas gotas na árvore, bem em cima do sete marcado em algarismos romanos. Sem nenhuma hesitação, a árvore se abriu com um estalo, e eu vi a escada que se escondia dentro dela. Dei mais uma volta na árvore. Não parecia ser possível que uma escada tão grande coubesse ali dentro, mas eu estava farta de perguntas. Era hora das respostas.

Fiz uma prece à deusa e entrei. A porta oculta se fechou assim que passei por ela, e tochas se acenderam. Ameacei pegar a adaga de novo, mas um sentimento inato me preveniu contra isso. Não sei como tinha certeza de que não encontraria um inimigo ali. Na verdade, temia que um ato de agressão pudesse agir contra mim. Se queria encontrar um objeto divino, precisava acreditar que tudo ficaria bem.

Respirei fundo e segui em frente. A escada era de madeira, semicircular, e contornava um tronco enorme. Meus passos eram seguros, confiantes; uma mistura de empolgação e nervosismo corria por minhas veias e se fortalecia à medida que eu descia. Ao final da escada, encontrei uma pequena câmara de pedra com um pedestal solitário no centro. E lá estava. Tinha que ser. Parei para admirar a beleza do espelho em exposição. Feito com o que parecia ser uma combinação de madrepérola e pedra da lua bruta, era a coisa mais magnífica que eu já tinha visto. Brilhava por dentro.

Fiquei parada, quase sem notar as lágrimas que corriam por meu rosto, até que as gotas caíram sobre o espelho e ferveram. Coloquei a bolsa no chão e estendi as mãos na direção dele. No mesmo momento, velas se acenderam de repente em volta da câmara.

Sete sombras fantasmagóricas tremularam à luz. Não disseram nada. Não fizeram um movimento sequer em minha direção. Elas esperavam. As Sete Irmãs tinham chegado. O que eu sentia no fundo da alma não era medo, mas fascínio. E uma sensação de familiaridade.

"Olá, estou..."

"Prestes a fazer uma escolha perigosa. O que você colocar em movimento aqui, não poderá ser desfeito." Celestia apareceu do extremo oposto da câmara, seus estranhos olhos estrelados cintilando. Eu devia estar surpresa com a aparência dela, mas não estava. "Ofereço uma última chance, criança. Vá embora."

"Não posso."

Ela me olhou demoradamente, depois sorriu. Era um sorriso que eu já tinha visto, meio escondido por trás de um manto, no fundo da Floresta Sanguínea. Aquilo sim, tinha sido uma surpresa. Olhei para ela por mais um segundo, sem conseguir acreditar na verdade diante de mim.

"Você é a Anciã." Ela assentiu e eu inspirei rapidamente para digerir a informação. "Ira sabe disso?"

"Não devemos perder tempo falando sobre ele. Estou cobrando o favor, filha." Ela se dirigiu ao Espelho das Três Luas e olhou para ele com adoração. "Assim que ativar o espelho, peço que devolva meu livro de feitiços."

"Só isso?"

"Não, criança." Ela olhou de novo para mim. "Isso é *tudo*."

Celestia acenou em minha direção, e um estranho formigamento se espalhou por minha pele, como se fios invisíveis fossem cortados e chicoteassem meu corpo em uma sucessão rápida.

Uma onda de magia borbulhou dentro de mim e eu mergulhei em minha Fonte, quase gritando de euforia ao transpor o muro que estava me impedindo de acessá-la.

Ela me olhou como se me entendesse e acenou para as sombras. Elas se afastaram da parede e se colocaram ao lado dela.

"Quando receber suas respostas, me procure. Espero meu pagamento sem demora."

REINO DAS BRUXAS
NATUREZA SOMBRIA

35

Sentei no chão dentro da árvore mágica e folheei o livro de feitiços, sentindo o papel farfalhar como folhas secas entre meus dedos trêmulos. Uma anotação que não estava lá antes caiu do livro. Eu a peguei com cuidado e li as linhas escritas com capricho.

> *Algumas verdades não concedem*
> *a liberdade que você busca.*
> *Uma vez conhecidas, você*
> *nunca poderá voltar atrás.*
> *Escolha com sabedoria.*
> *— S.*

Samael. *Ira*. O bilhete era sinistramente semelhante ao aviso dado pela Anciã, mas para mim, de um jeito ou de outro, não haveria meios de voltar atrás ou seguir em frente até que eu desse paz e descanso eterno à minha irmã. Passei o dedo no "S" com que ele havia assinado a mensagem, sua verdade que eu nunca mais poderia negar.

Não me surpreendi por Ira ter encontrado o grimório secreto. Ele estava procurando um feitiço para recuperar as asas amaldiçoadas. Porém, eu *de fato* me surpreendi por ele ter deixado o livro de feitiços no esconderijo, mesmo depois de deduzir que eu o tiraria de sua Casa de Pecado.

Ele sabia, por experiência própria, que a verdade podia machucar tanto quanto podia curar. Eu tinha mostrado isso a ele. E ele havia provado com suas atitudes que não era tão mau quanto o mundo acreditava; era uma lâmina de justiça e cortava sem emoção aqueles que tinham sido condenados.

Um soldado cumprindo ordens, regido pelo dever e pela honra.

E eu tinha sido incapaz de dizer a ele que tinha visto tudo isso. Que o *vi*. Ele era o equilíbrio entre o certo e o errado. Não era bom nem mau; apenas existia, como me disse uma vez.

As velas tremulavam loucamente, projetando sombras pela câmara escurecida. A Anciã e as Sete Irmãs tinham desaparecido, me deixando sozinha com minha tarefa.

Ignorei o medo que me pressionava e me roubava o ar. Talvez fosse por causa do encontro com uma deusa de verdade, algo que eu ainda estava processando, ou aquela câmara subterrânea. Nunca tinha me sentido incomodada em espaços pequenos ou celas fechadas e não deixaria que aquilo me inquietasse naquele momento. Estava muito perto. Perto demais da verdade que tinha escapado de mim por todos aqueles meses.

Se tudo corresse bem, em minutos eu finalmente saberia o que tinha acontecido com minha irmã.

Fiz uma pausa. O Espelho das Três Luas poderia me mostrar os momentos que antecederam a morte de minha gêmea. Ou pior, eu poderia testemunhar o assassinato. Uma coisa era encontrar seu corpo brutalizado depois do fato consumado, mas ver acontecer... Um tremor me sacudiu.

"Seja corajosa." Encontrei o feitiço que havia marcado algumas noites antes e soltei o ar devagar. Era isso. O que eu veria revelaria quem tirara a vida de Vittoria. "Passado, presente, futuro, encontre. Mostre-me meu maior desejo escondido no fundo da mente do universo."

No início, nada aconteceu, mas isso também ocorrera com o feitiço de invocação que usei contra Ira. Olhei para o espelho de mão, forçando o maior desejo do meu coração para a frente dos meus pensamentos. Imaginei minha irmã e, pela primeira vez em meses, consegui visualizá-la com clareza. Ouvi sua risada livre, senti seu perfume de lavanda e sálvia branca, senti a força de seu amor por mim.

Um vínculo tão forte que a morte não conseguiu diminuir.

Uma luz tremulou no espelho, seguida pelo movimento de nuvens escuras. Era como se uma tempestade se formasse no espelho. A magia vibrou no metal, me assustando, mas eu o segurei com firmeza, não desviei o olhar nem soltei o Espelho das Três Luas.

A tempestade dentro dele persistia, mas surgiram vozes abafadas. Meu coração galopava. Ordenei que a tempestade que bloqueava a visão se dispersasse e me desse a chance de ver minha gêmea.

Devagar, como se a cena estivesse presa em um pote de mel e escorresse devagar para o visível, surgiu uma sala. Janelas dentro de um nicho. Do lado de fora, montanhas nevadas emergiam da névoa. Levei um momento para localizar o cenário, mas parecia ser o aposento onde Ira mantinha Antonio prisioneiro.

A imagem recuou, aumentando a área visível.

Pisquei vendo a grande poltrona de couro e, junto a ela, o humano que assassinara minha irmã. Ele estava no meio de uma conversa, mas eu não conseguia ver a pessoa com quem falava. Então ouvi a voz. E meu coração deu um pulo.

"... meus bons votos."

Vittoria. Lágrimas inundaram meus olhos quando me dei conta de que devia ser uma ilusão. Antonio não falava com uma pessoa. Alguém provavelmente tinha mandado um crânio encantado para ele. Eu não sabia como ele era tão semelhante ao da realidade, especialmente quando o som do meu era meio fora do tom, mas queria desesperadamente que ele falasse de novo. Não tinha importância se a voz era entrecortada e com uma nota dura, era o mais perto que eu chegaria de ouvir minha irmã em meses.

Implorei em silêncio para a voz falar de novo.

Prece atendida, uma mulher se aproximou de Antonio e sentou-se no braço da poltrona. Ela estava vestida de gaze lilás que parecia soprar uma brisa mágica. Os cabelos escuros criavam uma cascata de cachos sobre suas costas, e a pele cor de bronze praticamente brilhava. Ela parecia uma pintura de uma deusa romana que ganhara vida. No entanto, havia algo muito conhecido em sua atitude casual.

"Santa deusa do céu. Não pode ser."

A mulher era muito parecida com minha gêmea. De perfil, pelo menos. Ela se virou, como se sentisse uma presença mágica que não deveria estar na sala. Olhos lilás, e não castanhos e intensos, olharam para mim. Ou para o que ela sentiu no espelho. Seu rosto era familiar e desconhecido ao mesmo tempo.

Era Vittoria, mas não era.

Eu mal conseguia processar o que via. Minha cabeça foi abrindo caminho lentamente entre as emoções, enquanto eu tentava decifrar a imagem que me era mostrada. Vittoria estava na Casa Ira. Com Antonio. Talvez tivesse estado lá antes de ser morta. Mas Ira jurou que não a conhecia... e eu não duvidaria dele outra vez. O que significava que aquela não era uma imagem do passado. Era do presente ou do futuro. E, de algum jeito, minha irmã estava viva. Pelo menos naquele mundo.

Lágrimas ameaçaram cair de novo, mas eu as contive. Não queria perder um único segundo da imagem exibida no espelho mágico. A Vittoria no espelho inclinou a cabeça, ainda olhando para a magia que minha presença criava. Pensei no diário dela, em como minha irmã afirmava poder ouvir objetos mágicos falando com ela. Talvez o Espelho das Três Luas estivesse falando com ela naquele momento.

"Vittoria!", gritei e acenei com as mãos. "Pode me ouvir?"

"Está na hora." Ela olhou para Antonio. "Pronto?"

"Sim." Eu não conseguia ver o rosto de Antonio, mas sua voz era ofegante. Como se soubesse que estava diante de alguma coisa fascinante. "Juro minha vida à sua causa, meu anjo."

Vittoria afagou a cabeça dele e se levantou.

"Um momento, e já vamos sair."

"Não!", gritei. Se aquilo era o presente, eu não podia perder minha irmã de novo. Quase derrubei o espelho na pressa para chegar ao calabouço da torre. Consegui colocá-lo na bolsa e subi a escada correndo, dando voltas e voltas até chegar à porta no tronco da árvore.

Mergulhei na noite, corri pelo Corredor dos Pecados tropeçando em raízes e pedras que não havia notado antes. Ensanguentada e cheia de hematomas, corria cada vez mais rápido. Tinha que chegar à Casa Ira. Em muito menos tempo do que teria sido possível, irrompi pela porta, me dobrando para recuperar o fôlego. A adaga de Anir estava em meu pescoço.

"Sangue do diabo, Emilia. Pensei..." Ele guardou a arma e estendeu a mão para mim. "Está machucada? Ira não conseguiu detectar sua presença em lugar nenhum."

"Onde ele está?"

"Você está sangrando?"

Eu não poderia me importar menos.

"*Onde ele está?*"

"Acabou de sair para te procurar no Corredor dos Pecados. É o único lugar onde ele não consegue sentir você."

"Preciso chegar ao calabouço da torre. Alcance Ira. Agora."

Anir gritou alguma coisa, talvez um palavrão, ou uma súplica, mas não me atrevi a parar. Não tinha como saber se a cena que vi era presente ou futuro. Mas, de um jeito ou de outro, minha irmã estava ali, ou estaria ali, e eu não sabia se ria, gritava ou me desmanchava em lágrimas.

Subi a escada correndo, fui subindo e subindo com energia e força que pareciam ser infinitas. Sem parar para me recuperar, abri a porta. Ira disse que a havia ligado à minha mão por magia, e não mentiu.

"Antonio?", chamei ao entrar no aposento. Uma lamparina fumegava em cima da mesinha ao lado da poltrona, como se tivesse acabado de ser apagada ou soprada rapidamente. Levei a mão à adaga. O cômodo não era grande, mas tinha espaço suficiente para uma cama, uma pequena área de leitura e uma divisória cortinada para garantir privacidade enquanto ele se lavava ou usava o penico. Olhei para a divisória. Não ouvi nada atrás dela. "Olá?"

Um arrepio de desconforto percorreu minha coluna enquanto caminhava lentamente para a divisória e o que se escondia atrás dela. Puxei a cortina e deixei escapar um suspiro de frustração.

Ali, ao lado de uma jarra e de uma bacia, havia outro crânio encantado. Meu coração bateu mais depressa quando me aproximei dele e, tensa, esperei ouvir sua mensagem. Ele ganhou vida quando, dando um último passo, cheguei bem perto.

"Venha para as Ilhas Mutantes, irmã. Temos muito o que discutir sobre quebrar o que resta da maldição. Respostas aguardam sua chegada. Até lá. Para trás."

Sem pensar, pulei para trás e o crânio explodiu em poeira brilhante, deixando só a mensagem arrepiante ecoando em meus ouvidos. Fiquei parada, o peito arfando enquanto o impossível se tornava real.

Minha irmã estava viva.

Vittoria estava *viva*.

Sufoquei com a risada enlouquecida que borbulhou em minha garganta. Vittoria poderia voltar para casa. Poderíamos voltar para a *nonna* e para nossos pais. Poderíamos cozinhar, rir e ensinar os segredos da cozinha às nossas filhas no Mar & Vinha. A vida continuaria. Ainda poderíamos ter o futuro com que tínhamos sonhado. Juntas. E se, por alguma razão, ela não pudesse retornar ao mundo mortal, eu ficaria ali. De um jeito ou de outro, logo nos reencontraríamos. Ela estivera ali. Eu a perdera por minutos, segundos.

O alívio foi se tornando algo mais sombrio à medida que eu superava o choque. Vittoria estivera ali, tão perto, mas tinha desaparecido com Antonio sem me ver.

Deixou um crânio encantado com uma mensagem. Como se estivesse ocupada demais para fazer uma simples visita aos meus aposentos. Ou me esperar. Ela havia sentido minha presença. E, mesmo assim, partira, como se eu não tivesse a menor importância e meu coração em frangalhos importasse menos ainda.

Eu havia passado *meses* perdida em raiva e vingança.

Meses de tristeza e fúria.

De luto.

E, o tempo todo, minha gêmea estava viva. Bem. Melhor que bem, se sua nova magia era um indicador. Minha gêmea encantava crânios. E os deixava como pistas mórbidas. Quando tudo que precisava fazer era entrar no meu quarto. Em vez disso, ela brincava comigo. Tentava me atingir.

E quase me transformara em um monstro.

Inspirei profundamente e soltei o ar. O ar que era como fogo em meus pulmões. As lições de Ira para controlar as emoções desapareceram diante da fúria que eu sentia. Minha gêmea estava viva. Tinha ido buscar Antonio. E não era para atacá-lo ou para que ele pagasse pelo que tinha feito. Pelo contrário, ele parecia ter recebido uma bênção. E a chamado de seu "anjo". Como o anjo da morte que ele havia mencionado naquela noite no mosteiro. Pensei que ele estivesse se referindo a Ira ou outro príncipe do Inferno. Se ele não tinha matado Vittoria, significava que nunca havia sido influenciado por um príncipe demoníaco. Eu ainda não tinha provas, mas tinha novas suspeitas.

Enganação. Mentiras. Traição.

Todas as palavras que eu associava aos Perversos tinham a ver com Vittoria. Ela tinha orquestrado tudo. Uma dramaturga criando sua própria narrativa distorcida, distribuindo papéis para atores desavisados, inclusive eu. Mas eu não seria mais uma peça em seu jogo.

Não tinha importância se seu objetivo era quebrar a maldição, ela não tinha o direito de mentir para mim. De me manter no escuro. Eu não estava mais envolvida pelas sombras. E estava queimando de raiva.

Minhas mãos arderam. Olhei para elas e observei os pequenos cortes onde eu cravara as unhas com força suficiente para rasgar a pele. Soltei o ar devagar, finalmente controlando o fogo da fúria.

Tinha um novo plano, uma nova direção. Faria a visita à minha amada irmã com todo o prazer. E seria uma pena se, em breve, ela se arrependesse do convite. Tinha chegado a hora de Vittoria conhecer a bruxa furiosa e inclemente que ela ajudara a criar.

Eu me virei e caminhei para a porta. As Ilhas Mutantes me chamavam. Mas havia uma última coisa que eu precisava fazer antes de deixar a Casa Ira.

Segui pelos corredores com a cabeça cheia de estratégias e planos. Não me importava mais quem havia começado com aqueles jogos. Bruxas. Os Perversos. Minha irmã gêmea. E todas as criaturas amaldiçoadas e temidas no meio deles. Se minha irmã estava viva, isso punha em questão os assassinatos que aconteceram antes e depois do dela. Aquelas bruxas estavam realmente mortas ou tudo fazia parte de alguma conspiração maior para acumular poder ou transferi-lo? Eu não sabia o que os verdadeiros "matadores" ganhariam cometendo falsos assassinatos, a menos que estivessem querendo incitar uma guerra entre os mundos, não apenas quebrar a maldição.

E uma guerra era algo que eu não deixaria acontecer. Qualquer que fosse a trama de minha irmã gêmea, protegeria minha família e o mundo mortal a qualquer preço.

Cada passo na direção dos aposentos de Ira me dava mais clareza. A escolha estava feita. E o único pesar que eu tinha era do tempo que havia demorado para chegar a ela.

Abri a porta com um chute e olhei em volta. A saleta da entrada estava vazia, o fogo, apagado. Ira não tinha passado a noite em sua suíte. Talvez tivesse começado a me procurar logo depois que saí. Mesmo depois de eu ter duvidado dele e da bondade em seu coração. Em sua alma. Ele tinha ido me procurar.

Removi o manto e me dirigi ao dormitório, pegando uma garrafa de fruta-das-trevas no caminho para a varanda. Ele sentiria minha localização através da nossa tatuagem. Não tinha dúvida de que logo ele me encontraria. Tirei a rolha e bebi diretamente do gargalo, olhando para o lado. A água carmim parecia uma piscina de sangue. Era um presságio, de algum jeito. E, pela primeira vez, eu o acolhia.

A brisa trazia uma fumaça preta e cintilante em minha direção. O rei dos demônios estava se aproximando, sua voz soava baixa como um trovão distante em meu ouvido.

"Emilia."

Eu me virei lentamente e o recebi. Havia perigo em seu olhar, além de seu pecado favorito. Ele não era o único que estava furioso, mas minha ira não era dirigida a ele, que era o único que me mantinha centrada. Mergulhei na fonte de minha magia, liberando toda fúria que mantinha dentro de mim desde que tinha visto minha irmã gêmea. O poder respondeu imediatamente ao meu chamado.

Estendi as mãos, olhando diretamente para o rosto de Ira enquanto uma flor flamejante surgia em cada palma. Não houve lampejo de surpresa. Nem olhos arregalados ou boca apertada. Deixei meu poder descansar, o fogo se extinguir. As flores ficaram pretas, incineradas, e as brasas moribundas das pequeninas brasas rosa-douradas foram as únicas centelhas de cor que restaram, antes que a brisa levasse as cinzas para longe.

Ira sabia que eu tinha esse talento. Esse poder. E nunca tinha dito nada. Eu queria saber que outras informações ele tinha sobre mim, que outros segredos eu ainda desvendaria sobre meu passado.

A Anciã dissera que eu mesma deveria solucionar o mistério. E era exatamente isso que eu pretendia fazer.

Apesar do que Celestia dissera na câmara da torre, talvez eu fosse mesmo a Primeira Bruxa, e esse bloco das minhas lembranças fosse o preço que eu pagava por usar magia das trevas. Isso certamente explicaria por que a *nonna* tinha me avisado para ficar longe de certos feitiços.

Rangi os dentes, lembrando como ela nos fazia abençoar os amuletos durante cada lua cheia. Ela sabia a verdade sobre quem eu era? Devia saber. E sua traição doía fundo.

Talvez — diferente do que a *nonna* dizia —, nossos amuletos não nos escondessem do diabo. Talvez meu *cornicello*, as asas dele e tudo o mais tivessem sido usados para conter o *meu* poder, não o dele. E, se isso fosse verdade, Ira pegara meu amuleto não só em benefício próprio, mas por mim. Meu poder tinha mudado desde que eu havia parado de usá-lo, isso era certo.

Soltei o ar e me concentrei na questão para a qual queria uma resposta antes das outras.

"Há quanto tempo sabe que posso invocar fogo?" Ele comprimiu os lábios. Balancei a cabeça, rindo amargurada. "Minha irmã está viva. Mas imagino que já saiba disso também."

Alguma emoção cintilou em seus olhos, mas ele permaneceu em silêncio, atento. Em guarda. Como se eu fosse alguma coisa digna de medo. Ele não estava errado.

"Quero respostas."

Não ia esperar minha irmã dar sua versão da verdade, depois de tê-la visto mais cedo. Queria descobri-la eu mesma. A partir daquele momento. Olhei para Ira. Uma vez, ele tinha me dito para estudar os inimigos de perto. Procurar qualquer sinal da verdade em seus maneirismos. Ele estava quieto. E aquilo era incomum.

"A julgar por seu silêncio, imagino que seja a maldição agindo de novo. Estamos nos aproximando de coisas que ela não quer que eu descubra." Um brilho de aprovação iluminou seus olhos. E sumiu no instante seguinte. "Tenho a estranha sensação de que, se eu aceitar o laço de matrimônio, parte disso vai mudar. A maldição pode não ser inteiramente quebrada desse jeito, mas acredito que alguns vínculos são mais poderosos do que a magia das trevas. E não tem nada mais perigoso que o amor, tem? As pessoas lutam por ele. Morrem por ele. Cometem atos de guerra, traição e toda forma de pecado em nome dele."

Eu sabia. Eu me dispusera a fazer coisas terríveis para vingar minha irmã.

Alguma coisa parecida com preocupação dançou em seus olhos.

"Sentimentos não são fatos."

"Interessante."

Abri um sorriso sedutor. Ira tinha acabado de mentir. Do jeito mais discreto possível.

A maldição que se danasse; ele ainda queria que eu usasse meu poder favorito. Aceitar nosso vínculo sem a interferência de forças externas em meu livre-arbítrio. O príncipe das barganhas estava desistindo de uma cartada vencedora. E fazia aquilo por mim. Sempre por mim.

"Fale sobre os amuletos, suas asas. Quero saber por que Vittoria e eu tínhamos que usá-los. Era para manter nosso poder controlado, ou era, como dizia minha família, um jeito de escondê-los de você?"

"Não tenho provas, mas acredito que as duas alternativas são verdadeiras. Também tenho estudado a possibilidade de que tenham sido enfeitiçados para garantir que vocês esquecessem algumas coisas."

"Você me fez usá-lo no Baixio Crescente para testar essa possibilidade."

Ele assentiu. Pelo menos sua expressão era culpada.

"Eu achava que as propriedades de verdade do baixio removeriam seus bloqueios. Não antecipei a reação extrema que isso causou."

"Eles realmente trancam os portões do Inferno?"

"Sim."

Por dentro, suspirei aliviada. Nem *tudo* que tinham me dito era mentira, pelo menos isso.

"Tenho uma pergunta final para você, alteza." Pus a mão em seu peito, sentindo as batidas regulares sob os dedos. Sua atenção se voltou para aquela pequena conexão, antes de me encarar novamente. "Finja que não há maldição. Nem noivado mágico. Nem impulsos românticos criados por nosso vínculo. Você me escolheria? Para reinar a seu lado. Ser sua rainha. Sua amiga. Sua confidente. Sua amante."

"Emilia..."

"Você me enganou e me envolveu em um contrato de sangue antes de eu entrar no submundo. Lembra-se do que disse?" Seu coração quase parou por um segundo, antes de retomar o ritmo furioso. "Você me disse para nunca fazer acordos com o diabo. 'O que é dele, é dele.'"

"Foi uma figura de linguagem. Um acordo de sangue não se compara à possessão."

"Talvez não tecnicamente." Retirei minha mão e recuei um passo. "Isso foi mais um jeito de me proteger. Caso eu não quisesse aceitar nosso vínculo. Disse que nenhum outro príncipe do Inferno seria idiota a ponto de te desafiar. Esse foi seu jeito secreto de me oferecer uma saída para qualquer contrato com outra Casa demoníaca. O pacto de sangue que fiz com Soberba, inclusive. Estou enganada?"

"Não."

"Não responda agora, mas quero saber se o que disse naquela ocasião ainda é válido."

"Vai ter que ser mais específica. Eu disse muitas coisas."

"Se ainda sou sua."

Ele ficou parado. Minhas palavras pairavam entre nós, pesadas e persistentes. Como seu olhar.

"Se sou, eu lhe digo que você é meu. Que estou escolhendo você como meu marido. Não há nenhum outro com quem eu prefira enfrentar meus demônios, nenhuma alma com a qual eu percorreria o Inferno. E mais ninguém que eu queira ao meu lado amanhã, quando for para as Ilhas Mutantes."

Ele ficou quieto por um longo momento, aparentemente para avaliar minha sinceridade e compará-la aos próprios sentimentos.

"E se eu não precisar de tempo para pensar nisso?"

Graças à deusa.

Suspirei silenciosamente e passei por ele, percorrendo o espaço da varanda para o quarto enquanto desamarrava as fitas da túnica. Olhei para trás, notando com satisfação o desejo que surgia seus olhos enquanto eu tirava a blusa e a jogava no chão.

"Neste caso, majestade, sugiro que venha para a cama."

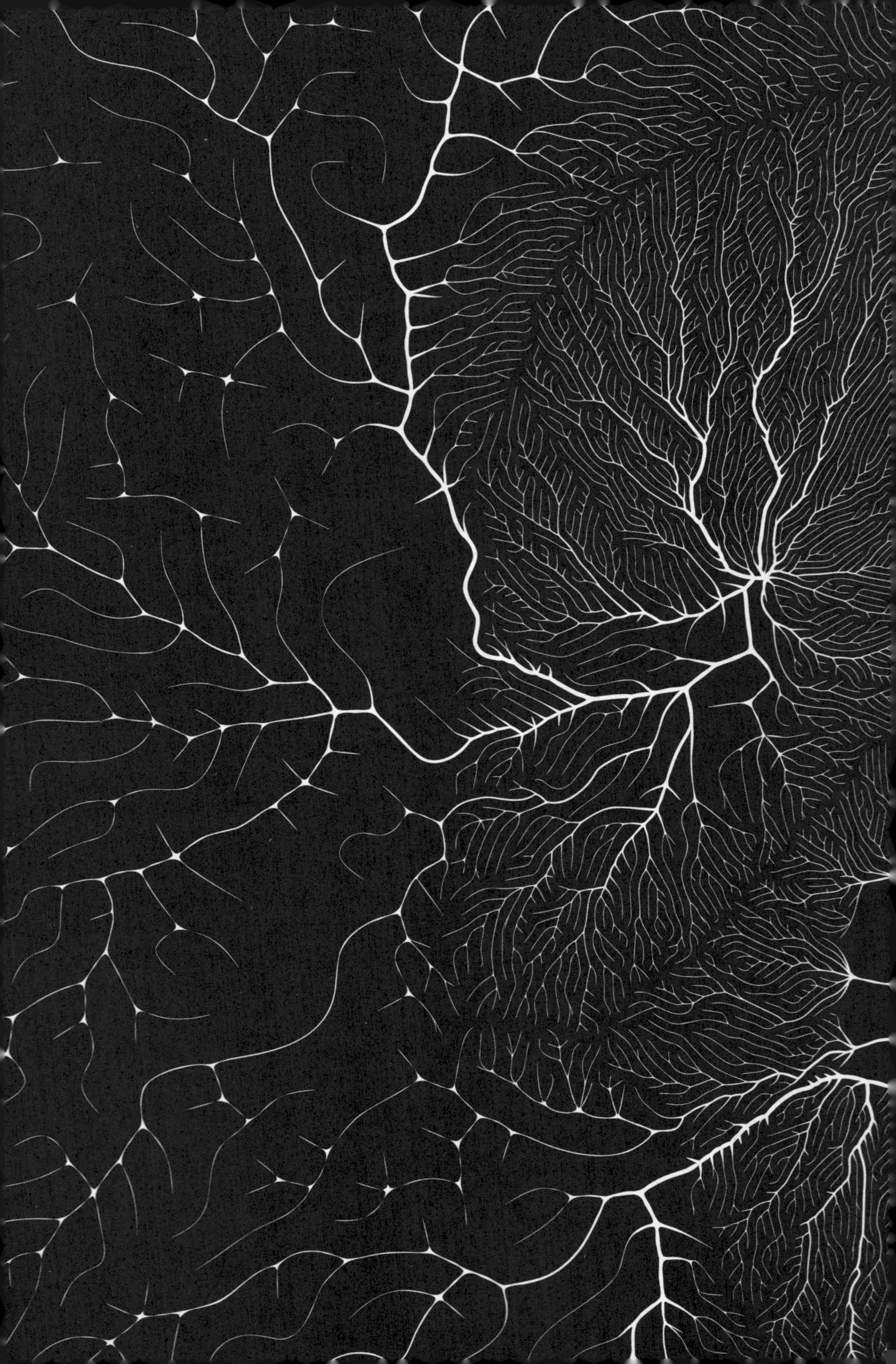

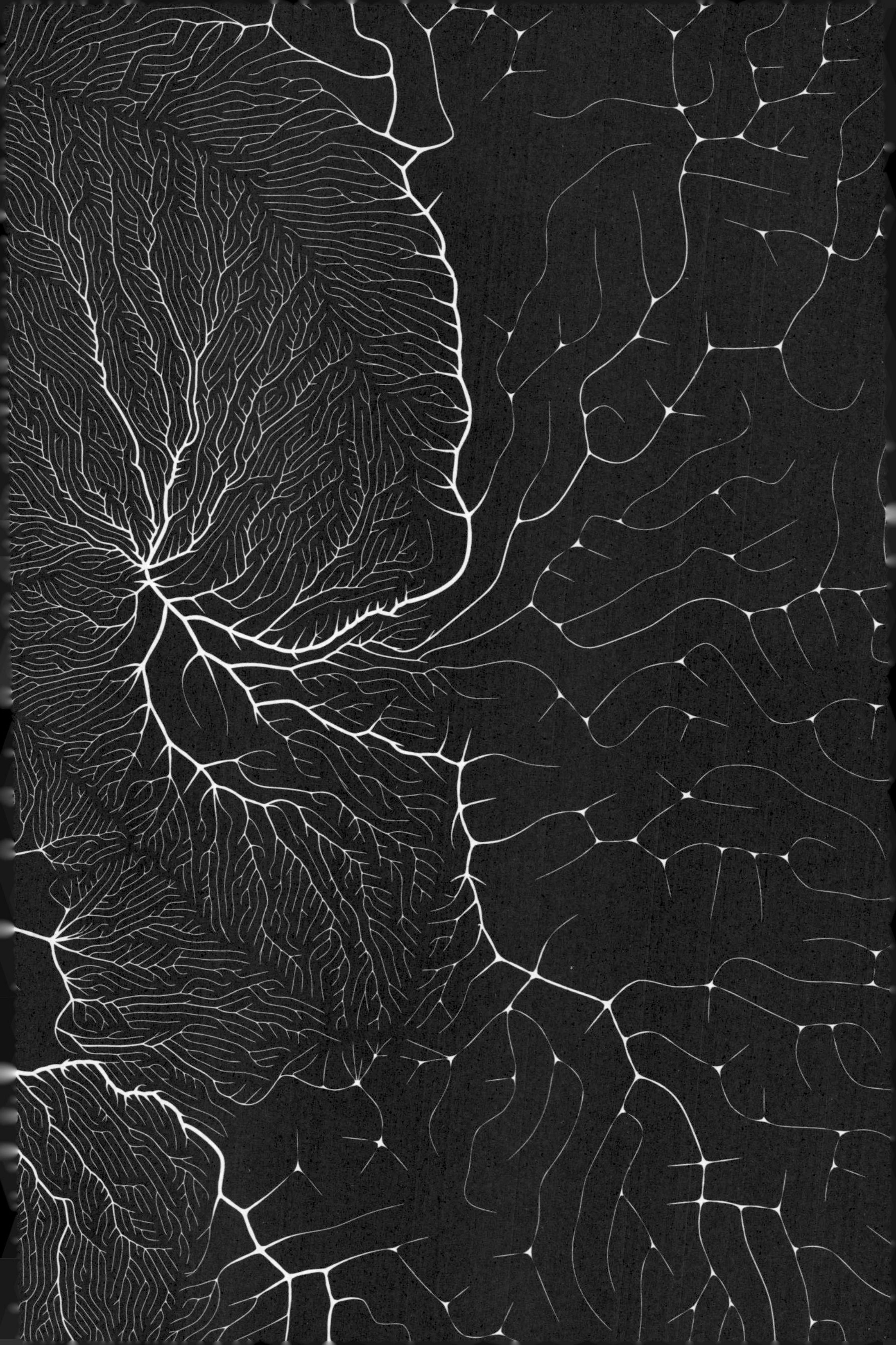

AGRADECIMENTOS

Escrever um livro durante uma pandemia global foi um grande desafio, e sou imensamente grata às seguintes pessoas que me incentivaram a seguir em frente (e incentivaram essa história!).

Stephanie Garber: Sou eternamente grata pelas horas de *brainstorming* e discussão das cenas. Mas, além disso, sou grata por nossa amizade fora do mundo editorial.

Anissa de Gomery: Nossa amizade e amor por livros, comida e todas as coisas românticas são demais, assim como VOCÊ.

Isabel Ibañez: É uma alegria poder te chamar de amiga querida. Obrigada pela leitura preliminar e pelas anotações estelares; e por dirigir quilômetros a mais, literalmente, para vir me visitar com todo mundo. (Aplausos para a nossa turma do almoço: Kristin Dwyer, Adrienne Young, Stephanie Garber e minha irmã Kelli!)

Minha família: Amo e agradeço a vocês mais do que se pode medir. Gratidão especial a minha irmã Kelli (dona da Dogwood Lane Boutique) pela leitura preliminar. Sua loja continua inspirando tantos detalhes dos meus livros.

Barbara Poelle, minha agente, amiga e eterna defensora, um brinde a uma DÉCADA de cumplicidade nos livros.

Minhas equipes na IGLA, Baror International, e Grandview: Maggie Kane, Irene Goodman, Heather Baror-Shapiro e Sean Berard, um milhão de vezes obrigada por tudo que vocês fazem.

Minha nova equipe na Little Brown Books for Youg Readers e a NOVL: vocês acolheram essa série com empolgação e entusiasmo, e o amor de vocês pelos personagens brilha mais que a tatuagem metálica de Ira. Editores, equipe do editorial, equipe de marketing, biblioteca e publicidade, a incrível equipe de produção, do departamento de arte e dos departamentos de vendas e direitos subsidiários, sou eternamente grata por todo trabalho de vocês nos bastidores.

Um agradecimento especial à minha editora Liz Kossnar por acolher o romance neste livro, Virginia Allyn, por criar o mapa impressionante, Alvina Ling, Siena Koncsol, Savannah Kennelly, Stefanie Hoffman, Emilie Polster, Victoria Stapleton, Marisa Finkelstein, Scott Bryan Wilson, Trazy Shaw, Virginia Lawther, Danielle Cantarella, Shawn Foster, Claire Gamble, Karen Torres, Barbara Blasucci, Carol Meadows, Katharine Tucker, Anna Herling, Celeste Gordon, Leah Collins Lipsett, Janelle DeLuise, Elece Green, Michelle Figueroa, a narradora do audiolivro Marisa Calin, e minhas *publishers* Megan Tingley e Jackie Engel. Publicar um livro não é tarefa fácil, e vocês todos fizeram a magia acontecer durante uma pandemia.

Jimmy Patterson Books: serei sempre grata por tudo que essa equipe e James Patterson fizeram para ajudar a lançar meus livros no mundo.

Minha família do Reino Unido na Hodder & Stoughton: Molly Powell, Kate Keehan, Maddy Marshall, Laura Bartholomew, Callie Robertson, Sarah Clay, Iman Khabl, Claudette Morris e toda equipe, vocês são fabulosos, e fico feliz por poder trabalhar com cada um de vocês.

Vendedores de livros, bibliotecários, indies, blogueiros, Instagrammers, Bookish Box, FairyLoot, a Librarian Box e amados, fãs entusiasmados do BookTok — vocês fazem mágica. Obrigada por falarem sobre esta série, por venderem a obra e por todo trabalho positivo de divulgação. Cada esforço de vocês é mais apreciado do que jamais saberão. Espero que a magia que ajudam a criar volte para vocês dez vezes maior.

KM
RB

KERRI MANISCALCO cresceu em uma casa semiassombrada nos arredores de Nova York, onde sua fascinação por ambientes góticos começou. Em seu tempo livre, ela lê tudo que consegue, cozinha todos os tipos de comida com a família e os amigos, e toma bastante chá enquanto discute as melhores coisas da vida com seus gatos. É autora das séries *Rastro de Sangue* e *Reino das Bruxas*, que estiveram em primeiro lugar nas listas de mais vendidos do *New York Times* e do USA *Today*. Ela está sempre animada para compartilhar trechos e *teasers* de seus livros no Instagram @KerriManiscalco. Para notícias e novidades, confira kerrimaniscalco.com

DARKLOVE.

DARKSIDEBOOKS.COM

Os Sete Círculos
Ventos Inclementes
Casa Luxúria
Portões do Inferno
Corredor dos pecados
Lago de Fogo
Casa Ira
Rio Sombrio